Syrena

SEPTIMUS HEAP

⇥ QUINTO LIVRO ⇤

Syrena

ANGIE SAGE

ILUSTRAÇÕES DE MARK ZUG

Tradução
Waldéa Barcellos

ROCCO
JOVENS LEITORES

Título original
SEPTIMUS HEAP
Book Five
SYREN

Copyright do texto © 2009 *by* Angie Sage
Copyright das ilustrações © 2009 *by* Mark Zug

Todos os direitos reservados.
Nenhuma parte desta obra pode ser reproduzida ou transmitida
por qualquer forma ou meio eletrônico ou mecânico, inclusive fotocópia,
gravação ou sistema de armazenagem e recuperação de informação,
sem a permissão escrita do editor.

Edição brasileira publicada mediante acordo com a
HarperCollins Children's Books, uma divisão da HarperCollins Publishers.

Direitos para a língua portuguesa reservados
com exclusividade para o Brasil à
EDITORA ROCCO LTDA.
Av. Presidente Wilson, 231 – 8º andar
20030-021 – Rio de Janeiro – RJ
Tel.: (21) 3525-2000 – Fax: (21) 3525-2001
rocco@rocco.com.br
www.rocco.com.br

Printed in Brazil/Impresso no Brasil

Preparação de originais
FRIDA LANDSBERG

CIP-Brasil. Catalogação na fonte.
Sindicato Nacional dos Editores de Livros, RJ.

S136s
Sage, Angie, 1952-
Syrena/Angie Sage; tradução de Waldéa Barcellos. – Rio de Janeiro:
Rocco Jovens Leitores, 2012.
il. – Primeira edição.
Tradução de: Syren
ISBN 978-85-7980-113-6
1. Magos – Literatura infantojuvenil. 2. Magia – Literatura
infantojuvenil. 3. Literatura infantojuvenil inglesa.
I. Barcellos, Waldéa. II. Título.
12-1344 CDD – 028.5 CDU – 087.5

O texto deste livro obedece às normas do
Acordo Ortográfico da Língua Portuguesa.

Para Eunice,
que estava lá no início
e sempre

✠ QUINTO LIVRO ✠

Prólogo: Caminhos que se Cruzam	13
1 • A Promoção	21
2 • O Chalé da Protetora	29
3 • Barney Pot	41
4 • O **Eleito**	55
5 • 412 e 409	61
6 • Eugênio	71
7 • A Pastelaria	83
8 • O Conventículo das Bruxas do Porto	89
9 • A Fera	101
10 • Saindo da Frigideira	115
11 • À Beira do Cais	122
12 • Para o Fogo	131
13 • O Voo do Dragão	145
14 • A Feitoria	154
15 • O *Cerys*	164
16 • Os Correios de Pombos	177
17 • A Arca	186
18 • Um Espetáculo	197
19 • Tempestade	209
20 • Miarr	217
21 • Parafuso	223
22 • A Ilha	237
23 • Baldes	246
24 • Correios	257

25 • Jeitos de Mago	269
26 • Jeitos de Bruxa	279
27 • Até o Farol	293
28 • O Bote da Pinça	303
29 • **Invisibilidade**	310
30 • O *Tubo Vermelho*	322
31 • Syrah Syara	330
32 • **BloqueioMental**	344
33 • O Pináculo	356
34 • A **Syrena**	369
35 • As Profundezas	380
36 • O Cadete-Chefe	387
37 • O Livro de ~~Syrah~~ Syrena	399
38 • **Projeções**	408
39 • O Turno de Nicko	422
40 • Encalhado	434
41 • O Porão	446
42 • O Homem-Banana	455
43 • Escapada	466
44 • Gênios	479
45 • Tartarugas e Formigas	492
46 • A Cobra de Prata	505
47 • Para o Castelo?	515
48 • O Tentáculo	527
49 • **Retornos**	544
Histórias e Acontecimentos	560

Syrena

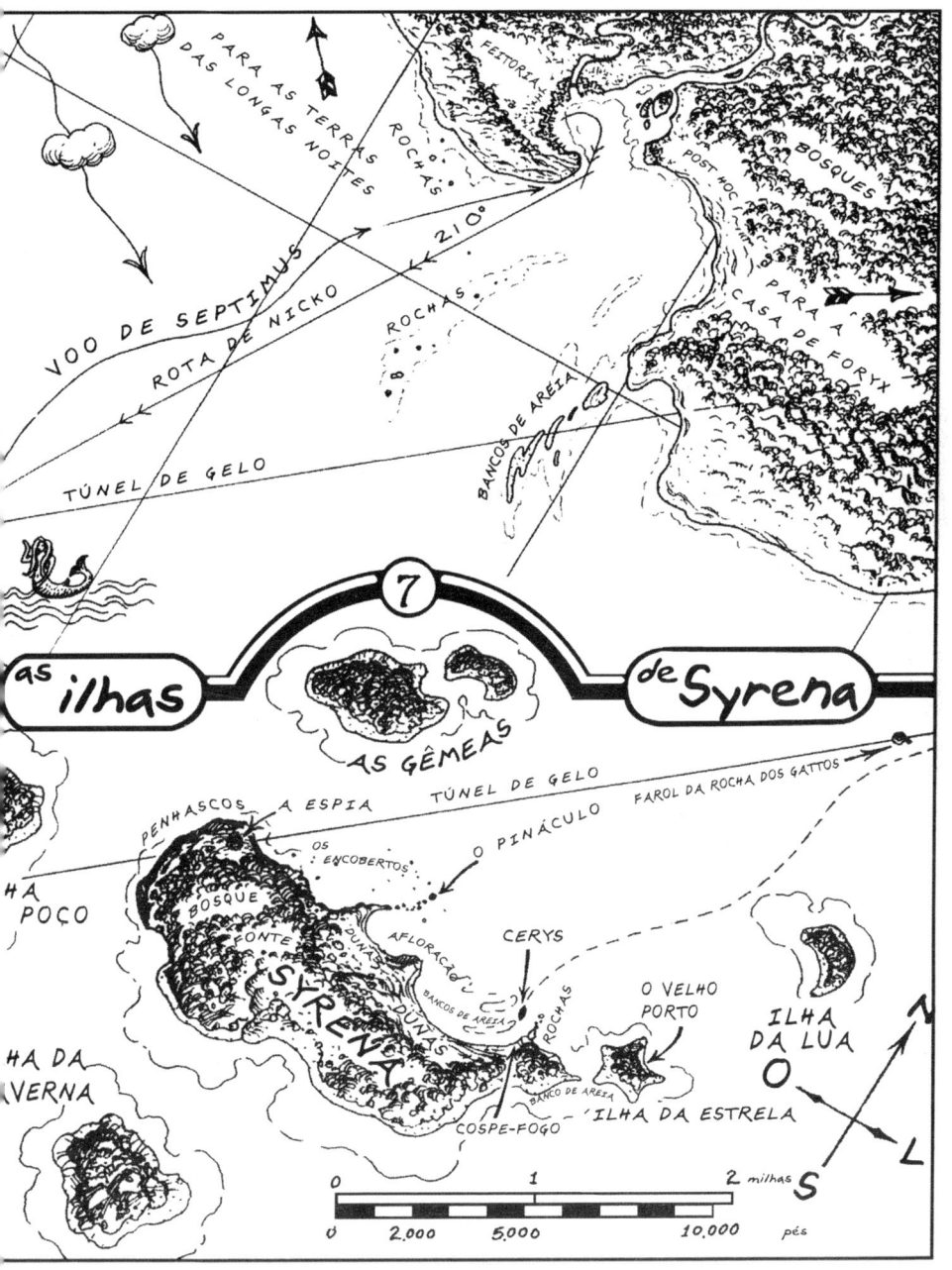

Prólogo:
Caminhos que se Cruzam

É a *primeira noite de Nicko* fora da Casa de Foryx, e Jenna acha que ele está ficando meio maluco.

Algumas horas antes, por insistência de Nicko, Septimus e Cospe-Fogo levaram Jenna, Nicko, Snorri, Ullr e Besouro à Feitoria – uma longa fila de docas na orla de terra, onde fica escondida a Casa de Foryx. Nicko estava desesperado para ver o mar mais uma vez, e ninguém, nem mesmo Márcia, teve coragem de recusar. Septimus foi contra, um pouco mais que os outros. Ele sabia que seu dragão estava cansado, depois do longo voo desde o Castelo até a Casa de Foryx, e os dois tinham pela frente uma longa viagem de volta para casa com Ephaniah Grebe, que estava gravemente enfermo. Mas Nicko não arredou pé. Ele *tinha* de ir – logo aonde – ao paiol de redes, quase em ruínas, na Doca Número Três, que era uma dos menores na Feitoria e usada principalmente por barcos de pesca da região. Nicko tinha dito a eles que o paiol de redes pertencia ao contramestre da embarcação em que ele e Snorri haviam navegado, todos aqueles anos no passado, do Porto à Feitoria. No meio da travessia, Nicko tinha salvado o navio de uma catástrofe ao fazer um conserto de emergência num mastro partido; e, como gesto de gratidão, o contramestre, um certo sr. Higgs, deu-lhe a chave do seu paiol de redes, insistindo que sempre que Nicko estivesse na Feitoria ele poderia – na verdade, *deveria* – se hospedar ali.

Quando Septimus frisou que aquilo tinha acontecido quinhentos anos atrás e que o acordo podia não estar mais de pé – muito menos o paiol de redes –, Nicko disse a Septimus que é *claro* que ainda estava de pé, um acordo é um acordo. Tudo o que ele queria, disse Nicko, era estar mais uma vez perto de barcos, ouvir o mar novamente e sentir o cheiro de sal no ar. Septimus não discutiu mais. Como poderia ele – ou qualquer um dos outros – recusar aquilo a Nicko?

E assim, com alguma apreensão, Septimus deixou-os no fim do beco imundo, onde Nicko insistiu que ficava o paiol de redes do sr. Higgs. Septimus e Cospe-Fogo voltaram para uma casa na árvore coberta de neve perto da Casa de Foryx, onde Ephaniah Grebe, Márcia e Sarah Heap estavam esperando para levá-los de volta ao Castelo.

Depois da partida de Septimus, porém, as coisas não foram bem no paiol de redes. Nicko – surpreso ao descobrir que a chave não combinava com a fechadura – teve de arrombar a porta, e ninguém ficou impressionado com o que esperava por eles ali dentro. O lugar era fedorento. E também escuro, úmido, frio e, aparentemente, usado como depósito de lixo para restos de peixes, a julgar pela pilha deles que estava se deteriorando abaixo da janela pequena e sem vidraça. Não havia, como mostrou Jenna com irritação, nenhum lugar onde se pudesse dormir, porque estava faltando a maior parte dos dois andares de cima, o que permitia uma boa visão de um grande buraco no teto, que a população de gaivotas das redondezas parecia estar usando como banheiro. Ainda assim, Nicko não se deixou abater. Entretanto, quando Besouro caiu pelo assoalho carcomido e ficou pendurado pelo cinto, se balançando acima de um porão cheio de um lodo impossível de identificar, houve uma rebelião.

E é por isso que vemos agora Jenna, Nicko, Snorri, Ullr e Besouro de pé do lado de fora de um café desleixado na Doca Número Um – o lugar mais perto para comer. Eles estão olhando os rabiscos numa lousa que oferece três variedades de peixe, alguma coisa chamada Ensopado de Sobras e bife de um animal de quem ninguém nunca ouviu falar.

Jenna diz que não se importa com que animal seja, desde que não seja Foryx. Nicko diz que também não se importa – vai pedir um prato de tudo o que o cardápio oferece. Diz que está com fome pela primeira vez em quinhentos anos. E ninguém tem como rebater isso.

E ninguém no café discute com eles tampouco; e é bem possível que seja por causa da enorme pantera de olhos verdes que acompanha, como uma sombra, a menina loura e alta e emite um rugido baixo, rosnando quando alguém se aproxima. Jenna está muito contente com a companhia de Ullr – o café é um lugar ameaçador cheio de marinheiros, pescadores e diversos tipos de mercadores, e todos eles observam o grupo de quatro adolescentes sentados à mesa perto da porta. Ullr mantém as pessoas a distância, mas a pantera não consegue evitar os insistentes olhares importunos.

Todos pedem o Ensopado de Sobras, e Besouro comenta que não tiveram muita sorte com a escolha que fizeram. Nicko passa a fazer o que prometeu e devora tudo o que estava no cardápio. Os outros ficam vendo Nicko abocanhar inúmeros pratos de peixes com forma estranha, acompanhados de uma variedade de algas marinhas e um bife alto malpassado com pelos brancos na crosta, que ele dá a Ullr depois de ter dado uma mordida. Finalmente Nicko está em seu último prato – um peixe branco comprido cheio de pequeninas espinhas e com os olhos vidrados e reprovadores. Jenna, Besouro e Snorri acabaram de comer, numa mesma tigela que pediram para os três, uma sobremesa à moda da casa –

maçãs assadas polvilhadas com flocos adocicados e cobertas com calda de chocolate. Jenna está se sentindo afrontada. Tudo o que quer de fato é se deitar, e até mesmo uma pilha de redes úmidas num paiol de redes de pesca vai servir. Ela não percebe que o café inteiro ficou em silêncio e que todos estão olhando para um mercador, em trajes de um luxo fora do comum, que acabou de entrar. O mercador esquadrinha o interior sombrio sem encontrar a pessoa que espera ver – mas então ele vê alguém que com toda a certeza *não* esperava: sua filha.

– Jenna! – grita Milo Banda. – O que é que você está fazendo *aqui*?

Jenna levanta-se num salto.

– Milo! – exclama, abafando um grito. – Mas o que *você* está fazendo aqui... – Sua voz vai sumindo. Jenna está pensando que na verdade esse é *exatamente* o tipo de lugar onde ela esperaria encontrar o pai; um lugar cheio de pessoas estranhas, com um ar de negócios suspeitos e ameaça velada.

Milo puxa uma cadeira e se senta com eles. Ele quer saber tudo: por que estão ali, como chegaram e onde estão hospedados. Jenna recusa-se a explicar. É a história de Nicko, e não a dela. Ela também não quer que o café inteiro escute – que é o que está acontecendo, com toda a certeza.

Milo insiste em pagar a conta e os conduz para fora até a movimentada beira do cais.

– Não consigo imaginar por que você está aqui – diz ele com ar de reprovação. – Não pode ficar aqui nem mais um minuto,

Jenna. Não é apropriado. Esse não é o tipo de gente com quem você deva se misturar.

Jenna não responde. Ela prefere não salientar que é evidente que Milo está feliz por se misturar com esse tipo de gente.

— A Feitoria — continua Milo — não é lugar para crianças de colo...

— Nós *não* somos... — protesta Jenna.

— São quase a mesma coisa. Vocês todos virão para o meu navio.

Jenna não gosta que lhe digam o que deve fazer, embora o pensamento de uma cama quentinha para passar a noite seja extremamente tentador.

— Não, obrigada, Milo — diz ela com frieza.

— O que você quer dizer com isso? — pergunta Milo, sem acreditar. — Eu me recuso a deixá-la batendo perna sozinha de noite neste lugar.

— Nós não estamos *batendo perna*... — começa Jenna, mas é interrompida por Nicko.

— Que tipo de navio? — pergunta ele.

— Um bergantim — responde Milo.

— Nós vamos — diz Nicko.

E assim fica decidido que passarão a noite no navio de Milo. Jenna está aliviada, mas não demonstra. Besouro está aliviado e demonstra. Ele mostra os dentes num enorme sorriso de orelha a orelha, e até Snorri dá um sorriso acanhado, enquanto vai na esteira de Milo, com Ullr nos seus calcanhares.

Milo leva os garotos até o fundo do café, passa por uma porta num muro e entra em um beco escuro, que acompanha os fundos das docas movimentadas. É um atalho usado por muitas pessoas durante o dia, mas à noite a maioria prefere ficar sob as luzes brilhantes das docas – a menos que haja um negócio secreto a ser feito. Eles não andaram mais de alguns metros no beco quando um vulto sombrio vem correndo em sua direção. Milo dá um passo e fica na frente do vulto, bloqueando sua passagem.

– Você está atrasado – diz Milo, em tom raivoso.

– Me desculpe – diz o homem. – Eu... – Ele para de falar para recuperar o fôlego.

– E então? – pergunta Milo, com impaciência.

– Conseguimos.

– *Verdade?* E está intacto?

– Está. Está sim.

– Ninguém descobriu você? – Milo parece preocupado.

– Hum... não, senhor. Ninguém. Nenhuma... nenhuma pessoa, senhor, é a pura verdade, senhor, é verdade.

– Muito bem, muito bem, acredito em você. Quanto tempo vai levar para chegar?

– Amanhã, senhor.

Milo faz um gesto de aprovação com a cabeça e entrega ao homem uma bolsinha de moedas.

– Pelo trabalho que você teve. O resto, na hora da entrega. Entrega segura e *que não seja detectada.*

– Obrigado, senhor. – O homem faz uma reverência e vai embora, sumindo nas sombras.

Milo examina o grupo, que está intrigado.

– Apenas um pequeno negócio. Algo *bem especial* para a minha princesa. – Ele sorri para Jenna com afeto.

Jenna retribui com um sorriso tímido. Ela meio que gosta, meio que não gosta do jeito de Milo. É muito confuso.

Mas, quando chegam ao navio de Milo, o *Cerys*, Jenna já está menos confusa – o *Cerys* é o navio mais maravilhoso que ela já viu, e até mesmo Nicko tem de admitir que ele é melhor que um paiol de redes fedorento.

⤙ 1 ⤚
A PROMOÇÃO

Septimus Heap, Aprendiz Extra-Ordinário, foi acordado por seu Camundongo Doméstico, que estava deixando um bilhete em seu travesseiro. Tonto de sono, abriu os olhos e, com enorme alívio, lembrou-se de onde estava – de volta ao seu quarto no alto da Torre dos Magos, com a **Demanda** concluída. E então lembrou-se de que Jenna, Nicko, Snorri e Besouro ainda não tinham voltado para casa. Septimus se sentou na cama, de repente desperto. Hoje, não importava o que Márcia dissesse, ele os traria de volta.

Septimus levantou-se, pegou o bilhete e com uma escova espanou um pouco de sujeira de rato de seu travesseiro. Desdobrou com cuidado o pedacinho de papel e leu:

DA MESA DE TRABALHO
DA MAGA EXTRAORDINÁRIA
MÁRCIA OVERSTRAND

Septimus, gostaria muito de ver você ao meio-dia em meu escritório. Espero que esse horário seja bom para você.

Márcia

Septimus deixou escapar um assobio baixinho. Embora tivesse sido Aprendiz de Márcia havia quase três anos, nunca tivera um compromisso marcado com ela. Se Márcia queria falar com Septimus, ela interrompia fosse lá o que ele estivesse fazendo e falava com ele. Septimus teria de interromper *imediatamente* o que estivesse fazendo e *escutar*.

Hoje, porém, seu segundo dia de volta da **Demanda**, parecia que alguma coisa tinha mudado. Quando Septimus leu de novo o bilhete, só para ter certeza, as distantes badaladas do carrilhão do relógio no Largo dos Fanqueiros vieram entrando pela janela. Ele contou onze badaladas – e deu um suspiro de alívio. Não seria bom atrasar-se para sua primeiríssima hora marcada com Márcia. Septimus tinha dormido até mais tarde, mas isso conforme instruções de Márcia; ela também tinha dito que ele não precisava limpar a Biblioteca naquela manhã. Septimus olhou para o feixe multicolorido da luz do sol que entrava pelo vidro roxo da janela e balançou a cabeça com um sorriso – ele bem que podia se acostumar com isso.

Uma hora mais tarde, vestido com um novo traje verde de Aprendiz, deixado estendido para ele em seu quarto, Septimus batia à porta de Márcia com polidez.

– Entre, Septimus. – A voz de Márcia atravessou a grossa porta de carvalho. Septimus empurrou a porta, que se abriu rangendo, e entrou. O escritório de Márcia era um cômodo pequeno, revestido com lambris de madeira, com uma enorme mesa de trabalho colocada abaixo da janela e uma névoa de **Magya** no ar que fez com que a pele de Septimus formigasse. O cômodo era coberto de prateleiras apinhadas de livros com capa de couro e roídos pelas traças, pilhas de papéis que se amarelavam amarrados com fitas roxas e uma miríade de potes de vidro marrons e pretos contendo coisas velhíssimas, com as quais nem mesmo Márcia sabia ao certo o que fazer. Entre os potes, Septimus viu aquilo que era o orgulho de seu irmão Simon – uma caixa de madeira com a palavra *Farejadora* escrita na letra cheia de arabescos de Simon, típica dos Heaps. Septimus não pôde deixar de dar uma olhada pela janela alta e estreita. Ele adorava a vista dali do escritório de Márcia, de tirar o fôlego, que ia dos telhados do Castelo até o rio e se estendia pelas colinas verdejantes das Terras Cultivadas. Longe, bem longe, ele podia ver a nebulosa linha azul dos sopés das Áridas Terras do Mal.

Márcia estava sentada à mesa de trabalho em sua poltrona roxa de espaldar alto, já bem desgastada, mas muito confortável. Ela olhou com afeição para seu Aprendiz, que estava muito bem arrumado, o que não era seu costume, e deu um sorriso.

– Boa tarde, Septimus – disse ela. – Sente-se, por favor. – Indicou a cadeira verde menor, mas igualmente confortável, no outro lado de sua mesa. – Espero que tenha dormido bem.

Septimus sentou-se.

– Dormi, sim, obrigado – respondeu ele, um pouco desconfiado. Por que Márcia estava sendo tão *amável*?

– Você teve uma semana difícil, Septimus – começou Márcia. – Bem, todos nós tivemos. É muito bom você estar de volta. Tenho uma coisa para você. – Ela abriu uma pequena gaveta, tirou de dentro duas fitas de seda roxa e as colocou sobre a mesa.

Septimus sabia o que eram as fitas – as divisas roxas de um Aprendiz Sênior, que, se o seu Aprendizado transcorresse bem, ele passaria a usar em seu último ano. Era uma gentileza da parte de Márcia deixá-lo saber que faria dele um Aprendiz Sênior quando chegasse a hora, pensou, mas faltava muito tempo para seu último ano, e Septimus sabia bem até demais que muita coisa poderia dar errado até lá.

– Você sabe o que são essas divisas? – perguntou Márcia.

Septimus fez que sim.

– Ótimo. São suas. Estou fazendo de você um Aprendiz Sênior.

– O quê? *Agora?*

— Sim, agora – respondeu Márcia com um largo sorriso.
— Agora? Tipo... *hoje*?
— Isso mesmo, Septimus, hoje. Acredito que as barras de suas mangas ainda estejam limpas. Você não as sujou de ovo no café da manhã, sujou?

Septimus inspecionou as mangas de suas vestes.
— Não, elas estão ótimas.

Márcia levantou-se, e Septimus fez o mesmo – um Aprendiz jamais deve permanecer sentado quando seu mestre está de pé. Márcia pegou as fitas e as colocou sobre as bainhas das mangas de um verde vivo de Septimus. Com um sopro de bruma roxa **Mágyka**, as fitas se enroscaram ao redor da bainha das mangas e se tornaram parte da túnica de Septimus. Ele olhou para elas com os olhos arregalados, impressionado. Não sabia o que dizer. Márcia, porém, sabia.

— Agora, Septimus, você precisa saber um pouco sobre os direitos e deveres de um Aprendiz Sênior. Você poderá determinar cinquenta por cento de seus próprios projetos e também seu próprio horário, dentro do razoável, é claro. Você poderá ser solicitado a me representar nas reuniões de nível básico na Torre dos Magos, pelo que, aliás, eu ficaria muito grata. Como Aprendiz Sênior, você pode ir e vir sem pedir a minha autorização, embora eu venha a considerar uma cortesia de sua parte me informar aonde vai e a que horas pretende voltar. Mas, como você ainda é tão jovem, eu acrescentaria que exijo que você esteja de volta à

Torre dos Magos até as nove horas da noite nos dias de semana, e no *mais tardar* à meia-noite em ocasiões especiais, entendido?

Ainda com os olhos fixos nas divisas roxas **Mágykas** reluzindo nas barras das mangas, Septimus fez um gesto com a cabeça, concordando.

– Entendido... Creio... mas por quê...?

– Porque você – respondeu Márcia – é o único Aprendiz *de todos os tempos* a retornar da **Demanda**. Não apenas retornou *vivo*, como também retornou tendo concluído a **Demanda** com êxito. E, o que é ainda mais incrível, foi enviado para essa... essa coisa terrível antes mesmo de ter chegado à metade do Aprendizado... e *mesmo assim* você a cumpriu. Você usou suas habilidades **Mágykas** com mais eficácia do que muitos Magos nesta Torre jamais poderiam esperar fazer. É por isso que você é agora Aprendiz Sênior. Certo?

– Certo – respondeu Septimus com um sorriso. – Mas...

– Mas o quê?

– Eu não poderia ter realizado a **Demanda** sem Jenna e Besouro. E eles continuam presos naquele paiol de redes pequeno e fedorento na Feitoria. Nicko e Snorri também estão lá. Nós *prometemos* voltar lá imediatamente para buscá-los.

– E nós vamos – disse Márcia. – Tenho certeza de que eles não esperavam que nós déssemos a volta e voássemos para lá de imediato, Septimus. Além do mais, não parei um segundo desde que regressamos. Eu já estava de pé cedo esta manhã conseguindo com Zelda uma poção medonha para Ephaniah e Hildegarde, que ainda estão muito doentes. Preciso ficar de olho em Ephaniah esta noite, mas pretendo partir com Cospe-Fogo amanhã na primeira hora para ir buscar todos eles. Prometo que estarão de volta muito em breve.

Septimus olhou para suas divisas roxas, que tinham um belo brilho **Mágyko**, como óleo em cima da água. Lembrou-se das palavras de Márcia: *"Como Aprendiz Sênior, você pode ir e vir sem pedir a minha autorização, embora eu venha a considerar uma cortesia de sua parte me informar aonde vai e a que horas pretende voltar."*

— Vou buscá-los — disse ele, assumindo com rapidez o tom de um Aprendiz Sênior.

— Não, Septimus — objetou Márcia, já se esquecendo de que agora estava falando com um Aprendiz *Sênior*. — É arriscado demais, e você está cansado por causa da **Demanda**. Precisa descansar. *Eu* irei.

— Obrigado pelo oferecimento, Márcia — disse Septimus, ligeiramente formal, como acreditava que os Aprendizes Seniores provavelmente deveriam falar. — Mas pretendo ir eu mesmo. Parto com Cospe-Fogo daqui a pouco mais de uma hora. Devo retornar depois de amanhã, antes da meia-noite. E creio que essa pode ser razoavelmente classificada como uma ocasião especial.

— Ah! — Márcia desejou não ter informado a Septimus de maneira tão completa os direitos de um Aprendiz Sênior. Ela se sentou e o observou com um olhar pensativo. Seu novo Aprendiz Sênior parecia ter crescido de repente. Seus olhos, de um verde brilhante, tinham um ar de confiança recém-adquirido, enquanto sustentavam o olhar de Márcia; e, sim, ela tinha percebido alguma coisa diferente no momento em que ele entrou: ele tinha *penteado o cabelo*.

– Posso assistir à sua partida? – perguntou ela calmamente.

– Sim, por favor – respondeu Septimus. – Seria ótimo. Estarei no Campo do Dragão em pouco menos de uma hora. – Quando chegou à porta do escritório, ele parou e se virou. – Obrigado, Márcia – disse com um largo sorriso. – Muito obrigado mesmo.

Márcia retribuiu o sorriso e ficou observando seu Aprendiz Sênior sair de seu escritório com uma nova firmeza no andar.

✢ 2 ✢
O Chalé da Protetora

Era um dia claro e ventoso de primavera no Brejal Marram. O vento tinha afastado a névoa das primeiras horas da manhã e agora impelia pequenas nuvens brancas que deslizavam velozes pelo céu. O ar estava gelado; cheirava a sal marinho, lodo e sopa queimada de repolho.

Na entrada de um pequeno chalé de pedra, um menino desengonçado de cabelos longos e emaranhados estava levantando uma mochila para pô-la nos seus ombros largos. Ajudando-o, estava o que parecia ser uma volumosa colcha de retalhos.

– Agora, você tem *certeza* de que conhece o caminho? – perguntou a colcha de retalhos, ansiosa.

O menino fez que sim e ajeitou a mochila. Seus olhos castanhos sorriram para a mulher gorda oculta nas dobras da colcha.

– Estou com seu mapa, tia Zelda – disse, tirando do bolso um pedaço de papel amarfanhado. – Na verdade, estou com *todos* os seus mapas. – Surgiram mais pedaços de papel. – Veja... este é de Vala da Cobra até Sumidouro Duplo. De Sumidouro Duplo até Ermos do Lodo da Perdição. De Ermos do Lodo da Perdição até Caminho Largo. De Caminho Largo até os caniçais. Dos caniçais até a Estrada de Aterro.

– Mas e da Estrada de Aterro até o Porto? Está levando esse? – Os olhos de bruxa, de um azul brilhante, estavam ansiosos.

– Claro que estou. Mas não preciso dele. Eu me lembro muito bem *desse caminho*.

– Ah, querido – disse tia Zelda com um suspiro. – Ah, espero realmente que você esteja em segurança, querido Menino Lobo.

Menino Lobo olhou para tia Zelda lá do alto, algo que só recentemente se tornara possível, uma combinação de ele ter crescido rápido e de tia Zelda ter ficado um pouco mais encurvada. Ele pôs os braços em torno dela e lhe deu um abraço apertado.

– Vai dar tudo certo – disse ele. – Estarei de volta amanhã, como combinamos. Tente me **Escutar** chegando, por volta do meio-dia.

– Eu não **Ouço** tão bem hoje em dia – respondeu tia Zelda, um pouco tristonha, balançando a cabeça. – O Atolardo vai esperar por você. Aliás, onde ele está? – Tia Zelda examinou atenta o Fosso, que estava enchendo rápido com água salobra da maré alta. A água tinha uma aparência lodosa e espessa, que fez o Menino Lobo se lembrar da sopa de besouro marrom e nabos que tia Zelda tinha preparado para o jantar na noite anterior. Para além do Fosso, estendia-se a vasta planície do Brejal Marram, cortada por valas e canais longos e sinuosos, traiçoeiros lodaçais movediços, pântanos com mais de um quilômetro de profundidade, com muitos habitantes estranhos, nem sempre amistosos.

– Atolardo! – chamou tia Zelda. – *Atolardo!*

– Tudo bem – disse Menino Lobo, ansioso para partir. – Não preciso do Atolar...

– Ah, *aí* está você, Atolardo! – exclamou tia Zelda assim que uma cabeça marrom, parecida com a cabeça de uma foca, surgiu das águas espessas do Fosso.

– Sim. Eu está aqui – disse a criatura. Olhou irritado para tia Zelda com seus grandes olhos castanhos. – Eu está aqui *dormindo*. Ou pensei que estava.

– Desculpe-me, Atolardo querido – disse tia Zelda. – Mas eu gostaria que você levasse Menino Lobo até a Estrada de Aterro.

Desgostoso, o Atolardo soprou uma bolha de lodo.

– Ser caminho comprido até Estrada de Aterro, Zelda.

– Eu sei. E traiçoeiro, mesmo com um mapa.

O Atolardo deu um suspiro. De suas narinas veio um jorro de lama que salpicou o vestido de retalhos de tia Zelda e se entranhou em outra mancha lamacenta. O Atolardo encarou Menino Lobo com ar ranzinza.

– Muito bem, então. Não adianta ficar de moleza – disse ele. – Siga-me. – E saiu nadando ao longo do Fosso, cortando a superfície lodosa da água.

Tia Zelda envolveu Menino Lobo num abraço de retalhos. Em seguida, afastou-o de si, e seus olhos azuis de bruxa fixaram-se nele com ansiedade.

— Você tem o meu bilhete? – perguntou ela, séria de repente.

Menino Lobo fez que sim.

— Você sabe a hora que tem de ler o bilhete, não sabe? Não deve ler antes, certo?

Mais uma vez, Menino Lobo confirmou com a cabeça.

— Você precisa confiar em mim – disse tia Zelda. – Você *confia* em mim, não confia? – Dessa vez Menino Lobo fez que sim mais devagar. Olhou intrigado para tia Zelda. Os olhos dela tinham um brilho suspeito.

— Eu não o estaria mandando, se não achasse que você poderia realizar essa **Tarefa**. Você sabe disso, certo?

Menino Lobo fez que sim, meio desconfiado.

— E... ah, Menino Lobo, você sabe o quanto eu me preocupo com você, não sabe?

— Claro que sei – resmungou Menino Lobo, começando a ficar sem graça... e um pouco preocupado. Tia Zelda estava olhando para ele como se talvez nunca mais fosse vê-lo, pensou ele. Não tinha certeza se estava gostando disso. De repente ele se desvencilhou do abraço apertado de tia Zelda.

— Até logo, tia Zelda – disse ele. Saiu correndo para alcançar o Atolardo, que já tinha chegado à ponte nova de tábuas sobre o Fosso e estava esperando, impaciente.

Confortavelmente embrulhada em seu vestido de retalhos acolchoados, que tinha passado a maior parte do inverno costurando, tia Zelda continuou ao lado do Fosso, observando Menino Lobo enquanto ele atravessava o brejal. Ele pegou o que parecia ser um caminho desconhecido e sinuoso, mas tia Zelda sabia que estava seguindo pela trilha estreita que passava ao lado das curvas da Vala da Cobra. Ela observava, protegendo seus velhos olhos da claridade do céu infinito que se estendia sobre o Brejal Marram, uma claridade intensa que era desconfortável até mesmo num dia nublado. De vez em quando, tia Zelda via Menino Lobo parar, porque o Atolardo chamava a atenção dele para alguma coisa, e uma ou duas vezes viu que ele pulou agilmente por sobre a vala e continuou seu caminho no outro lado. Tia Zelda ficou observando pelo tempo que conseguiu, até que a figura de Menino Lobo desapareceu na margem de névoa que pairava sobre as Profundezas do Lodo da Perdição – um poço de limo sem fundo, que se estendia por quilômetros cortando o único trajeto até o Porto. Havia apenas uma maneira de atravessar as Profundezas – ir saltando pelo caminho de pedras ocultas – e o Atolardo conhecia cada uma das pedras que eram seguras.

Tia Zelda voltou devagar pelo caminho. Entrou no Chalé da Protetora, fechou a porta suavemente e apoiou nela o corpo cansado. Tinha sido uma manhã difícil – para começar, a visita que Márcia fez de surpresa com a notícia chocante da **Demanda** de Septimus. A manhã não melhorou depois que Márcia foi embora, porque tia Zelda detestou mandar Menino Lobo em sua **Tarefa**, apesar de ela saber que era necessário.

Tia Zelda deu um longo suspiro e olhou em volta do chalé que tanto amava. Era estranho aquele vazio fora do comum. Menino Lobo estava com ela havia mais de um ano, e ela tinha se acostumado cada vez mais com a sensação de outra vida sendo vivida ao seu lado no chalé. E agora ela o tinha enviado para... Tia Zelda balançou a cabeça. Ela estava maluca?, perguntou-se. Não, respondeu a si mesma com firmeza, *não* estava maluca – aquilo tinha de ser feito.

Alguns meses antes, tia Zelda percebera que estava começando a pensar no Menino Lobo como seu Aprendiz – ou como o Protetor **Eleito**, como mandava a tradição. Estava na hora de escolher seu aprendiz. Ela estava chegando ao final do seu Tempo de Protetora, e devia começar a transmitir seus segredos, mas uma coisa a deixava preocupada. Nunca tinha havido um homem como Protetor nessa longa tradição; só tinham existido Protetoras. Tia Zelda, porém, não via motivo para que não houvesse um. Na verdade, pensou, já está na hora de termos um Protetor – e assim, com muita hesitação, ela tinha enviado Menino Lobo em sua **Tarefa**, que, se ele a realizasse, o qualificaria para se tornar um **Eleito**, desde que a Rainha concordasse.

E agora, pensou tia Zelda, enquanto vasculhava a prateleira de guilhotinas de repolho à procura do pé de cabra, durante o tempo em que ele estivesse fora, ela deveria fazer todo o possível para garantir que a Rainha concordasse *mesmo* com a indicação de Menino Lobo.

– Aha! *Aí* está você – disse ela ao pé de cabra escondido, voltando ao seu antigo hábito de falar sozinha, quando não havia ninguém por perto. Pegou o pé de cabra da prateleira, e então foi até a lareira e enrolou o tapete que ficava diante dela. Ajoelhou-se ofegante, soltou uma lajota e depois, hesitando em arregaçar as mangas (porque a Grande Aranha Cabeluda Marram fazia seu ninho debaixo da lajota, e esta não era uma boa época do ano para incomodá-la), retirou cuidadosamente um longo tubo de prata que estava escondido no espaço ali embaixo.

Segurando o tubo com o braço estendido, tia Zelda, desconfiada, inspecionou-o. Uma súbita fisgada de horror percorreu todo o seu corpo – grudada na ponta estava uma reluzente ninhada branca de ovos da Grande Aranha Cabeluda Marram. Tia Zelda deu um berro e saiu pulando feito louca, sacudindo o tubo com força, na tentativa de soltar os ovos. Mas a gosma tinha coberto o tubo de prata, e ele voou da sua mão, descreveu um arco gracioso ao atravessar a sala e passar pela porta aberta da cozinha. Tia Zelda ouviu o *chape* inconfundível de alguma coisa caindo em sopa de nabo e besouro marrom, que agora se tornava sopa de nabo, besouro marrom e ovos de aranha. (Naquela noite, tia Zelda ferveu a sopa e a tomou no jantar. Na hora, ela achou que o sabor tinha melhorado muito com o dia a mais que a sopa ficou em cima do fogão; e foi só mais tarde que lhe passou pela cabeça que talvez os ovos de aranha tivessem alguma relação com isso. Ela foi dormir com uma leve sensação de enjoo.)

Tia Zelda estava prestes a resgatar o tubo de dentro da sopa quando, com o canto dos olhos, viu alguma coisa se mexer. Duas enormes pernas cabeludas vinham apalpando o caminho para sair do espaço debaixo da lajota. Com um calafrio, tia Zelda levantou a lajota pesada e a soltou. Ela caiu com um baque que sacudiu o chalé – e separou a mamãe aranha dos filhotes para sempre.

Tia Zelda recuperou o tubo de prata, sentou-se à escrivaninha e se reanimou com uma xícara de água de repolho quente, na qual ela desmanchou uma boa colherada de geleia de baga-do-brejo. Estava abalada – a aranha fez com que se lembrasse da missão em que tinha mandado Menino Lobo, e daquilo que ela mesma tinha sido despachada para fazer, por Betty Crackle. Deu mais um suspiro e disse a si mesma que tinha enviado Menino Lobo tão preparado quanto lhe foi possível – e pelo menos ela não tinha escrito o bilhete em papelão, como Betty Crackle tinha feito.

Tia Zelda limpou cuidadosamente o tubo para retirar toda a sopa de besouro marrom com nabos e ovos de aranha. Pegou uma pequena faca de prata, cortou o lacre de cera e retirou um pedaço de pergaminho antigo, manchado de umidade, com as palavras "Contrato de Aprendizagem do Protetor Eleito", escritas no alto em letra antiquada e desbotada.

Tia Zelda passou a hora seguinte à sua escrivaninha, **Nomeando** Menino Lobo no Contrato de Aprendizagem. Então, com sua caligrafia mais caprichada, redigiu sua *Solicitação de Aprendiz* para a Rainha, enrolou-a com o Contrato de Aprendizagem e colocou tudo dentro do tubo de prata. Já estava quase na hora de ir – mas primeiro havia uma coisa que ela queria pegar no armário de Poções Instáveis e Venenos Específicos.

No armário, estava muito apertado para tia Zelda, particularmente com seu novo vestido bem acolchoado. Ela acendeu a lanterna, abriu uma gaveta oculta e, com a ajuda de seus óculos fundo de garrafa, consultou um livrinho antigo intitulado ARMÁRIO DE POÇÕES INSTÁVEIS E VENENOS ESPECÍFICOS: GUIA E PLANO DOS PROTETORES. Depois de encontrar o que estava procurando, tia Zelda abriu uma pequena gaveta pintada de azul, de **Talismãs e Amuletos**, e examinou seu conteúdo. Uma variedade de cristais e pedras preciosas com entalhes estava arrumada com esmero no tecido azul de feltro que forrava a gaveta. A mão de tia Zelda ficou suspensa, indecisa, acima de uma seleção de **Talismãs de Proteção**, e ela franziu as sobrancelhas – o que procurava não estava ali. Consultou o livro mais uma vez e em seguida levou os dedos até o fundo da gaveta, onde eles encontraram um pequeno trinco na parte de trás. Com enorme esforço, tia Zelda esticou seu dedo indicador rombudo e mal conseguiu dar uma pancadinha para cima no trinco. Houve um suave ruído metálico, e alguma coisa pesada caiu dentro da gaveta e rolou para a frente, sendo iluminada pela luz da lanterna.

Tia Zelda pegou um pequeno frasco de ouro com formato de pera e o colocou com muito cuidado na palma da mão. Viu o brilho escuro e profundo do mais puro ouro – ouro fiado pelas aranhas de Aurum – e uma grossa rolha de prata onde estava escrito o único hieróglifo de um nome esquecido havia muito tempo. Ficou um pouco nervosa – o pequeno frasco que repousava em sua mão era um **Talismã de Proteção** vivo incrivelmente raro, e ela nem mesmo tinha chegado a tocar em um antes.

Mais cedo naquela manhã, a visita de Márcia ao Chalé da Protetora para recolher as poções para Ephaniah e Hildegarde tinha deixado tia Zelda muito inquieta. Depois que Márcia foi embora, tia Zelda foi tomada de uma **Visão** repentina: Septimus montado em Cospe-Fogo, um clarão ofuscante e nada mais, nada além de escuridão. Sentindo-se extremamente abalada, ela se sentou muito imóvel e **Olhou** dentro da escuridão, mas não viu nada. E essa era uma **Visão** apavorante, o nada.

Depois da **Visão**, tia Zelda ficou nervosíssima. Conhecia o suficiente sobre o que as pessoas chamavam de segunda **Visão** para saber que ela deveria ser chamada de primeira **Visão**, pois nunca estava errada. Nunca. Soube assim que, mesmo que Márcia tivesse insistido que ela própria pilotaria Cospe-Fogo para buscar Jenna, Nicko, Snorri e Besouro, na verdade era Septimus quem estaria sobre o dragão. O que tinha **Visto** aconteceria com certeza. Não havia nada que ela pudesse fazer para evitar isso. Tudo o que poderia fazer era enviar a Septimus a melhor espécie de **Talismã de Proteção** que possuía – e este era o melhor.

Tia Zelda saiu do armário se espremendo e levou o **Talismã de Proteção** vivo até a janela. Segurou o pequeno frasco à luz do sol e o revirou, inspecionando o lacre antigo de cera em volta da rolha. Ainda estava intacto – não apresentava rachaduras ou qualquer sinal de que tivesse sido mexido. Ela sorriu; o **Talismã** ainda estava **Dormindo**. Estava tudo bem. Tia Zelda deu um longo suspiro e, com uma voz monótona e estranha que teria provocado arrepios em qualquer um que estivesse escutando, começou a **Despertar** o **Talismã**.

Durante cinco longos minutos, tia Zelda entoou um dos cânticos mais raros e mais complicados de toda a sua vida. Era cheio de regras, regulamentos, cláusulas e subcláusulas, que, se fossem escritas, teriam posto no chinelo qualquer documento jurídico. Era um contrato de compromisso, e tia Zelda fez o melhor que pôde para garantir que não houvesse nenhuma brecha. Ela começou descrevendo Septimus – o destinatário do **Talismã** – em muitos detalhes e, à medida que exaltava Septimus, sua voz cresceu até encher o pequeno chalé. A voz rachou três vidraças, coalhou o leite e então saiu encaracolada pela chaminé para a brisa da manhã de primavera no Brejo.

Enquanto tia Zelda entoava seu cântico, sua voz de bruxa foi além do ponto em que um ser humano normal conseguiria ouvir e alcançou o tom que as criaturas do Brejo usam para avisos de perigo. Uma família de gafanhotos-do-brejo atirou-se dentro do Fosso, e cinco Ninfas das Águas enfiaram-se bem fundo no cantinho de lama favorito do Atolardo. Dois arganazes-do-brejo correram guinchando pela ponte do Fosso e caíram num poço de lodo, e a píton-do-brejo, que só estava fazendo a curva para entrar no Fosso, mudou de ideia e preferiu ir em direção à Ilha das Galinhas.

Por fim o cântico terminou, e o pânico das criaturas do Brejo fora do chalé abrandou-se. Tia Zelda enfiou um bonito cordão de couro pela alça de prata retorcida em volta do gargalo do frasco e, com todo o cuidado, colocou o frasco num dos muitos bolsos fundos do seu vestido. Em seguida, saiu para a cozinha pequenina na parte de trás do chalé e começou uma de suas tarefas prediletas – fazer sanduíche de repolho.

Dali a pouco o sanduíche de repolho tinha se juntado ao **Talismã de Proteção** vivo nas profundezas do seu bolso. Ela sabia que Septimus ia gostar do sanduíche de repolho – queria ter tanta certeza a respeito do **Talismã de Proteção**.

✢ 3 ✢
BARNEY POT

*T*ia *Zelda estava entalada.* Não queria admitir, mas estava. Estava tentando passar pelo Caminho da Rainha – uma passagem **Mágyka** que levava direto de seu armário de Poções Instáveis e Venenos Específicos a outro armário idêntico na Sala da Rainha no Palácio, muito longe dali, no Castelo. Para ativar o Caminho, tia Zelda precisava antes fechar a porta do armário, e então abrir uma determinada gaveta ao lado do seu pé direito. E, depois de um inverno dedicado a engordar Menino Lobo – e a si mesma –, não ia ser fácil fechar a porta do armário.

Tia Zelda espremeu-se contra as prateleiras apinhadas, prendeu a respiração e puxou a porta para fechá-la. Ela voltou a se abrir, veloz. Tia Zelda fechou a porta novamente, com toda a sua força, e uma fileira de frascos de poções atrás dela tombou na prateleira com um leve *tlim-tlim*. Com muito cuidado, tia Zelda contorceu-se para dar meia-volta e endireitar os frascos; e, ao fazer isso, derrubou uma pilha de caixas diminutas com peçonhas secas. As caixas caíram ao chão, com ruído. Bufando, tia Zelda abaixou-se para recolhê-las, e a porta do armário se abriu com violência. Resmungando, tia Zelda empilhou as caixinhas e enfileirou os frascos de poções. Ela examinou a porta do armário com um olhar ameaçador. Por que a porta estava sendo tão renitente? Com um puxão firme – para mostrar à porta quem mandava ali –, tia Zelda conseguiu fechá-la mais uma vez. Ficou bem parada e esperou. A porta permaneceu fechada. Muito, muito devagar e com muito cuidado, tia Zelda começou a dar meia-volta, até por fim estar de novo de frente para as prateleiras. Aliviada, ela soltou a respiração, e a porta se escancarou. Tia Zelda resistiu ao impulso de dizer uma forte maldição de bruxa, estendeu a mão para trás e fechou a porta com violência. Uma pequena trupe de frascos de poções chocalhou, mas tia Zelda não lhes deu atenção. Rapidamente, antes que a porta tivesse outras ideias, ela abriu com o pé a gaveta de baixo. Vitória! Atrás dela, um estalido inconfundível disse-lhe que o armário de Poções Instáveis e Venenos Específicos estava **Fechado** e que o Caminho da Rainha estava **Aberto**. Tia Zelda **Passou** pelo Caminho da Rainha – e ficou entalada na outra ponta.

Foi somente depois de alguns minutos que tia Zelda por fim conseguiu sair do armário idêntico na Sala da Rainha. Mas depois que ela fez pressão com o lado do corpo, enchendo os pulmões, a porta do armário de repente se escancarou. Como uma rolha que sai de uma garrafa, a entrada de tia Zelda na Sala da Rainha foi súbita e um pouco deselegante.

A Sala da Rainha era um aposento pequeno, circular, que continha nada mais que uma poltrona confortável, ao lado de uma lareira permanentemente acesa – e um fantasma. O fantasma estava refestelado na poltrona, olhando para o fogo, com ar sonhador. Era – ou tinha sido – uma jovem Rainha. Usava os cabelos escuros compridos, mantidos no lugar por um diadema simples de ouro, e estava enrolada nas vestes vermelhas e douradas como se estivesse com frio. Por cima do coração, suas vestes vermelhas tinham uma mancha escura, no lugar onde, cerca de doze anos e meio antes, a Rainha – que as pessoas no Castelo agora chamavam de Boa Rainha Cerys – tinha recebido um tiro fatal.

Com a dramática entrada de tia Zelda, a Rainha Cerys ergueu os olhos. Encarou tia Zelda com um sorriso irônico, mas não falou. Tia Zelda fez uma rápida mesura diante do fantasma, passou alvoroçada pela sala e atravessou a parede, desaparecendo. A Rainha Cerys voltou à sua contemplação do fogo, refletindo sobre como era estranho que os seres Vivos mudassem com tanta rapidez. Ela achava que Zelda devia ter comido por engano algum **Encantamento para Aumento de Tamanho**. Talvez ela devesse lhe contar. Ou talvez não.

Lá fora, no patamar empoeirado, tia Zelda dirigiu-se a uma escada estreita que a levaria ao térreo do torreão. Esperava não ter sido grosseira ao passar tão depressa pela Rainha Cerys, mas mais tarde ela teria tempo suficiente para pedir desculpas. Agora, precisava chegar a Septimus.

Ao pé da escada, tia Zelda abriu a porta do torreão, que dava para os jardins do Palácio, e partiu determinada pelos vastos gramados que se estendiam até o rio. Ao longe à direita, ela podia ver uma tenda listrada, meio gasta, empoleirada precariamente à margem do rio. Tia Zelda sabia que naquela tenda estavam dois de seus fantasmas prediletos, Alther Mella e Alice Nettles, mas ela estava indo em outra direção – rumo a uma longa fileira de abetos altos, ao longe, à borda esquerda dos gramados. Enquanto tia Zelda seguia apressada para as árvores, ela ouviu o ruído alto do vento de uma asa de dragão, um barulho não muito diferente de cem tendas listradas cheias de fantasmas batendo com o vento de uma tempestade medonha. Acima das árvores, ela viu a ponta da asa de Cospe-Fogo, quando ele a esticou, aquecendo seus músculos frios de dragão para o longo voo que tinham pela frente. E, muito embora não conseguisse ver o piloto, tia Zelda **Sabia** que não se tratava de Márcia no dragão – era Septimus.

– Espera! – gritou ela, acelerando o passo. – *Espera!* – Mas sua voz foi abafada quando, do outro lado das árvores, Cospe-Fogo baixou as asas, fazendo com que uma fortíssima rajada de ar balançasse os abetos. Arquejando e chiando, tia Zelda parou para recuperar o fôlego. Não adiantava, pensou, ela não ia conseguir. Aquele dragão ia decolar a qualquer instante, levando Septimus.

– Moça, você está bem? – indagou ansiosa uma vozinha em algum lugar abaixo de seu cotovelo.

– Hã? – disse tia Zelda, ainda sem fôlego. Ela olhou ao redor em busca do dono da voz e percebeu, bem ali atrás dela, um garotinho quase escondido por trás de um grande carrinho de mão.

– Quer alguma ajuda? – perguntou o menino, esperançoso. Barney Pot tinha acabado de entrar para o grupo recém-formado de Lobinhos do Castelo e precisava praticar sua boa ação do dia. De início, ele tinha confundido tia Zelda com uma tenda, como a tenda listrada sobre o desembarcadouro, e estava agora se perguntando se talvez não fosse o caso de ela estar presa dentro de uma tenda e ter posto a cabeça para fora pelo alto para pedir ajuda.

– Quero... sim – respondeu tia Zelda, bufando. Ela enfiou a mão no fundo de seu bolso secreto e tirou de lá um pequeno frasco dourado. – Leve isso... para o Aprendiz ExtraOrdinário... Septimus Heap... Ele está para aquele lado... – Ela agitou as mãos na direção dos abetos que dançavam. – Dragão. No... dragão.

Os olhos do garoto ficaram ainda mais arregalados.

– O Aprendiz ExtraOrdinário? No *dragão*?

– Isso. Entregue isso aqui a ele.

– Como... *eu*?

– Sim, querido, você. Por favor.

Tia Zelda apertou o pequeno frasco de ouro na mão do menino. Ele olhou espantado para o frasco. Era a coisa mais bonita que já tinha visto. Dava a impressão de ser estranhamente pesado – muito mais pesado do que ele tinha calculado que fosse – e no alto havia umas palavras em letras esquisitas. Barney estava aprendendo a escrever, mas não era coisa *daquele* tipo.

– Diga ao Aprendiz que se trata de um **Talismã de Proteção** – disse tia Zelda. – Diga-lhe que foi tia Zelda que mandou para ele.

Parecia que os olhos de Barney iam saltar da cabeça. Coisas desse tipo aconteciam no seu livro preferido, *Cem histórias para meninos entediados,* mas elas nunca aconteciam com ele.

– Uau... – disse ele, baixinho.

– Ah, peraí... – Tia Zelda pegou mais alguma coisa do fundo do seu bolso e entregou a Barney. – Dá também isso para ele.

Desconfiado, Barney pegou o sanduíche de repolho. Parecia frio e esponjoso; e por um instante Barney achou que poderia ser um camundongo morto, só que camundongos mortos não tinham fragmentos verdes encharcados no meio deles.

– E o que é isso? – perguntou ele.

– Um sanduíche de repolho. Bem, vai andando, querido – insistiu tia Zelda. – O **Talismã de Proteção** é muito importante. Vai correndo!

Não era preciso repetir a ordem para Barney – ele tinha aprendido com "A terrível história de Pedro Preguiçoso" que era *sempre* importante entregar um **Talismã de Proteção** com a máxima rapidez possível. Se você não o fizesse, todos os tipos de coisas medonhas poderiam acontecer. Ele fez que sim, enfiou o sanduíche de repolho no fundo do bolso de sua túnica encardida e, segurando firme o frasco de ouro, saiu na maior disparada na direção do dragão.

Barney chegou bem a tempo. Quando entrou correndo no campo do dragão, ele viu o Aprendiz ExtraOrdinário – um garoto grande de cabelo comprido e encaracolado, da cor de palha, usando a túnica verde de Aprendiz. Barney pôde ver que o Aprendiz estava prestes a montar no dragão. O tio de Barney, Billy Pot, estava segurando a cabeça do dragão e afagando um dos grandes espinhos em seu focinho.

Barney não gostava do dragão. Ele era enorme, assustador e tinha um cheiro esquisito – como os Abrigos de Lagartos do tio Billy, só que cem vezes pior. E desde o dia em que o dragão por muito pouco não pisou em cima dele, e tio Billy gritou porque Barney estava no meio do caminho, Barney tinha se mantido a distância. Mas Barney sabia que agora não havia como não atrapalhar o dragão – ele estava numa missão importante. Aproximou-se correndo do Aprendiz ExtraOrdinário e falou:

– Com licença!

Mas o Aprendiz ExtraOrdinário não deu a menor atenção. Ele jogou sobre os ombros uma capa com um cheiro estranho e se dirigiu a tio Billy:

– Eu seguro Cospe-Fogo, Billy. Você pode dizer a Márcia que estou de saída agora?

Barney viu tio Billy dar uma olhada para o canto do campo onde... *uau!*... a Maga ExtraOrdinária estava parada conversando com dona Sarah, que tomava conta do Palácio e era mãe da Princesa, apesar de não ser Rainha. Até então, Barney nunca tinha visto a Maga ExtraOrdinária, mas mesmo de longe ela aparentava ser tão assustadora quanto seus amigos diziam que era. Ela era alta de verdade, com uma densa cabeleira escura, encaracolada. E estava usando longas vestes roxas que panejavam com o vento. E também tinha uma voz bem forte, porque Barney a ouviu falando com tio Billy:

— O que é *agora*, sr. Pot?

Mas Barney sabia que não tinha tempo para ficar olhando para a Maga ExtraOrdinária. Ele precisava entregar o **Talismã de Proteção** ao Aprendiz ExtraOrdinário, que estava prestes a montar no dragão. Tinha de fazer isso agora — antes que fosse tarde demais.

— Aprendiz! — disse Barney, o mais alto possível. — Com licença!

Septimus Heap parou com o pé levantado e olhou para baixo. Viu um menininho que olhava para ele com grandes olhos castanhos. O menino fez com que ele se lembrasse de alguém que tinha conhecido muito tempo atrás... muito tempo atrás mesmo. Septimus quase disse "O que foi, Hugo?", mas se conteve.

— O que foi? — disse apenas.

— Por favor — disse o menino, que até tinha a voz parecida com a de Hugo. — Tenho uma coisa para lhe dar. É realmente importante, e eu prometi que lhe entregaria.

— Ah? — Septimus agachou-se, para o menino não precisar ficar olhando para o alto. — O que é que você tem aí? — perguntou.

Barney Pot abriu os dedos que seguravam o **Talismã de Proteção**.

– Isso aqui – disse ele. – É um **Talismã de Proteção**. Uma senhora pediu que o entregasse a você.

Septimus recuou como se tivesse sido picado.

– Não – disse ele, de forma abrupta. – Não, não, obrigado.

Barney ficou abismado.

– Mas é para você. – Ele estendeu o frasco de ouro na direção de Septimus.

Septimus levantou-se e se voltou de novo para o dragão.

– Não – disse ele.

Barney olhava aflito para o frasco.

– Mas é um **Talismã de Proteção**. É realmente importante. Por favor, Aprendiz, você *tem* de ficar com ele.

– Não – respondeu Septimus, abanando a cabeça. – Não, eu não tenho de ficar com ele.

Barney estava horrorizado. Tinha prometido entregar um **Talismã de Proteção**, e havia de entregá-lo. Coisas medonhas aconteciam a quem prometia entregar **Talismãs de Proteção** e acabava não entregando. No mínimo, ele seria transformado num sapo ou – ai, *eca*! – num lagarto. Seria transformado num lagartinho fedorento, e tio Billy nunca ia descobrir; ele o apanharia e o poria num Abrigo de Lagartos com todos os outros lagartos, e *eles* saberiam que ele não era um lagarto de verdade e o *devorariam*. Era uma catástrofe.

– Você precisa ficar com ele sim! – berrou Barney, pulando sem parar, em desespero. – Você *precisa*! Precisa ficar com *ele*!

Septimus olhou para Barney. Sentiu pena do menino.

— Ei, como você se chama? — disse ele, com delicadeza.

— Barney.

— Bem, Barney, ouça um conselho: nunca aceite um **Talismã de Proteção** de ninguém. *Nunca.*

— Por favor. — Barney agarrou a manga da roupa de Septimus.

— Não. Me solta, Barney. Ok? Preciso ir. — Com essas palavras, Septimus segurou-se num grande espinho no pescoço do dragão, lançou-se para o alto e pousou sentado na reentrância estreita à frente dos poderosos ombros do dragão. Em desespero, Barney olhava para ele ali no alto. Nem mesmo conseguiria alcançá-lo agora. O que ia fazer?

No exato instante em que Barney decidiu que teria de *atirar* o **Talismã de Proteção** no Aprendiz, Cospe-Fogo virou a cabeça; o olho de borda vermelha do dragão encarou com fúria a figurinha aflita que não parava de pular. Barney percebeu o olhar e recuou. Ele não acreditava quando tio Billy dizia que Cospe-Fogo era um cavalheiro, que jamais machucaria alguém.

Barney observou Márcia Overstrand aproximar-se do dragão a passos largos, acompanhada por tio Billy. E se ele entregasse o **Talismã de Proteção** à Maga ExtraOrdinária, e ela o desse ao Aprendiz? Ele ficou olhando enquanto a Maga ExtraOrdinária se certificava de que os dois grandes alforjes estavam bem presos logo atrás de onde Septimus estava montado. Viu a Maga Extra-Ordinária debruçar-se e dar um abraço no Aprendiz, e achou que o Aprendiz pareceu um pouco surpreso. E então a Maga Extra-Ordinária e tio Billy de repente recuaram; e Barney percebeu que o dragão estava prestes a decolar. Foi só *então* que ele se lembrou da outra coisa que deveria dizer.

— É da tia Zelda! — gritou, tão alto que sua garganta doeu.

— Foi tia Zelda que mandou o **Talismã de Proteção**! E um sanduíche também!

Mas era tarde demais. O forte ronco de uma *rajada* de vento abafou seu grito, e em seguida o poderoso deslocamento de ar causado pelo dragão atingiu Barney e o jogou no chão num monte de alguma coisa muito malcheirosa. Quando Barney conseguiu voltar a se pôr de pé, o dragão estava muito acima da sua cabeça, pairando bem no topo dos abetos, e tudo o que Barney podia ver do Aprendiz eram as solas de suas botas.

— Ei, Barney — disse seu tio, que acabava de se dar conta dele por ali. — O que você está fazendo?

— Nada — disse Barney, com um soluço, e fugiu em disparada.

Barney passou correndo por um buraco na sebe no final do campo do dragão. Só conseguia pensar em que precisava devolver o **Talismã de Proteção** para a-senhora-presa-na-tenda e explicar o que tinha acontecido. Assim podia ser que tudo desse certo. Mas a-senhora-presa-na-tenda tinha sumido.

E depois, para seu alívio, Barney viu a barra de uma colcha de retalhos desaparecer por uma portinha, entrando no velho torreão na ponta do Palácio. Tio Billy avisara a Barney que ele não tinha permissão para entrar no Palácio, mas naquele exato instante Barney não estava se importando com o que tio Billy lhe dissera. Seguiu correndo pelo velho caminho de tijolos que levava ao torreão e logo se encontrou no interior do Palácio.

Estava escuro no Palácio; o cheiro era esquisito, e Barney não gostou nem um pouco daquilo. Ele não conseguia ver a-senhora-presa-na-tenda em lugar nenhum. À sua direita, havia uma escada estreita em curva, que subia para dentro do torreão; e à sua esquerda, uma porta grande e velha, de madeira. Barney achou que a escada era estreita demais para a-senhora-presa-na-tenda conseguir subir por ela. Por isso, ele empurrou a porta antiga, que se abriu, e passou hesitante por ela. À sua frente estava o corredor mais comprido que Barney já tinha visto. Era, na realidade, o Longo Passeio, o largo corredor que se estendia como uma coluna vertebral pelo centro do Palácio. Ele era largo como uma pequena estrada e tão escuro e vazio como uma estradinha no campo à meia-noite. Barney entrou de mansinho no Longo Passeio, mas não havia sinal da-senhora-presa-na-tenda.

Barney não gostou do corredor; ele lhe dava medo. E ao longo das laterais havia coisas estranhas: estátuas, animais empalhados e quadros horríveis de gente assustadora olhando fixamente para ele. Mas ele ainda tinha certeza de que a-senhora-presa-na-tenda devia estar por perto. Olhou para o **Talismã de Proteção**, e um faiscar de luz de algum lugar refletiu no ouro brilhante, como que para relembrá-lo de como era importante ele devolver o **Talismã de Proteção**. E então alguém o agarrou.

Barney chutou e se debateu. Ele abriu a boca para gritar, mas de repente uma mão se fechou sobre ela. Barney sentiu um enjoo. A mão cheirava a alcaçuz, e Barney detestava alcaçuz.

– *Shhh!* – chiou uma voz no seu ouvido. Barney se contorcia como uma pequena enguia, mas infelizmente ele não era tão escorregadio quanto uma e estava sendo segurado com firmeza.

– Você é o menino do cuidador-do-dragão, não é? – disse a voz.

– Ui! Você consegue ter um cheiro pior do que o dele.

– Messsolta... – murmurou Barney através da horrível mão de alcaçuz, que tinha alguma coisa realmente afiada no polegar, alguma coisa que machucava.

– É – disse a voz no seu ouvido. – Não queremos meninos fedorentos como você por aqui. Vou ficar com isso. – A outra mão de seu agressor estendeu-se e arrancou o **Talismã de Proteção** das mãos de Barney.

– Não! – berrou Barney, conseguindo por fim se desvencilhar. Barney fez uma investida para pegar o **Talismã de Proteção** e se descobriu, para seu espanto, cara a cara com um escriba do Manuscriptorium. Ele não conseguia acreditar. Um garoto alto, de aspecto sujo, com as longas vestes cinzentas de um escriba, estava segurando o **Talismã de Proteção**, fora do seu alcance, com um largo sorriso. Barney lutou para conter as lágrimas. Não conseguia compreender. Nada estava certo nessa manhã. Por que motivo um escriba do Manuscriptorium ia pegá-lo numa emboscada para roubar seu **Talismã de Proteção**? Escribas são de confiança, todo mundo sabia.

– Me devolve! – gritou Barney, mas o escriba segurava o frasco logo acima dos pulos desesperados de Barney.

– Pode ficar com ele, se conseguir alcançar, Baixinho – provocou o escriba.

– Por favor, *por favor*! – soluçou Barney. – É importante. Por favor, me dá ele de volta!

– Importante até que ponto? – perguntou o escriba, segurando o frasco ainda mais alto.

– Muito, *muito* importante.

– Bem, então cai fora. Ele agora é meu.

Para horror de Barney, o escriba de repente desapareceu. Ele teve a impressão de que o escriba tinha *pulado para dentro da parede*. Ficou olhando aflito para os lambris, e um trio de cabeças encolhidas dispostas numa prateleira olhou-o de volta. Barney ficou apavorado. Como alguém poderia desaparecer daquele jeito? Podia ser que ele tivesse acabado de ser atacado por um fantasma horrendo. Mas fantasmas não tinham cheiro de alcaçuz nas mãos e não conseguiam agarrar coisas, conseguiam?

Barney estava só. O longo corredor estava deserto, e o **Talismã de Proteção** tinha sumido. As cabeças encolhidas exibiram para ele largos sorrisos, como que dizendo: *Curta ser um lagarto! Ha, ha, ha!*

┽ 4 ┽
O Eleito

Enquanto *Barney Pot era* assaltado no Longo Passeio, tia Zelda observava a partida de Septimus da pequena janela no alto do torreão.

Ela viu Cospe-Fogo subir acima do Palácio, ocultando o sol com sua enorme barriga branca. Viu as sombras das asas do dragão voando pelos gramados do Palácio enquanto ele ia em direção ao rio, e viu o que parecia ser o pequenino vulto verde de Septimus, que mal se equilibrava quase escondido atrás do grande pescoço musculoso do dragão. Observou Septimus dar três voltas com Cospe-Fogo ao redor da tenda listrada na plataforma de desembarque e viu Alther Mella surgir da tenda e acenar para ele. Então, tia Zelda forçou seus velhos olhos para seguir Septimus e seu dragão, à medida que partiam rumo a um colchão de névoa que vinha do Porto. Quando dragão e tripulante não eram mais que um ponto escuro no céu, finalmente desaparecendo de vista, tia Zelda deu um suspiro e disse a si mesma que pelo menos Septimus estava com o **Talismã de Proteção** – um **Talismã de Proteção** vivo, nada menos que isso.

Tia Zelda afastou-se da janela. Tirou uma chave dourada do bolso, enfiou no que parecia uma parede sólida e entrou na Sala da Rainha. Ao entrar no santuário silencioso, deixou de lado sua preocupação com Septimus e voltou seus pensamentos para o menino que um dia tinha sido o melhor amigo de Septimus. No Exército Jovem, Septimus e Menino Lobo eram inseparáveis – até a noite terrível em que Menino Lobo caiu da embarcação do Exército e desapareceu nas águas escuras do rio.

Com o som farfalhante do vestido de tia Zelda, a Rainha Cerys virou-se devagar em sua poltrona, e seus olhos de um violeta profundo olharam sem expressão para a visitante. O fantasma da Rainha quase nunca saía da sala, porque protegia o Caminho da Rainha. Tinha uma existência sossegada, em que raramente acontecia alguma coisa, e passava grande parte do tempo como se estivesse dentro de um sonho do qual às vezes era difícil sair.

Tia Zelda fez outra reverência e retirou o longo tubo de prata do bolso. A visão do tubo despertou a Rainha Cerys de seu devaneio, e ela olhou com interesse quando tia Zelda tirou dele um pedaço de pergaminho, desenrolou-o com cuidado e o colocou no braço da poltrona em que o fantasma estava sentado.

– É uma solicitação para a pessoa que irá me substituir, se for do seu agrado, Vossa Alteza – disse tia Zelda, que não concordava em se dirigir a uma Rainha da forma que estava agora na moda: "Vossa Majestade".

A Rainha Cerys não se importava com o tratamento que lhe dispensavam, desde que as pessoas fossem gentis. Como sua filha, Jenna, ela sempre achou meio ridículo ser chamada de "Vossa Majestade", e na sua opinião o "Vossa Alteza" que tia Zelda usava não era muito melhor. Mas não disse nada e olhou interessada para a folha de pergaminho que estava à sua frente.

– Ainda não tinha tido o prazer de ver um desses, Zelda – disse com um sorriso. – Minha mãe não viu nenhum, embora eu acredite que minha avó tenha visto dois ou três.

– Creio que sim, Vossa Alteza. Foram tempos ruins, aqueles. Quando finalmente Betty Crackle se tornou Protetora, tudo estava um caos. Coitada. Betty fez o que pôde.

– Tenho certeza de que sim. Mas já faz muito tempo que você é Protetora, Zelda?

– Sim. Faz mais de cinquenta anos, Vossa Alteza.

– Ai, por favor, Zelda, me chame apenas de Cerys. Cinquenta anos? O tempo passa tão rápido... e, ainda assim, tão devagar. Então, quem você escolheu? Não uma daquelas Bruxas de Wendron, espero.

— Céus, não! – exclamou tia Zelda. – Não, é alguém que está morando no meu chalé comigo faz algum tempo. Uma pessoa jovem que, fico feliz em dizer, tem um grande amor pelo Brejo e por todas as criaturas que vivem ali. Alguém que vai desempenhar essa função muito bem; disso estou convencida.

— Fico muito feliz. Quem é? – perguntou Cerys, com um sorriso.

Tia Zelda respirou fundo.

— É... Menino Lobo, Vossa Alteza... Cerys.

— *Menino* Lobo?

— Sim.

— Nome estranho para uma garota. Mas os tempos mudam, imagino.

— Não se trata de uma garota, Vossa... Cerys. É um garoto. Bem, um jovem, quase.

— *Um* jovem? Céus.

— Creio que ele seria um Protetor maravilhoso, Rainha Cerys. E os Princípios da Proteção na verdade não dizem em lugar nenhum que só pode haver Protetoras.

— É verdade? Meu Deus!

— Mas é claro que a decisão é sua, Rainha Cerys. Eu só posso sugerir e recomendar.

A Rainha Cerys ficou sentada olhando para o fogo por tanto tempo que tia Zelda começou a se perguntar se ela tinha caído no sono, até que a voz clara, ligeiramente abafada começou a falar.

— Zelda — disse o fantasma da Rainha. — Compreendo que os deveres do Protetor mudaram, agora que o Barco-Dragão voltou ao Castelo.

— Isso é verdade — disse tia Zelda num murmúrio. Ela deu um suspiro. Tia Zelda sentia uma falta enorme do Barco-Dragão. Vivia preocupada com o barco largado inconsciente na Casa do Dragão, no fundo, por dentro das muralhas do estaleiro, embora aquele fosse exatamente o lugar que tinha sido construído para manter o Barco-Dragão seguro. E apesar de saber que isso significava que Jenna estava livre agora para deixar o Castelo sem colocar o barco em perigo, tia Zelda ainda lamentava a perda do seu Barco-Dragão.

A Rainha Cerys continuou:

— Então, me parece que, como os deveres da Proteção mudaram, talvez sua própria natureza devesse mudar também. Se você recomendar esse Menino Lobo, eu o aceitarei.

— E eu o recomendo, Rainha Cerys — disse tia Zelda com um largo sorriso. — Na verdade, ele tem minha forte recomendação.

— Então aceito Menino Lobo como **Protetor Eleito**.

Tia Zelda bateu palmas, toda animada.

— Ah, isso é maravilhoso. Maravilhoso!

— Traga o menino aqui, Zelda, para que eu o veja. Traga-o pelo Caminho da Rainha. Precisamos ver se ele consegue passar pelo Caminho.

— É... ele já conseguiu. Eu... é... eu tive de trazê-lo aqui uma vez. Foi uma emergência.

– Ah, bem, parece altamente qualificado. Não vejo a hora de conhecê-lo. Ele cumpriu a **Tarefa**, suponho.

Um pequeno nó de ansiedade instalou-se no estômago de tia Zelda.

– Ele está se empenhando na **Tarefa** neste exato momento, Cerys.

– Ah. Então tratemos de aguardar seu retorno com atenção. Se ele conseguir voltar, estarei de fato ansiosa para conhecê-lo. Adeus, Zelda. Até a próxima.

O contentamento de tia Zelda pelo fato de a Rainha ter aceitado seu Aprendiz foi um pouco amortecido quando ela mencionou a **Tarefa**, que tia Zelda tinha conseguido tirar da mente por algum tempo. Sem pressa, ela enrolou o pergaminho e o colocou de volta no tubo. Em seguida, fez uma reverência e atravessou a sala para entrar no armário de Poções Instáveis e Venenos Específicos. Cerys ficou observando enquanto tia Zelda abria a porta e se espremia com certo esforço para entrar no armário.

– Zelda? – chamou Cerys.

– Sim? – respondeu tia Zelda ofegante, esticando a cabeça para fora do armário com alguma dificuldade.

– Você acha que é possível ingerir um Encantamento para Aumento de Tamanho sem perceber?

Tia Zelda pareceu confusa.

– Acho que não – respondeu. – Por quê?

– Por nada. Só estava pensando. Faça uma boa viagem.

– Ah. Obrigada, Rainha Cerys. – E fechou com dificuldade a porta do armário atrás de si.

✠ 5 ✠
412 e 409

Septimus se sentia nas nuvens. Estava pilotando Cospe-Fogo, e de agora em diante poderia fazer isso *sempre que quisesse.* Ele se deu conta de que era a primeira vez que voava em seu dragão sem um leve sentimento de culpa e sabendo que Márcia realmente não aprovava ou que tinha de fato proibido.

Mas dessa vez ela acenou sorrindo enquanto ele partia. Até mesmo dera um abraço nele – o que foi um pouco estranho –, e agora ele tinha pela frente a emoção de uma viagem inteira, só ele e seu dragão. Melhor ainda, pensou Septimus ao subir com Cospe-Fogo através de um baixo colchão de névoa e sair à luz do sol, ele estava indo encontrar todas as pessoas que significavam mais que tudo para ele. Bem, quase todas. Havia outras, é claro, mas eram Jenna, Besouro, Nicko e Snorri que estavam esperando por ele num velho paiol de redes muito distante no além-mar, e ele estava a caminho para trazê-los para casa.

Septimus sabia que seria um longo voo. Ele tinha feito esse caminho dois dias antes com Márcia, Sarah e Ephaniah Grebe, que estava muito enfermo, e não tinha sido fácil. Mas isso foi principalmente por causa do que Sarah tinha chamado de "pilotagem de passageiro" por parte de Márcia. Agora, porém, eram apenas Septimus e seu dragão, e ele iria pilotar o dragão exatamente como quisesse.

E assim, deslizando acima da névoa, Cospe-Fogo acompanhava as curvas sinuosas do rio enquanto seguia rumo ao Porto. Septimus estava sentado na Reentrância do Piloto, que fica logo atrás do pescoço do dragão e na frente de seus ombros largos e ossudos. A cada bater longo e lento das asas, Septimus sentia os músculos de Cospe-Fogo se moverem abaixo das frias escamas em cima das quais estava sentado. Ele se recostou e descansou num espinho grande e achatado – conhecido como o Espinho do Piloto –, e segurou descontraído um espinho curto na base do pescoço do dragão, que alguns manuais chamavam agressivamente de Espinho do Pânico, mas que Septimus sabia que era mais correto chamar de Espinho-Guia, pois era através dele que sentia cada movimento do dragão.

Logo, Septimus e Cospe-Fogo estavam sobrevoando o Porto. A névoa tinha desaparecido, e pequenas nuvens brancas passavam rápido pelo céu acima deles – nuvens felizes, pensou Septimus. Brilhava um sol intenso, e as escamas verdes de Cospe-Fogo refletiam cores como um arco-íris. Septimus deu uma risada. A vida era boa – na verdade, a vida era maravilhosa. Ele tinha sobrevivido à **Demanda** – melhor ainda, tinha cumprido a **Demanda** com sucesso –, o único Aprendiz a conseguir isso. E agora, para seu espanto, era Aprendiz Sênior. Olhou para a bainha de suas mangas – sim, as faixas roxas ainda estavam lá, cintilando ao sol.

Septimus olhou para baixo. Bem longe, ele viu o Porto, que se espalhava como um tecido estampado. Muitas das ruas ainda estavam escuras, já que o sol ainda não estava alto o suficiente para chegar até o fundo dos desfiladeiros formados pelos armazéns e expulsar dali as sombras, mas os raios brilhavam nos velhos telhados de ardósia, que cintilavam por causa de um temporal recente. Preguiçosos anéis de fumaça subiam das chaminés lá embaixo, e Septimus sentiu nas narinas o cheiro doce de lenha queimada. Era uma boa manhã para estar voando num dragão.

Partindo do Porto, como uma cobra branca e comprida, havia uma conhecida estrada elevada que se estendia até o Brejal Marram: a Estrada de Aterro. Septimus ajustou Cospe-Fogo para sobrevoar a Estrada de Aterro, pensando em atravessar o Brejal Marram até o Farol das Dunas Duplas e, de lá, estabelecer o curso por mar aberto. Enquanto avançava em direção à extremidade da Estrada de Aterro do lado do Brejo, Septimus viu um vulto, negro em comparação com a brancura da estrada, seguindo para o Porto.

Septimus não acreditava totalmente em sexto sentido. Estava inclinado a concordar com Márcia, que dizia que sexto sentido era "um monte de besteirada de bruxas". Ele tinha, porém, um sentido bem desenvolvido para saber quando estava sendo **Observado**, e soube de repente que aquele vulto no final da Estrada de Aterro o estava **Observando**. Não estava **Observando** com más intenções, apenas **Observando**, o tipo de coisa que um Mago talvez fizesse ao mandar o filho para a escola, acompanhando-o enquanto ele se afasta, para ver se os valentões das redondezas não estão esperando para agir.

Septimus cutucou levemente Cospe-Fogo duas vezes com o pé esquerdo, e o dragão perdeu altura aos poucos. Agora Septimus podia ver que a pessoa tinha parado e estava olhando para cima, protegendo os olhos com as mãos.

– É o 409. Tenho certeza de que é – murmurou Septimus, caindo no velho hábito de pensar alto quando só estavam ele e Cospe-Fogo. – Para baixo, Cospe-Fogo, para baixo. Epa! Não tão rááááápido!

Cospe-Fogo pousou na Estrada de Aterro com um tremendo baque e derrapou na superfície de argila escorregadia. Tentando frear, ergueu as asas para que ficassem perpendiculares ao chão da estrada e empurrou a cauda para baixo, mas só conseguiu fazer um sulco fundo na superfície de argila branca. Com as patas da frente esticadas, os calcanhares arrastando, Cospe-Fogo continuava indo veloz, direto para uma poça funda. Um jorro de água suja espirrou no ar, e finalmente o dragão conseguiu parar, com o barro do fundo da poça grudando em seus pés como a cola para camundongos de Márcia – um preparado que ela usava para pegar os camundongos que comiam papéis na Biblioteca da Pirâmide.

De seu poleiro, Septimus olhou para baixo. Onde estava 409? Com certeza era exatamente ali, onde pousaram, que 409 tinha estado. Um pensamento horrível passou pela cabeça de Septimus – Cospe-Fogo não teria pousado *em cima* dele, teria? Septimus **Escutou**. Não **Ouviu** nada, apenas o suave suspiro da brisa que roçava os juncos no outro lado da Estrada de Aterro.

Em pânico, Septimus desceu de qualquer jeito do dragão. Não havia nenhum sinal de Menino Lobo na estrada que se estendia atrás dele; tudo o que ele conseguia ver eram o longo sulco formado pela cauda de Cospe-Fogo e as marcas da derrapagem de suas patas. Nesse momento, ocorreu-lhe um pensamento ainda mais terrível – será que o dragão tinha arrastado Menino Lobo ao passar?

– Levante-se, Cospe-Fogo – disse ele, com a voz quase aguda.

O dragão ficou olhando para Septimus como se perguntasse: *Por que eu deveria fazer isso?* Mas Septimus não quis conversa.

– *Levante-se!* – exigiu. – Cospe-Fogo, levante-se já!

Cospe-Fogo sabia quando tinha de obedecer a uma ordem, mas isso não significava que ele tivesse de obedecer com elegância. Irritado, levantou-se da poça, onde estava gostando de ficar sentado. Com muita preocupação, Septimus procurou atentamente ali por baixo e de repente se sentiu muito melhor. Nenhum sinal de 409.

– Alguma coisa errada com o trem de pouso, 412? – disse uma voz divertida atrás de Septimus.

– 409! – exclamou Septimus, virando-se exatamente a tempo de ver seu velho amigo sair encharcado do juncal na beira da estrada. – Eu não conseguia **Ouvir** você. Por um momento horrível pensei... bem, pensei...

Os olhos castanhos de Menino Lobo estavam sorridentes.

– 409 foi esmagado – terminou a frase de Septimus. – Não foi graças a você que não fui esmagado. Você como piloto é um perigo. Precisei me jogar no meio dos juncos. – Ele se sacudiu como um cachorro, espirrando um monte de gotas na pele de carcaju que Septimus estava usando. Cheio de suspeita, Menino Lobo cravou os olhos na pele. Ele não gostava de ver peles de carcaju usadas como vestimentas. Os carcajus eram da *família*.

Septimus sentiu o olhar de Menino Lobo. Sem graça, tirou a pele de carcaju e a atirou para cima de Cospe-Fogo.

– Desculpa – disse ele.

– Não se preocupe. As pessoas usam, eu sei – respondeu Menino Lobo com um risinho. – Tem sempre problema por aqui, não tem? – disse ele.

– É mesmo? – perguntou Septimus.

– É. Você sabe... coisas esquisitas caindo do céu. Primeiro foi seu irmão, e agora, você.

Septimus não tinha certeza se gostava de ser equiparado àquele irmão em particular. Ele sabia que Menino Lobo estava falando daquela vez em que Simon, carregando o **Talismã de Voo**, tinha se lançado sobre eles, quase no mesmo lugar onde estavam agora e tentado levar Jenna. Mas Septimus não conseguia nunca ficar aborrecido quando estava com Menino Lobo.

– Bem, pelo menos você não me acertou com sua atiradeira – disse Septimus, com um sorriso.

– Não. Mas ainda a carrego comigo. E então, o que você está fazendo?

– Vou buscar Jenna. E Nicko e Snorri. E Besouro. Trazê-los para casa.

– O quê?... Todos eles? *Nisso* aí? – Menino Lobo olhou para Cospe-Fogo sem acreditar. E o dragão retribuiu a gentileza.

– Isso mesmo. Vai ser divertido.

– Antes você do que eu. Não troco de lugar com você nem morto.

– E que lugar é esse? O Porto? – Não era difícil adivinhar. A Estrada de Aterro não levava a nenhum outro lugar.

– Adivinhou. Zelda quer que eu... – Menino Lobo calou-se de repente; tia Zelda tinha lhe dito para não contar a ninguém o que estava fazendo – ... faça umas coisas – completou Menino Lobo sem graça.

– Coisas?

– Hum... é.

— Tudo bem. Você não precisa me contar. Tem coisas que Márcia também não deixa que eu conte pra ninguém. Quer uma carona?

— É... — Menino Lobo olhou para Cospe-Fogo. Ele tinha jurado que não voaria naquele dragão nunca mais na vida. As escamas davam-lhe arrepios, e a maneira com que Cospe-Fogo voava, subindo e descendo, como um ioiô, embrulhava seu estômago.

— É uma longa caminhada até o Porto — disse Septimus, que não queria deixar seu velho amigo sozinho no meio do nada. — E nós não vamos rápido, eu juro.

— Bem... eu... está certo, então. Obrigado.

Septimus cumpriu sua promessa. Pilotou Cospe-Fogo devagar a uma altitude de uns quinze metros acima da Estrada de Aterro, e logo depois eles chegaram aos primeiros prédios da periferia do Porto — umas casinhas de trabalhadores em péssimo estado. Sob os olhares silenciosos de algumas crianças pequenas — que tinham surgido de olhos arregalados ao ouvirem o som do dragão —, Menino Lobo saiu escorregando do seu assento atrás de Septimus. Ele pousou na Estrada de Aterro como um gato e endireitou a mochila nos ombros.

— Obrigado, 412. Não foi tão ruim assim.

— De nada. Escuta, cuidado com o Conventículo do Porto, está bem? Elas são piores do que parecem.

— Certo. Nem parecem ser tão boas — disse Menino Lobo. — Epa... como é que você sabe que estou indo ao Conventículo?

Septimus de repente ficou preocupado.

– Eu não sabia – disse. – Você não está realmente indo ao Conventículo, está?

Menino Lobo fez que sim.

– Tia Zelda, ela...

– Hum – resmungou Septimus. – Bem, lembre-se de que não foi sendo uma feiticeira branca boazinha o tempo todo que tia Zelda virou Protetora. – Ele fixou o olhar nos olhos castanho-escuros do seu amigo e baixou a voz. – **Ninguém** consegue ser um Protetor sem um toque das **Trevas**, 409. Tome cuidado. Não chegue perto demais, está bem?

– Não vou chegar, não. E você também tome cuidado. Venha nos ver quando voltar.

Septimus pensou que seria maravilhoso passar algum tempo no chalé de tia Zelda com Jenna e Nicko, exatamente como tinha sido quando se encontraram pela primeira vez – só que ainda melhor.

– Viremos *todos* ver vocês – disse ele. – Levarei Nicko e Snorri... e Besouro também, e Jenna.

– Beleza. E eu vou mostrar o Brejo a vocês. Conheço todas as trilhas... bem, a maioria delas. Vou levar vocês até a Ilha das Galinhas. Tenho bons amigos por lá.

– Parece ótimo. Ótimo mesmo. – Septimus olhou para Menino Lobo e desejou que o amigo não estivesse a caminho das bruxas do Porto. Ele não tinha certeza se Menino Lobo entendia exatamente como elas eram perigosas. Levou a mão a um dos bolsos do seu cinto prateado de Aprendiz e retirou um pequeno triângulo de metal. – Aqui, leve isto – disse ele. – É um **Inversor**. Se aquelas bruxas tentarem qualquer coisa, aponte a extremidade pontuda para elas. Isso vai lhes mandar de volta o que estiverem tentando, em dobro.

Menino Lobo sacudiu a cabeça com tristeza.

– Obrigado, mas não, obrigado – disse ele. – Tenho de fazer isso sozinho.

– Ok – disse Septimus, guardando de novo o **Talismã**. – Compreendo. Tenha cuidado. – E ficou olhando as passadas longas e firmes de Menino Lobo, que o levavam com rapidez para além dos chalés e por uma trilha estreita, calçada com pedras arredondadas, que dava nas ruas escuras de casas desordenadas que abraçavam a periferia do Porto. Ficou olhando até Menino Lobo virar uma esquina e desaparecer nas sombras.

– Suba! – disse então Septimus ao dragão, sob o olhar meio desconcertante da multidão silenciosa e imunda de bebês e crianças pequenas.

Cospe-Fogo, que – apesar do que Barney Pot pensava – tinha muito cuidado com crianças pequenas, bateu as asas com cautela, e Septimus viu o chão mais uma vez ir se afastando aos poucos.

Estavam a caminho.

┽┾ 6 ┽┾
EUGÊNIO

C*omo uma aranha que retorna para* sua teia, Merrin estava de volta ao seu cantinho secreto.

Ele o tinha descoberto por acaso alguns dias antes, quando, perambulando pelo Longo Passeio a caminho do Manuscriptorium, tinha visto Sarah Heap vindo apressada em sua direção. Merrin entrou em pânico. Estava sendo apanhado numa parte particularmente aberta do Longo Passeio, sem nenhuma sombra onde pudesse ficar à espreita, sem portas ou cortinas por trás das quais pudesse escapulir. Ele nunca pensava direito quando estava em pânico. Por isso, tudo o que fez foi se encostar com força nos lambris antigos e esperar que, por algum milagre, Sarah Heap não percebesse sua presença. Mas, para seu espanto, o que aconteceu foi outro tipo de milagre: os lambris atrás dele se abriram, e ele caiu para trás dentro de um espaço vazio.

Merrin ficou sentado, sem fôlego, afundado em camadas de poeira, e viu Sarah Heap passar sem nem um olhar de relance para o buraco escuro nos lambris. Assim que teve certeza de que ela já tinha passado, Merrin inspecionou seu esconderijo. Era do tamanho de um quarto minúsculo e não continha mais do que uma velha cadeira quebrada e uma pilha de cobertores no canto. Meio receoso do que os cobertores poderiam esconder, cutucou-os com o pé. Eles de imediato se desfizeram em poeira. Tossindo, Merrin saiu correndo do armário, só para descobrir que Sarah Heap estava voltando. Ele mergulhou de volta no quarto oculto e, no desespero de tentar sufocar a tosse, enfiou as juntas dos dedos na boca. Merrin não precisava ter se preocupado, pois Sarah tinha outros assuntos na cabeça naquela hora, e o som de engasgos abafados vindo de dentro da parede não chegou a abalar sua ansiedade.

Desde então, Merrin tinha feito muitas visitas ao que considerava *seu* lugar secreto. Tinha deixado ali um estoque de coisas essenciais: água, velas e cobras de alcaçuz, além de alguns Ursos de Banana, que eram uma novidade na lojinha de Ma Custard e, se fossem mascados junto com uma cobra de alcaçuz, adquiriam um gosto bastante interessante. Sempre que podia, Merrin sentava-se tranquilamente no cubículo, escutando e observando: uma aranha no centro da teia, à espera de que uma mosca jovem e inocente passasse por ali – e por fim uma realmente aparecera, na forma de Barney Pot.

Merrin tinha sido uma aranha eficiente e agora estava de volta à toca, segurando, empolgado, o resultado de sua primeiríssima emboscada. Ele acionou a pederneira de seu isqueiro e, com a centelha, acendeu as velas que tinha "tomado emprestadas" do Manuscriptorium. Hesitante, fechou o trecho do painel que dava para o Longo Passeio, tendo o cuidado de pôr uma cunha para que não se fechasse. Desde a época que sua babá – seguindo ordens de DomDaniel – o trancava num armário escuro quando ele a desobedecia, Merrin tinha medo de ficar preso em lugares escuros, e a única desvantagem dessa sua toca era o fato de não ter conseguido descobrir como abrir a porta de dentro para fora.

Depois de testá-la treze vezes para se certificar de que ainda abria, Merrin acomodou-se em algumas almofadas que tirara de um armário de reserva no sótão do Palácio. Então, arrancou com uma mordida a cabeça de uma cobra de alcaçuz novinha, enfiou um Urso de Banana na boca e suspirou feliz. A vida era boa.

Merrin examinou o frasquinho de ouro, que ainda mantinha o calor da mão de Barney. E sorriu: tinha se saído bem. Dava para dizer que o frasco era de puro ouro, simplesmente pelo peso e pelo brilho profundo e sem manchas que refulgia quase laranja à luz das velas. Olhou para a tampa de prata e se perguntou o que seria o pequeno e estranho pictograma no alto. O frasco parecia ser de perfume, e ele calculou que o símbolo fosse o nome do perfume. Já tinha visto alguns semelhantes na vitrine de uma pequena joalheria perto da loja de Ma Custard, e alguns deles eram realmente muito caros – caros o suficiente para comprar o estoque inteiro de cobras de alcaçuz e Ursos de Banana de Ma Custard, e provavelmente a maior parte das ofertas de **RefriBom** também. Merrin começou a ficar com água na boca, e um pouco de baba de alcaçuz escorreu pela frente de suas vestes cinza do Manuscriptorium. Ele abriu um sorriso e jogou mais um Urso de Banana na boca. Estava decidido – era *exatamente* isso o que ele ia fazer: levaria o frasco de ouro à joalheria e o venderia. Depois, iria direto à loja de Ma Custard e compraria todo o estoque de cobras e ursos. Seria uma boa *lição* para a megera. [O consumo de Merrin de cobras de alcaçuz tinha sido maior que seu salário no Manuscriptorium, e Ma Custard lhe informara que ela não vendia fiado.]

A curiosidade começou a dominar Merrin, e ele se perguntava como seria o cheiro do perfume no frasco. Se o perfume fosse bom, ele poderia cobrar ainda mais. Merrin inspecionou a cera azul brilhante que vedava a tampa. Seria bastante fácil derreter a cera na chama da vela e voltar a vedar a tampa. Ninguém ficaria sabendo. Ele atacou a cera com uma unha imunda do polegar e começou a raspá-la. Logo a maior parte da cera estava no seu colo, em espirais encardidas, e a prata lisa, que antes estivera escondida por baixo da cera, brilhava à luz das velas. Merrin pegou a pequena tampa com o indicador e o polegar e puxou. Ela saiu com um leve estampido.

Merrin levou o frasco de ouro ao nariz e inspirou. O cheiro não era muito bom. Na verdade, era nitidamente *des*agradável. No entanto, não era de se esperar que Merrin soubesse que os gênios não são conhecidos por um cheiro bom – e muitos deles fazem questão de ter um cheiro bastante nojento. Por sinal, o gênio que vivia no frasco de ouro, preso na mão grudenta de Merrin, não cheirava tão mal assim para um gênio – uma mistura sutil de abóbora queimada com um toque de esterco de vaca. Mas Merrin ficou decepcionado com seu frasco de perfume. Só para ter certeza de que o cheiro no fundo não era tão ruim, ele levou o frasco direto à sua narina esquerda e inspirou com força – e o gênio foi sugado para dentro do seu nariz. Não foi um bom momento para nenhum dos dois.

É provável que para o gênio tenha sido pior. Ele tinha esperado dentro do frasco por muitos séculos, sonhando com o momento magnífico em que seria libertado. Tinha sonhado com o ar fresco e gostoso de uma manhã de primavera na montanha, exatamente como da última vez em que tinha sido libertado por um pastor que de nada suspeitava, não muito tempo antes de uma bruxa trapaceira que não valia nada tê-lo atraído para dentro do menor frasco em que era possível caber um gênio. Desde que tinha sido **Despertado** por tia Zelda, o gênio estava numa expectativa frenética, imaginando uma variedade infinita de cenários de libertação. Provavelmente o único que ele não imaginou foi o de ser sugado pelo nariz de Merrin Meredith.

Não era legal dentro do nariz de Merrin. Sem entrar num monte de detalhes desagradáveis, era escuro, úmido e não havia muito espaço para um gênio ansioso poder se expandir. E o barulho era terrível – nem mesmo no centro de um turbilhão encantado o gênio tinha ouvido nada parecido com os uivos que enchiam a caverna minúscula para onde tinha sido arrastado. Mas de repente, acompanhado pelo som do espirro mais apavorante, o gênio ganhou a liberdade, lançado da caverna como uma bala de um revólver. Com um grito de empolgação, ele chegou ao espaço aberto e, num lampejo de luz amarela, disparou para o outro lado da saleta diminuta, onde ricocheteou na parede, sendo atirado numa pilha de poeira antiquíssima. Merrin ficou olhando totalmente assombrado e até com bastante orgulho – nunca tinha visto uma meleca como *aquela*.

O orgulho de Merrin evaporou-se depressa, e seu assombro transformou-se em medo à medida que um grande borrão de um amarelo brilhante ia saindo da pilha de poeira: a meleca na poeira estava *crescendo*. Um guincho de terror escapou dele enquanto a massa aumentava e começava a subir sempre mais, como leite fervendo e borbulhando. Agora a massa começava a girar, espichando-se para o alto enquanto turbilhonava e brilhava cada vez mais, superando a luz doce das velas e enchendo o cubículo com um clarão amarelo ofuscante.

Àquela altura, Merrin estava se encolhendo num canto, choramingando. De início, ele tinha achado que um dos escribas do Manuscriptorium, quando ele não estava olhando, tinha de algum modo grudado nele um **Encantamento de Ampliação de Meleca** (um velho favorito do Manuscriptorium). Mas agora – mesmo com os olhos bem fechados – Merrin sabia que era pior que isso. Sabia que dentro do cômodo estava outro Ser – um Ser muito maior, mais velho e mais assustador do que ele mesmo.

E alguma coisa lhe dizia que o Ser não estava exatamente feliz naquele instante.

Merrin tinha razão – o gênio não estava nem um pouco feliz. Vinha ansiando por grandes espaços abertos, e cá estava ele, enfurnado num armário pequenino, cheio de poeira antiga e com Seu Grande Libertador todo encolhido, fungando num canto. É claro que todos os gênios estavam habituados a um pouco de pavor quando apareciam – muitos até se esforçavam para cultivá-lo –, mas havia alguma coisa no Libertador desse gênio que não o agradava. O ser humano todo encurvado, de aparência infeliz, tinha um ar desagradável e decididamente *não* era o tipo de Libertador que a canção de **Despertar** tinha levado o gênio a esperar. Ele nem mesmo parecia ser a pessoa certa. Irritado por ter sido mais uma vez enganado, o gênio deu um suspiro de irritação. O suspiro uivou pelo cubículo como o grito choroso de um espectro. Merrin atirou-se ao chão e cobriu as orelhas com as mãos.

O gênio espalhou-se por todo o teto e olhou com repulsa para a figura de Merrin, de bruços, fungando. Mas, se quisesse continuar do lado de fora do frasco, o gênio teria de ser rápido ao dar o próximo passo. Ele precisava receber uma ordem e cumpri-la. Desse modo, ele mais uma vez se tornaria parte do mundo e poderia assumir uma forma humana – não que isso fosse uma enorme vantagem, pensou o gênio, olhando lá para baixo, para a figura de dar dó.

A coisa seguinte que Merrin ouviu – apesar dos dedos enfiados nos ouvidos – foi uma voz que lhe deu a impressão de vir das profundezas da sua cabeça.

— És tu *Septimus Heap?*
Merrin abriu um olho e olhou para o alto, cheio de medo. O borrão amarelado no teto pairava ameaçador no ar. Merrin conseguiu dar um guincho espremido.
— Sim. Sou eu. Bem, eu fui no passado. Quer dizer, eu *era.*
O gênio suspirou, e uma forte rajada de vento passou assobiando pela saleta pequena como uma caixa. Como seu **Despertar** podia ter dado tão errado? Esse pirralho chorão tinha dito que era Septimus Heap, mas a figura encolhida na poeira não era nem um pouco parecida com o retrato esplêndido do garoto **Mágyko** que tia Zelda tinha apresentado ao gênio. A descrição de Septimus Heap tinha sido de tal ordem que mesmo o gênio calejado tinha quase sentido uma enorme vontade de conhecer seu novo Senhor, mas agora estava claro: mais uma bruxa traiçoeira o tinha enganado. O gênio não teve escolha, a não ser passar para a Segunda Pergunta:
— *Que determinas, ó meu Amo e Senhor?* — Só para se divertir, o gênio fez sua voz o mais assustadora possível. Merrin voltou a enfiar os dedos nos ouvidos e tremeu de pavor:
A voz repetiu, impaciente, a pergunta:
— *Que determinas, ó meu Amo e Senhor?*
— O quê? — perguntou Merrin, cobrindo o rosto com as mãos e espiando por entre os dedos.
O gênio suspirou de novo. Esse era burro de verdade. Ele repetiu a pergunta ainda outra vez, muito devagar, e começou a deslizar parede abaixo.

– Que... eu? Eu... termino? – disse Merrin como um papagaio assustado.

O gênio concluiu que devia estar falando na língua errada. Na maior parte dos cinco minutos seguintes, ele passou por todas as línguas disponíveis, enquanto se movimentava a esmo pelo quarto, observado com horror por Merrin. Não teve sucesso. Quando chegou à última língua que sabia – um dialeto de um vale de um rio desconhecido nas Planícies das Neves do Leste –, o gênio já estava em estado de pânico. Se o pateta do seu Grande Libertador não respondesse logo à pergunta, o gênio voltaria direto para dentro daquele frasquinho medonho, e nem pensar no que viria depois. Ele precisava de uma resposta – *agora*.

A essa altura Merrin já tinha reunido coragem suficiente para ficar sentado ali mesmo.

– O que... o que é você? – gaguejou ele, quando a gosma se acomodou no chão. O pânico do gênio diminuiu um pouco: o Grande Libertador estava por fim dizendo alguma coisa com sentido, e o gênio agora sabia qual língua usar. Mas o tempo era curto. Ele estava começando a sentir o puxão do frasquinho de ouro, que o Grande Libertador ainda segurava com força. Ele sabia que precisava parecer paciente e amistoso; essa era sua única esperança. Devagar, ele respondeu à pergunta de Merrin.

– Sou um gênio – respondeu ele.

– Um o quê?

Ai, misericórdia, esse era *burro* mesmo.

– Um gênio – disse a gosma amarela, muito, muito devagar.

– Gê... nio.

O nariz de Merrin estava entupido, seus olhos ainda lacrimejavam com a incursão do gênio, e seus ouvidos zumbiam com o suspiro uivante. Ele mal conseguia ouvir direito.

– Você é *Eugênio*? – perguntou Merrin.

O gênio desistiu.

– Sim – concordou ele. – Se for essa tua vontade, Grande Libertador, sou Eugênio. Mas primeiro deves responder a minha segunda pergunta: *O que determinas, ó meu Amo e Senhor?*

– Eu? Eu termino *o quê*?

O gênio perdeu a cabeça.

– Determinas! – berrou ele. – *Determinas!* O que *determinas*, ó meu Amo e Senhor? Quer dizer, o que queres que eu faça, *pateta*?

– Não me chame de pateta! – respondeu Merrin, também gritando.

O gênio olhou abismado para Merrin.

– É essa tua resposta? Que eu não te chame de pateta?

– É!

– Mais nada?

– Não! Sim... sim, vai embora, *embora*! – Merrin atirou-se ao chão e teve seu primeiro acesso de raiva desde a última vez em que sua babá o tinha trancado num armário.

O gênio não podia acreditar na sua sorte. Que reviravolta! Louco para comemorar, assumiu uma forma humana num estilo mais extravagante do que poderia ter adotado, se estivesse menos eufórico. Logo a saleta secreta já não estava cheia de uma gos-

Dentro da saleta secreta, o acesso de raiva de Merrin terminou de repente – exatamente como sempre terminava quando a babá batia a porta do armário e o deixava lá dentro. No súbito silêncio, com os ouvidos ainda zunindo, Merrin levantou-se devagar e tentou abrir o lambri, que não se mexeu.

Uma hora depois, Merrin estava jogado nas almofadas, rouco de tanto berrar, e Sarah Heap sentava-se na cozinha do Palácio, conversando com a cozinheira.

– Estou ouvindo coisas por trás dos lambris – disse ela. – São aquelas pobres princesinhas de que Jenna me falou. Pobres fantasminhas presos. É tão triste.

A cozinheira não se perturbou.

– Não vá se preocupar com isso, sra. Heap – disse ela. – Ouve-se todo tipo de coisa no Palácio. Coisas terríveis aconteceram aqui ao longo do tempo. É só tirar isso da cabeça. Logo vai passar. A senhora vai ver.

Sarah Heap tentou, mas os gritos continuaram a noite inteira. Até mesmo Silas ouviu. Os dois foram dormir com algodão tampando os ouvidos.

Merrin não conseguiu nem ir dormir.

ma amarela e amorfa, mas ocupada por uma figura exótica, que usava calções, gibão e capa amarelos, tudo complementado por um chapéu – o gênio gostava de chapéus – que se assemelhava de modo extraordinário a uma pilha de argolas, de tamanho decrescente, de um amarelo vivo, equilibrada na sua cabeça. O traje era realçado pelo que o gênio achou ser um bigode que lhe caía muito bem – ele sempre tinha gostado de um pouco de pelos no rosto – e por um conjunto de unhas longas e recurvadas. Ele era um pouco vesgo, mas nem tudo é perfeito.

O gênio mal conseguia acreditar na sua sorte (tinha resolvido ser homem – com um nome como Eugênio, o que mais ele poderia ser?). Ele, que estava prestes a ser forçado a voltar para dentro do frasco, tinha passado, em um minuto exato, para uma condição de liberdade total, ou quase total. Desde que permanecesse longe daquela bruxa velha que o tinha **Despertado**, por um ano e um dia, tudo estaria bem. E era certo que ele não tinha a menor intenção de ir a qualquer lugar perto dos brejais pestilentos onde tinha sido **Despertado**, absolutamente nenhuma intenção.

O gênio olhou para Merrin deitado de bruços no chão, batendo com os pés e se lamuriando. Ele balançou a cabeça, sem conseguir entender. Muito embora no passado distante e esquecido ele próprio tivesse sido um deles, os humanos eram esquisitos – não havia como negar. Com um desejo irresistível de respirar algum ar puro finalmente, o gênio saiu apressado da saleta secreta, fazendo com que uma forte corrente de ar batesse a porta com violência.

⊬ 7 ⊬
A Pastelaria

Das sombras de uma rua úmida e malcheirosa Menino Lobo viu Septimus e Cospe-Fogo subirem acima dos telhados, partindo na direção do sol. Ficou **Observando** até eles não passarem de um pequeno ponto negro no céu, ou talvez apenas um pouco de fuligem na ponta de um cílio – era difícil dizer. E tomou seu caminho, seguindo o último mapa de tia Zelda.

Como Septimus, Menino Lobo estava se sentindo nas nuvens, com uma nova sensação de liberdade associada com responsabilidade. Estava por conta própria, mas não sozinho, pois sabia que tia Zelda pensava nele e que o trabalho que tinha de fazer era importante para ela... muito importante. Ele não sabia por quê; apenas estava feliz com a confiança que ela demonstrava.

Menino Lobo tinha passado anos vivendo na Floresta e não estava acostumado a ver tantas pessoas de uma vez só. Mas enquanto ia até a Pastelaria do Cais do Porto – lugar pelo qual tinha ansiado havia dias –, sentiu-se entusiasmado com as ruas e a estranha mistura de pessoas que passavam por ele. Era muito parecido com a Floresta, pensou, só que com casas no lugar de árvores e pessoas no lugar de criaturas da Floresta – se bem que ele achasse as pessoas do Porto muito mais esquisitas do que qualquer criatura da Floresta. Quando o menino desengonçado com cachos desgrenhados do tipo rastafári, túnica marrom sebenta, andando a largos passos de lobo, seguia pelas ruas de pedras arredondadas que ziguezagueavam entre os armazéns destruídos, ele não chamava a atenção do povinho que morava no Porto nem dos seus visitantes. E era assim que ele gostava.

O mapa de tia Zelda era ótimo. Logo, ele saiu de uma passagem estreita entre dois armazéns para a brisa ensolarada do velho porto de pesca. À sua frente, boiando na água agitada, uma coleção de vários tipos de embarcações cuidadas por pescadores e marinheiros. Algumas estavam tendo a carga transferida para carroças que estavam ali à espera; outras se preparavam para se aventurar na vastidão azul do mar que preenchia o horizonte. Menino Lobo tremeu de frio e puxou sua capa marrom em volta do corpo. Não trocaria o Brejo ou a Floresta pelo mar de modo algum, pensou; o vazio imenso do mar o apavorava.

Menino Lobo respirou fundo. Gostava do sabor ligeiramente salgado do ar, mas gostava ainda mais do aroma apetitoso das tortas quentes, que lhe dizia que tinha chegado ao lugar certo. Seu estômago roncou alto, e ele se dirigiu para a Pastelaria do Cais do Porto.

A pastelaria estava tranquila. Era pouco antes da agitação da hora do almoço, e atrás do balcão uma jovem gorducha estava ocupada tirando do forno mais um lote de tortas. Menino Lobo ficou parado diante da maior variedade de tortas que já tinha visto na vida, tentando decidir qual comprar. Ele queria experimentar todas. Ao contrário de Septimus, Menino Lobo não apreciava o estilo diferente de cozinhar de tia Zelda, e decidiu imediatamente que não comeria nenhuma torta que tivesse repolho – o que só eliminava três. Por fim, comprou cinco tortas diferentes.

Quando se virou para sair, a porta da pastelaria abriu-se de repente e um rapaz de cabelos louros entrou com passadas largas. A jovem que estava atrás do balcão levantou os olhos, e Menino Lobo viu um ar de ansiedade passar por seu rosto.

– Simon – disse ela. – Teve sorte?

– Nada – respondeu o rapaz.

Menino Lobo gelou. Ele reconheceu aquela voz. Por baixo de suas tranças, deu uma olhada no recém-chegado. Com certeza não era... não podia ser. Mas sim, havia uma cicatriz no olho direito do rapaz, exatamente no lugar em que a pedra de sua atiradeira o havia atingido. Só pode ser ele. Era... era Simon Heap.

Menino Lobo sabia que Simon não o tinha reconhecido. Na verdade, Simon mal tinha olhado para ele. Estava concentrado numa conversa sussurrada com a jovem. Menino Lobo hesitou. Deveria escapulir, correndo o risco de que Simon notasse, ou ficar na mesma posição, fingindo que continuava interessado nas tortas? Com as tortas quentinhas, implorando para serem comidas, Menino Lobo preferia sair rápido antes de ser notado, mas alguma coisa na voz de Simon – uma espécie de desespero – o deteve.

– Não consigo encontrá-la *em lugar nenhum*, Maureen. É como se ela tivesse se evaporado – estava dizendo Simon.

– Ela não pode ter se evaporado. – Foi a resposta sensata de Maureen.

Simon, que sabia mais dessas coisas do que Maureen imaginava, não tinha tanta certeza.

– É minha culpa – disse ele, com tristeza. – Eu deveria ter ido com ela à feira.

– Ora, você não pode ficar se culpando, Simon – disse Maureen tentando confortá-lo. – Lucy tem um temperamento difícil. Nós dois sabemos disso. – Ela sorriu. – Ela deve ter ido embora, num acesso de raiva. Você vai ver. Ela fez a mesma coisa uma vez, sumiu uma semana inteira, quando estava aqui.

Nada tranquilizava Simon. Ele balançou a cabeça.

– Mas ela não estava de mau humor. Estava bem. Tenho um pressentimento ruim sobre isso, Maureen. Ah, se ao menos Farejadora estivesse comigo...

– Quem? Aimeudeusdocéuestãoqueimando! – Maureen saiu correndo para salvar a próxima fornada de tortas.

Simon ficou observando Maureen abanar a fumaça com um pano de prato.

– Vou tentar **Rastrear** os passos dela mais uma vez, Maureen. E pronto. Depois vou pegar Farejadora.

– O que é Farejadora? Alguma nova agência de detetives? – perguntou Maureen, inspecionando uma torta escurecida de salsichas e tomates. – Antes elas do que eu. A última que trabalhou aqui ficou toda queimada. Ficou pior que esse monte de tortas.

– Não. Farejadora é minha Bola Rastreadora – disse Simon. – Márcia Overstrand a roubou de mim.

Chocada, Maureen levantou os olhos de suas tortas.

– A Maga ExtraOrdinária *roubou* uma bola?

– Bem... ela não roubou exatamente – disse Simon, tentando se manter fiel à sua nova decisão de dizer sempre a verdade. – Acho que na realidade ela meio que confiscou a bola. Mas Farejadora não é apenas uma velha bola, Maureen. Ela é **Mágyka**. Pode encontrar pessoas. Se eu conseguir convencer Márcia a devolver Farejadora, poderia fazer com que ela encontrasse Lucy, tenho certeza de que poderia.

Maureen despejou todo o conteúdo da bandeja na lata de lixo, com um suspiro de tristeza.

– Olha, Simon, não se preocupe demais. Lucy vai aparecer, tenho certeza disso. Se eu fosse você, tirava da cabeça toda essa coisa de **Magya** e continuava procurando aqui por perto. Você sabe o que dizem: se você esperar no cais o tempo suficiente, todo o mundo que você já conheceu na vida vai passar por ali. Tem coisas piores por aí.

– É... acho que você tem razão – resmungou Simon.

– Claro que tenho – disse Maureen. – Por que você não vai e faz o que estou dizendo? Leve uma torta.

Com o canto dos olhos, Menino Lobo observou Simon pegar uma torta de ovos com bacon e sair da pastelaria. Pela vitrine embaçada, ele viu Simon andando devagar ao longo da muralha do Porto, comendo sua torta, concentrado em seus pensamentos. Era um Simon muito diferente daquele que Menino Lobo tinha visto da última vez. Dos seus olhos tinha sumido o ar dissimulado, ameaçador, bem como a impressão das **Trevas** que os envolviam. Se não tivesse reconhecido a voz, pensou Menino Lobo, não saberia que era ele.

Menino Lobo deixou a pastelaria e desceu uma pequena escada até a água, o que o afastou do caminho de Simon. Ficou ali sentado vendo alguns caranguejos miúdos cavarem na areia úmida e, afugentando repetidos ataques das terríveis gaivotas do Porto, ele conseguiu devorar uma torta de queijo e feijão, uma de bife acebolado e uma particularmente deliciosa, de legumes ao molho de carne. Depois, guardou as outras duas tortas na mochila e consultou o mapa. Estava na hora de ir realizar o que tinha vindo fazer. Estava na hora de uma visita ao Conventículo das Bruxas do Porto.

✣ 8 ✣
O Conventículo das Bruxas do Porto

Menino Lobo não costumava ficar nervoso, mas, enquanto estava ali parado diante da escada coberta de um limo suspeito na entrada da Casa do Conventículo das Bruxas do Porto, sentiu um frio na barriga. Havia alguma coisa que o assustava naquela velha porta da frente danificada, com sua tinta preta descascada e palavras **Invertidas** rabiscadas de cima a baixo. Ele enfiou a mão no fundo do bolso da túnica e tirou dali o bilhete que tia Zelda recomendara que ele só lesse quando estivesse diante da porta de entrada do Conventículo. Menino Lobo esperava que ver a letra simpática de tia Zelda faria com que se sentisse melhor. No entanto, à medida que foi começando a ler o bilhete, o efeito foi totalmente contrário.

Tia Zelda tinha escrito seu bilhete em papel especial, feito de folhas de repolho prensadas. Tinha escrito com muito cuidado com tinta preparada a partir de besouros esmagados, misturados com água do Fosso. Não tinha usado letra manuscrita, porque sabia que Menino Lobo tinha dificuldade com letras – ele costumava se queixar de que elas se reorganizavam, quando ele não estava olhando. Havia um monte de letras – uma família inteira de besouros foi necessária para fazer a tinta. Os besouros diziam:

Querido Menino Lobo,
Agora você está do lado de fora do Conventículo das Bruxas do Porto. Leia isso, guarde cada palavra na memória e depois <u>coma o bilhete</u>.

Menino Lobo engoliu em seco. *Comer* o bilhete? Ele tinha lido direito? Olhou para a palavra mais uma vez. C-O-M-A. Coma. Era o que estava ali. Menino Lobo abanou a cabeça e continuou a ler muito devagar. Estava com uma impressão ruim do que viria depois. O bilhete continuava:

Isto é o que você deve fazer:
Pegue a aldraba de Sapo. Bata apenas uma vez. Se o Sapo coaxar, o Conventículo tem de atender.

A bruxa que atender à porta perguntará: "O que o traz aqui?"

Você deve dizer: "Vim alimentar a Fera." Não diga mais nada.

A bruxa responderá "Que seja. Pode entrar, Alimentador da Fera" e o deixará entrar.

Não diga nada.

A bruxa o levará à cozinha. Ela dirá ao Conventículo que você veio alimentar a Fera.

Quando chegar à cozinha, diga apenas as palavras "Sim", "Não" e "Vim alimentar a Fera. O que vocês vão me dar?".

O Conventículo vai lhe trazer o que elas quiserem que você dê à Fera. Você pode recusar qualquer coisa humana, mas tudo o mais você deverá aceitar.

Elas Despertarão a Fera. Tenha coragem.

Então elas o deixarão a sós com a Fera.

Você ALIMENTARÁ A FERA. (Para isso, querido Menino Lobo, você deverá ser veloz e destemido. A Fera estará faminta. Faz mais de cinquenta anos que ela foi alimentada.)

Pegue a faca de prata que lhe dei hoje de manhã e, enquanto a Fera se alimenta, corte a ponta de um dos seus tentáculos. Não derrame sangue.

A essa altura, Menino Lobo engoliu em seco. *Tentáculos?* Ele não estava gostando nem um pouco daquilo. Quantos tentáculos? De que tamanho? A sensação desagradável na boca do seu estômago aumentava, e ele continuou a ler:

> *Guarde a ponta do tentáculo na carteira de couro que lhe dei, para que o Conventículo não sinta o cheiro do sangue da Fera.*
>
> *Quando a Fera tiver acabado de comer, o Conventículo voltará.*
>
> *Como você entrou por intermédio do Sapo das Trevas, elas permitirão que você saia da mesma forma.*
>
> *Volte direto para cá pela Estrada de Aterro, e o Atolardo estará à sua espera.*
>
> *Tenha uma boa passagem e um coração valoroso,*
> *Tia Zelda xxx*

Quando finalmente acabou de ler a carta, Menino Lobo estava com as mãos tremendo. Ele sabia que tia Zelda tinha alguma coisa especial que queria que ele fizesse, mas não tinha ideia de que seria alguma coisa *desse* tipo. Atraindo olhares curiosos dos transeuntes e um oferecimento de conselho – "Não é bom ficar parado aí, menino. Eu ia procurar qualquer outro lugar, *menos esse* se eu fosse você" –, Menino Lobo leu e releu o bilhete de tia Zelda muitas vezes, até saber cada palavra de cor. Amassou-o então numa bola e, desconfiado, o enfiou na boca. Ele ficou grudado no céu da boca, com um gosto repugnante. Muito devagar, Menino Lobo começou a mastigar.

Cinco minutos depois, ele tinha conseguido engolir os últimos pedaços do bilhete. Respirou fundo então e organizou seus pensamentos. Enquanto fazia isso, uma leve mudança caiu sobre ele. Duas garotas que iam passando e estavam olhando para Menino Lobo e dando risinhos calaram-se à medida que o garoto, com seu cabelo rastafári, de repente parecia menos menino e mais... lobo. Elas seguiram apressadas, uma agarrada ao braço da outra, e mais tarde contaram às amigas que tinham visto um feiticeiro de verdade do lado de fora do Conventículo.

Menino Lobo tinha recuado para dentro de seu mundo sombrio de hábitos de carcajus – como ele sempre fazia quando se sentia correndo perigo – e, com uma percepção mais apurada de tudo que o cercava, examinou a porta da Casa do Conventículo das Bruxas do Porto. Havia três aldrabas, situadas uma acima da outra. A mais baixa era uma miniatura de um caldeirão de ferro, a do meio era o rabo enrolado de um rato de prata, e a do alto era um sapo gordo, cheio de verrugas. Parecia muito fiel à realidade.

Menino Lobo esticou-se para alcançar a aldraba do sapo, e o sapo *se mexeu*. Menino Lobo recolheu a mão como se tivesse sido mordido. O sapo era de verdade. Estava agachado sobre a aldraba, com seus olhinhos escuros de anfíbio olhando fixamente para ele. Menino Lobo detestava coisas lodosas – o que provavelmente era o motivo pelo qual ele não gostava muito da comida de tia Zelda –, mas sabia que teria de tocar na aldraba do sapo, e que era provável que essa não fosse a pior coisa que ele teria de tocar.

Cerrando os dentes, ele tentou alcançar o sapo mais uma vez. O sapo inchou até ficar com o dobro do tamanho, de tal modo que parecia ser um pequeno balão em forma de sapo. Ele começou a chiar, mas dessa vez Menino Lobo não recuou. Quando sua mão começou a se fechar acima do sapo, a criatura parou de chiar e encolheu de volta ao tamanho natural. O sapo reconheceu que havia alguma coisa das **Trevas** na mão grudenta, com cicatrizes da Bola Farejadora.

Pegando Menino Lobo de surpresa, o sapo escorregou por baixo da sua mão e saltou de cima da aldraba. Ele a ergueu e a deixou cair com uma forte batida. Então o sapo retomou seu lugar na aldraba e fechou os olhos.

Menino Lobo estava preparado para esperar, mas não precisou esperar muito. Logo ele ouviu o som de passos pesados que vinham na sua direção, pisando em tábuas nuas; e daí a um instante a porta abriu-se com violência. Uma moça com as vestes negras do Conventículo, manchadas e esfarrapadas, olhou lá para fora. Ela estava com uma enorme toalha cor-de-rosa enrolada na cabeça e tinha grandes olhos azuis, que o olhavam fixamente. Ela quase chegou a dizer "Que foi?", com grosseria, como de costume, mas então se lembrou de que tinha sido o Sapo das **Trevas** que tinha batido. Com cuidado para manter sua toalha equilibrada, ela se empertigou e falou com sua voz formal de bruxa – que era absurdamente esganiçada e subia ao final de cada frase:

– O que o traz aqui?

Menino Lobo teve um branco. O gosto de folhas secas de repolho e de besouro esmagado encheu sua boca mais uma vez. O que era que ele precisava dizer? *Não conseguia se lembrar.* Ele olhou espantado para a moça. Ela não parecia muito assustadora. Tinha grandes olhos azuis e o nariz meio amassado. Na realidade, ela quase parecia simpática – embora houvesse alguma coisa estranha nela, alguma coisa que ele não conseguia entender direito. Ah! Havia uma coisa meio achatada, esquisita, eriçada e cinzenta, escapando por baixo da toalha... o que era *aquilo*?

A jovem bruxa, cujo nome era Dorinda, começou a fechar a porta.

Por fim, Menino Lobo lembrou-se do que tinha de dizer.

– Vim alimentar a Fera – disse ele.

– O quê? – retrucou Dorinda. – Você só pode estar brincando.

E então ela se lembrou do que deveria responder. Ela ajeitou a toalha mais uma vez e voltou à voz esganiçada.

– Que seja – disse ela. – Pode entrar, Alimentador da Fera.

Infelizmente, ele não estava brincando, pensou Menino Lobo, enquanto entrava na Casa do Conventículo das Bruxas do Porto, e a porta começava a se fechar atrás dele. Bem que ele queria estar brincando. Não havia nada que ele quisesse mais naquele instante do que voltar para a rua ensolarada e correr todo o caminho de volta para a casa no brejal, que era seu lugar. Pensar no brejal fez com que Menino Lobo se lembrasse de que sua presença naquele lugar medonho tinha de fato alguma relação muito importante com o brejal e todas as criaturas que ele amava lá.

E assim, enquanto acompanhava Dorinda pelo corredor sombrio, enfurnando-se na Casa do Conventículo das Bruxas do Porto, ele mantinha essa ideia em mente. Estava determinado a fazer o que tinha vindo fazer – com tentáculos e tudo o mais.

O corredor era escuro como breu e traiçoeiro. Menino Lobo seguia o farfalhar das vestes de Dorinda, à medida que iam roçando no piso irregular. Bem a tempo, ele desviou de um buraco enorme de onde subia um cheiro fétido, só para ser alvo de um súbito ataque de **Pestes** – uma delas muito espinhenta. Com movimentos frenéticos, Menino Lobo afugentou as **Pestes**, ao acompanhamento dos risinhos de Dorinda. Mas ele não voltou a ser atacado por elas, pois se espalhou rapidamente na comunidade das **Pestes** a notícia da batida do Sapo das **Trevas**, e Menino Lobo foi deixado a uma distância respeitosa.

Menino Lobo seguiu Dorinda, enfurnando-se ainda mais na casa. Por fim, eles chegaram a uma cortina preta e esfarrapada diante de uma porta. Quando Dorinda abriu a cortina, nuvens de pó fizeram Menino Lobo tossir. O pó tinha um gosto horrendo, de coisas mortas havia muito tempo. Com um empurrão, Dorinda abriu a porta, da qual alguém tinha tirado um pedaço enorme com um machado, e Menino Lobo entrou na cozinha atrás dela.

Tudo estava tão estranho como naquela vez em que ele tinha escapado do Conventículo com Septimus, Jenna e Nicko, com as mãos queimando por ter tocado Farejadora, a Bola Rastreadora. As janelas estavam cobertas com trapos de pano preto e uma grossa camada de gordura, que impedia a entrada da luz. O compartimento imundo era iluminado apenas por um clarão avermelhado fosco que vinha de um velho fogão. Refletidos no clarão, havia dezenas de pares de olhos de gatos, dispostos como luzes maléficas em torno da cozinha, todos fixos em Menino Lobo.

A cozinha parecia ser composta de pilhas disformes de lixo em decomposição e cadeiras quebradas. A principal característica estava no meio do cômodo, onde uma escada de mão subia até um grande rombo, cheio de pontas, no teto. O lugar tinha um cheiro horrível – de gordura rançosa, cocô de gato e o que Menino Lobo, com uma dor profunda, reconheceu ser carne podre de carcaju. Menino Lobo sabia que estava sendo **Observado** – e não apenas pelos gatos. Seu olhar penetrante examinou a cozinha, até ele ver, à espreita junto da porta do porão, mais duas bruxas com os olhos fixos nele.

Dorinda olhava para Menino Lobo com certo interesse – gostava do seu jeito de inspecionar a cozinha com os olhos castanhos semicerrados. Ela deu um sorriso torto, mostrando os dentes.

– Peço que me desculpe – disse ela, de um jeito afetado, rearrumando a toalha. – Acabei de lavar a cabeça.

As duas bruxas nas sombras deram risinhos desagradáveis. Dorinda não tomou conhecimento.

– Você tem *certeza* de que quer alimentar a Fera? – sussurrou ela para Menino Lobo.

– Tenho – respondeu ele.

Dorinda lançou um olhar comprido para Menino Lobo.

— Que pena — disse ela. — Você é bem bonitinho. Tudo bem, então. Vamos lá. — Dorinda respirou fundo e gritou com a voz aguda: — *Alimentador da Fera!* Chegou o Alimentador da Fera!

Ecoaram na cozinha os sons ocos de pés correndo pelas tábuas nuas do piso superior, e num instante a escada sacolejava com o peso nada desprezível das duas últimas integrantes do Conventículo, Pâmela, a própria Bruxa Mãe, e Linda, sua protegida. Como dois abutres enormes, Pâmela e Linda desceram com dificuldade para dentro da cozinha, suas vestes negras de seda esvoaçando e farfalhando. Menino Lobo deu um passo atrás e pisou no dedão de Dorinda. Dorinda deu um gritinho e, com um dedo ossudo, cutucou Menino Lobo nas costas. As duas bruxas nas sombras — Verônica e Daphne — foram se aproximando do pé da escada para ajudar a Bruxa Mãe a se firmar quando ela pulou para o chão com certa dificuldade.

A Bruxa Mãe era *grande* — ou parecia ser. Sua circunferência era o que ela mesma chamaria de "generosa", e as rígidas camadas de vestes de seda negra acrescentavam ainda mais largura, mas na realidade ela não era muito mais alta que Menino Lobo. Uns bons trinta centímetros da sua altura provinham dos sapatos de plataforma altíssima que ela usava. Esses sapatos eram feitos de acordo com o modelo criado pela própria Bruxa Mãe, e eles pareciam mortíferos. Das solas projetava-se uma floresta de compridos ferrões de metal, que ela usava para fincar nos caruncos gigantes que infestavam a Casa do Conventículo das Bruxas do Porto. Os sapatos eram extremamente eficazes, como demonstrava a quantidade de carunchos gigantes definhando, fincados nos ferrões. E a Bruxa Mãe passava muitas horas felizes caminhando pesadamente para cima e para baixo pelos corredores em busca do próximo caruncho para ser sua vítima. Mas não eram apenas os sapatos que davam à Bruxa Mãe uma aparência tão esquisita – tão esquisita que Menino Lobo não pôde deixar de ficar olhando.

A Bruxa Mãe não se dava conta, mas ela era alérgica a carunchos gigantes, e cobria o rosto com uma maquiagem grossa para esconder as manchas vermelhas. A superfície irregular da maquiagem apresentava rachaduras ao longo das rugas de expressão da testa e em torno dos cantos da boca. E de lá do fundo da brancura da maquiagem seus olhinhos azuis de gelo olhavam para Menino Lobo.

– O que é *isso*? – perguntou ela, em tom cortante, como se tivesse encontrado cocô de gato fincado num dos ferrões dos seus sapatos.

– Ele entrou pelo Sapo das **Trevas**, Bruxa Mãe, e ele veio... – começou Dorinda, empolgada.

– *Ele?* – interrompeu a Bruxa Mãe, que, na penumbra, tinha confundido os cachos de Menino Lobo com o cabelo comprido de uma menina. – Um *garoto*? Não seja ridícula, Dorinda.

– Ele *é* um garoto, Bruxa Mãe – disse Dorinda, parecendo confusa. Voltou-se então para Menino Lobo. – Você *é*, não é?

– Sou – respondeu Menino Lobo, mantendo a voz o mais áspera possível. Ele então pigarreou e se dirigiu à Bruxa Mãe, com as palavras que tinha permissão de dizer. – Vim alimentar a Fera – disse ele. – O que vocês vão me dar?

A Bruxa Mãe não tirou os olhos de cima de Menino Lobo enquanto digeria essa informação. Menino Lobo cerrava e descerrava os punhos. As cicatrizes nas palmas das suas mãos não permitiam que ele suasse, mas um suor frio escorria pelas suas costas.

A Bruxa Mãe começou a rir. Não era um som agradável.

– Então você deve alimentar a Fera! – disse ela, em meio a risinhos. Voltou-se para seu Conventículo e deu uma risada. – Acho que todas nós sabemos *o que* vamos lhe dar para alimentar a Fera.

As bruxas riram, fazendo eco à Bruxa Mãe.

– Bem feito! – Menino Lobo ouviu Dorinda sussurrar para outra bruxa.

– É. Aquela porca imunda. Vocês ouviram do que ela me chamou ontem de noite?

– Silêncio! – ordenou a Bruxa Mãe. – Linda, vá buscar o... lanchinho da Fera.

Houve mais risadas, e Linda, que também mantinha o rosto totalmente branco, para imitar a Bruxa Mãe, atravessou a cozinha, deslizando. Ela afastou um cobertor engordurado, abriu a porta do porão e desapareceu.

Voltou arrastando Lucy Gringe pelas tranças.

✢ 9 ✢
A Fera

Lucy Gringe, *totalmente encharcada e* imunda, chegou aos chutes e berros.

— Tira as mãos de mim, sua vaca horrorosa! — gritou ela, acertando um chute vigoroso nas canelas de Linda. Todo o resto do Conventículo, a Bruxa Mãe inclusive, deu um grito sufocado. Nenhuma *delas* teria se atrevido a fazer uma coisa dessas com Linda.

Linda parou de chofre, e o Conventículo caiu num silêncio mortal. De repente, Linda puxou a cabeça de Lucy para trás com uma violência feroz e torceu suas tranças num nó apertado que fez com que elas repuxassem todo o seu couro cabeludo. Lucy deixou escapar um gritinho, apesar de Menino Lobo poder ver que ela se esforçou para se controlar. Linda semicerrou os olhos, e agulhas gêmeas de luz azul atravessaram a penumbra para tocar no rosto pálido de Lucy.

– Eu *acabaria* com você por causa disso, se você não estivesse indo para você-sabe-quem, sua ratazana imunda – disse a bruxa, furiosa, dando mais um puxão no cabelo de Lucy, que girou nos calcanhares e, para admiração de Menino Lobo, tentou lhe acertar um soco. Dessa vez, Linda conseguiu se desviar com agilidade.

Menino Lobo estava chocado. Aquela era Lucy Gringe – a **namorada de Simon**. Não era de estranhar que Simon não tivesse conseguido encontrá-la. Ele relaxou um pouco. Namorada de Simon ou não, pelo menos ele agora tinha um aliado, outro ser humano. O Conventículo tinha algo *não* humano. Dava para ele perceber: um distanciamento frio, uma fidelidade a alguma outra coisa. Menino Lobo supôs que fosse assim que as pessoas se sentissem quando eram cercadas pelos carcajus na Floresta: totalmente sós. Mas agora ele não estava só... havia outro ser humano na cozinha.

Linda foi arrastando Lucy pela cozinha, abrindo caminho a chutes pelos montes de lixo. Ela parou ao lado de Menino Lobo e então, como se estivesse lhe passando as rédeas, deu-lhe as tranças de Lucy. Menino Lobo segurou-as meio relutante e lançou um olhar de desculpas na direção de Lucy. Lucy compreendeu o olhar e então voltou os olhos furiosos para as bruxas ao redor, sacudindo a cabeça com raiva. Ela lembrava a Menino Lobo um pônei imprevisível.

O que incomodava Menino Lobo era por que motivo a bruxa lhe tinha dado as tranças de Lucy para segurar... o que elas estavam planejando? Como que em resposta, a Bruxa Mãe veio balançando na direção dele, com seus sapatos cheios de ferrões e parou tão perto que ele sentiu seu hálito de gato e viu as manchas vermelhas no fundo, por baixo das rachaduras na maquiagem.

Ela apontou para Lucy um dedo sujo com uma unha preta, solta.

— Alimente a Fera com *isso* — disse ela a Menino Lobo, agressiva. Girou então nos calcanhares cheios de ferrões e voltou balançando para a escada.

Menino Lobo ficou horrorizado.

— Não! — berrou ele, com a voz subindo uma oitava.

A Bruxa Mãe parou e se virou para encará-lo.

— *O que* foi que você disse? — perguntou ela, em tom gélido. As outras bruxas se mexeram sem sair do lugar, inquietas. Quando a Bruxa Mãe falava daquele jeito, era sinal de encrenca. Menino Lobo não arredou pé. Ele se lembrava das palavras da carta de tia Zelda: *Você pode recusar qualquer coisa humana*.

— Não — repetiu ele, com firmeza.

— Bruxa Mãe, deixe que *eu* sirva essa cabecinha de pulga nojenta para a Fera — disse Linda.

A Bruxa Mãe olhou com orgulho para Linda. Tinha escolhido uma sucessora digna de assumir o posto.

– Vá em frente – disse ela.

Linda deu aquele seu sorriso medonho, de que a Bruxa Mãe tanto gostava.

Menino Lobo viu que Lucy se retesava, como um carcaju esperando para dar o bote. Dava para ele ver que ela estava procurando as saídas da cozinha, mas isso ele já tinha feito, e sabia que não havia nenhuma, a não ser descendo para o porão. Duas bruxas estavam posicionadas à porta da cozinha, e Dorinda estava à espreita ao pé da escada de mão. Não havia saída.

Diante de Menino Lobo e de Lucy havia uma pilha de lixo fedorento, que Linda agora começava a desmanchar. Menino Lobo puxou discretamente as tranças de Lucy e os dois recuaram um passo dos pedaços voadores de nabo escorregadio e de coelho em decomposição. Logo a cozinha estava toda coberta com lixo espalhado, e Dorinda tinha uma cabeça podre de galinha espiando das dobras do seu turbante de toalha. Tudo o que restava do monte de lixo era uma crosta preta compactada, de antiquíssimos ossos e cascas de legumes.

Linda observou seu trabalho com satisfação. Ela se voltou para Lucy e apontou para a sujeira repugnante.

– Raspe tudo isso, bafo de sapo! – ordenou ela, com ódio.

Lucy não se mexeu. Dorinda, que tinha pavor de Linda e sempre tentava ser prestativa, apanhou uma pá de uma pilha de ferramentas num canto e a entregou a Lucy. Linda olhou para

Dorinda, irritada. Não era assim que ela pretendia que Lucy removesse aquela sujeira. Lucy apanhou a pá, mas Linda não era boba. Ela via o jeito de Lucy olhar para ela.

— Deixa que *eu* mesma faço — retrucou Linda, irritada, arrancando a pá das mãos de Lucy.

O trabalho de Linda com a pá revelou um gato morto imprensado, um ninho de rato com três filhotes, que ela esmagou com a pá, e finalmente um forte alçapão enferrujado.

— Uuuuui — trinou Dorinda, bastante nervosa.

Caiu um silêncio, com todos olhando fixamente para o alçapão. Ninguém, nem mesmo a Bruxa Mãe, sabia o que estava ali embaixo. É claro que todas elas tinham ouvido histórias; e, se as histórias fossem só um pouquinho reais, sem dúvida não ia ser nada fofo e aconchegante. De repente, com muita dramaticidade, porque Linda gostava de um pouco de drama, ela ergueu os braços e começou a cantar num uivo agudo:

— Aref... Aref... Aref... Aref adroca, *adroca*. Aref... Aref... Aref... *adrocaaaaaaaa!*

No tempo que passou com tia Zelda, Menino Lobo tinha aprendido o suficiente para saber que esse era um Cântico **Invertido das Trevas**. Mas, mesmo que não soubesse, havia algo no jeito estranho, meio de gato, com que Linda entoava as palavras que faziam gelar o sangue nas suas veias. À sua frente, Lucy teve um calafrio. Ela olhou de relance para Menino Lobo ali atrás, com o branco dos olhos brilhando. Pela primeira vez, ela parecia estar com medo.

O canto foi se calando, voltou a cair um silêncio, e uma desagradável sensação de expectativa encheu o ar. De repente, um tremor percorreu o piso, e Menino Lobo sentiu alguma coisa se mexer. Não foi uma boa sensação. Ele conhecia o estado de podridão das tábuas do assoalho e das vigas do Conventículo. Dorinda deixou escapar um pequeno gemido.

Os olhos de Linda brilhavam de empolgação. Ela pegou a pá e a fincou na borda do alçapão, desalojando uma cobra preta mumificada que tinha se enroscado na fresta. A cobra saiu voando e foi se juntar à cabeça de galinha no alto da toalha de Dorinda. Dorinda ficou petrificada, sem se atrever a se mexer. Sem a cobra pela frente, Linda enfiou a pá na fresta em torno do alçapão. Deu-lhe um forte empurrão, e o alçapão começou a subir.

Menino Lobo descobriu que estava prendendo a respiração. Ele soltou o ar e, quando inspirou outra vez, o cheiro de peixe velho e água suja encheu seu nariz. Quando o alçapão se levantou, surgiu um som gorgolejante e sibilante, e Menino Lobo percebeu que havia água ali embaixo – pelo barulho, águas profundas.

A subida pausada do alçapão hipnotizou os ocupantes da cozinha, os gatos inclusive, que pelo menos dessa vez pararam de chiar. Todos ficaram olhando enquanto o alçapão percorria lentamente os 180 graus e encostava-se em silêncio no chão, revelando um grande buraco quadrado, coberto com uma grade de metal. Linda ajoelhou-se, levantou a grade com esforço e a jogou para um lado. Tentou espiar nas profundezas. Três metros abaixo dali, a água balançava suave para lá e para cá, com a superfície negra e oleosa visível apenas na penumbra. Tudo parecia surpreendentemente calmo. Irritada, Linda inclinou-se um pouco mais – onde *estava* a Fera?

Como que em resposta, de repente a superfície da água se rompeu e, com uma enorme chicotada, um longo tentáculo preto serpenteou pelo ar e caiu com um baque no piso da cozinha. Dorinda deu um grito estridente. Menino Lobo recuou cambaleando – o tentáculo tinha um terrível cheiro das **Trevas**. Rindo, Linda atacou o tentáculo com a pá. Menino Lobo encolheu-se; das **Trevas** ou não, aquilo devia ter doído. O tentáculo voltou deslizando pelo alçapão e caiu na água com um chape. A água balançou e ondulou por alguns segundos, algumas bolhas subiram, e uns vagarosos remoinhos de sangue vermelho chegaram à sua superfície oleosa.

Linda voltou-se para encarar Lucy com um sorriso de triunfo.

– *Aquilo* era a Fera, Cara-de-coelho. Ela vai voltar logo. E, quando ela voltar, você pode cumprimentá-la, não é mesmo? E, se for simpática com ela, pode ser que ela seja boazinha e a afogue antes de fazer picadinho de você. Ou não. Ha, ha, ha.

Lucy olhou com raiva para Linda. Isso não agradou muito à bruxa. Linda gostava de suas vítimas apavoradas, aos berros, implorando por misericórdia. De preferência todos os três, mas qualquer um já servia. E Lucy não estava cumprindo essa parte, o que realmente dava nos nervos de Linda. Furiosa, ela agarrou o braço de Lucy e fincou nele as unhas. Lucy nem se encolheu.

Menino Lobo tinha mergulhado no seu modo selvagem e estava pensando rápido. A qualquer instante agora ele tinha certeza de que a atitude desafiadora de Lucy ia fazer com que ela fosse jogada pelo alçapão. Ele precisava fazer alguma coisa. Menino Lobo chegou à conclusão do que devia fazer, mas o problema era Lucy. Ele tinha bastante certeza de que Lucy não ia aceitar de bom grado aquela decisão. Mas não havia escolha. Ele respirou fundo antes de falar mais uma vez:

– Vim alimentar a Fera. O que vocês vão me dar?

Linda pareceu ainda mais furiosa. O que o menino estava armando? Mas ela conhecia o Regulamento do Conventículo, e não ia descumpri-lo, especialmente porque já *se* considerava sua chefe.

– Posso responder, Bruxa Mãe? – perguntou ela.

A Bruxa Mãe estava achando toda aquela história da Fera muito cansativa. Sua memória já não era tão boa. Ela estava envelhecendo e não gostava de mudanças na rotina. E, principalmente, *não* gostava de tentáculos.

– Pode – respondeu ela, sem conseguir disfarçar o alívio na voz.

Linda mostrou os dentes para Menino Lobo, como um cachorro que sabe que ganhou uma briga mas ainda não quer parar.

– Nós lhe damos isso – retrucou ela, cutucando Lucy com força, com a pá. – O que nos diz?

Menino Lobo respirou muito fundo.

– Sim – disse ele.

Lucy girou nos calcanhares e lançou um olhar de ódio para Menino Lobo.

– Uuuui! – trinou Dorinda, tomada de admiração por Menino Lobo. – *Uuuuuui!*

Linda ficou um pouco frustrada. Tinha decidido empurrar Lucy assim que o menino a recusasse, o que Linda tinha certeza de que ele faria, e era isso que vinha esperando que acontecesse. Na realidade, tinha decidido empurrar o menino também. Linda lia muitos romances policiais e sabia muito bem como era importante livrar-se de testemunhas. Mas ela conhecia o Regulamento. Deu um suspiro, com petulância.

– Fique então com ela para Alimentar a Fera. *Hum*.

– Ótimo! – disse a Bruxa Mãe, toda animada, como se alguém lhe tivesse dito que o jantar estava pronto. – Resolvido. Vamos, meninas. Hora de irmos embora.

Linda tinha se esquecido dessa parte – de que o Alimentador da Fera devia ser deixado *sozinho* para alimentá-la. Por um instante, ela perdeu o controle – acreditem ou não, Linda vinha exercendo um autocontrole razoável no tratamento dado a Lucy – e bateu os pés, aos berros:

– *Nãããããããão!*

– Venha agora, Linda – disse a Bruxa Mãe, em tom de reprovação. – Deixe o Alimentador da Fera cumprir sua tarefa. – E prosseguiu, num cochicho audível: – Vamos lá para cima, para escutar. Vai ser muito mais divertido assim. E menos... caótico.

Linda conteve-se para não dizer que *gostava* da parte caótica, que, desde que tinha arrastado Lucy do porão, vinha ansiando realmente pelo caos. Amuada, ela subiu a escada acompanhando a Bruxa Mãe. Disse para si mesma que não ia aguentar receber ordens por mais muito tempo, não mesmo.

Menino Lobo e Lucy ficaram olhando as botas cheias de ferrões da Bruxa Mãe desaparecerem pelo buraco no teto. Ouviram Linda se esforçar para ajudar a Bruxa Mãe a pisar no patamar (a Bruxa Mãe tinha problemas nos joelhos), e então ficaram escutando os passos arrastados enquanto as bruxas se reuniam para ouvir os sons da Alimentação da Fera.

Nesse momento exato, veio um forte gorgolejo do fosso ali embaixo. Três tentáculos saíram serpeando das águas negras e abateram a borda do alçapão com um baque tremendo. Lucy olhou com raiva para Menino Lobo. Suas narinas se retesaram como as de um cavalo furioso, e ela jogou a cabeça de um lado para o outro.

— Nem *pensar*, menino rato — disse ela, com um rosnado —, ou vai ser *você* lá dentro, para enfrentar os tentáculos.

— Fui *forçado* a dizer isso — disse Menino Lobo, entre os dentes. — Senão, elas o teriam empurrado lá para baixo. Desse jeito, ganhamos tempo... algum tempo para pensarmos em como escapar daqui.

Menino Lobo sabia que as bruxas estavam no andar de cima, esperando para ouvi-lo entregar Lucy à Fera, e ele sabia que elas não esperariam muito tempo. Se descessem e descobrissem Lucy ainda não digerida, ele tinha uma ideia bem nítida do que aconteceria: *eles dois* passariam a ser Alimento da Fera.

— Não temos muito tempo — sussurrou ele. — Tenho um plano para sairmos daqui, mas você tem de fazer o que eu disser. Ok?

— Fazer o que você disser? Me diga por quê.

De repente, com um balanço vertiginoso, o chão pareceu se agitar, e uma onda de água imunda jorrou pelo alçapão. A Fera tinha vindo à tona.

— Está bem — disse Lucy, num chiado urgente. — *Está bem,* eu faço o que você disser. *Prometo.*

— Tá bem. Agora, presta atenção. Você vai precisar berrar. Consegue berrar?

Os olhos de Lucy se iluminaram.

— Ah, sim, eu consigo berrar. A que altura?

— O mais alto que você puder — respondeu Menino Lobo.

— Tem certeza?

Menino Lobo fez que sim, impaciente.

— Certo, então aí vai. Aaaaaaaaaaaaaaaaaaaaai! Aaaaaaaaaaa-aaaaaaaaaaaaai! *Aaaaaaaaaaaaaaaaaaaaaaaai!*

A Fera recolheu-se, levantando mais água imunda. Apesar de ser uma criatura das **Trevas**, ela levava uma vida tranquila no meio do esgoto municipal, que passava ao longo da Rua da Maré e se abria num espaço confortável por baixo da Casa do Conventículo das Bruxas do Porto. A audição da Fera estava adaptada aos suaves gorgolejos e borbulhos do esgoto, não aos berros de Lucy Gringe. A Fera mergulhou de volta para o leito de tijolos enlameados do esgoto municipal e enfiou a ponta dos seus tentáculos em seus múltiplos tubos auditivos.

– *Aaai! Aaaaaaaaaaaaai! Aaai! Aaaaaaaaaaaaaaaaaai!*
Na escuridão da cozinha do Conventículo, estavam à espreita trinta gatos. Os gatos do Conventículo eram uma ninhada de gatos sugadores de sangue – agora crescidos – que tinham sido lançados de um navio que chegava ao Porto, depois que eles tinham armado uma emboscada contra o taifeiro e esgotado todo o seu sangue. Reconhecendo o que eles eram, Linda roubou a rede de pesca de um menino, resgatou os gatinhos vampiros do lixo flutuante à beira do cais e, levando-os em triunfo, voltou ao Conventículo, de onde eles saíam para atacar bebês e criancinhas.
– *Aaaaaaaaaaaaai! Aaaaaai! Aaaaai! Aaaaaaaaaai!*
Das pilhas de lixo em decomposição, os gatos **Observavam** Menino Lobo em sua busca frenética por alguma coisa para dar à Fera. Menino Lobo podia sentir a **Observação** de vinte e nove pares de olhos passeando por sua pele; e, nesse seu estado selvagem, ele percebia de onde ela vinha. Em menos de trinta segundos, ele descobriu dois gatos escondidos num fungo gigante por baixo da pia.

Menino Lobo deu o bote.
– *Miiiiiiiiiiiiaaaaaaaaaaaaaaaaaaaaaaaaaaaaaauuu!*
– *Aaaaaaaaaaaaaaaaaaaaaaaaaaaaaaaaaaaaaaaaaaaaaii!*
Os berros de Lucy abafaram com perfeição os miados dos gatos.

Segurando com os braços esticados as feras que se debatiam e arranhavam, Menino Lobo correu para o alçapão. A água escura se ondulava e respingava, mas não havia sinal da Fera. Ela podia sentir as vibrações dos berros de Lucy e não ia subir à tona por nada, nem mesmo por gato fresco.

Os berros de Lucy começaram a fraquejar.

– *Aaaaa... aaa... ahã... hã-hã!* – Ela tossiu e levou a mão à garganta. – *Estou perdendo a voz* – disse, sem emitir nenhum som.

Nas profundezas da rede de esgoto municipal, as vibrações dos berros de Lucy foram sumindo. A Fera tirou os tentáculos dos tubos auditivos – que também funcionavam como nariz – e agora sentia o cheiro de comida. Comida *fresca*. A água oleosa por baixo do alçapão começou a se mexer, e de repente uma enorme cabeça preta e reluzente rompeu a superfície. Menino Lobo deixou cair os gatos.

O efeito foi impressionante.

A Fera jogou a cabeça para trás, escancarando um enorme bico serrilhado. Uma floresta de tentáculos prendeu os gatos, que berravam, e a cozinha se encheu com o sugar repugnante da Fera tratando de fazer sua primeira refeição de carne fresca em quase cinquenta anos. (A última carne tinha sido fornecida por uma jovem tia Zelda. Tinham lhe oferecido a cabra do Conventículo, que ela aceitou, agradecida por não terem lhe dado o garoto do vizinho, que tinham oferecido à sua predecessora, Betty Crackle. Betty nunca se recuperou de verdade desse fato e se recusava a dizer se tinha aceitado o menino ou não. Tia Zelda temia que ela tivesse aceitado.)

A Fera, empolgada com a comida fresca, lançou alguns tentáculos para fora do alçapão e começou a procurar por mais. (De vez em quando, essa procura era bem-sucedida. Protetoras **Eleitas** nem sempre retornavam de sua **Tarefa**.) À medida que os grossos tentáculos com suas poderosas ventosas vinham se arrastando na direção de Menino Lobo, seu primeiro impulso instintivo foi o de bater o alçapão e fugir da cozinha depressa, mas ainda havia uma coisa que ele precisava fazer. Fortalecendo-se contra as **Trevas**, Menino Lobo ajoelhou-se ao lado do alçapão e sacou um pequeno canivete de prata. E então, para assombro de Lucy, com um golpe veloz, ele decepou a ponta de um tentáculo. A Fera não percebeu. Ela não percebia mais muita coisa, porque, em razão de algum bizarro defeito evolutivo, cada tentáculo continha uma porção do cérebro da criatura. E a cada visita bem-sucedida de uma Protetora **Eleita** a Fera se tornava só um pouquinho mais burra.

Agarrando o pedaço sangrento de cérebro da Fera, **Trevoso** e gotejante, Menino Lobo, vitorioso, fechou com violência o alçapão e imediatamente desejou não ter feito isso. Ao estrondo da porta batendo na borda de metal, um nítido guincho de Dorinda atravessou o teto:

– Uuui, ele *conseguiu*. Ele deu a garota para a Fera!

De repente, um enorme tropel de botas veio do teto, e uma chuva de reboco caiu sobre Lucy e Menino Lobo. O Conventículo estava a caminho.

✢ 10 ✢
Saindo da Frigideira

— *A gente precisa sair daqui* – sussurrou Menino Lobo, dirigindo-se para a porta da cozinha. Ele agarrou e puxou a maçaneta, que se soltou na sua mão, atirando-o para trás. Escutou um tilintar quando o eixo caiu do outro lado. Menino Lobo ficou olhando fixamente para a porta – e agora, como iam abri-la?

— Deixa pra lá, seu burro! – disse Lucy entre dentes. – Vamos! – Agarrou a mão de Menino Lobo (a que não estava segurando a ponta de um tentáculo nojento) e atravessou a cozinha encharcada, arrastando-o pela lama de repolhos, diante de gatos que **Observavam** em silêncio.

Tinham acabado de chegar à porta do porão quando a escada começou a tremer. Menino Lobo deu uma olhada ao redor e viu os ferrões inconfundíveis das botas da Bruxa Mãe aparecerem pelo buraco no teto. Ele não ofereceu nenhuma resistência quando Lucy o puxou pela porta.

Menino Lobo fechou a porta e começou a empurrar o enorme ferrolho para trancá-la.

– Não – sussurrou Lucy. – Deixe aberta. Como estava. Senão vão descobrir que estamos aqui.

– Mas...

– Vamos. *Depressa.* – Lucy puxou Menino Lobo pela escada do porão abaixo. A cada degrau que descia, ele se sentia mais preso numa armadilha. O que Lucy estava fazendo?

Ao pé da escada, eles deram com um mar de água imunda, com uma grande população de sapos marrons pulsantes. Menino Lobo ficou chocado – era *esse* o lugar em que Lucy tinha sido mantida prisioneira? Parou um instante, imaginando qual era a profundidade daquilo. Ele não gostava mesmo de água. Parecia que ela sempre surgia na sua vida quando as coisas iam mal. Lucy, porém, estava tranquila. Ela entrou na água, que, para alívio de Menino Lobo, só chegava até os joelhos.

– *Vamos* – disse Lucy, chutando um sapo que estava no caminho. – Não fique aí parado de boca aberta como um arenque recheado.

Na cozinha, acima deles, o Conventículo descia a escada em correria. O som de suas botas contra o chão fez com que Menino

Lobo abrisse caminho na água abarrotada de sapos. Avançando com uma lentidão frustrante, como se estivesse num sonho ruim – um sonho *realmente* ruim –, ele seguiu Lucy pelo porão, procurando evitar a cuspidela certeira dos sapos. Na outra extremidade, Lucy parou e mostrou toda orgulhosa um lugar na parede onde faltavam alguns tijolos.

– É a velha rampa de carvão. Elas a fecharam com tijolos. Mas veja a argamassa. Elas erraram na mistura, está tudo se esfarelando. – Lucy fez uma demonstração do que estava dizendo, mas a atenção de Menino Lobo não estava na qualidade da argamassa. Ele estava escutando os passos pesados no andar de cima. Lucy tirou alguns tijolos e os passou para Menino Lobo.

– Ai, droga! Peraí, eu me esqueci – disse Menino Lobo, percebendo que ainda estava segurando a ponta do tentáculo. Ele o enfiou depressa na bolsinha de couro que tia Zelda mandou que usasse na cintura. Pegou então os tijolos e os pôs em silêncio na água.

– Passei o dia de ontem inteirinho e hoje fazendo isso – sussurrou Lucy. – Já estava quase fora daqui quando aquela vaca nojenta veio me buscar. – Com rapidez, ela retirou mais alguns tijolos. – Podemos sair por aqui direto para a calçada. Ainda bem que você é magro. Eu vou primeiro, e então puxo você lá para cima. Combinado?

As vozes do Conventículo na cozinha estavam ficando altas e zangadas. Menino Lobo ajudou Lucy a subir pelo buraco. Ela se contorceu para entrar nele, e logo tudo o que Menino Lobo podia ver eram as solas molhadas de suas botas. E então ela sumiu. Ele olhou lá dentro, e uma chuva de poeira caiu na sua cabeça. Limpou a poeira dos olhos e deu um largo sorriso. Lá no alto ele podia ver o rosto todo sujo de Lucy olhando para baixo, e atrás dela havia uma pequena fresta de céu azul.

– *Vamos* – disse ela com impaciência. – Tem uma enfermeira esquisita aqui querendo saber o que estou fazendo. *Depressa!*

De repente, veio um uivo de fúria da cozinha:

– Sangue! Sangue! Sinto o cheiro do sangue da Fera. Sangue, sangue, sinto o *gosto* do sangue da Fera!

– Uhhhh! – fez Dorinda.

E então:

– O sangue... ele conduz ao porão. Eles levaram nossa Fera para o porão!

Ouviu-se então um estrondo de pés marchando pela cozinha em direção à escada do porão.

– Depressa! O que é que você está esperando? – vinha a voz de Lucy de bem longe, lá em cima.

Ele não estava esperando nada. Ao ouvir o estardalhaço de passos descendo pela escada, ele se empurrou pelo buraco acima. Não foi tão fácil como Lucy tinha dado a impressão de ser. Apesar de Menino Lobo ser magro, seus ombros eram largos, e a rampa de carvão era apertada. Ele levantou os braços acima da cabeça para tentar ficar mais fino e, ralando cotovelos e joelhos, foi se arrastando pelos tijolos ásperos em direção à luz. Lucy estendeu as mãos para ajudá-lo, mas Menino Lobo não conseguia alcançar. Por mais que tentasse, não conseguia se mover.

Do porão veio o grito furioso de Linda:

— Pirralho traiçoeiro! Eu o estou vendo. Não pensem vocês que podem fugir assim, seus... seus *Assassinos da Fera*.

Ouvia-se agora o som de passos dentro da água. Linda estava chapinhando pelo porão, e vinha *rápido*. Desesperado, Menino Lobo pensou como fera. Ele era um carcaju preso numa toca. O dono da toca, uma criatura noturna da Floresta, tinha acordado abaixo dele. Ele tinha de chegar à luz do dia agora. *Já*. E de repente as mãos de Lucy estavam nas suas, puxando-o para cima, para a luz, arrastando-o para fora da toca, enquanto a criatura noturna tentava agarrar seus calcanhares e arrancar suas botas – dando gemidos ao sentir o cuspe de sapo lhe queimar as mãos.

Menino Lobo ficou deitado de bruços na calçada, espantando da mente pensamentos sombrios, de carcaju. Mas Lucy não ia deixá-lo em paz.

— Não fique aí deitado, seu pateta – resmungou ela, entre dentes. – Elas vão estar aqui fora a qualquer momento. Vamos.

Menino Lobo não mostrou resistência, quando Lucy o levantou do chão à força e o puxou descalço, para que a acompanhasse, enquanto fugia pela rua ao sol do fim da tarde. Menino Lobo tinha certeza de que ouvia atrás de si os ferrolhos e trancas das portas do Conventículo se abrindo; e sentia os olhos do Sapo das **Trevas** seguindo-o.

O Conventículo – menos Linda – já tinha saído pela porta antes de Lucy e Menino Lobo virarem a esquina. Dorinda ficou para trás, pois não queria correr o risco de sua toalha se desenrolar numa perseguição. O resto partiu atrás deles, mas a Bruxa Mãe mal passou da soleira da casa vizinha e desistiu. Suas botas não eram feitas para uma corrida. Com isso, sobraram Daphne e Verônica para descer a rua, correndo barulhentas naquele seu estilo bem peculiar, de joelhos unidos e pés afastados. Não era uma forma eficiente de ganhar terreno, e Dorinda sabia que elas nunca alcançariam Menino Lobo e Lucy. Ela não teria ficado chateada com isso, se a visão de Menino Lobo e Lucy fugindo de mãos dadas não lhe tivesse provocado muito ciúme. Por isso, Dorinda voltou apressada para o porão para procurar Linda.

Linda saiu pela porta como um raio – literalmente. O Conventículo não usava vassouras (*ninguém* mais usava vassouras), mas elas andavam em **Pranchas Relâmpago**, e Linda fazia isso particularmente bem. A **Prancha Relâmpago** era uma ideia simples, mas perigosa. Era preciso nada mais que uma pequena chapa de madeira e um pouco de **Raio Explosivo** de liberação lenta. O **Raio Explosivo** era amarrado à madeira, na qual a prancheira se equilibrava da melhor forma possível. Então, a prancheira acionava o **Raio Explosivo** de liberação lenta, confiando na sorte de ninguém estar no seu caminho.

Em geral, Linda descobria que ninguém ficava no caminho quando ela estava na **Prancha Relâmpago**. Dorinda e a Bruxa Mãe assistiram com admiração quando, com o ronco da chama por baixo da tábua (que era, na verdade, a parte de cima da penteadeira de Dorinda), Linda desceu a Rua da Maré em disparada, dispersando um grupo de velhinhas e incendiando a carrocinha da menina que entregava o *Diário de Notícias do Cais do Porto*. Como um **Raio**, Linda ultrapassou Daphne e Verônica, que viravam a esquina saltitando como duas menininhas, e as fez rolar escada abaixo até o porão da peixaria local. Algum tempo depois, as duas saíram dali cobertas de tripas de peixe.

Para irritação de Linda, não havia nenhum sinal de Lucy e Menino Lobo, mas isso não fez com que ela desistisse. Linda era especialista em rastrear fugitivos do Conventículo. Usando seu próprio método infalível, ela começou a procurar sistematicamente no labirinto de ruas que levavam ao ancoradouro. Dessa maneira, Linda sabia que sua presa estaria sempre à sua frente. Era, pensou ela, como conduzir ovelhas para um curral, que logo seriam apresentadas a um molho de hortelã e batatas coradas. Não falhava nunca.

✢ 11 ✢
À Beira do Cais

Aquela tarde, *enquanto Menino Lobo* tentava não servir Lucy como alimento para a Fera, Simon seguiu o conselho de Maureen. Ele ficou sentado num poste de amarração, olhando melancólico para o espaço aberto da frente do cais.

Era uma área ampla e calçada, cercada em três lados por uma variedade de casas altas de fachada plana. Entre as casas, como um sanduíche, ficavam algumas lojas. Além da popular Pastelaria do Cais do Porto, havia uma loja pequena, caindo aos pedaços, que vendia material para pintura artística, uma livraria pequenina especializada em manuscritos marítimos e a Loja de Artigos de Pesca e Navegação do Joe Honesto. A loja ocupava o térreo de três prédios vizinhos, próximos à magnífica casa de tijolos vermelhos do Capitão do Porto. Todos os tipos de cordas, moitões, molinetes, redes, anzóis, mastros e velas escapavam pelas portas abertas da loja e invadiam o cais. O Capitão do Porto vivia numa briga interminável com Joe Honesto, porque as mercadorias do comerciante costumavam se derramar pela soleira da porta da frente da sua casa, que tinha um número impressionante de colunas.

Como um espectador atento no teatro, Simon observava as idas e vindas das pessoas pelo Cais. Ele viu o Capitão do Porto – um homem corpulento usando uma túnica azul-marinho, com uma boa quantidade de galões dourados – sair de sua casa, pisar com cuidado para passar por cima de três rolos de corda que estavam ali arrumadinhos em cima da soleira da sua porta e marchar para dentro da loja do Joe Honesto. Uma fila de crianças tagarelas, com cadernos nas mãos, passou em direção ao pequeno museu que ficava na Alfândega. O Capitão do Porto – com o rosto um pouco mais vermelho do que estava antes – saiu da loja do Joe Honesto e marchou de volta para dentro da sua casa, chutando as cordas para um lado e batendo a porta depois que entrou. Alguns minutos depois, Joe Honesto saiu a passos curtos e rápidos. Enrolou de novo as cordas, recolocou-as na soleira da porta e, ainda por cima, acrescentou alguns croques. Tudo isso Simon observou com o olhar firme, esperando o momento em que Lucy passaria pelo cais, o que ela sem dúvida acabaria fazendo.

De vez em quando, nos momentos em que tudo ficava mais calmo, Simon lançava um olhar para uma pequena janela no alto do prédio da Alfândega, que tinha a fachada revestida de estuque. A janela era do quarto que ficava no sótão, que ele e Lucy tinham alugado alguns dias antes, depois de deixarem o Castelo bem mais repentinamente do que gostariam.

Não era um quarto ruim, pensou Simon. Lucy tinha ficado realmente empolgada quando o viu, dizendo que pintaria as paredes de cor-de-rosa e com grandes listras verdes (Simon não tinha tanta certeza se ia gostar), e que faria alguns tapetes de retalhos para combinar. Eles tinham ficado com o quarto na mesma hora; e, quando Lucy disse que queria ir à feira "só para ver aquela barraca engraçada com tecidos e todas aquelas coisas para costurar e bordar", Simon fez uma careta, e Lucy riu, dizendo que ele só ia achar aquilo tudo uma chateação, que ela não ia demorar, que logo estaria de volta. Jogou um beijo para ele e saiu toda animada.

Não, pensou Simon, Lucy não estava de mau humor. Se estivesse, ele não teria perambulado, feliz e despreocupado, até a velha livraria na Curva das Vísceras de Peixe para ver se havia algum livro de **Magya** que valesse a pena comprar. Teve sorte e encontrou um Livro de Encantamentos muito bolorento e antigo, com as páginas grudadas umas nas outras. Uns caroços suspeitos fizeram com que desconfiasse que ainda houvesse alguns **Talismãs** presos entre as páginas.

Simon tinha ficado tão envolvido em liberar os **Talismãs** e descobrir os encantos da sua compra – e foi uma boa compra –, que ficou surpreso ao perceber que já estava escurecendo e Lucy ainda não tinha voltado. Ele sabia que a feira fechava uma hora antes do pôr do sol, e a primeira coisa que pensou foi que Lucy tivesse se perdido. Mas então ele se lembrou de que ela conhecia o Porto muito melhor que ele, pois tinha passado seis meses morando e trabalhando com Maureen na pastelaria, e uma fisgada de preocupação percorreu seu corpo.

Aquela noite não tinha sido boa para Simon. Ele a tinha passado procurando Lucy pelas ruas escuras e perigosas do Porto. Tinha sido agredido por um par de batedores de carteiras e perseguido pela mal-afamada Gangue do Vinte e Um: um grupo de adolescentes, muitos dos quais tinham servido no Exército Jovem, que moravam sem nenhum conforto no Armazém Número Vinte e Um. Já amanhecia quando ele, sem esperanças, trilhou o caminho de volta para o quarto vazio no sótão. Lucy tinha desaparecido.

Nos dias seguintes, Simon tinha procurado por ela sem parar. Suspeitando do Conventículo das Bruxas do Porto, tinha batido com força na porta, mas ninguém respondeu. Tinha até seguido sorrateiro até os fundos da casa, mas o silêncio era total. Esperou do lado de fora o dia inteiro e **Escutou**. Mas não **Ouviu** nada. O lugar parecia deserto, e por fim ele concluiu que estava perdendo tempo.

Quando conversou com Maureen na pastelaria, naquela manhã, Simon estava convencido de que Lucy tinha fugido com alguém. Na verdade, não a culpava. Afinal de contas, o que poderia oferecer a ela? Jamais seria um Mago, e os dois ficariam para sempre exilados do Castelo. Ela acabaria encontrando alguém mais cedo ou mais tarde, alguém que ela pudesse levar para casa para conhecer seus pais e de quem se sentisse orgulhosa. Só que ele não esperava que acontecesse tão cedo.

A tarde se arrastava, e Simon não se levantava do poste. A beira do cais ficou movimentada. Uma enxurrada de funcionários com seus uniformes do Porto azul-marinho adornados com diferentes quantidades de galões dourados passou imponente pelo cais parecendo uma arrebentação escura, encapelada. Eles conseguiram transpor a emboscada de croques e cordas, e desaguaram todos na casa do Capitão do Porto para o Debate do Porto, que acontecia todos os anos. Deixavam para trás os detritos habituais do Porto – marinheiros e vendedoras, pescadores e lavradores, mães, filhos, estivadores e taifeiros. Alguns passavam apressados, alguns passeavam, pareciam hesitar, demoravam-se por ali, cumprimentavam Simon com um gesto de cabeça, e a maioria não lhe dava atenção – mas nenhuma dessas pessoas era Lucy Gringe.

Parado feito uma estátua, Simon continuava sentado. A maré encheu, subindo devagar pela muralha do ancoradouro, trazendo consigo os barcos de pesca que estavam sendo preparados para partir na maré alta, mais tarde naquele dia. Entristecido, Simon observava todas as pessoas que passavam pelo cais e, quando o lugar começou a se esvaziar naquela hora calma antes das atividades da noite, fixou o olhar nos pesqueiros e suas tripulações.

Simon não se dava conta de como ele parecia ameaçador para os pescadores. Ele ainda tinha um aspecto assustador, e seus olhos verdes **Mágykos** pareciam dar ordens, o que não passava despercebido aos pescadores supersticiosos. As roupas de Simon também faziam com que ele se sobressaísse das outras pessoas do Porto. Estava usando umas vestes antigas que tinham pertencido ao seu velho Mestre, DomDaniel – quando o **Necromante** era jovem e bem mais magro. Simon tinha encontrado as vestimentas num baú e achado que eram muito elegantes. Ele não tinha noção do efeito que os símbolos das **Trevas** bordados nelas exerciam sobre as pessoas, apesar de ser difícil vê-los, agora que o tecido tinha desbotado até ficar de um cinza opaco e os próprios símbolos tinham começado a se desgastar e se desfazer.

A maioria dos pescadores estava desconfiada demais para chegar perto de Simon, mas um, o mestre do barco mais próximo – um pesqueiro grande e negro chamado *Saqueador* – veio em sua direção e disse entre dentes:

– Não queremos gente do seu tipo aqui, agourando a pescaria. Cai fora.

Simon levantou os olhos para o mestre. O rosto castigado pelo tempo estava perto demais para seu gosto. O hálito dele cheirava a peixe, e seus olhos pequenos, redondos e pretos como os de um porco eram ameaçadores. Simon pôs-se de pé, e o mestre ficou olhando para ele de forma agressiva, com o cabelo grisalho, curto e espetado para cima, como se tivesse sido vítima de uma ofensa pessoal. Uma veia grossa pulsava em seu pescoço rijo, por baixo de uma tatuagem de papagaio, fazendo com que a ave tatuada parecesse estar rindo. Simon não queria briga. Com alguma dignidade, envolveu a roupa esfarrapada no corpo e foi se afastando devagar rumo ao prédio da Alfândega, onde subiu as escadas para o quarto do sótão e retomou sua observação, agora da janela.

A janela dava para o cais, que nesse momento estava silencioso, no intervalo entre a agitação do dia e a vida noturna do Porto. A única atividade que valia a pena ver era a do *Saqueador*. Simon viu o mestre gritar para sua tripulação – um menino de uns catorze anos e um homem magro de cabeça raspada e cara amarrada – e mandá-los à loja de Joe Honesto. Uma mulher alta, ossuda e de cabelos espigados saiu da casa do Capitão do Porto, andou na direção do *Saqueador* e parou no cais, conversando séria com o mestre. Simon olhou para a mulher. Tinha certeza de que a conhecia de algum lugar. Vasculhou a memória, e de repente o nome lhe ocorreu – ela era Una Brakket, alguém com quem Simon já tinha lidado durante um episódio com o envolvimento de alguns ossos, episódio do qual ele gostaria de esquecer. O que, perguntou-se ele, estaria Una Brakket fazendo na companhia do mestre? O menino e o homem de cabeça raspada voltaram com os braços cheios de cordas; o menino carregando tantas que ele parecia uma pilha de cordas provida de pernas. O mestre mandou-os pegar mais e continuou a conversa.

Simon achou que o mestre e Una Brakket formavam um par muito improvável, mas nunca se sabe. Afinal de contas, quem poderia pensar que ele e Lucy... Simon sacudiu a cabeça e disse a si mesmo para parar de pensar em Lucy. Ela deve ter encontrado alguém; ele simplesmente teria de se acostumar com isso. Simon viu Una Brakket entregar um embrulho pequeno ao mestre, fazer um sinal de positivo com o polegar e ir embora a passos largos. Não foi a mais romântica das despedidas, pensou ele, sombrio, mas e daí? O romantismo era uma perda de tempo.

Perda de tempo ou não, Simon não conseguia desgrudar da janela. As sombras estavam começando a se alongar e o vento estava aumentando, fazendo com que uma ou outra embalagem de torta saísse voando baixo pelas velhas pedras do calçamento. Na água, a animação da maré alta começava a surtir efeito. As últimas redes estavam sendo arrumadas, e os pescadores começavam a desdobrar as velas, preparando-se para partir. O *Saqueador* já estava com sua pesada vela de estai, de lona vermelha, fixa na popa, e a tripulação já içava a vela mestra.

Simon sentiu que suas pálpebras começavam a fechar. Ele tinha dormido muito pouco desde o desaparecimento de Lucy, e a sensação entorpecedora do final da tarde começava a tomar conta dele. Encostou a cabeça no vidro frio da janela e fechou os olhos rapidamente. Um coro de gritos fez com que acordasse sobressaltado.

– Ei!

– Dá azar... Olha pra outro lado, *outro lado*!

– Soltar as amarras! Soltar amarras!

A tripulação do *Saqueador* desfazia freneticamente os nós de sua última amarra e empurrava a embarcação do atracadouro. E, quando ele se perguntava o que poderia ter causado neles tamanho pânico, Simon viu um menino e uma garota de mãos dadas, sujos e encharcados, numa corrida desabalada pelo cais. A menina arrastava o menino, e suas tranças voavam exatamente como as tranças de Lucy, e...

Simon saiu porta afora, desceu a escada estreita pulando de três em três degraus, descendo, descendo pelo alto prédio da Alfândega, derrapando nas esquinas, dispersando a fila das crianças que voltavam e finalmente alcançando a beira do cais a tempo de ver sua Lucy, com o menino descalço ao lado, saltar para o *Saqueador* que partia.

– Lu...! – começou Simon, mas seu grito foi interrompido. Um ronco fortíssimo parecido com o de uma fornalha veio por trás dele, e algo das **Trevas** tirou-o do caminho. Simon caiu através de um emaranhado de cordas, bateu com a cabeça numa âncora e tombou nas águas verdes e profundas, pelas quais foi descendo até parar no leito da enseada.

✛ 12 ✛
Para o Fogo

Simon ficou ali deitado no leito pedregoso do porto, quase cinco metros abaixo da superfície, perguntando-se por que tinha resolvido se deitar num lugar tão úmido e desconfortável. Como num sonho, ele olhava para o alto através do borrão verde e turvo. Muito acima dele, os cascos escuros dos barcos de pesca balançavam preguiçosos com o ondular das águas, longas serpentinas de algas flutuando a partir de suas quilhas incrustadas de cracas. Uma enguia cruzou seu campo de visão, e alguns peixes curiosos focinharam os dedos dos seus pés. Nos seus ouvidos, o som chiado de vaivém do mar se misturava ao matraquear das pedras no leito do Porto e ao baque distante dos cascos que se entrechocavam lá em cima. Tudo estava muito estranho, pensou ele, enquanto via suas vestes dançando ao seu redor nas correntes frias da enchente da maré.

Simon não sentia necessidade de respirar. A Arte das **Trevas** de Suspensão Debaixo d'Água – algo que o velho esqueleto de DomDaniel o tinha feito praticar todos os dias com a cabeça num balde cheio de água – tinha automaticamente começado a funcionar. Simon sorriu consigo mesmo, à medida que foi voltando a si e se dando conta do que estava fazendo. Às vezes, pensou ele, uma Arte das **Trevas** podia se revelar útil. Ele gostava da sensação quase esquecida de estar com o controle total, mas... Simon franziu a testa, e algumas bolhas se soltaram das suas sobrancelhas e foram subindo preguiçosas até a superfície lá em cima. Mas não era por isso que ele estava ali embaixo. Havia uma coisa que ele precisava fazer... alguma coisa importante. Lucy!

Quando Simon pensou em Lucy, seu controle das **Trevas** o abandonou. Uma dor forte percorreu seus pulmões, acompanhada de uma vontade avassaladora de *respirar*. Em pânico, Simon tentou sair a partir do leito do porto, mas não conseguiu se mexer. Suas vestes... estavam presas... em quê? Em *quê*?

Com dedos nervosos e gelados, Simon arrancou do gancho de uma velha âncora a bainha puída da sua túnica; e, com os pulmões loucos para respirar *agora, agora, agora,* ele deu um chute no leito cascalhento da enseada. A densidade da água empurrou-o rapidamente para cima, e daí a alguns segundos ele rompeu a superfície oleosa das águas, como uma rolha que sai de uma garrafa – para assombro de uma multidão que ia se juntando rapidamente.

Na realidade, a aglomeração não tinha se formado para ver Simon. Mas, quando de repente a cabeça de Simon, coberta de algas, surgiu tossindo e cuspindo água, o povo desviou depressa a atenção de Linda e sua **Prancha Relâmpago** para Simon. E, enquanto a multidão observava Simon nadar até a escadaria e sair da água, com as vestes gotejando de modo dramático, os símbolos das **Trevas** realçados em contraste com o pano escurecido pela água, os olhos verdes chispando de uma forma que algumas mulheres acharam bastante interessante, Linda aproveitou a oportunidade. Ela discretamente apanhou a **Prancha Relâmpago** e escapuliu dali.

Linda não tinha sido bem recebida quando parou com uma freada ruidosa à beira do cais. Logo formou-se uma multidão, cuja maioria era totalmente favorável a empurrá-la para dentro da água. O Conventículo das Bruxas do Porto não era muito popular no Porto, e enquanto se esgueirava pela Curva das Vísceras de Peixe, Linda soube que tinha escapado por um triz. Água salgada e Bruxaria das **Trevas** não combinam. Uma bruxa tão impregnada nas **Trevas** quanto Linda corria o risco de se dissolver numa poça de lodo das **Trevas** segundos depois de entrar em contato com a água do mar, que é um dos motivos pelos quais nunca se vê uma bruxa das **Trevas** chorar. Lucy Gringe tinha tirado vantagem desse fato, duvidando de Linda se atrever a levar a **Prancha Relâmpago** pela água afora... e estava certa.

Mas Lucy não tinha pensado em mais nada além de escapar da temível Linda. E, quando o *Saqueador* saiu do porto, Lucy começou a perceber que talvez – como sua mãe teria dito – ela tivesse saltado da frigideira para o fogo. Lucy e Menino Lobo tinham pulado a bordo de um dos piores barcos no Porto, comandado por um mestre extremamente desagradável e profundamente supersticioso. Se havia uma coisa que esse mestre detestava era mulheres a bordo, especialmente mulheres de tranças. Theodophilus Fortitude Fry, mestre do *Saqueador,* não gostava de mulheres, nem de garotas, com tranças. Theodophilus Fortitude Fry tinha sido criado como irmão caçula de oito irmãs. E todas elas usavam tranças. E a maior e mais mandona de todas usava suas tranças com um monte de fitas, exatamente como Lucy usava.

E assim Mestre Fry examinou seus passageiros inesperados com consternação. A ordem que deu aos berros para que jogassem Lucy no mar, *agora*, talvez fosse compreensível, mas não para Lucy e Menino Lobo. Para eles, em particular para Lucy, pareceu uma ordem absurda.

A tripulação do *Saqueador* tinha somente dois integrantes: um era o próprio filho do mestre, Jakey Fry, um menino ruivo com um monte de sardas e olhos verdes e transparentes como o mar. Ele usava o cabelo cortado curto e tinha uma expressão de preocupação permanente. Jakey achava que tinha catorze anos, mas ninguém nunca tinha se dado ao trabalho de lhe dizer sua idade exata.

O outro membro da tripulação era Crowe Magro, um dos gêmeos Crowe. Os gêmeos Crowe eram, em tese, idênticos, mas um era gordo e o outro era magro. E era assim que sempre tinham sido, desde o dia em que nasceram. Eram de uma burrice extraordinária, possivelmente não muito mais inteligentes que um simples caixote de peixes do Porto. Na realidade, havia alguns caixotes de peixes no Porto que teriam sucesso em contestar isso. Além da sua alarmante diferença de tamanho, os Crowe eram notavelmente parecidos. Seus olhos eram claros e inexpressivos como os de um peixe morto num balcão, a cabeça era coberta de cabelos pretos quase rentes cortados com navalha, que de vez em quando raspava o couro cabeludo irregular. E os dois usavam túnicas curtas, imundas, de uma cor indeterminada, com perneiras de couro. Os gêmeos Crowe se revezavam na tripulação do *Saqueador*. Para Mestre Fry eles serviam – eram perversos e burros o bastante para fazerem o que ele mandasse sem perguntar nada.

E assim, quando Mestre Fry berrou para que Lucy fosse jogada na água, *agora*, ele sabia que era exatamente isso o que Crowe Magro faria, sem pestanejar. Mestre Fry não gostava que pestanejassem.

Crowe Magro era vigoroso, com os músculos semelhantes a cordas de aço. Ele agarrou Lucy pela cintura, levantou-a no ar e se encaminhou depressa para o lado do barco.

– Me solta! – guinchou Lucy. Menino Lobo investiu contra ele, e o único efeito disso foi o de fazer com que Crowe Magro o agarrasse também.

– Jogue os dois de uma vez – disse Mestre Fry.

Menino Lobo ficou petrificado. Tinha horror de cair de barcos. Como se estivesse jogando ao mar o lixo do dia, Crowe Magro despejou Menino Lobo e Lucy por cima da amurada do barco. Mas a partida apressada do *Saqueador* tinha levado ao que Mestre Fry chamaria de marinharia desleixada – uma corda de atracar solta estava suspensa do costado. Menino Lobo e Lucy agarraram a corda quando caíram e ficaram pendurados como um par de defensas, enquanto o *Saqueador* cruzava as ondas, veloz.

Com habilidade, pois tinha feito isso muitas vezes antes, Crowe Magro debruçou-se e começou a forçar os dedos de Menino Lobo a soltar a corda. Um marinheiro mais inteligente teria cortado a corda, mas isso não lhe ocorreu. Ocorreu, sim, a Mestre Fry, que assistia impaciente.

– Corte a corda, seu miolo mole – rugiu o mestre. – Que afundem ou saiam nadando.

– Não sei nadar! – Veio a voz de Lucy dali de baixo.

– Pode então fazer a outra coisa – disse o mestre, carrancudo e desdentado.

No timão, Jakey Fry assistia, aflito. Àquela altura, o *Saqueador* já tinha saído da enseada e estava se dirigindo para mar aberto, onde Jakey sabia que não haveria esperança para ninguém que caísse na água e não soubesse nadar. Ele achava que Menino Lobo e Lucy – especialmente Lucy – pareciam interessantes. Com eles a bordo, de repente parecia menos medonha a perspectiva dos longos dias no barco, com seu pai imprevisível e o agressivo Crowe. E além do mais, Jakey não concordava em lançar ninguém de barcos – nem mesmo garotas.

– Não, pai. Para! – gritou Jakey. – Se ele morre afogado, o azar é ainda pior do que o mau-olhado da bruxa.

– Não fala na bruxa! – berrou o Mestre Fry, atormentado por mais maus agouros do que qualquer mestre mereceria.

– Manda ele pará de cortá a corda, pai. Manda ele pará, ou eu volto pro Porto.

– Você não vai fazer isso!

– *Vou sim!* – Com isso, Jakey Fry empurrou a cana do leme com força; a grande retranca da vela mestra virou, e o *Saqueador* começou a dar a volta.

Mestre Fry cedeu. Sabia-se que voltar ao Porto na mesma maré em que uma embarcação saiu dava o maior azar de todos. Era mais do que ele podia suportar.

– Deixa eles! – gritou. Crowe Magro estava serrando vigorosamente a corda com sua peixeira cega. Estava se divertindo e não tinha vontade de parar.

– Eu disse *deixa* eles! – berrou o mestre. – É uma ordem, Crowe. Puxa eles e leva pro porão.

Jakey Fry abriu um sorriso. Puxou a cana do leme na sua direção e, quando o *Saqueador* voltou para seu curso, ficou olhando Lucy e Menino Lobo sendo empurrados pela escotilha para o porão, ali embaixo. A escotilha foi fechada com violência e trancada, e Jakey começou a assobiar feliz. Essa viagem ia ser *muito* mais interessante do que de costume.

Lá na beira do cais, Simon livrou-se de indagações preocupadas. Com gentileza, recusou ofertas de três moças de ir às suas casas para se secar; e, em vez disso, partiu de volta para seu quarto no sótão da Alfândega.

– Simon. Simon!

Simon fez que não ouviu a voz conhecida. Queria ficar só. Mas Maureen, da pastelaria, não desistia com facilidade. Ela conseguiu alcançá-lo e pôs a mão, amistosa, no seu braço. Simon virou-se para encará-la, e Maureen ficou chocada: seus lábios estavam azuis e seu rosto, tão branco quanto os pratos em que ela expunha as tortas.

– Simon, você está *morrendo de frio*. Você vem comigo para se aquecer junto do forno. Eu lhe faço um bom chocolate quente.

Simon fez que não, mas Maureen estava decidida. Ela prendeu o braço no dele com firmeza e o fez atravessar a praça até a pastelaria. Lá dentro, Maureen pôs o cartaz de *Fechado* e empurrou Simon pela loja até a cozinha nos fundos.

– Agora *senta* – ordenou ela, como se Simon fosse um labrador encharcado que tivesse feito a burrice de se jogar nas águas do Porto. Obediente, Simon se sentou na poltrona de Maureen ao lado do grande forno de assar tortas. De repente, ele começou a tremer de modo descontrolado. – Vou apanhar uns cobertores – disse-lhe Maureen. – Trate de tirar essa roupa molhada, que eu ponho para secar durante a noite.

Cinco minutos depois, Simon estava todo enrolado numa quantidade de ásperos cobertores de lã. De vez em quando um calafrio percorria seu corpo, mas a cor tinha voltado aos seus lábios, e ele já não estava branco como um prato de torta.

– Quer dizer que você viu Lucy? – perguntou Maureen.

Simon fez que sim, entristecido.

– E de nada me adiantou. Ela está com outro. Estava fugindo com ele. Eu lhe *disse* que ela ia fazer isso. Não a culpo. – Ele pôs a cabeça nas mãos e foi dominado por mais um acesso incontrolável de tremores.

Maureen era uma mulher prática e não tinha paciência para sentir tristeza por muito tempo. Ela também acreditava que as coisas nem sempre eram tão ruins quanto podiam parecer.

– Não foi isso o que ouvi – disse ela. – Ouvi dizer que ela e o menino estavam fugindo do Conventículo. Todos nós vimos a bruxa, Simon.

– Bruxa? – Simon levantou a cabeça. – Que bruxa?

– A que é cruel de verdade. A que **Encolheu** a coitada da Florrie Bundy até ela ficar do tamanho de um saquinho de chá, pelo que dizem.

– *Quê?*

– Um saquinho de chá. A bruxa do saquinho de chá estava perseguindo Lucy e o menino. Ela estava atrás deles numa daquelas **Pranchas Relâmpago**... troço perigoso.

— *Perseguindo* Lucy? — Simon ficou em silêncio. Estava pensando muito. No passado, ele tinha feito uma visita ou outra ao Conventículo. Não era uma coisa que gostasse de fazer, mas, na época, ele respeitava o Conventículo por seus Poderes das **Trevas**, e em especial ele respeitava Linda, que, agora se lembrava, tinha de fato a fama de ter **Encolhido** sua vizinha. Mas a dedicação de Linda às **Trevas**, associada à sua perversidade, tinha assustado até mesmo a ele, e imaginar que ela estivesse perseguindo Lucy fez com que estremecesse.

Maureen deu-lhe mais um cobertor.

— Isso explica por que eles escaparam para o *Saqueador* — disse ela, levantando-se para olhar a chaleira fervente, suspensa acima do fogo. — O *Saqueador* é o último barco para dentro do qual alguém *escolheria* saltar.

Simon olhou para Maureen com a testa franzida.

— Por quê? O que você está querendo dizer?

— Nada — respondeu Maureen, depressa, desejando imediatamente não ter aberto a boca. De que adiantaria Simon se preocupar com uma coisa sobre a qual ele nada poderia fazer?

— Pode me contar, Maureen. Eu quero saber — disse Simon, olhando nos seus olhos. Maureen não respondeu. Em vez disso, ela se levantou e foi até um pequeno fogão, onde tinha posto uma leiteira para aquecer. Ela se ocupou ali alguns minutos, concentrada em dissolver três quadrados de chocolate no leite quente. Então trouxe a cumbuca fumegante para Simon.

— Beba isso — disse ela — e depois eu lhe conto.

Ainda atormentado por um eventual calafrio, Simon bebericou o chocolate quente.

Maureen empoleirou-se num banquinho ao lado do forno.

— Estranho — disse ela. — Tem alguma coisa no balcão da pastelaria que faz as pessoas pensarem que ele é uma barreira à prova de som e que do outro lado não se ouve o que elas estão dizendo. Já ouvi muita coisa enquanto vendia tortas... coisas que não era para eu ouvir.

— Então o que você ouviu sobre o *Saqueador*? — perguntou Simon.

— Bem, no fundo foi mais sobre o mestre...

— *O que* ouviu sobre o mestre?

— Ele não presta. Eles se lembram dele aqui, quando era simplesmente Joe Grub, de uma família de provocadores de naufrágios mais ao norte na costa. Só que agora que existem mais faróis não é tão fácil provocar naufrágios, não é mesmo? E isso é uma bênção, se você quer saber. É uma coisa terrível atrair uma embarcação para o fim nos rochedos, uma coisa terrível. Por isso, com o desaparecimento do lucro dos naufrágios, Grub conseguiu embarcar num desses navios de piratas que às vezes param aqui, e voltou com um saco de ouro e um belo nome novo para completar. Dizem que os dois ele obteve de algum pobre cavalheiro que jogou no mar. Mas há quem diga... — Maureen parou, sem querer prosseguir.

— Há quem diga o quê? — perguntou Simon.

Maureen abanou a cabeça.

– Por favor, você tem de me contar – disse Simon. – Se eu quiser ajudar Lucy, preciso saber tudo o que puder. *Por favor*.

Maureen ainda estava relutante, em parte porque se considerava que falar sobre essas coisas dava azar.

– Bem... há quem diga que uma troca de nome significa uma troca de senhores. Dizem que o novo senhor do mestre é um antigo fantasma de lá do Castelo, e que é de lá que vem todo o seu dinheiro. Mas imagine trabalhar para um fantasma. É apavorante demais. – Maureen estremeceu. – Eu mesma não acredito numa palavra disso tudo – disse ela rapidamente.

Mas Simon acreditou.

– O pau-mandado de um espírito maléfico – sussurrou ele.

– O que você disse? – perguntou Maureen, indo pôr mais uma acha no fogo abaixo do forno. Toda aquela conversa sobre fantasmas lhe dava frio.

– O pau-mandado de um espírito maléfico – disse Simon, dando de ombros. – Braço armado de um fantasma, protetor de um espectro... não importa como você queira chamar. Creio que o termo verdadeiro é Escravo de um Espírito. É alguém que se vende para um espírito.

– Meu Deus! – disse Maureen, com a voz abafada, batendo a porta da caixa de lenha. – Por que uma pessoa ia querer fazer isso?

– Ouro – disse Simon, lembrando-se de quando Tertius Fume lhe fizera uma oferta semelhante. – Cento e sessenta e nove peças, para ser exato. Mas no fim todos se arrependem. Não há como escapar, não depois que você aceitou o pagamento. Eles são **Assombrados** a vida inteira, até a morte.

— Ora essa — disse Maureen —, as coisas que as pessoas fazem.

— É — concordou Simon. — Humm, Maureen...

— O quê?

— E então... qual é o nome novo do mestre?

— Ah, é um nome biruta como ele só. Theodophilus Fortitude Fry. Dá vontade de rir, quando se pensa que ele antes era só Joe Grub. — Maureen deu uns risinhos.

Simon não se juntou aos risos de Maureen. Ele não considerava nem um pouco divertida a obsessão das **Trevas** por nomes.

— T.F.F. — resmungou ele. — As mesmas iniciais do velho Fume. Eu me pergunto... — Ele suspirou. — Ai, Lucy, o que você foi *fazer*?

Maureen tentou pensar em alguma coisa positiva para dizer.

— Mas o filho dele, Jakey, é um bom garoto. — Foi o melhor que veio à sua mente.

Simon deixou a cumbuca vazia e olhou entristecido para os pés descalços que se projetavam para fora dos cobertores. Não disse nada.

Alguns minutos depois, Maureen sussurrou, meio sem convicção:

— Olha, Simon, Lucy é cheia de iniciativa. E corajosa. Tenho certeza de que ela vai se sair bem.

— Bem? — perguntou Simon, sem conseguir acreditar. — Num barco com um mestre como esse? Como vai ser possível ela se sair *bem*?

Maureen não sabia o que dizer. Ela se levantou em silêncio e tratou de preparar uma cama para Simon num dos bancos largos ao longo da parede da cozinha. Cedo na manhã do dia seguinte, logo depois do amanhecer, quando Maureen desceu para a cozinha para começar a primeira fornada de tortas, Simon tinha sumido. Ela não se surpreendeu. Começou a amassar a massa e em silêncio desejou sorte para ele e para Lucy – eles iam precisar.

⇥ 13 ⇤
O Voo do Dragão

O *Farol das Dunas Duplas era* instalado bem alto em cima de uma estrutura precária de metal na ponta de uma traiçoeira restinga de areia. Visto do alto, parecia fino e frágil, como se o menor golpe de vento pudesse derrubá-lo. Septimus, porém, tinha ouvido dizer que ele era impressionante visto do chão.

Ao chegar ao farol, Septimus virou Cospe-Fogo cerca de quarenta e cinco graus para a esquerda e rumou para mar aberto. Septimus sabia que não precisava ensinar o caminho ao dragão, porque Cospe-Fogo estava, por enquanto, simplesmente refazendo o voo que tinha feito antes, mas ele gostava da sensação de que o dragão respondesse às suas ordens. Quando Cospe-Fogo ficava em terra, Septimus quase sempre tinha uma sensação desconfortável de que era o dragão quem estava no comando, e que ele estava ali apenas para cumprir as ordens. Mas no ar as posições se invertiam. Cospe-Fogo ficava dócil e calmo; ele obedecia aos desejos de Septimus e até mesmo previa esses desejos, a tal ponto que algumas vezes Septimus achava que o dragão podia ouvir seus pensamentos.

E não estava tão errado assim, não. Ele não sabia que o piloto de um dragão, particularmente o **Assinalador** do dragão, transmite seus pensamentos através de minúsculas tremulações de cada um de seus músculos. Um dragão lê o corpo inteiro da pessoa que o está pilotando e com frequência sabe que trajeto essa pessoa quer fazer antes que ela própria saiba. Foi assim que, dois dias antes, Cospe-Fogo transportou uma Márcia Overstrand muito agitada todo o caminho até a Casa de Foryx, voando sem cometer um único engano. Tendo em vista que Márcia tinha aprendido totalmente ao contrário as instruções básicas de como dirigir um dragão, esse foi um feito e tanto. É claro que Márcia acreditou que foi sua habilidade inata para voar em dragões que fez com que chegassem a salvo, mas na verdade foi a habilidade inata de Cospe-Fogo para não fazer caso da Maga ExtraOrdinária.

Septimus e Cospe-Fogo rumaram através do alto-mar. O ar ficou mais claro, e a quantidade de nuvenzinhas brancas desapareceu, até Septimus não conseguir ver mais nada além do azul:

o céu azul-safira ao seu redor e o mar cintilando lá embaixo. Ele olhou para baixo, maravilhado, vendo as sombras das correntes que iam se deslocando, as formas escuras das enormes baleias que habitavam o canal profundo sobre o qual eles estavam voando.

O ar do fim de primavera estava frio a cento e cinquenta metros de altitude, mas o calor gerado pelos músculos de Cospe-Fogo proporcionava a Septimus um microclima nada desagradável, só seu – desde que ignorasse um ou outro sopro do bafo quente e malcheiroso do dragão. Logo o voo cadenciado de sobe e desce, sobe e desce do dragão embalou Septimus e o levou a um estado de sonolência em que rimas **Mágykas** rodopiavam em sua mente e canções de dragões tocavam em seus ouvidos. Septimus ficou nesse estado por algumas horas, até que acordou num sobressalto.

– Septimus, Septimus... – *Alguém o estava chamando pelo nome.*

Septimus empertigou-se no assento, alerta e confuso ao mesmo tempo. Como poderia alguém estar chamando por ele?

– Foi um *sonho,* seu pateta – resmungou ele, sacudindo-se. Para afastar o estado de torpor de sua mente, olhou para o oceano lá embaixo mais uma vez e, maravilhado, perdeu o fôlego.

Lá embaixo, ele viu um grupo de ilhas que parecia uma joia. Uma grande ilha central, cercada de seis outras menores. Todas elas eram de um verde escuro exuberante, contornado com pequenas enseadas e praias de areia branca, e entre as ilhas o delicado azul-turquesa do mar cristalino e raso cintilava à luz do sol.

Septimus ficou fascinado; de repente teve um forte desejo de estar sentado numa encosta ensolarada e beber a água fresca de fontes borbulhantes entre rochas cobertas de musgo. Por um segundo – não mais que isso – Septimus pensou em descer com Cospe-Fogo numa daquelas pequenas enseadas e aterrissar na areia. Como resposta, o dragão começou a perder altura; e Septimus rapidamente caiu na realidade.

– Não, Cospe-Fogo, não. Nós temos de seguir em frente – disse ele, cheio de tristeza.

Cospe-Fogo retomou seu voo, e Septimus se virou para ver o delicado círculo de ilhas se afastando. Pouco depois, as ilhas desapareceram de vista, e um estranho sentimento de perda invadiu Septimus: ele e Cospe-Fogo estavam sozinhos novamente.

Dragão e **Assinalador** continuaram voando no fim de tarde. Acima deles, nuvens brancas iam e vinham, e, abaixo, um ou outro navio singrava seu caminho branco através do movimento incessante das ondas. Mas não apareceu nenhuma outra ilha.

À medida que entardecia, as nuvens começaram a se adensar, até formar um teto cinzento e espesso. A temperatura do ar despencou, e Septimus sentiu frio até os ossos. Apertou um pouco mais a pele de carcaju em volta do corpo, mas continuou sentindo frio. Septimus não tinha percebido o quanto tinha esfriado. Levou uns bons dez minutos para se lembrar de que Márcia tinha insistido em preparar o que ela chamava de seu *Kit* de Emergência, que ela própria arrumou sobre Cospe-Fogo em pesados alforjes feitos de tapete. Márcia disse a Septimus que tinha colocado ali seis **CapasTérmicas**, de um vermelho vivo, que ela adorou ter encontrado na Loja Bott de Capas de Segunda Mão para Magos.

Depois de outros dez minutos tentando abrir os alforjes – que Márcia tinha amarrado com muita eficiência –, Septimus conseguiu que sua mão gelada tirasse uma **CapaTérmica**. Ele se embrulhou com a capa estranhamente enrugada, e na mesma hora o calor se espalhou por seu corpo, como se ele estivesse numa banheira de água quente, e seus pensamentos começaram a funcionar de novo.

A essa altura, escurecia com rapidez. No horizonte à frente, Septimus podia ver a borda escura da noite que chegava. Tinha começado a cair uma garoa, mas parecia que a **CapaTérmica** era à prova d'água também. Ele enfiou seu velho gorro que tinha colocado no bolso antes de sair. Estava bem apertado agora, mas ele não ligou, porque nenhum outro gorro era tão gostoso de usar como esse. Agora Septimus estava completamente protegido da chuva e do vento.

E mais uma vez voltou sua atenção para o horizonte. A linha escura da noite estava maior, e dentro dela Septimus achou que podia ver uma tênue faixa de luzes. Ele manteve os olhos fixos no horizonte e, à medida que o crepúsculo se tornava mais profundo e Cospe-Fogo chegava cada vez mais perto, a faixa de luzes brilhava mais e mais a cada segundo. Um arrepio de empolgação percorreu o corpo de Septimus: ele tinha conseguido. Tinha encontrado o caminho para a Feitoria, e uma daquelas luzes era de

Jenna, Nicko, Snorri e Besouro, que, sentados em seu paiol de redes pequeno e úmido, esperavam que ele fosse resgatá-los. Septimus recostou-se no Espinho do Piloto e abriu um sorriso de orelha a orelha. A equipe de resgate do dragão tinha conseguido mais uma vez.

Meia hora depois, já tinha anoitecido totalmente e eles estavam sobrevoando terra firme. Cospe-Fogo voava baixo e rápido ao longo da costa arenosa. As nuvens tinham se dispersado, e a lua minguante subia no céu, lançando uma luz prateada e sombras alongadas na terra. Septimus debruçou-se e viu, espalhados entre as dunas, os vultos escuros dos chalés dos pescadores, com velas fracas que ardiam nas janelas e pequenas embarcações que tinham sido levadas até a praia para passar a noite. Mais além, ele podia ver a faixa de luzes da Feitoria, que brilhavam mais do que nunca, iluminando a longa fila de docas.

Agora Septimus reduzia a velocidade de Cospe-Fogo e dava um mergulho ainda mais baixo. Adiante, viu a primeira da longa fila de docas – Doca Número Quarenta e Nove, se não lhe falhava a memória. Mas, como era para a Doca Número Três que estavam indo, ainda tinham muito caminho pela frente.

As asas de Cospe-Fogo batiam com firmeza à medida que ele sobrevoava uma doca depois da outra. Animado, Septimus olhou lá para baixo, esquadrinhando, e viu as formas escuras de navios atracados ao longo das muralhas das docas, que sobressaíam diante da luz de vários lampiões e tochas enfileirados no cais.

Podia ver uma multidão de pessoas alvoroçadas, ocupadas em carregar e descarregar, negociando e fechando negócios. O som de vozes subia até ele – uma cacofonia de línguas que ele não conhecia, de discussões e gargalhadas entremeadas de um grito ou outro. Ninguém reparou no vulto escuro do dragão acima deles ou na sombra fraquinha lançada pelo luar, que se movia em silêncio sobre o cais. Septimus deu um tapinha no pescoço de Cospe-Fogo e sussurrou:

– Muito bem, Cospe-Fogo, bom trabalho. Estamos quase chegando.

A Feitoria tinha se formado ao longo de um litoral protegido, na extremidade de uma vasta extensão de terra descampada que continha, dentre muitas outras maravilhas, a Casa de Foryx. A Feitoria tinha se tornado o centro para as atividades dos Mercadores, não apenas os Mercadores do Norte, como também aqueles que vinham de muito mais longe. Antes mesmo que o gelo do inverno tivesse derretido, mercadores cobertos de peles, isolados no interior dos Países de Gelo, empurravam suas embarcações estreitas e longas pelos pequenos canais congelados que serpeavam pelas florestas, para chegar aos canais mais amplos que fluíam livremente até desaguar na Feitoria. Mercadores altos com trajes coloridos, das Colinas dos Desertos Secos, traziam por mar suas embarcações pintadas em cores brilhantes; e às vezes podiam ser vistos até mesmo Mercadores de países que ficam além das Planícies Nevadas do Leste, com seus estranhos chapéus altos e pontudos, e suas vozes picotadas podiam ser ouvidas em meio à algazarra.

Enquanto Cospe-Fogo seguia em seu voo, Septimus continuava procurando a Doca Número Três. Era uma das docas menores bem no final da Feitoria, logo depois do canal mais largo (aquele que levava direto para o outro lado do mundo, conforme diziam). A Doca Número Três era, ele sabia, fácil de reconhecer, por seu formato incomum de ferradura. Não era uma doca de águas profundas, mas era usada por pequenos pesqueiros, deixados amarrados em adriças estiradas sobre a areia descoberta na maré baixa.

Não muito antes de Cospe-Fogo ter atravessado o canal largo e varrido pelo vento, Septimus avistou o bem-vindo formato de ferradura lá embaixo. Cospe-Fogo começou a voar em círculos, procurando um lugar para pousar, mas o cais estava atravancado com caixas de peixes e pilhas de redes. Não havia um espaço aberto no solo onde um dragão pudesse aterrissar, e nenhum dragão jamais se disporá a aterrissar perto de redes, por causa de um pavor arraigado de que as garras fiquem presas nas suas tramas, medo que vem da grande época de caça aos dragões no passado.

A maré estava baixando, e nas sombras ao longo da borda da muralha do cais Septimus localizou uma faixa de areia vazia, sem cordas espalhadas por ela. Ele direcionou o dragão algumas centenas de metros em direção ao mar e então foi descendo com ele por cima da água, deixando que Cospe-Fogo planasse com elegância até que, com um baque suave e borrifando areia molhada, ele aterrissou. O dragão farejou o ar e então deitou a cabeça na areia úmida, fatigado, permitindo que Septimus descesse e colocasse os pés em terra firme uma vez mais. Septimus remexeu bem os pés para tentar recuperar a sensibilidade dos dedos. Depois, um pouco sem firmeza, esfregou o nariz aveludado e gelado do dragão.

– Obrigado, Cospe-Fogo – sussurrou. – Você é o melhor.

O dragão resfolegou, e das sombras do cais acima deles veio uma voz feminina:

– Não *faça* isso. É tão grosseiro.

– Não fazer o quê? Eu não fiz nada! – protestou uma voz de homem.

– Ah! Você está sempre dizendo isso. *Aqui.* Você não pode culpar o cachorro.

O casal que estava discutindo se afastou, e antes que estivessem fora do seu campo de audição Cospe-Fogo tinha adormecido. Septimus verificou a maré. Ela estava baixando, e pela marca da maré alta na muralha do cais ele imaginou que Cospe-Fogo tinha pelo menos seis horas para dormir em segurança ali onde estava. Septimus puxou os alforjes de Márcia, tirou quatro frangos assados e uma sacola de maçãs, colocando tudo ao lado do focinho do dragão, para o caso de ele acordar para um lanchinho no meio da noite.

– Espere aqui, Cospe-Fogo. Eu volto – sussurrou Septimus para o dragão.

Cospe-Fogo abriu um olho turvo, piscou e voltou a dormir.

Septimus colocou os pesados alforjes nos ombros e subiu exausto a escada do cais. Agora, tudo o que tinha de fazer era se lembrar de que paiol de redes Nicko tinha escolhido.

✣ 14 ✣
A Feitoria

Septimus *chegou ao alto da* escada e olhou ao redor. O casal que discutia tinha ido embora, e o cais estava deserto. A escuridão não era total, ele estava iluminado por um único archote grande, instalado lá em cima num poste diante de uma fileira de barracos de madeira muito altos e estreitos, mais para os fundos da beira do cais. Apesar das rajadas de vento e de uma ou outra chuvinha, a chama ardia firme por trás de um escudo de vidro grosso, lançando uma ilha de luz amarela embaçada pelo calçamento de pedras arredondadas. Septimus lembrou-se de que o poste indicava a entrada do beco pelo qual Nicko tinha arrastado a todos eles dois dias antes. Feliz com a ideia de que logo veria seu irmão novamente, Septimus pôs os alforjes nos ombros e partiu na direção do archote, procurando o melhor lugar para passar entre a bagunça de barris e caixotes espalhados ao longo do cais.

Septimus chegou ao archote e entrou no beco. A luz do poste lançava diante dele sua sombra comprida e trêmula. Ele virou uma esquina fechada e mergulhou na escuridão, mas só por alguns segundos. Logo, o Anel do Dragão que ele usava no indicador direito começou a refulgir, iluminando o caminho. Com os alforjes mal equilibrados nos ombros, Septimus transpôs mais uma esquina e parou do lado de fora de um barraco de madeira de quatro andares, estreito e fedorento, que exibia uma porta da frente recentemente destroçada amarrada com uma corda. Septimus pôs no chão os alforjes pesados e olhou para o alto, para as janelinhas com vidraças partidas ou sem vidraças. Ele tinha certeza de que esse era o barraco certo, mas não havia ninguém ali: as janelas estavam escuras e o lugar, silencioso e vazio. Um lampejo de preocupação passou por Septimus, e então algo atraiu seu olhar. Um pedaço de papel estava pregado na porta, e Septimus reconheceu a caligrafia grande e redonda de Jenna. O bilhete dizia o seguinte:

Sep!
Espero que tenha feito um bom voo! Estamos no Cerys *– navio grande e vistoso na Doca Doze. Nos vemos!!!*
Beijos. Com amor, Jen

Septimus sorriu diante dos alegres pontos de exclamação de Jenna e então franziu a testa. Como ia fazer para chegar à Doca Doze?

Daí a meia hora a preocupação de Septimus estava bem maior. Ele tinha lutado contra a força do vento e um súbito temporal com rajadas na longa ponte descoberta que atravessava a boca do grande canal, e agora tinha chegado a um imponente portão de madeira na extremidade da ponte, que indicava os limites da Doca Quatro. Por trás do portão, Septimus ouvia os sons da movimentação do porto. Exausto, ele tentou abrir o portão com um empurrão, e, para sua surpresa, um homem saiu de uma guarita que Septimus tinha imaginado ser algum tipo de depósito.

– Pode parar aí mesmo, filhinho. Antes de entrar, deve ler o Aviso. – O homem, que estava usando um uniforme azul-escuro de navegador, salpicado com grandes botões dourados, apontou para um enorme cartaz preso à parede. Ele era iluminado por dois lampiões de latão e era coberto de grandes letras vermelhas em várias línguas.

Septimus amarrou a cara. Não gostava de ser chamado de "filhinho". Estava acostumado a um pouco mais de respeito.

– E essa cara amarrada não vai lhe adiantar nada – rosnou o homem. – Leia o cartaz, *inteirinho,* ou pode voltar para o lugar de onde veio. Entendeu?

Impassível, Septimus fez que sim. Por mais que quisesse mandar o homem plantar batatas, ele *precisava* entrar no Cais

Quatro para ter acesso à Rede das Docas de Grande Porte. Ele voltou a atenção para o cartaz:

> Cais Quatro
> ATENÇÃO!
> Você está saindo agora da Doca Três,
> a última das Docas de Pequeno Porte (DPP),
> e entrando na Rede das Docas de Grande Porte (RDGP).
> Ao passar por este portão, você concorda
> em cumprir os Regulamentos (Rs)
> da Associação das Docas de Grande Porte
> da Feitoria (ADGPF)
> e em obedecer a todas as instruções dadas por
> Sociedades, Grupos ou Funcionários da Doca (SGFD).

A isso seguia-se uma longa lista, na qual cada linha começava com a palavra "NÃO" em letras maiúsculas vermelhas. Septimus não gostava de listas escritas em vermelho, começando com a palavra "NÃO". Elas faziam com que se lembrasse do Exército Jovem. Mas, debaixo do olhar de águia do funcionário, ele leu tudo.

– Pronto – disse ele, quando chegou ao fim. – Eu concordo.

– Você não leu o cartaz – protestou o funcionário.

– Eu leio rápido – respondeu Septimus.

– Não banque o espertinho comigo – disse o homem. – Acabe de ler.

– Já acabei. Não banque *você* o esperto comigo – disse Septimus, deixando a prudência de lado.
– Certo. Você foi barrado – disse o funcionário, irritado.
– Como?
– Você ouviu. Está barrado da RDGP. Como eu disse, pode voltar para o lugar de onde veio.

Uma onda de raiva dominou Septimus. Ele levantou o braço direito e apontou para suas duas divisas de Aprendiz Sênior, que brilhavam com um roxo **Mágyko** à luz do lampião.

– Estou aqui em missão oficial – disse Septimus muito devagar, tentando não demonstrar sua raiva. – Esse é o distintivo do meu posto. Não sou quem você pode estar pensando que sou. Se valoriza seu cargo, eu o aconselho a me deixar passar.

O tom de autoridade com que Septimus falou deixou o funcionário desconcertado, e o brilho **Mágyko** nos seus punhos o confundiu. Em resposta, ele abriu o portão e, quando Septimus entrou, o funcionário baixou a cabeça de um modo quase imperceptível. Septimus percebeu, mas não deixou transparecer. O homem fechou o portão, e Septimus entrou na Doca Quatro.

Era outro mundo. Atordoado, Septimus olhava com espanto – o lugar estava *lotado*. Esse era um cais de verdade, com águas fundas e grandes embarcações. Era iluminado por no mínimo vinte archotes e estava apinhado de gente. Um grande pesqueiro estava sendo descarregado, e dois navios altos recebiam provisões. Uma sensação de cansaço quase avassalador dominou Septimus – como ele ia abrir caminho nessa multidão? Desejando ter deixado os alforjes pesados em Cospe-Fogo, ele os descansou por um instante no calçamento de pedras redondas.

Uma voz alta veio de trás dele:

— Não feche o caminho, garoto. Tem gente aqui com trabalho a fazer.

Septimus deu um passo para o lado, esquecendo-se dos alforjes. Um pescador corpulento carregando uma pilha de caixas de peixe em equilíbrio precário forçou a passagem e de imediato tropeçou neles, fazendo voar o conteúdo das caixas. Numa chuva de arenques, acompanhada de um furioso jorro de palavras que ele nunca tinha ouvido antes, Septimus levantou com esforço os alforjes e sumiu no meio da multidão. Quando olhou para trás, a multidão tinha se fechado às suas costas, e o pescador tinha desaparecido de vista. Septimus sorriu. Às vezes, as multidões podiam ser úteis. Ele respirou fundo e começou a abrir caminho ao longo do cais da Doca Quatro até finalmente chegar ao portão da Doca Cinco. Esse, para seu alívio, não tinha guarda, apesar de exibir o mesmo cartaz autoritário. Septimus deixou o cartaz para lá e entrou na Doca Cinco.

Uma hora depois, Septimus tinha quase alcançado seu objetivo. Ele estava diante de uma placa que lhe informava que ele estava saindo da Doca Onze e prestes a entrar na Doca Doze. Septimus estava exausto, e àquela altura extremamente irritado com Jenna. Por que ela precisava ir saracotear em algum navio elegante? Por que eles não podiam ter esperado por ele no galpão de redes, como combinado? Eles nem chegaram a pensar que ele pudesse estar cansado depois de um voo tão longo? Tinha precisado percorrer oito docas para chegar a eles, e não tinha sido fácil. Algumas estavam lotadas de gente nem sempre disposta a abrir caminho para um garoto encharcado, carregando alforjes enormes. Uma era deserta, sem iluminação e cheia de cordas entrecruzadas pelas quais ele precisou passar com cuidado, como um pônei dançarino de circo. Duas estavam praticamente bloqueadas por um labirinto de barris e engradados. E muitas tinham lhe parecido nitidamente ameaçadoras.

Esgotado, Septimus parou para avaliar a situação. A Doca Doze parecia ser a mais difícil de todas. Até agora, era a maior e a mais movimentada. Ao espiar por cima do alvoroço da Doca, ele pôde ver uma floresta de mastros altos, que se lançavam pelo céu noturno, com suas velas enroladas, iluminados pela fileira de archotes acesos ao longo da beira-mar. A luz dos archotes dava à cena um belo clarão laranja, tornando a escuridão um veludo de um anil profundo, e transformando em gotas de diamantes a chuva que caía.

Havia uma impressão de pompa e riqueza na Doca Doze que Septimus não tinha encontrado nas anteriores. Havia funcionários por toda parte, e cada um parecia a Septimus ter mais debruns dourados do que o último. Eles usavam vestes curtas azul-marinho, das quais suas pernas saíam envoltas em perneiras abotoadas de tecido dourado. E nos pés usavam botas pesadas, adornadas com uma quantidade de fivelas prateadas. Mas o que realmente atraiu a atenção de Septimus foram as perucas – e sem dúvida deviam ser perucas, pensou ele, pois era impossível que alguém tivesse cabelo suficiente para penteados tão complicados. Algumas tinham no mínimo trinta centímetros de altura. Eram de um branco brilhante e presas em cachos, topetes, trancinhas e tranças de marinheiro. E cada um exibia um grande distintivo dourado, não muito diferente das rosetas que Septimus tinha visto decorando a cocheira de Dominó, o cavalo de Jenna. Septimus sorriu, imaginando por um instante os funcionários enfileirados numa arena, sendo avaliados como "o funcionário de focinho mais macio" e "o funcionário que os juízes prefeririam levar para casa".

Septimus ficou olhando, recompondo as energias para um último esforço para passar pela multidão. Ele não fazia a menor ideia do tipo de embarcação que o *Cerys* era, embora, quanto mais pensava nele, mais o nome lhe parecesse conhecido. Ele respirou fundo, apanhou os alforjes, que davam a impressão de que alguém tinha acabado de enfiar neles um punhado de pedras, e foi entrando pela aglomeração. Daí a um instante, foi empurrado com grosseria por uma dupla de funcionários uniformizados das docas, que abriam caminho no meio da multidão para a passagem de uma mulher alta toda vestida em tecido dourado. Ela olhava para a frente, desdenhosa, sem ver nada, a não ser o belo pássaro multicolorido que carregava no alto, pousado no seu pulso, como um farol. Uma hora antes, Septimus tinha aprendido muito a respeito de como atravessar multidões e agora aproveitou a oportunidade. Depressa, antes que a multidão se fechasse de novo, ele foi atrás da mulher e a acompanhou de perto, tomando cuidado para não pisar na cauda do seu vestido bruxuleante.

Alguns minutos depois, Septimus viu a mulher subir pela rampa de embarque de um navio enfeitado, de três mastros, possivelmente o maior na doca, calculou Septimus. De fato, só o navio que estava ao lado parecia ser maior e talvez mais enfeitado. Sentindo-se fraco de tanto cansaço, Septimus parou abaixo de um poste dourado, de archote, e contemplou a quantidade de navios, atracados enfileirados, tantos que a fila desaparecia na escuridão da noite. Parecia que eles não terminariam nunca, e alguns deles tinham duas ou três embarcações amarradas junto, que se estendiam pela água adentro. Uma sensação de impossibilidade dominou Septimus. Se havia tantos navios, como seria possível que ele encontrasse o *Cerys*? E, supondo-se que o *Cerys* fosse um dos navios amarrados à parte externa de outro navio, como ele conseguiria chegar àqueles? As pessoas se incomodavam se alguém passasse pelo seu navio para chegar a outro? Era preciso pedir licença? E se a resposta fosse não? Centenas de perguntas ansiosas inundavam sua mente. Septimus estava tão imerso nas suas preocupações que não ouviu alguém chamar seu nome.

– Septimus! Sep... ti... *mus*! – E então com a voz mais impaciente: – Sep, seu suuurdo, estamos *aqui*. – Foi o "suuurdo" que atraiu a atenção de Septimus, acima do barulho da multidão. Só uma pessoa o chamaria desse jeito.

– Jen! Jen, cadê você? – disse Septimus, olhando ao redor, em busca da dona da voz.

– Aqui! Aqui... não, *aqui*!

E então Septimus a viu, debruçada na proa do enorme navio, ricamente decorado, à sua direita, acenando a mais não poder, com um largo sorriso. Septimus sorriu aliviado, e todas as irritações das últimas horas desapareceram. Só Jen mesmo para arrumar um jeito de estar a bordo do melhor navio no porto, pensou ele. Septimus abriu caminho entre o pequeno grupo que se formou para admirar a bela figura de proa de cabelos escuros do *Cerys* e, consciente de olhares invejosos, ele se aproximou do marinheiro de libré, de plantão na extremidade da rampa de embarque. O marinheiro fez uma reverência.

– Septimus Heap, senhor? – indagou ele.

– Sim – respondeu Septimus, com muito alívio.

– Seja bem-vindo a bordo, senhor – disse o marinheiro, prestando continência.

– Obrigado – disse Septimus, e então, lembrando-se de repente de uma coisa que Nicko lhe dissera sobre se considerar que dava azar embarcar num navio pela primeira vez sem fazer algum tipo de oferenda, ele enfiou a mão no bolso da sua capa e tirou a primeira coisa que encontrou: um arenque.

Ele pôs o peixe na mão do marinheiro, levantou os alforjes pesados até os ombros e subiu trôpego pela rampa de embarque, deixando o marinheiro e o peixe trocando olhares vazios e confusos um com o outro.

✢ 15 ✢
O C‍ERYS

Septimus *acordou na manhã* seguinte convencido de que Márcia o estava chamando. De um salto, sentou-se empertigado, com os cabelos arrepiados e seu nome ainda ecoando nos ouvidos. Onde *estava* ele? E então se lembrou.

Lembrou-se da subida a bordo do *Cerys,* e de Jenna tê-lo abraçado, rindo. Lembrou-se de ela ter segurado sua mão e tê-lo apresentado a um homem alto, de cabelos escuros, que ele reconheceu ser o pai de Jenna, Milo Banda, e de ter se dado conta de que o *Cerys* era a embarcação dele – e era por *isso* que o nome lhe parecia familiar.

E que navio era o *Cerys*! Com orgulho, Jenna tinha levado Septimus para conhecer tudo, e ele se lembrava – mesmo estando exausto – de ter ficado impressionado com tanto luxo. As cores brilhantes e as peças folheadas a ouro brilhando sob a luz das tochas, a forma organizada em que estavam inúmeros rolos de corda, a riqueza da madeira, o brilho intenso dos metais e os tripulantes impecáveis em seus uniformes engomados, silenciosos e ocupados em suas funções, em segundo plano.

Depois de um tempo, Jenna tinha percebido como Septimus estava cansado e o levara até uma escotilha alta com portas douradas. Um tripulante surgiu do nada e abriu as portas, curvando-se enquanto eles desciam para o convés de baixo. Septimus lembrou-se de Jenna tê-lo conduzido por uma escadaria larga e bem encerada até um aposento forrado de lambris, iluminado por uma floresta de velas, e então gritos de entusiasmo – Besouro sorrindo de orelha a orelha, dando-lhe socos no braço e dizendo "E aí, Sep!", Nicko dando-lhe um abraço de urso e suspendendo-o no ar, só para mostrar que ainda era seu irmão mais velho, e Snorri, com um sorriso tímido, retraída segurando Ullr. E a partir daí ele não se lembrava de mais nada.

Ainda sonolento, Septimus olhou ao redor da cabine. Era pequena, mas extremamente confortável; o beliche era macio, amplo e coberto com uma pilha de cobertores quentinhos. Um feixe de raios de sol entrava por uma grande vigia de latão, pela qual Septimus podia ver o azul cintilante da água e o contorno escuro do quebra-mar se destacando do mar mais além. Ele deitou-se e ficou olhando os desenhos cambiantes de luz refletida no teto de madeira encerada, satisfeito porque obviamente *não* era Márcia quem estava chamando seu nome. Septimus, que costumava acordar cedo, estava contente por dormir até tarde – todo o seu corpo doía em consequência de dois longos voos de dragão, um logo após o outro. Sonolento, ele se perguntou quantas milhas ele e Cospe-Fogo tinham voado e, num salto, ele se sentou – empertigado de novo – *Cospe-Fogo!*

Septimus jogou sua túnica por cima do corpo e saiu da cabine em exatamente trinta segundos. Foi em disparada pelo corredor forrado de lambris em direção a um lance de escada, para subir até uma escotilha aberta que mostrava o céu azul lá fora. Corria dando esbarrões, os pés batendo com força no piso de madeira, acabando por dar um encontrão em Jenna, o que fez com que os dois caíssem de costas.

Jenna levantou-se e puxou Septimus para que ele ficasse de pé.

– Sep! – disse ela, ofegante. – Para quê tanta pressa?

– Cospe-Fogo! – respondeu Septimus, não querendo perder tempo tentando explicar. Saiu correndo, subiu a escada como um raio e chegou ao convés lá fora.

Jenna não estava muito atrás dele.

– O que houve com Cospe-Fogo? – perguntou, conseguindo alcançar Septimus. Ele sacudiu a cabeça e continuou a correr, mas Jenna agarrou sua manga e lhe deu seu melhor olhar fixo de Princesa. – Septimus, o que tem Cospe-Fogo? *Fala!*

— Deixei-o-dormindo-na-areia-a-maré-vai-subir-ai-droga-já-subiu-faz-*horas* — balbuciou Septimus. Livrou-se de Jenna com um puxão e voou pelo convés direto para a prancha de desembarque. Jenna, que sempre foi mais rápida que Septimus, estava de repente na sua frente, bloqueando o passadiço.

— Jen! — protestou Septimus. — Sai do caminho! *Por favor*, eu tenho de encontrar Cospe-Fogo!

— Bem, você já o encontrou... ou melhor, *ele* encontrou você. Ele está *aqui*, Sep.

— Onde? — Septimus virou-se. — Não consigo vê-lo.

— Venha, eu lhe mostro. — Jenna levou Septimus pela mão até a popa do navio, passando pelo convés que tinha acabado de ser esfregado. O dragão estava estendido ali, num sono tranquilo, a cauda jogada por sobre a amurada com a farpa descansando na água. No cais, um grupo de admiradores extasiados, membros do Clube de Localizadores de Dragões da Feitoria, um clube formado havia pouco tempo, mais na ilusão do que na certeza de um dia chegar a ver um dragão.

— Ele apareceu na noite passada, assim que você caiu no sono — disse Jenna, e abriu um sorriso. — Você estava tão cansado que nem acordou quando ele pousou. Foi um baque gigantesco, e o navio inteiro balançou. Pensei que ia afundar. A tripulação ficou doida, mas quando expliquei que meu dragão tinha...

— *Seu* dragão? — contestou Septimus. — Você disse que era *seu* dragão?

Jenna ficou encabulada.

— Bem, eu *sou* Navegadora de Cospe-Fogo, Sep. E eu sabia que se dissesse que era meu ele ficaria bem. Porque, bem... — Jenna parou e sorriu. — *Tudo* o que eu fizer neste navio está certo. Isso é bom, não é?

Septimus não tinha tanta certeza disso.

— Mas ele é o *meu* dragão, Jen.

— Ah, não seja tão bobo, Sep. Eu sei que é seu dragão. Vou dizer a eles que o dragão é seu, se você quiser. Mas não fui eu que o deixei na praia com a maré subindo.

— A maré estava *baixando*.

— *Que seja* — disse Jenna dando de ombros. — De qualquer forma, o cozinheiro foi à terra para trazer alguns frangos e outras coisas para o café da manhã de Cospe-Fogo. Você também quer tomar café?

Septimus fez que sim e seguiu Jenna um pouco mal-humorado para o andar de baixo.

O dia a bordo do *Cerys* não transcorreu tão bem para Septimus. Ele esperava ser recebido como o resgatador mais uma vez, mas descobriu que Milo Banda tinha roubado a cena, e ninguém parecia tão interessado em voltar para casa voando em Cospe-Fogo com ele. Todos estavam planejando voltar para casa navegando "em grande estilo", como disse Jenna. "E sem esses cheiros de dragão, também", acrescentou Besouro.

Depois de um café da manhã maçante com Milo e Jenna, ouvindo as histórias que Milo contou de suas recentes façanhas e sobre seu entusiasmo com um "carregamento maravilhoso" que estava esperando a qualquer momento, Septimus ficou perambulando pelo convés. Alegrou-se de encontrar Nicko e Snorri, que estavam sentados com as pernas balançando sobre o costado do navio, olhando para o mar. Ullr, em seu disfarce diurno de gatinho cor de laranja, dormia no calor do sol. Septimus sentou-se ao lado deles.

– Oi, Sep – disse Nicko, baixinho. – Dormiu bem?

– Dormi. Tão bem que me esqueci de Cospe-Fogo – resmungou Septimus.

– Você estava muito cansado, Septimus – disse Snorri. – Às vezes é bom dormir muito. E Cospe-Fogo está em segurança. Ele também dorme, eu acho. – Nesse momento um ronco alto sacudiu o convés, e Septimus deu uma risada.

– É bom mesmo te ver, Nik – disse.

– É bom ver você também, maninho.

– Pensei que podíamos voltar com Cospe-Fogo hoje de tarde.

Nicko demorou um pouco para responder. E, quando respondeu, não foi o que Septimus queria ouvir.

– Não, obrigado, Sep. Snorri e eu vamos para casa no *Cerys* com Milo. Passar algum tempo no mar.

– Mas, Nik, você *não pode* – disse Septimus.

– Por que não? – Nicko pareceu irritado.

– A mãe. Ela realmente quer vocês de volta em casa em segurança. Eu prometi que levaria você de volta em Cospe-Fogo. – Septimus tinha imaginado a volta para casa muitas vezes: a emoção de pousar com seu dragão nos gramados do Palácio, Sarah e Silas correndo para recebê-los, Alther e Márcia também, e, quem sabe, até tia Zelda. Era uma coisa pela qual ele ansiava, o final da busca por Nicko que ele e Jenna tinham começado aparentemente havia tanto tempo. De repente ele se sentiu traído.

— Desculpa, Sep — disse Nicko. — Snorri e eu temos de fazer isso. Precisamos de tempo para nos acostumar às coisas. Não quero ver mamãe. Ainda não. Não quero ter de responder a todas aquelas perguntas e ser alegre e educado com todo mundo. E papai não vai se incomodar em esperar. Eu sei que não vai. Eu só... Eu só preciso de tempo para pensar. Tempo para ficar livre, tempo para ser *eu mesmo*, está bem?

Septimus não achava que estava bem não, mas seria egoísta dizer isso. Então, não disse nada, e Nicko não falou mais. Septimus ficou sentado com Nicko e Snorri por um tempo, olhando o mar, espantado com a mudança que tinha ocorrido em seu irmão. Não estava gostando dela. Nicko estava pesadão e lento, como se os ponteiros do seu relógio estivessem andando mais devagar — e ele não parecia se importar muito com o que as outras pessoas estavam sentindo, pensou Septimus. E nem ele nem Snorri pareciam ter necessidade de falar, o que era esquisito, porque Nicko sempre tinha alguma coisa a dizer, mesmo que fosse algo completamente sem sentido. Septimus sentia falta do velho Nicko, o Nicko que ria quando não devia e dizia coisas sem pensar. Agora parecia que ele tinha de pensar muitas horas antes de dizer qualquer coisa — e então seria algo sério e bem enfadonho.

Depois de um tempo sentado em silêncio, Septimus se levantou e saiu andando. Nem Nicko nem Snorri pareceram notar.

Mais tarde, depois de um almoço em que ficou escutando ainda mais histórias de marinheiro contadas por Milo, Septimus estava sentado entristecido no convés, encostado em Cospe-Fogo, que ainda dormia. Na verdade, a não ser por ter devorado meia dúzia de frangos, um saco de salsichas e a melhor frigideira do cozinheiro, o dragão não fez nada *além* de dormir desde que tinha chegado ao *Cerys*. Septimus arrumou os alforjes no dragão – mais na ilusão do que na certeza de poder partir – e estava agora sentado encostado nas escamas, aquecido pelo sol e sentindo o lento movimento de sobe e desce da respiração de Cospe-Fogo. Olhou mal-humorado para o quebra-mar que cercava o porto. O dia estava claro e ensolarado, com uma leve brisa – um tempo perfeito para voar num dragão –, e ele estava impaciente para partir. Tinha feito tudo para acordar Cospe-Fogo, mas não conseguiu de jeito nenhum. Nem os truques infalíveis de soprar no focinho dele e fazer cócegas em suas orelhas tinham funcionado. Irritadiço, Septimus chutou um rolo perfeito de corda de um vermelho vivo e machucou seu dedão. Ele queria subir em Cospe-Fogo imediatamente e ir sozinho para casa. Ninguém ia perceber. Se ao menos esse dragão pateta *acordasse*.

– E aí, respeitadíssimo Aprendiz Sênior! – disse Besouro, todo animado.

– Ah, muito engraçado. Oi, Besouro... caramba, *o que* é isso que você está usando? – perguntou Septimus.

– Ah, você reparou – disse Besouro, corando. Septimus ficou observando a nova aquisição de Besouro – uma túnica azul-marinho, curta, cheia de galões e alamares dourados.
– Seria difícil eu *não* reparar – respondeu. – O que é isso?
– É uma túnica – disse Besouro, um pouco aborrecido.
– Como assim? Uma túnica de capitão?
– Bem, não. Na verdade, é de almirante. A loja tem um monte delas, caso você queira uma.
– Hã, não, obrigado, Besouro.

Besouro deu de ombros. Passou com cuidado em volta do focinho de Cospe-Fogo e olhou para Septimus com um largo sorriso, que foi se desfazendo quando viu sua cara amarrada.
– Cospe-Fogo está bem? – perguntou.
– Está.
– Então, o que está acontecendo? – perguntou Besouro, acomodando-se ao lado de Septimus.

Septimus encolheu os ombros. Besouro olhou curioso para o amigo.
– Você brigou com Nicko ou coisa parecida?
– Não.
– Quer dizer, eu não ficaria surpreso se você tivesse brigado com Nicko. Ele está um bocado nervoso, não está?
– Ele está diferente – disse Septimus. – Não é mais o mesmo Nik. E até a Jenna ficou esquisita: agindo como se fosse uma Princesa, como se fosse a dona do navio ou algo parecido.

Besouro deu um risinho.

— Talvez porque ela realmente seja — disse ele.
— Ela não é. O navio é de Milo.
— *Era* de Milo. Até ele dar de presente para ela.
— O quê? O navio *inteiro*? — perguntou Septimus olhando espantado para Besouro.

Besouro confirmou em silêncio.
— Mas por quê? — perguntou Septimus.
— Sei não, Sep. Porque ele é pai dela? Acho que é isso que os pais fazem. — Besouro pareceu tristonho. — Mas se você quer saber o que penso, foi para conquistar Jenna.
— Huh — fez Septimus, de um jeito muito parecido com Silas.
— É. Foi muito estranho, sabe? Uma coincidência mesmo. Demos com Milo quando saímos para comer. Ele ficou tão empolgado quando viu Jenna! Mas eu vi que ela não sentiu a mesma coisa. Aí, quando ele descobriu que estávamos acampados num paiol de redes velho, imundo, caindo aos pedaços, insistiu para que ficássemos com ele. Nicko e Snorri realmente queriam... você sabe como Nicko adora barcos e essas coisas... mas Jenna recusou. Ela disse que estávamos bem no paiol de redes.
— Bom, e vocês *estavam* — disse Septimus, pensando que essa foi a primeira coisa sensata que ouviu sobre Jenna havia algum tempo.

Besouro fez uma careta.
— Para dizer a verdade, Sep, o paiol era horrível. Fedia a peixe podre... e tinha um enorme buraco no teto... e era úmido demais... e eu caí pelo piso podre... e fiquei preso *séculos*.

– E o que aconteceu para Jen mudar de ideia? – perguntou Septimus. E então, respondendo sua própria pergunta: – Acho que Milo deu o navio para Jen, só para que ela viesse e ficasse com ele.

– Isso. É por aí – disse Besouro, fazendo que sim.

– E agora ela vai para casa no navio com o pai?

– Bem, vai. Ele é pai dela, não é? Mas olha, Sep, se você quiser companhia para voltar, eu ficaria feliz de ir com você.

– Num dragão fedorento?

– É. Bem, ele *é* fedorento, você tem de admitir isso.

– Não, ele não é. Não sei por que todo mundo fica dizendo isso por aí, realmente não sei.

– Está certo, está certo. Mas eu *gostaria* de voltar com você, sério.

– Verdade?

– É. Quando você pretende ir?

– Assim que Cospe-Fogo acordar. E já estou farto desse navio. Se Jen quiser ficar no seu navio, que fique. E Nicko e Snorri também.

– Pode ser que Jenna não queira ficar – disse Besouro, cheio de esperança. – Nunca se sabe. Pode ser que ela queira mesmo voltar para casa voando em Cospe-Fogo.

– Tanto faz – disse Septimus, dando de ombros.

Cospe-Fogo continuava a dormir. Quando ia entardecendo, Septimus já tinha perdido qualquer esperança de ir embora naquele dia e se conformou em passar mais uma noite no *Cerys*. Ele e Besouro ficaram debruçados sobre a amurada, vendo a lenta chegada do crepúsculo. Por toda parte, pontos de luz começaram a brilhar à medida que lâmpadas eram acesas nas embarcações e lojas, e as tabernas no cais iam abrindo para o movimento da noite. Os sons do trabalho do turno do dia estavam diminuindo. Tinham parado os baques e pancadas de carga mudando de lugar, e os gritos dos estivadores foram diminuindo para se transformar em conversa, à medida que se preparavam para ir para casa. Uma coisa não saía da cabeça de Septimus.

– Prometi a Márcia que estaria de volta até a meia-noite – disse. – Mas não vou estar. Foi a primeira coisa que prometi a ela como Aprendiz Sênior, e não vou cumprir minha promessa.

– É duro estar no alto – disse Besouro, com um largo sorriso.

– Ah, quer parar, Besouro! – disparou Septimus.

– Vai com calma, Sep. Olha. Calculo que você conquistou essas divisas roxas, e mais do que isso, certo?

– Certo.

– De mais a mais, ainda não é meia-noite – disse Besouro, mostrando seu precioso relógio. – E no Castelo ainda falta muito tempo para chegar a meia-noite.

– Não faz diferença. Ainda assim, não estarei lá a tempo.

– Bem, diz a ela que você se atrasou. Ela vai entender.

– Como é que eu poderia fazer isso antes da meia-noite?

– Fácil – disse Besouro. – Manda um pombo.

– O quê?

— Manda um pombo da Feitoria. Todo mundo faz isso. Eles são rápidos mesmo, especialmente se você usar o serviço expresso.

— Acho que vai ter de ser assim — disse Septimus. — O problema é que Márcia confia em mim agora. Não quero decepcioná-la.

— É, eu sei. Vamos, eu lhe mostro a Agência dos Correios de Pombos.

↦ 16 ↤
OS CORREIOS DE POMBOS

A *Agência dos Correios de Pombos* era um prédio de pedra baixo e comprido, que consistia na fronteira entre as Docas Doze e Treze. No térreo ficava a Agência dos Correios em si, e acima dela havia os pombais, lar de centenas de pombos-correio. Dois grandes lampiões – com pombos em cima – estavam instalados de cada lado das largas portas duplas que davam acesso à agência. Seu telhado branco e comprido brilhava à luz do lampiões recém-acesos e, quando ele e Besouro chegaram mais perto, Septimus percebeu que a brancura do telhado era decorrente de uma grossa camada de esterco de pombo. O cheiro também não era grande coisa. Eles se abaixaram para entrar e por pouco deixaram de ser alvo do que era conhecido na Feitoria como "ombro de pombo" (considerado apenas um pouco melhor do que "cabeça de pombo").

Havia um movimento tranquilo na Agência dos Correios. Uma fileira de lâmpadas brancas de aspecto comercial zumbia baixinho no teto, fazendo Besouro se lembrar do porão de Ephaniah Grebe. Ao longo da extensão da agência havia sete balcões com placas que diziam ENVIOS, RECEBIMENTOS, ATRASOS, PERDIDOS, ACHADOS, DANIFICADOS e QUEIXAS. Todos os balcões tinham uma pessoa ou duas à espera, menos o de QUEIXAS, que tinha uma fila comprida.

Septimus e Besouro dirigiram-se para o balcão de ENVIO. Esperaram pacientemente atrás de um jovem marinheiro, cujo atendimento terminou logo, e com menos paciência atrás de um senhor idoso, que demorou bastante para escrever sua mensagem e depois discutiu muito por causa do preço. Ele acabou saindo dali, resmungando, e entrou na fila de QUEIXAS.

Eles por fim chegaram ao balcão. Besouro fez um pedido. Sem dizer palavra, o atendente de boca franzida – um homem grisalho e empoeirado que dava a impressão de ter um caso grave de "cabeça de pombo" – entregou-lhes um formulário e um lápis. Em seguida, com muito cuidado, Septimus preencheu o formulário:

DESTINATÁRIO: *Márcia Overstrand, Maga ExtraOrdinária.*
ENDEREÇO: *Andar superior, Torre dos Magos, Castelo, Pequeno País Chuvoso de Além-Mar.*
REMETENTE: *Septimus Heap.*
ENDEREÇO DO REMETENTE: *O Cerys, Ancoradouro 5, Doca Doze, Feitoria.*

MENSAGEM (uma letra, espaço ou sinal de pontuação apenas em cada quadrado do formulário):

QUERIDA MÁRCIA. CHEGAMOS BEM. TODOS AQUI. TUDO CERTO, MAS VOLTA ADIADA. COSPE-FOGO MUITO CANSADO. ESTAMOS NO NAVIO DE MILO. AINDA NÃO PARTIMOS, MAS PARTIREMOS ASSIM QUE POSSÍVEL. COM AMOR DE SEU APRENDIZ SÊNIOR, SEPTIMUS. ABRAÇOS. P.S: POR FAVOR, DIGA À SRA. BEETLE QUE BESOURO ESTÁ BEM.

SERVIÇO SOLICITADO (MARQUE APENAS UM):
QUANDO CONVENIENTE
EXPRESSO

Ele circulou EXPRESSO e entregou o formulário.

O atendente verificou o formulário e fechou a cara. Fincou um dedo, rabugento, no espaço que dizia REMETENTE. Septimus tinha assinado o nome com seu costumeiro floreio ilegível.

– O que é isso? – perguntou o atendente.

– Meu nome – respondeu Septimus.

O atendente deu um suspiro.

– Bem, já é um começo, imagino. Então, onde estão as *letras* de verdade?

– Quer que eu escreva de novo? – perguntou Septimus, tentando manter a paciência.

– Deixe que *eu* faço – retrucou o atendente, irritado.

– Ok.

– E então, como é?

— Como é o quê?

O atendente deu mais um suspiro e respondeu bem devagar:

— Seu *nome*, filhinho. Como você se chama? Preciso saber para poder escrever aqui, entendeu?

Não era surpresa para Septimus a fila comprida no balcão de QUEIXAS.

— Septimus Heap — disse ele.

Com esforço, o atendente apanhou um pote de cola e colou um pedaço de papel por cima da assinatura desrespeitosa. Ele fez Septimus soletrar seu nome três vezes e simulou enorme dificuldade para escrevê-lo por extenso. Por fim, ele terminou e jogou a mensagem numa caixa marcada com as palavras *Selagem e Despacho*. Um suspiro de alívio geral acompanhou Septimus enquanto ele pagava a postagem e por fim saía do balcão.

— Ei, você! Septimus Heap! — chamou uma voz. Septimus girou nos calcanhares e viu o atendente do balcão de RECEBIMENTOS acenando para ele. — Tenho uma mensagem para você.

— Para mim? — Septimus aproximou-se do balcão.

O atendente no balcão de RECEBIMENTOS, um ex-capitão de alto-mar, com uma generosa barba branca, era bem melhor do que o atendente do balcão de ENVIOS. Ele sorriu.

— Você *é mesmo* Septimus Heap, não é?

Septimus fez que sim, intrigado.

— Sou, mas não estou esperando nenhuma mensagem.

— Bem, vai ver que este é seu dia de sorte, então — disse o atendente, entregando a Septimus um pequeno envelope com seu nome impresso na letra característica dos Correios de Pombos. – Assine aqui, por favor – disse o atendente, empurrando um pedaço de papel na sua direção. Meio constrangido, Septimus assinou e devolveu o papel ao atendente, que não fez nenhum comentário.

– Obrigado – disse Septimus.

– Não há de quê – disse o atendente, com um sorriso. – Estamos abertos até a meia-noite, se quiser mandar uma resposta. O próximo, por favor.

Septimus e Besouro pararam debaixo de um lampião a uma boa distância da Agência dos Correios de Pombos. Depois de olhar para verificar se não havia nenhum pombo empoleirado lá em cima, Septimus abriu o envelope, que trazia carimbadas em tinta vermelha as palavras ACP ENVELOPE DE SEGURANÇA PARA MENSAGENS EXTRAORDINÁRIAS. Ele tirou de dentro um pedaço de papel rasgado e, enquanto lia, uma expressão desnorteada se espalhou pelo seu rosto.

– O que a mensagem diz? – perguntou Besouro.

– Não estou entendendo... é uma receita de sopa de repolho.

– Vire o papel – disse Besouro. – Tem alguma coisa escrita do outro lado.

– Ah. Ah... é da tia Zelda. Mas como ela sabe...

– O que ela diz?

– "Querido Septimus, estou anexando as instruções para seu **Talismã de Proteção**. Esqueci de entregá-las a Barney Pot. Não hesite em usá-lo, se precisar. Ele será leal e sincero. Com todo o meu amor, abraços, tia Zelda." Ai, droga. Droga, droga, *droga*.

— Droga *o quê*, Sep? – perguntou Besouro.

— O **Talismã de Proteção**. Um menininho chamado Barney Pot tentou me entregar o talismã, mas eu me recusei a aceitar. De modo algum eu ia pegar um suposto **Talismã de Proteção** de um desconhecido; não depois de, por engano, aceitar a **Pedra da Demanda** de alguém que eu achava que conhecia.

— Mas não era de um desconhecido, era de tia Zelda – observou Besouro, de modo irritante.

— *Agora* eu sei, Besouro – retrucou Septimus, contrariado. – Mas *naquela hora* eu não sabia. Barney não disse que era de tia Zelda, ele só disse que era de uma senhora. Poderia ter sido de qualquer uma.

— Ah, bem, tenho certeza de que não faz diferença, Sep. Acho que você não vai precisar dele.

— É, imagino que não... mas está óbvio que tia Zelda achou que eu precisaria sim. Num sei por quê.

Besouro permaneceu calado enquanto os dois abriam caminho de volta ao *Cerys*. Quando se aproximavam do grande navio, que agora estava todo iluminado com lampiões, ele perguntou:

— E então, Sep, exatamente o que dizem essas instruções?

Septimus deu de ombros.

— Que importância isso tem agora? Eu não estou com o **Talismã de Proteção**, de qualquer maneira.

Besouro – que era fascinado por **Talismãs** de todas as naturezas e tinha esperado um dia poder ser um Especialista em **Talismãs** no Manuscriptorium – achava que tinha importância sim. Por insistência dele, Septimus desdobrou outro pedaço de papel todo coberto com a caligrafia mais caprichada de tia Zelda – aquela que ela usava para dar instruções a Menino Lobo. À medida que Septimus lia o papel, sua expressão se transformou em espanto.

– O que diz aí, Sep? – perguntou Besouro, impaciente.

– Ai, caramba... aqui diz: "Septimus, faça bom uso dele e ele será seu servo fiel para todo o sempre. Seguem-se instruções:

1. Abra o lacre do frasco num local bem ventilado, de preferência num grande espaço aberto.

2. Se abrir o lacre ao ar livre, certifique-se de que o local é abrigado do vento.

3. Uma vez que o gênio esteja fora do..."

– Gênio, aimeudeus! – disse Besouro, quase sem fôlego. – Ela pegou e lhe mandou um **Talismã de Proteção** vivo. Eu não *acredito*.

Septimus não disse nada. Ele leu o resto das instruções para si, com uma horrível sensação de arrependimento.

– Um *gênio*... Não dá para acreditar que você recusou um gênio – dizia Besouro. – Ah, uau, que oportunidade!

– Bem, agora é tarde demais – retrucou Septimus, irritado. Ele dobrou de novo as instruções e as guardou com cuidado no seu cinto de Aprendiz.

Besouro continuou mesmo assim.

– Sempre imaginei como seria *esplêndido* ter um gênio às suas ordens – disse ele. – E ninguém mais tem gênios hoje em dia, Sep. Eles são *incrivelmente* raros. Em sua maioria, eles foram soltos, e nos dias de hoje ninguém sabe como colocá-los de volta, a não ser outros gênios, é claro, e eles não vão contar. Ufa... imagine deixar passar uma chance dessas.

Septimus não aguentou mais e investiu contra Besouro:

– Olhe, trate de *calar essa boca*, Besouro. Certo, eu não peguei o **Talismã**; e, certo, pode ser que tenha sido burrice minha; mas a verdade é que não peguei e ponto final.

– Ei, Sep, acalme-se. Eu nunca disse que foi burrice. Mas veja... talvez...

– Talvez *o quê*?

– Talvez você devesse mandar uma mensagem para tia Zelda dizendo que não o recebeu. Ela deveria tirá-lo das mãos de Barney o mais rápido possível. Quer dizer, imagine se *ele* abrir o frasco...

Septimus encolheu os ombros, irritado.

– É importante, Sep – insistiu Besouro. – Se tia Zelda o destinou para você, ela o teria **Despertado**, contando-lhe um monte de coisas sobre você: tudo sobre sua família, sua aparência, sobre como você é maravilhoso e como seria um privilégio para o gênio poder servi-lo por toda a vida blá-blá-blá. Já vi uma cópia escrita de um **Despertar** e é parecido com um contrato de verdade; e, se a outra parte do contrato não aparecer, o gênio vai se considerar **Liberado**. Então, se esse menino, Barney Pot, ficar curioso e soltar o gênio, a encrenca vai ser enorme. O gênio terá liberdade para provocar muita destruição. E você pode apostar que é isso o que ele fará. A única pessoa que pode ter alguma esperança de controlá-lo é quem o **Despertou**.

– Tia Zelda – disse Septimus.

– Isso mesmo. Você tem de contar para ela, Sep.

Septimus e Besouro tinham chegado ao *Cerys*. O marinheiro em uniforme imaculado fez uma reverência quando Septimus pôs o pé na rampa de embarque. E fez mais uma quando ele voltou de imediato.

– Está bem. – Septimus suspirou. – Você tem razão. Vamos enviar uma mensagem. E se aquele atendente tentar alguma outra gracinha, eu...

Besouro enganchou o braço no de Septimus.

– É – disse ele. – Eu também...

↦ 17 ↤
A ARCA

Enquanto *Septimus e Besouro passavam* de novo pelo tormento dos pombos, Jenna estava empoleirada, ela mesma não muito diferente de um pombo. Sentada no lais da verga inferior do mastro de proa, ela balançava confiante os pés, assistindo ao embarque da carga havia muito esperada por Milo. Suspensa do braço de um guindaste, uma enorme arca de ébano, em mau estado, amarrada com cintas de ferro, vinha balançando e girando em sua lenta descida para o interior do porão de carga.

Milo Banda estava em pé à beira do porão, de braços cruzados, com o sol refletindo no debrum dourado de sua longa túnica vermelha. Seu cabelo escuro e encaracolado caía até os ombros e estava preso por mais ouro ainda – uma larga faixa que Milo achava que lhe dava autoridade. (Sem dúvida lhe deixava marcas vermelhas na testa quando ele a tirava para dormir.) Naquele instante, Milo Banda aparentava ser um homem que tinha vencido na vida e se sentia orgulhoso.

Muito abaixo dos pés de Milo, calçados com sandálias, o porão de carga se abria pelas entranhas do *Cerys*. Era iluminado por seis archotes impregnados com alcatrão, cada um levado por um taifeiro ansioso, orientando a arca preciosa para seu lugar. O porão em si não estava cheio mais do que pela metade. Ele continha a mistura habitual de objetos estranhos destinados para o Palácio e alguns artigos que Milo pretendia vender no Porto: fardos de tecido de lã, uma seleção de colares de pérolas das Ilhas dos Mares Rasos, uma pilha de peles de rena das Terras das Longas Noites e dez engradados contendo louças, botas, túnicas de algodão e ratoeiras, tudo obtido a preço de banana num dos mais suspeitos leilões noturnos da Feitoria.

Para Sarah Heap havia um estojo de copos de prata, que Milo considerava muito melhores que os toscos copos de cerâmica que ela insistia em usar. Havia também objetos destinados a dar mais vida (como Milo dizia) ao Longo Passeio. Entre eles havia um par de estátuas pintadas que ele tinha comprado a um bom preço de uns Mercadores das Terras das Areias Cantantes. Eles vinham acompanhados dos habituais potes medonhos, enfeitados, feitos para turistas, cheios das supostas areias cantantes, que tinham o hábito de permanecer em silêncio uma vez que estivessem envasadas. Havia também uma coleção de quadros bizarros feitos de conchas e uma família de gigantescas serpentes do mar, empalhadas, que Milo (com excesso de otimismo, como acabou se revelando) visualizava pendurada do teto do Longo Passeio.

Milo estava satisfeito com essas aquisições, mas elas não eram o motivo pelo qual o *Cerys* estava parado havia tantas semanas dispendiosas no seu ancoradouro de primeira na Doca Doze. O motivo para tudo isso estava agora sendo lentamente baixado diante do olhar vigilante de Milo, indo desaparecer nas profundezas iluminadas a archotes. Milo sorriu quando, conduzida pelos marujos, a arca se acomodou no lugar designado, encaixando-se com perfeição.

Milo acenou, chamando Jenna, que ainda estava empoleirada no seu local privilegiado, lá no alto. Com tanta prática como se fosse ela mesma um marinheiro, Jenna saltou do lais da verga, desceu escorregando por uma corda e pousou com leveza no convés. Milo a observava com um sorriso, lembrando-se do dia em que Cerys tinha insistido em escalar a trepadeira que subia pela parede do Palácio, até o telhado, só para apanhar uma bola de tênis, e depois desceu deslizando, arrastando consigo a maior parte das folhas. Tinha chegado ao chão rindo, coberta de gravetos e arranhões, e *ainda* tinha ganhado a partida. Jenna era tão parecida com Cerys, pensou ele. A cada dia que passava com Jenna, mais ele se lembrava da mãe da menina, apesar de às vezes Milo desejar que isso não acontecesse. Havia um limite para as lembranças com que ele conseguia lidar.

Jenna juntou-se a ele, e Milo afastou seus pensamentos. Ele pulou para a escada de mão e desceu na frente para dentro do porão. Jenna o acompanhou, com o ar se tornando mais frio e úmido à medida que ela penetrava nas profundezas do *Cerys,* na direção da luz bruxuleante dos archotes e da emoção alvoroçada que cercava a nova aquisição. A descida foi surpreendentemente longa. Jenna simplesmente não tinha se dado conta do volume do navio que se encontrava abaixo da linha-d'água. Por fim, ela se juntou a Milo aos pés da escada. Escoltado por um marujo que segurava um archote para iluminar o caminho, Milo conduziu-a até a arca.

Jenna manteve-se afastada. Havia uma atmosfera estranha em torno da arca, e ela não sabia ao certo se a estava apreciando muito. Milo sorriu.

– Pode tocar nela. Ela não morde – disse Milo.

Desconfiada, Jenna aproximou-se da arca e a tocou. A madeira antiga era fria e dura como metal. Apresentava mossas e arranhados, e tinha um brilho profundo preto-amarronzado que refletia a luz das chamas dos archotes e lhe dava uma estranha aparência de movimento. As cintas de ferro em torno dela estavam salpicadas de ferrugem e cortes, e a arca dava a impressão de ter passado por tempos conturbados. Na ponta dos pés, Jenna mal conseguia enxergar o alto da arca, onde um grande quadrado de ouro estava engastado na madeira. Três linhas de hieróglifos estavam gravadas no ouro.

– Parece alguma coisa interessante – disse Jenna. – O que diz ali?

— Ora, não se incomode com essas velharias – disse Milo, sem dar atenção. Dirigiu-se então aos marujos. – Deixem-nos.

Os marujos prestaram continência rapidamente e foram embora.

Milo esperou que o último homem tivesse saltado do alto da escada para se voltar para Jenna, com um brilho de triunfo nos olhos. Jenna àquela altura já conhecia Milo o suficiente para saber que ele estava se preparando para um discurso. Ela reprimiu um suspiro.

— Bem – disse Milo –, este é um momento muito especial. Desde que conheci sua mãe, venho procurando por esse...

— Minha mãe? – perguntou Jenna, perguntando-se por que Sarah Heap teria pedido a Milo para ir procurar uma arca tão velha e escalavrada, até que se lembrou de que Milo estava se referindo à Rainha Cerys, que Sarah Heap chamava de sua "primeira mãe".

— Sim, sua querida, *querida* mãe. Ai, Jenna, como você é parecida com ela. Sabe, sua mãe costumava olhar para mim com essa mesma expressão com que você está me olhado, especialmente quando eu estava lhe falando de todos os meus planos fantásticos. Mas agora meus planos por fim geraram frutos, e estamos com esse próprio fruto, quer dizer, a arca, a salvo no *Cerys*. E o que é ainda melhor, minha Princesa está aqui também, no exato instante da chegada da arca. Um prenúncio maravilhosamente bom, não é mesmo? – Depois de todos aqueles anos no mar, Milo tinha adquirido uma certa dose da superstição típica do marinheiro.

Jenna, que não dava muita importância a prenúncios, não respondeu.

Milo pôs as mãos na tampa da arca e sorriu para Jenna.

– Acho que devíamos abri-la, concorda?

Jenna fez que sim, sem muita certeza. Apesar de estar muito curiosa para ver o que havia na arca, ela não conseguia se livrar de um sentimento de desconforto.

Milo mal esperou pelo consentimento de Jenna. Tirando do cinto sua ferramenta de desmanchar nós, ele começou a afrouxar, das grossas fivelas de latão, as tiras de couro antigo e endurecido que prendiam as cintas de ferro. A primeira cinta soltou-se com um barulho metálico, que fez Jenna dar um pulo; a segunda caiu em cima do pé de Milo.

– Ufa! – disse Milo, ofegante. Cerrando os dentes, ele segurou a tampa e a levantou devagar, com esforço, até ela se inclinar para trás, esticando duas correias de retenção.

– Olhe aqui dentro – disse ele, com orgulho. – Tudo isso é seu. – Jenna ficou na ponta dos pés e espiou.

– Ah – disse ela.

– Você não deveria ficar decepcionada – disse Milo. – Este é um tesouro muito maior do que você poderia imaginar.

Jenna duvidou que isso fosse possível: ela conseguiria imaginar uma quantidade tremenda de tesouros, caso se dedicasse realmente a isso. Sem conseguir entender, ela olhou no interior da arca – por que Milo estava dando tanta importância àquilo ali? Tudo o que conseguia ver era madeira nua, carcomida, nem mesmo forrada com prata, como muitas arcas de tesouros, contendo fileiras de tubos minúsculos de chumbo, amassados e arranhados, arrumados em bandejas de madeira empilhadas com perfeição. Cada tubo estava lacrado com cera, na qual havia um pequeno rabisco inscrito. Eles estavam organizados em quadrados perfeitos em lotes de doze, e cada conjunto tinha o mesmo rabisco. Tudo estava extraordinariamente organizado, mas não era o monte de pedras preciosas e moedas que Jenna estava esperando.

– Você não está impressionada? – perguntou Milo, parecendo um pouco decepcionado.

Jenna tentou pensar em alguma coisa positiva para dizer.

– Bem, são *muitos* mesmo. E... hum... tenho certeza de que foi realmente difícil encontrar tantos.

– Você não faz ideia do quanto foi difícil – disse Milo, contemplando o interior da arca, fascinado. – Mas vai valer a pena. Espere e verá. – Ele se voltou para Jenna, com os olhos brilhando. – Agora seu futuro como Rainha está garantido. Ah, se eu ao menos tivesse encontrado essa arca a tempo para sua querida mãe...

Jenna olhou para a arca, perguntando-se se tinha deixado de entender alguma parte.

– Então, tem alguma coisa especial por baixo desses, hum, desses tubinhos? – perguntou ela.

– E eles não são especiais o suficiente? – Milo parecia um pouco irritado.

– Mas o que eles *são*? O que têm de tão espantoso? – perguntou Jenna.

– Espero que você nunca precise descobrir – disse Milo, fechando a tampa com reverência.

Uma sensação de contrariedade começou a se acumular em Jenna. Ela gostaria que Milo não fosse tão cheio de mistérios. Parecia-lhe que ele nunca dizia nada de modo direto. Ele oferecia vislumbres, mas sempre escondia alguma coisa, sempre a mantinha se perguntando, querendo saber um pouco mais. Falar com ele era parecido com tentar agarrar sombras.

Milo estava ocupado prendendo as cintas.

– Quando voltarmos ao Castelo, vou levar esta arca direto para o Palácio e colocá-la na Sala do Trono.

– Na *Sala do Trono*? Mas eu não quero...

– Jenna, eu faço questão. E não quero que você fale com **ninguém** sobre o que está nesta arca. Esse deve ser nosso segredo. Ninguém deve saber.

– Milo, não vou guardar nenhum segredo de Márcia – disse Jenna.

– Ah, é claro que vamos contar a Márcia – disse Milo. – Na realidade, vamos precisar que ela nos acompanhe aos Subterrâneos no Manuscriptorium, onde deverei recolher a última, hã, peça dessa encomenda. Mas não quero que ninguém a bordo ou aqui na Feitoria saiba. Não sou o único que andou procurando por isso... mas *sou* o único que conseguiu obtê-lo, e é o que pretendo continuar a ser. Você está me entendendo, não está?

– Entendi – respondeu Jenna, com um pouco de relutância. Ela decidiu que, não importava o que Milo dissesse, ela iria contar a Septimus, bem como a Márcia.

– Ótimo. Agora, vamos proteger a arca para sua longa viagem para casa. – Milo levantou a voz: – Marujos ao porão!

Dez minutos depois, o cheiro de alcatrão quente impregnava o ar. Jenna estava de volta ao convés, olhando enquanto as portas do porão eram baixadas. Uma de cada vez, elas se encaixaram no lugar, com as tábuas de teca nas portas se alinhando perfeitamente com as do convés. Milo verificou se tudo estava firme e então fez um sinal para um jovem marujo que estava derretendo alcatrão em uma pequena panela sobre uma chama. O marujo tirou a panela do fogo e a trouxe até Milo.

Jenna viu Milo buscar alguma coisa no fundo do bolso da sua túnica e, com um jeito meio sorrateiro, tirar de lá um frasquinho preto.

– Firme bem a panela, Jem – disse Milo ao marujo. – Vou acrescentar isso aqui ao alcatrão. Não respire os vapores de modo algum.

Preocupado, o marujo olhou para Milo.

– O que é isso aí? – perguntou ele.

– Nada que você conheça – disse Milo. – Bem, pelo menos espero que não conheça. Eu não ia querer que nosso socorrista precisasse lidar com *isso*. Jenna, afaste-se bem, por favor.

Jenna afastou-se e ficou olhando Milo tirar rapidamente a rolha do frasco e derramar seu conteúdo no alcatrão. Uma pequena nuvem de vapor negro subiu. Jem virou o rosto para o outro lado e tossiu.

– Deixe ferver – disse Milo – e depois aplique como de costume para vedar o porão.

– Sim, senhor – disse Jem, levando a panela de volta ao fogo. Milo foi para perto de Jenna.

– O que era aquilo? – perguntou ela.

– Ah, só uma coisinha que comprei na Loja das **Trevas**, na Doca Treze. Só para manter nosso tesouro em segurança até o Porto. Não quero que *ninguém* entre nesse porão – respondeu Milo.

– Ah, certo – disse Jenna. Nem por um instante ela acreditou que Milo estivesse mexendo com alguma coisa das **Trevas**, e o fato de ele imaginar que ela acreditaria a deixou contrariada. Calada, ela ficou olhando Jem tirar a panelinha da chama e com extremo cuidado andar em volta das portas de acesso ao porão, derramando um fio de alcatrão negro e reluzente na fresta entre elas e o convés. Logo tudo o que indicava a entrada do porão eram duas argolas embutidas, de latão, e uma fina linha de alcatrão.

Para irritação de Jenna, Milo pôs um braço em torno dos seus ombros e caminhou com ela pelo convés no lado oposto ao cais, longe da pequena aglomeração de admiradores que sempre se reunia para olhar para o *Cerys*.

– Sei que acha que sou um pai negligente – disse ele. – É verdade, talvez eu seja, mas foi por *isso* que sempre procurei; foi por *isso* que passei tanto tempo longe. E logo, com uma boa travessia e ventos favoráveis, a arca estará a salvo no Palácio, e você também.

Jenna olhou para Milo.

– Mas ainda não entendi. O que há de tão especial nela?

– Você descobrirá **Quando Chegar a Hora Certa** – disse Milo. Felicíssimo, sem ver que sua filha estava louca para gritar: "Por que você nunca responde minhas perguntas *direito*?" Milo continuou: – Vamos lá para baixo, Jenna. Acho que isso merece alguma comemoração.

Jenna conseguiu controlar o impulso de lhe dar um chute.

Enquanto Milo conduzia Jenna para baixo, Jem olhava com suspeitas para o resíduo negro no fundo da panela. Depois de refletir um pouco, ele jogou a panela ao mar. Jem não tinha sido sempre um marujo subalterno. No passado, tinha sido Aprendiz de um renomado Médico nas Terras das Longas Noites, até a filha do Médico se apaixonar por seu sorriso torto e cabelo escuro e crespo, e a vida se tornar um pouco complicada demais para seu gosto. Jem abandonara o Aprendizado antes da hora, mas tinha aprendido o suficiente para saber que Vedações das **Trevas** não eram o tipo de coisa que se quisesse ter a bordo de um navio. Ele passou com cuidado, sem pisar no fino fio de alcatrão que delineava o contorno das portas de alçapão do compartimento de carga e desceu até a enfermaria, onde redigiu um aviso para a tripulação, informando-lhes que não deveriam pisar na vedação das portas do compartimento de carga.

Lá no fundo do porão, o conteúdo da antiga arca de ébano acomodou-se na escuridão, a **Esperar**.

⤟ 18 ⤞
Um Espetáculo

A *comemoração de Milo assumiu a forma* de um banquete altamente embaraçoso, realizado no convés, em plena vista da frente do cais da Doca Doze. Um toldo vermelho com borlas douradas foi erguido e uma mesa comprida, colocada por baixo dele, posta com todo o requinte: toalha branca de linho, copos de prata, talheres dourados, pilhas de frutas (nem todas verdadeiras) e uma floresta de velas. Seis cadeiras de espaldar alto, encimadas pelo que pareciam ser pequenas coroas, estavam arrumadas em volta da mesa. Milo tinha ocupado a cabeceira, com Jenna à sua direita. Septimus estava ao lado de Jenna; e Besouro, adequadamente resplandecente em sua túnica de Almirante, estava um pouco isolado na extremidade oposta, perto de Cospe-Fogo, que dormia, e de eventuais lufadas de bafo de dragão. À esquerda de Milo estava Snorri, com o Ullr Noturno deitado tranquilo aos seus pés, e, ao lado dela, Nicko.

Milo encarregou-se de falar, o que foi bom, já que todos os demais estavam se sentindo envergonhados demais. Lá embaixo, à beira do cais, a aglomeração crescia, assistindo ao espetáculo com um interesse divertido, mais ou menos como as pessoas observam chimpanzés num jardim zoológico. Jenna tentou atrair o olhar de Septimus, na esperança de trocarem um relance de solidariedade, mas Septimus estava de cara amarrada, com os olhos fixos no prato. Jenna passeou os olhos pela mesa inteira, mas ninguém quis olhar para ela, nem mesmo Besouro, que parecia ter encontrado alguma coisa muito interessante a examinar no alto do mastro mais próximo.

Jenna sentia um constrangimento horrível; estava começando a desejar não ter se deparado com Milo no café imundo na Doca Um. Mas naquela hora tudo tinha parecido tão empolgante – ser convidada a embarcar no navio de Milo, o prazer de Nicko e Snorri de estarem a bordo do *Cerys*, e a sensação maravilhosa, tão agradável depois daqueles últimos dias de tormento, de ter quem cuidasse dela, de dormir numa cama confortável e acordar sabendo que estava em segurança. E depois veio a emoção de Milo lhe dizer que o *Cerys* agora era *dela,* apesar de depois ele ter estragado o efeito ao dizer que, naturalmente, ele somente poderia ser dela de verdade quando ela completasse vinte e cinco anos, idade na qual era possível fazer registro de bens. Isso era, pensou Jenna, típico da maior parte das coisas que Milo oferecia: ele sempre guardava alguma coisa, sob seu controle. Uma onda de constrangimento de repente dominou Jenna. Ela estava com três das pessoas de quem mais gostava – Jenna excluía Snorri dessa lista –, e estava forçando seus amigos a suportar aquele *espetáculo,* tudo porque tinha se deixado envolver pela atenção de Milo.

O banquete progredia numa lentidão torturante. Como de costume, Milo os regalou com seu estoque de histórias do mar, muitas das quais eles já tinham ouvido e que sempre pareciam terminar com Milo saindo vitorioso à custa dos outros.

E enquanto Milo seguia com sua ladainha, o cozinheiro do navio apresentava uma sucessão de pratos excessivamente elaborados, cada um mais enfeitado e mais alto, não muito diferentes das perucas usadas pelos funcionários na Doca Doze. Cada prato era acompanhado de um enorme floreio por parte dos marujos – agora trajando suas túnicas noturnas em branco e azul – e, o que era ainda pior, de um discurso horrivelmente constrangedor proferido por Milo, que insistia em dedicar cada prato a um deles, começando por Jenna.

Quando chegou a hora da sobremesa – que deveria ser dedicada a Besouro –, a multidão de observadores já estava se tornando barulhenta e começando a trocar comentários, nenhum deles especialmente favorável. Desejando mais que qualquer outra coisa no mundo poder desaparecer *naquele exato momento*, Besouro ficou com as orelhas de um vermelho vivo quando viu um taifeiro chegar da cozinha, trazendo orgulhoso a sobremesa bem no alto. Era uma criação excepcionalmente estranha – um grande prato de alguma coisa preta e trêmula, possivelmente uma água-viva, mas com a mesma possibilidade de ser algum fungo recolhido das profundezas do porão. Com reverência, o taifeiro pôs o prato no centro da mesa. Todos olharam com espanto. Chocados, eles se deram conta de que ele parecia ser – talvez até mesmo *fosse* – um besouro gigante afervantado, descascado e arrumado sobre uma camada de algas.

Milo estava curtindo o instante. Com o copo na mão, acompanhado por assobios e palmas esporádicas da multidão lá embaixo, ele se levantou para dedicar a sobremesa a Besouro, que estava pensando seriamente em pular no mar. Mas, quando Milo abriu a boca para começar seu discurso, Cospe-Fogo deu o bote.

Foi um momento do qual Besouro se lembraria com carinho por muito tempo.

Cospe-Fogo tinha acordado sentindo uma fome descomunal e não fazia questão de escolher o que iria devorar. Ele passou o focinho por Besouro e disparou a língua verde e comprida pela mesa afora. Snorri – que ainda estava nervosa – deu um berro. De um salto Milo pôs-se de pé e, sem o menor resultado, bateu com o guardanapo no focinho de Cospe-Fogo à medida que o dragão sugava a gelatina em forma de besouro e depois o guardanapo, com um som longo e ruidoso. Mas uma gelatina em forma de besouro e um retalho de linho de boa qualidade não davam para satisfazer um dragão faminto. Na esperança de encontrar mais alguma coisa para comer, Cospe-Fogo continuou a sugar; e, com um barulho parecido com o de água descendo pelo ralo – mas mil vezes mais forte –, todos os adereços que estavam sobre a mesa começaram a desaparecer.

– *Os copos de prata não!* – gritou Milo, apanhando depressa os copos mais próximos. Uma risadaria ensurdecedora subiu da multidão que crescia rapidamente ali embaixo. Ao ver sua toalha de mesa branca desaparecendo na boca cheia de baba de Cospe-Fogo, Milo largou os copos, agarrou uma ponta da toalha e começou a puxar. Vivas e gritos de incentivo subiram da multidão.

Em torno da mesa, nenhuma outra pessoa moveu um dedo que fosse. A sombra de um sorriso começou a aparecer nos cantos da boca de Septimus enquanto ele via seu prato descer pela mesa, apesar de todo o esforço de Milo. Septimus olhou de relance para Nicko do outro lado da mesa e, para sua surpresa e prazer, ele viu os sinais indicadores de riso reprimido. Foi então que, com um *vupt* ensurdecedor, tudo que estava sobre a mesa sumiu pela goela de Cospe-Fogo. Nicko deixou escapar um bufo explosivo e caiu da sua cadeira num ataque de riso. Snorri, habituada a um Nicko mais sério, observava, confusa, enquanto Nicko se debatia deitado no convés. Da beira do cais lá embaixo, o som de risadas espalhou-se como uma onda.

Milo contemplava consternado os destroços da sua noite. Cospe-Fogo contemplava decepcionado a mesa nua. Seu estômago chocalhava com coisas pontudas, e ele ainda estava com fome. Milo, sem saber ao certo se o dragão devorava gente ou não, agarrou a mão de Jenna e começou a recuar, puxando-a para ela ficar de pé.

– *Não faça isso* – disse ela, irritada, desvencilhando-se dele.

Milo ficou surpreso e um pouco magoado.

– Talvez – disse ele – devêssemos providenciar acomodações alternativas para seu dragão.

– Ele não é meu dragão – disse Jenna.

– Não? Mas você disse...

– Eu sei que disse. Mas não deveria ter dito. Sou apenas a Navegadora. O dragão é de Sep.

– Ah. Bem, nesse caso, você compreende que o dragão está sujeito ao regulamento de quarentena da Feitoria? É claro que, enquanto o bicho estiver a bordo...

– Ele estiver a bordo – corrigiu Jenna.

– Bem, enquanto *ele* estiver a bordo, o regulamento não se aplica, mas, assim que o bicho...

– Ele.

– ... *ele* puser, hã... – Milo olhou de relance para baixo para ver se Cospe-Fogo realmente tinha pés – ... os pés em terra, o bicho... *ele*... terá de ser escoltado até a quarentena.

Septimus levantou-se.

– Isso não será necessário – disse ele. – Cospe-Fogo está de partida agora. Obrigado por sua hospitalidade, mas agora que Cospe-Fogo acordou, precisamos ir. Não é mesmo, Besouro?

Besouro estava ocupado tentando se livrar do focinho molhado de Cospe-Fogo.

– *Larga do meu pé,* Cospe-Fogo. Ah... sim, precisamos. Mas obrigado, senhor Banda. Obrigado por nos deixar ficar no seu navio. Quer dizer, no navio de Jenna. Foi realmente... interessante.

Milo estava se recuperando. Ele fez uma reverência cortês.

– Não há de quê, escriba. – Ele se voltou para Septimus. – Mas sem dúvida, Aprendiz, vocês não pretendem voar imediatamente, não é? Já naveguei pelos sete mares por muitos e muitos anos, e posso lhes dizer que sinto o cheiro de uma tempestade no ar.

Septimus já estava farto de ouvir falar nos sete mares e também no talento para previsões meteorológicas de Milo.

– Vamos voar acima dela – disse ele, aproximando-se de Besouro. – Não vamos, Besouro?

Besouro fez que sim, sem muita segurança. Milo ficou intrigado.

– Mas não existe *acima* de uma tempestade – disse Milo.

Septimus deu de ombros e afagou o focinho do dragão.

– Cospe-Fogo não se incomoda com uma tempestadezinha, não é, Cospe-Fogo? – O dragão bufou, e um fio de baba de dragão foi parar nas preciosas divisas roxas de Septimus, deixando uma nódoa escura que jamais sairia.

Cinco minutos depois, Cospe-Fogo estava empoleirado como uma gaivota gigante na amurada de boreste do *Cerys,* de frente para o mar, e a beira do cais estava apinhada com uma multidão ainda maior e mais empolgada. Septimus estava abrigado na Reentrância do Piloto atrás do pescoço do dragão, e Besouro estava sentado mais afastado na direção da cauda, espremido atrás dos alforjes. No entanto, o lugar da Navegadora ainda estava vazio.

Jenna parou ao lado de Cospe-Fogo, bem enrolada na sua capa para se proteger do vento frio que tinha começado a soprar no porto.

– Fique aqui esta noite, Sep – disse ela. – *Por favor.* Cospe-Fogo pode dormir no convés mais uma noite. Não quero que você e Besouro partam pela escuridão adentro.

– Precisamos ir, Jen – respondeu Septimus. – Não vai ter jeito de Cospe-Fogo dormir esta noite. Ele vai é criar encrenca. E, se ele for posto na quarentena, bem, não quero nem mesmo pensar nisso. Seja como for, nós *queremos* ir, não queremos, Besouro?

Besouro ficara olhando para as nuvens escuras que passavam velozes diante da lua. Já não tinha tanta certeza. Para além do quebra-mar, podia ver as ondas crescendo e começou a se perguntar se Milo não estava com razão acerca da chegada de uma tempestade.

– Pode ser que Jenna esteja certa, Sep. Talvez devêssemos passar a noite aqui.

– Vocês *devem* esperar até amanhã – disse Milo, reforçando. – A tripulação acorrentará o dragão ao mastro principal por esta noite. – Besouro, Septimus e Jenna trocaram olhares horrorizados. – E amanhã – prosseguiu Milo –, com o dragão preso, faremos um esplêndido desjejum de despedida no convés para vocês partirem em grande estilo. O que acham disso?

Septimus sabia exatamente o que pensava a respeito daquilo.

– Não, obrigado – disse ele. – *Pronto,* Cospe-Fogo! – Cospe-Fogo abriu as asas e se inclinou para a frente contra o vento. O *Cerys* adernou dramaticamente para boreste, e alguém na beira do cais deu um grito.

– Cuidado! – berrou Milo, agarrando-se a um corrimão.

Septimus olhou lá de cima para Jenna.

– Você vem, Navegadora? – perguntou ele.

Jenna fez que não, mas havia um quê de remorso na sua expressão que deu coragem a Besouro.

– Jenna – disse ele –, vem com a gente!

Jenna hesitou. Detestava ver Septimus partir sem ela, mas tinha combinado voltar no *Cerys* com Milo. E ainda havia Nicko. Queria ficar com ele, enquanto voltavam para casa por mar. Indecisa, olhou de relance para Nicko. Ele lhe deu um sorriso amarelo e pôs um braço em torno de Snorri.

– Por favor, vem com a gente, Jenna – disse Besouro simplesmente, sem implorar.

– *É claro* que ela não pode ir com vocês – atalhou Milo, contrariado. – O lugar dela é aqui, no seu navio. E com seu pai.

Foi o que resolveu a questão.

– Parece que no fundo ele *não* é meu navio – disse Jenna, com um olhar furioso para Milo. – E *você* não é meu pai *de ver-*

dade. Papai é. – Com isso, ela de repente deu um abraço em Nicko. – Desculpe, Nik. Estou indo. Boa viagem e nos vemos lá no Castelo.

Nicko sorriu e fez um gesto de aprovação.

– É isso aí, Jen. Tenha cuidado.

Jenna fez que sim. Em seguida estendeu a mão para cima, agarrou-se ao espinho do Navegador e se içou até seu lugar, logo atrás de Septimus.

– Vamos, Sep – disse ela.

– Espere! – gritou Milo. Mas Cospe-Fogo não obedecia a ninguém, a não ser a seu Piloto, e às vezes, quando estava de bom humor, à sua Navegadora. Estava fora de cogitação ele dar ouvidos a alguém que sugeria acorrentá-lo a noite inteira.

Na Doca Doze tudo parou para a decolagem de Cospe-Fogo. Centenas de pares de olhos assistiram ao dragão se inclinar a partir do navio, levantar alto as asas e, ao baixá-las, erguer-se lentamente no ar. Uma forte corrente de ar quente, com cheiro de axila de dragão, varreu o convés, fazendo Milo e sua tripulação tossirem e terem ânsias de vômito, enquanto o som dos aplausos subia de lá da beira do cais.

Cospe-Fogo levantou as asas novamente e subiu mais, com as asas estendidas batendo lentas e vigorosas enquanto ele não parava de ganhar altura. Voando de frente para o vento numa curva aberta, Cospe-Fogo atravessou a enseada pouco acima da altura dos mastros e saiu por cima do quebra-mar. Por um instante, as nuvens deixaram aparecer a lua, e um grito abafado de assombro veio da beira do cais, quando a silhueta do dragão com três pequenos vultos passou tranquila diante do disco branco da lua e se dirigiu para o mar aberto, deixando Milo a contemplá-los.

Milo deu algumas ordens ásperas para que os marujos limpassem o convés e então desceu, desaparecendo. Nicko e Snorri ficaram no convés, com a limpeza em andamento.

— Espero que viajem em segurança — sussurrou Snorri para Nicko.

— Eu também — disse Nicko.

Nicko e Snorri ficaram observando o céu até o ponto distante que era o dragão entrar numa nuvem e desaparecer, de modo que eles não conseguiram ver mais nada. Quando por fim desviaram o olhar, o convés estava limpo, arrumado e deserto. Eles se aconchegaram no vento frio que vinha soprando do mar e ficaram olhando quando os lampiões da Feitoria foram apagados para a noite, e a tira de luzes que se estendia ao longo da margem foi se afinando, com apenas as chamas dos archotes acesas. Ficaram escutando enquanto os sons de vozes iam silenciando, até que tudo o que conseguiam ouvir era o rangido das madeiras dos barcos, o chape das ondas e o retinir das cordas retesadas nas vergas de madeira quando o vento as atingia.

— Partimos amanhã — disse Nicko, olhando saudoso para o mar aberto.

Snorri fez que sim.

— É, Nicko. Viajamos amanhã.

E assim ficaram sentados, até tarde da noite, enrolados nos cobertores macios que Milo guardava num baú no convés. Ficaram olhando à medida que, uma a uma, as estrelas sumiram por trás do colchão de nuvens que chegava. Depois, enrolados junto de Ullr para se aquecer, eles adormeceram.

Lá no alto, nuvens de tempestade se aglomeravam.

╬ 19 ╬
TEMPESTADE

Besouro *não estava sentado* na posição mais confortável para viajar num dragão. Estava atrás das asas, na região que descia para a cauda, o que significava que, como Cospe-Fogo usava a cauda para controlar o voo, Besouro se descobriu subindo e descendo como um ioiô. Ele estava, porém, bem apertado entre dois espinhos muito altos e não parava de dizer a si mesmo que não havia como cair dali. Descobriu também que não estava totalmente convencido disso.

Depois que Cospe-Fogo decolou, Besouro tinha se virado para olhar para trás, além da enorme cauda do dragão, vendo os barcos nas docas diminuírem de tamanho cada vez mais, até não parecerem maiores que brinquedinhos. Ele então tinha se concentrado nas luzes cintilantes da Feitoria, enfileiradas como um colar ao longo da costa. Besouro viu-as ficar cada vez mais fracas; e, quando a noite finalmente se fechou atrás deles e o último bruxuleio desapareceu, uma sensação de pavor tinha se abatido sobre ele. Ele estremeceu e se enrolou melhor na **CapaTérmica**, mas Besouro sabia que não estava com frio – estava *apavorado*.

Ficar apavorado não era algo que tivesse acontecido a Besouro antes, ao que ele conseguisse se lembrar. Tinha passado por momentos nos Túneis de Gelo, especialmente em suas primeiras incursões, em que tinha se sentido um pouco inquieto, e também não tinha se sentido tão bem assim na floresta congelada a caminho da Casa de Foryx, mas ele achava que nunca tinha sentido aquele tipo de pavor que agora estava instalado como uma cobra gorda enroscada na boca do seu estômago.

Cospe-Fogo voava firme. Passaram-se horas, que pareceram anos para Besouro, mas seu medo não cedeu. Besouro agora percebia por que se sentia tão mal. Ele tinha voado em Cospe-Fogo antes, com Septimus em passeios ilícitos até as Terras Cultivadas e uma vez até mesmo ao Riacho da Desolação, que tinha sido extremamente lúgubre. Ele já tinha se sentado exatamente onde estava agora, no dia em que todos eles voaram da Casa de Foryx para a Feitoria, mas nunca tinha voado tão alto e sempre tinha conseguido ver a terra lá embaixo. Agora, na escuridão e tão alto acima do mar, todo aquele vazio ao redor era demais para ele e fazia com que se sentisse como se sua vida estivesse suspensa por um fio. O vento, que aumentava cada vez mais, não ajudava em nada. E, quando uma forte rajada atingiu Cospe-Fogo de repente e o atirou para um lado, a cobra em torno da boca do estômago de Besouro se apertou um pouco mais.

Besouro decidiu parar de olhar para a noite e concentrar sua atenção em Septimus e Jenna, mas ele só conseguia ver Jenna – e nem tanto assim dela. Também Jenna estava enrolada numa **CapaTérmica**, e a única pista para saber quem estava de fato dentro da capa era uma ou outra mecha de cabelo comprido que escapava ao vento. Era impossível enxergar Septimus, sentado na reentrância no pescoço do dragão e escondido pelo largo Espinho do Piloto. Besouro sentiu um isolamento estranho. Ele não teria ficado surpreso de descobrir de repente que era o único montado em Cospe-Fogo.

Septimus, entretanto, estava bem. Cospe-Fogo estava voando com perícia, e até mesmo as rajadas de vento, que estavam mais fortes e mais frequentes, pareciam não incomodar o dragão. É verdade que Septimus se perguntava se estava ouvindo trovões distantes, mas disse a si mesmo que provavelmente era o barulho das asas de Cospe-Fogo. Mesmo quando eles foram atingidos por um súbito aguaceiro enregelante Septimus não se preocupou demais. Estava frio, e a pele doía quando por um instante a chuva se transformou em granizo, mas Cospe-Fogo a atravessou. Foi o estrondo repentino de um relâmpago que o assustou.

Com o som de um milhão de lençóis sendo rasgados, o relâmpago saiu como uma serpente das nuvens diante deles. Por uma fração de segundo, apanhado no clarão, Cospe-Fogo refulgiu com um verde brilhante, as asas de um vermelho transparente deixando ver um esquema de ossos pretos – e o rosto de seus viajantes de um branco medonho.

Com a cabeça empinada, as narinas dilatadas, Cospe-Fogo recuou diante do raio. Por um instante aterrador, Besouro sentiu que escorregava para trás. Ele se agarrou ao espinho à sua frente e se firmou de volta no lugar enquanto Cospe-Fogo se endireitava, abaixava a cabeça e prosseguia.

Parte da segurança de Septimus começou a se retrair. Ele agora ouvia um constante ronco de trovão, e à frente via faixas de relâmpagos que dançavam sobre o topo das nuvens. Não havia como escapar: Milo estava certo. Eles estavam voando na direção de uma tempestade.

Jenna bateu de leve no ombro de Septimus.

– Podemos contorná-la? – berrou ela.

Septimus girou no assento e olhou para trás, só para ver um raio se bifurcando de alto a baixo, por pouco deixando de atingir a cauda de Cospe-Fogo. Era tarde demais – de repente a tempestade estava em toda a volta *deles*.

— Vou descer com ele... voar perto da água... menos vento... — Foi tudo o que Jenna ouviu, já que o vento arrancava as palavras da boca de Septimus.

O que Besouro percebeu em seguida foi que Cospe-Fogo estava caindo como uma pedra. Besouro teve certeza de que Cospe-Fogo tinha sido atingido por um raio; a cobra na boca do seu estômago começou a dar nós em si mesma. Besouro fechou os olhos com força e, quando o ronco das ondas ficou mais alto e os respingos salgados tocaram no seu rosto, ele esperou pelo mergulho inevitável. Quando isso não ocorreu, Besouro arriscou abrir os olhos e desejou não tê-lo feito. Uma muralha de água, da altura de uma casa, vinha crescendo sobre eles.

Septimus também a tinha visto.

— Para cima! Para cima, Cospe-Fogo! — berrou ele, dando dois chutes vigorosos no flanco direito do dragão. Cospe-Fogo não precisava receber ordens nem chutes. Ele detestava muralhas de água tanto quanto seus passageiros. Disparou para o alto bem a tempo, e a onda enorme prosseguiu ali embaixo, molhando-os com respingos.

Septimus levou Cospe-Fogo um pouco mais para o alto, para que o dragão voasse exatamente fora do alcance dos borrifos, e olhou para o mar lá embaixo. Nunca o tinha visto daquele jeito: cavas fundas e montanhas de água agitada, com o topo das ondas soprado pelo vento formando faixas horizontais de espuma. Septimus engoliu em seco. A situação era séria.

– Em frente, Cospe-Fogo! – berrou ele. – Em frente! Logo sairemos dessa.

Mas eles não saíram logo dela. Septimus nunca tinha pensado no tamanho que a tempestade poderia ter. Tempestades sempre eram algo que passava lá em cima, mas agora ele se perguntava quantos quilômetros de largura aquela tempestade poderia realmente ter e – o que era mais importante – se ela estava viajando com eles ou atravessando seu caminho?

Eles seguiam em frente, aos trancos. O vento uivava, e as ondas rugiam e estouravam como exércitos saqueadores, jogando-os para lá e para cá no meio do combate. Rajadas violentas atingiam as asas de Cospe-Fogo, que eram um pouco delicadas, como Septimus começava a perceber: apenas uma fina pele de dragão e um emaranhado de ossos leves. Cada vez que um aguaceiro pegava Cospe-Fogo, eles eram jogados de lado ou, ainda pior, para trás, e disso era muito mais difícil se recuperar, o que deixava Besouro sufocado de pavor. Septimus sabia que Cospe-Fogo estava ficando cansado. O pescoço do dragão pendia, e sob suas mãos os músculos de Cospe-Fogo pareciam retesados e exaustos.

– Adiante, Cospe-Fogo, adiante! – repetia Septimus, aos berros, sem parar, até sua voz ficar rouca. Eles avançavam através da violência do vento e da chuva, pulando a cada trovoada, encolhendo-se a cada estouro de relâmpago.

Foi então que Septimus achou que viu a luz de um farol ao longe. Ele fixou o olhar, só para ter certeza de que não era mais um clarão de um raio, mas a luz que iluminava o horizonte não era um lampejo – ela ardia firme e brilhante. Por fim, Septimus achou que tinham uma chance. Lembrando-se do que Nicko lhe dissera sobre a travessia para casa, ele mudou de rumo e fez Cospe-Fogo se encaminhar para a luz, indo direto contra o vento.

Na traseira do dragão, Besouro registrou a mudança de rumo e se perguntou por quê, até ver de relance a luz à frente. De repente, ele recuperou o ânimo. Devia ser o Farol das Dunas Duplas. Foi dominado por pensamentos alegres e aconchegantes do Porto que os acolheria, logo ali, e até mesmo começou a ter esperança de que talvez, se tivessem sorte, a Pastelaria do Cais do Porto ainda pudesse estar aberta, e um dos seus primos pudesse ser persuadido a lhes dar abrigo para passar a noite.

Enquanto Besouro sonhava de olhos abertos com uma cama quentinha e seca, e uma torta da Pastelaria do Porto, Septimus também estava esperançoso, pois tinha certeza de que a tempestade estava amainando. Ele voltou a levar Cospe-Fogo mais para o alto para poder ter uma visão melhor de aonde estavam indo.

A luz refulgia brilhante na escuridão, e Septimus sorriu – era como ele tinha esperado. Havia dois pontos de luz bem juntos, exatamente como Nicko tinha descrito. Agora ele sabia onde estavam. Ele continuou a voar em frente, com firmeza, até estar tão perto que conseguia ver as pontas peculiares no formato de orelhas bem no alto da torre do farol. Mas quando levou Cospe-Fogo um pouco mais alto, antes de fazer a alteração de rota, a tempestade fez sua última investida. Exatamente acima deles, um enorme relâmpago estourou, desceu serpeando e, dessa vez, acertou o alvo. Cospe-Fogo começou a rodopiar. Um cheiro acre de carne queimada de dragão os envolveu à medida que Cospe-Fogo despencava.

Eles estavam sendo arremessados na direção do farol. E, enquanto caíam, Besouro voltou à realidade: deu-se conta de que a luz não estava alojada na estrutura improvisada de metal do Farol das Dunas Duplas, mas que se tratava de duas luzes no alto de uma torre de tijolos enegrecidos, que exibia duas pontas semelhantes a orelhas de gato, ao que pareceu a Besouro em seu estado de pavor.

Enquanto tombavam na direção do mar, Besouro viu que não havia nenhuma iluminação amistosa do Porto à espera deles. Só o negrume.

✢ 20 ✢
MIARR

M*iarr olhava lá para fora* do alto da plataforma de Vigia no Farol da Rocha dos Gattos – um farol em cima de uma rocha no meio do mar, cujo topo era semelhante à cabeça de um gato, até com orelhas e dois focos de luz brilhante que saíam dos seus olhos.

Era o Turno de Miarr – mais uma vez. Por sua insistência, Miarr cumpria todos os turnos noturnos e muitos dos diurnos também. Ele só confiava em seu coVigia num raio até onde pudesse atirá-lo – e levando-se em conta sua enorme discrepância de tamanho, essa distância não era muito grande, a menos que... um pequeno sorriso fez tremer a boca delicada de Miarr, enquanto ele se permitia seu devaneio preferido: o de atirar Crowe Gordo de um dos Olhos. Ora, *desse jeito* ele o estaria lançando bem longe. Qual era a distância dali até as rochas lá embaixo? Miarr sabia muito bem a resposta – exatamente trezentos e quarenta e três pés, pouco mais de cem metros.

Miarr sacudiu a cabeça para afastar esses pensamentos sedutores. Crowe Gordo jamais conseguiria chegar à **Luz** – não havia como ele se espremer para passar pela abertura minúscula no alto do mastro que levava da plataforma de Vigia até a **Arena de Luz**. Crowe Magro, por outro lado, não teria a menor dificuldade. Miarr estremeceu ao pensar em Crowe Magro subindo, sorrateiro como uma doninha, até sua **Luz** preciosa. Se lhe fosse possível escolher entre os gêmeos Crowe – não uma escolha que ele jamais desejasse fazer –, ele escolheria o gordo em qualquer circunstância. O magro era de uma maldade doentia.

Miarr puxou para baixo seu gorro justo de pele de foca para cobrir suas orelhas e se enrolou melhor na sua capa. Fazia frio no alto do farol, e a tempestade lhe dava calafrios. Ele grudou o nariz pequeno e chato na vidraça e ficou observando a tempestade, com os olhos grandes e redondos bem abertos e sua aguçada visão noturna penetrando a escuridão. O vento zunia e a chuva açoitava o grosso vidro verde das janelas da plataforma de Vigia. Os dois raios de **Luz** realçavam o contorno inferior das nuvens negras, que formavam um manto contínuo tão baixo que Miarr teve certeza de que as Orelhas do farol deviam estar tocando nelas. Um relâmpago difuso atravessou as nuvens em silêncio, e os pelos na nuca de Miarr estalaram com a eletricidade. Uma saraivada atingiu o vidro, e ele deu um salto de surpresa. Era a tempestade mais violenta que ele tinha visto fazia muito tempo. Sentiu pena de qualquer um que estivesse lá fora naquela noite.

Miarr fez a ronda da plataforma de Vigia, pisando de leve e observando o horizonte. Numa noite como aquela, infelizmente seria muito fácil que uma embarcação fosse arrastada perto demais do farol e da zona de perigo. E, se isso ocorresse, ele teria de descer até o barco de salvamento e tentar orientar a embarcação para rumo seguro – tarefa nada fácil numa noite como aquela.

Da pequena cabine-dormitório lá embaixo, roncos altos e encatarrados provenientes de Crowe Gordo reverberavam pela caverna do poço da escada do farol. Miarr deu um forte suspiro. Ele sabia que precisava de um ajudante, mas não fazia ideia do motivo pelo qual o Capitão do Porto lhe enviara os gêmeos Crowe. Desde que seu companheiro de Vigia, seu primo, Mirano – além dele, o último membro que restava da sua família – tinha desaparecido na noite da primeira visita do novo barco de suprimentos, o *Saqueador*, Miarr tinha sido forçado a dividir seu farol com o que ele na época tinha considerado criaturas pouco melhores que macacos. Desde a chegada dos Crowe, por respeito aos macacos, Miarr tinha mudado de opinião. Ele agora os considerava pouco melhores que lesmas, com as quais tanto Crowe Magro como Crowe Gordo apresentavam uma semelhança notável.

Portanto, agora, nas profundezas do farol, na pequena cabine aconchegante que tinha no passado sido o dormitório dele e de Mirano, Miarr sabia que Crowe Gordo estava ocupando o que antes tinha sido *seu* próprio leito confortável de plumas de ganso. Miarr, que não dormia direito desde o desaparecimento de Mirano, rosnou, infeliz. Como todos os Vigias, ele e Mirano se revezavam para dormir na mesma cama, passando apenas algumas horas do dia juntos, quando se sentavam na plataforma de Vigia, fazendo sua refeição noturna de peixe, antes da Troca de Turno. Agora Miarr dormia – ou tentava dormir – numa pilha de sacos num cômodo na base do farol. Ele sempre passava uma tranca na porta, mas a ideia de que um Crowe estava à solta em seu lindo farol fazia com que ele nunca conseguisse relaxar.

Miarr sacudiu-se para se livrar desses pensamentos aflitivos: de nada adiantava ficar pensando nos bons velhos tempos em que o **Farol** da Rocha dos Gattos era uma das quatro **Luzes** Vivas, e em que Miarr tinha mais primos, irmãos e irmãs do que poderia contar nos dedos das mãos e dos pés. De nada adiantava pensar em Mirano – desaparecido para sempre. Miarr não era tão burro quanto os Crowe achavam. Ele não acreditava na história deles de que Mirano estava farto da sua companhia e tinha escapulido no seu barco em busca das luzes brilhantes do Porto. Miarr sabia que seu primo estava, como os Vigias costumavam dizer, nadando com os peixes.

Miarr agachou-se ao lado da janela grossa e curva, olhando fixo para a escuridão. Lá embaixo ele viu as ondas se encapelando, crescendo altas demais para sua própria força e depois arrebentando com um estrondo ensurdecedor, lançando enormes jatos de espuma para o ar, alguns chegando a respingar no vidro do Vigia. Miarr soube que a base do farol estava agora dentro d'água – isso ele podia dizer pelos tremores e baques profundos que tinham começado a reverberar através dos blocos de granito lá embaixo, baques que percorriam todo o caminho até chegar ali em cima através das almofadas dos seus pés em botas de feltro e até a ponta da sua cabeça protegida por pele de foca. Mas pelo menos eles abafavam o som dos roncos de Crowe Gordo, e os gritos esganiçados do vento levavam para longe todos os pensamentos de Miarr sobre o primo perdido.

Miarr enfiou a mão na bolsa impermeável de pele de foca que ele usava presa no cinto e tirou dela seu jantar – três peixinhos e uma bolacha de bordo –, e começou a comer. O tempo todo, de olhos arregalados, ele Vigiava o mar, iluminado pelos dois grandes raios de luz que se espalhavam sobre as montanhas de água em movimento. Pensou que ia ser uma noite interessante.

Miarr tinha acabado de engolir o último pedaço de peixe – cabeça, cauda, espinhas e tudo o mais – quando se deu conta exatamente do quanto a noite ia ser interessante. Miarr geralmente Vigiava a água, pois o que poderia haver de interessante no céu? Mas naquela noite as ondas montanhosas escondiam a linha entre o céu e a água, e os olhos arregalados de Miarr absorviam tudo. Ele estava um pouco distraído tentando deslocar uma espinha fina fincada entre seus dentes delicados e pontudos, quando um dos raios da Luz captou rapidamente o vulto de um dragão no seu facho. Miarr abafou um grito, sem querer acreditar. Ele olhou de novo mas não viu nada. Agora Miarr estava preocupado. Era um mau sinal quando os Vigias começavam a imaginar coisas – um indício seguro de que seus dias de Vigilância estavam contados. E, quando ele se fosse, quem haveria de Vigiar a **Luz**? Mas no instante seguinte todos os temores de Miarr desapareceram. Claro como se fosse dia, o dragão estava de volta no caminho do facho e, como uma gigantesca mariposa verde em disparada na direção de uma chama, ele vinha direto para a **Luz**. Miarr soltou um uivo de espanto, porque agora ele via não apenas o dragão, *mas os que nele viajavam*.

O súbito estouro de um trovão imediatamente acima sacudiu o farol, uma cobra de luz brilhante veio rasgando o ar, e Miarr viu o raio atingir a cauda do dragão, com um lampejo azul ofuscante. O dragão tombou descontrolado, e Miarr, horrorizado, olhou enquanto o dragão e seus viajantes, delineados num manto iridescente de um azul elétrico, eram arremessados direto para a plataforma de Vigia. A **Luz** iluminou rapidamente os rostos aterrorizados dos viajantes, e então o instinto o dominou, e Miarr se atirou ao chão, esperando pela colisão inevitável, quando o dragão atingisse o vidro.

Mas não aconteceu nada.

Cheio de cautela, Miarr pôs-se de pé. Os dois raios de **Luz** não iluminavam nada, a não ser o céu vazio, cheio de chuva e as ondas furiosas lá embaixo. O dragão e seus ocupantes tinham sumido.

✢ 21 ✢
Parafuso

Apesar de estar com os olhos fechados, Besouro sabia o que estava acontecendo: dava para ele sentir o cheiro de carne de dragão queimando. Não é um cheiro bom, principalmente quando se está de fato voando nesse dragão a uns cento e cinquenta metros de altura. Na realidade, não é um cheiro bom em nenhuma ocasião, ainda mais para o dragão.

O raio tinha atingido Cospe-Fogo com um estrondo ensurdecedor, transmitindo a todos eles um choque de eletricidade que lhes sacudiu os ossos. Depois disso, tudo tinha acontecido a uma velocidade tremenda – e no entanto Besouro se lembraria mais tarde de tudo, em câmera lenta. Ele se lembrava de ver o relâmpago vir riscando o ar na direção deles, depois o choque horrendo que percorreu Cospe-Fogo quando o raio o atingiu e a dor fez com que levantasse muito a cabeça. Em seguida, uma guinada, uma rotação e uma vertiginosa queda livre à medida que o dragão despencava direto para o farol. No exato instante em que Besouro viu, bem no alto do farol, o homenzinho de olhos enormes, apavorado, fechou os olhos. Eles iam bater no farol, e ele não queria ver. Simplesmente não queria.

Septimus, porém, não pôde se dar a esse luxo – seus olhos estavam *bem abertos*. Como Besouro, também ele viu o rosto chocado do homenzinho no alto do farol. Na verdade, por uma fração de segundo, enquanto Cospe-Fogo era arremessado rumo à torre, seus olhos se encontraram, e ambos se perguntaram se essa era a última coisa que veriam nesta vida. E quando, no último instante, conseguiu desviar do farol o dragão em queda, Septimus imediatamente se esqueceu do Vigia no farol, pois toda a sua atenção foi concentrada em manter Cospe-Fogo no ar.

A cada batida de asas, Septimus animava Cospe-Fogo a prosseguir. O dragão desviou da torre preta encharcada de chuva, atravessou o facho de luz brilhante e voltou para o meio da noite. E então Septimus viu uma coisa: uma faixa de areia clara, iluminada pelo luar durante uma breve abertura nas nuvens.

Empolgado, ele se voltou para Jenna, que estava pálida com o choque, e apontou à frente.

— Terra! — berrou ele. — Nós vamos conseguir. Sei que vamos! Jenna não conseguiu ouvir uma palavra que Septimus disse, mas ela viu sua expressão animada, de alívio, e lhe fez um sinal com o polegar para cima. Ela se voltou para trás para fazer o mesmo para Besouro e levou um susto: Besouro praticamente tinha desaparecido. Tudo o que conseguia ver era o alto da sua cabeça. A cauda de Cospe-Fogo tinha caído direto, levando Besouro junto. A sensação de otimismo de Jenna evaporou-se. A cauda de Cospe-Fogo estava ferida. Por quanto tempo ele ainda conseguiria continuar voando?

Septimus incentivava Cospe-Fogo a seguir para a tira de areia, que se aproximava cada vez mais. Cospe-Fogo ouvia Septimus e se esforçava para avançar, mas sua cauda caída, inútil, o puxava para baixo, até ele mal conseguir passar roçando pela superfície turbulenta do mar.

Agora a tempestade estava passando, levando seus relâmpagos e sua chuva torrencial para os lados do Porto, onde ela encharcaria Simon Heap, enquanto ele dormia deitado por baixo de uma cerca viva, no caminho do Castelo. Mas o vento ainda estava forte e as ondas, violentas. E à medida que Cospe-Fogo se esforçava para ultrapassar a arrebentação, suas forças começaram a abandoná-lo.

Septimus agarrou-se ao pescoço do dragão.

— Cospe-Fogo — sussurrou ele —, estamos quase chegando, *quase chegando!* — A forma escura de uma ilha, delineada pelo

branco de uma longa faixa de areia, surgiu sedutoramente perto.
– Só um pouquinho mais, Cospe-Fogo. Você consegue. Sei que você consegue...

Cheio de dor, o dragão esticou as asas rasgadas, de algum modo recuperou o controle da sua cauda por alguns segundos e, com a força de vontade de todos os seus três viajantes, ele passou pelo alto das últimas ondas de uma maré enchente e se deixou cair num leito de areia macia, deixando por um triz de atingir uma afloração de rochas.

Ninguém se mexeu. Ninguém falou. Eles ficaram sentados em choque, mal se atrevendo a acreditar que havia terra debaixo dos seus pés, ou melhor, debaixo do estômago de Cospe-Fogo, pois as pernas do dragão estavam abertas em fundas valas na areia, onde ele tinha tentado frear até conseguir parar, e agora jazia exausto, com todo o seu peso repousando na larga barriga branca.

As nuvens mais uma vez se abriram, e o clarão da luz mostrou os contornos de uma pequena ilha e de uma baía com uma praia de areia em curva suave. A areia refulgia branca ao luar – parecia maravilhosamente tranquila –, mas o som das ondas que estrondeavam nas rochas e os respingos de sal que molhavam seus rostos fizeram com que eles se lembrassem daquilo de que tinham acabado de escapar.

Com um enorme suspiro, estremecido, Cospe-Fogo descansou a cabeça na areia. Septimus sacudiu-se para entrar em ação e desceu depressa do assento do piloto, seguido de perto por

Jenna e Besouro. Por um momento horrível, Septimus achou que o pescoço de Cospe-Fogo estava quebrado, porque nunca o tinha visto deitado desse jeito – mesmo em seu sono mais profundo e mais cheio de roncos, Cospe-Fogo tinha uma curva no pescoço, mas agora estava ali jogado na areia como um pedaço de corda velha. Septimus ajoelhou-se e pôs a mão na cabeça de Cospe-Fogo, que estava molhada da chuva e dos borrifos do mar. Seus olhos estavam fechados e não se entreabriram, quando Septimus tocou sua cabeça, como sempre faziam. Septimus piscou para reprimir as lágrimas. Havia alguma coisa em Cospe-Fogo que o lembrava de como o Barco-Dragão tinha ficado quando o **Raio** de Simon o atingira.

– Cospe-Fogo, ai, Cospe-Fogo... tudo bem com você? – sussurrou ele.

Cospe-Fogo respondeu com um som que Septimus nunca tinha ouvido – uma espécie de rugido meio estrangulado –, que fez saltar um jato de areia. Septimus levantou-se, espanando a areia da sua **CapaTérmica** encharcada.

Jenna olhou para ele, aflita.

– Ele está mal, não está? – disse ela, trêmula, com a água escorrendo dos cabelos grudados.

– Eu... não sei – disse Septimus.

– A cauda dele não está lá essas coisas – disse Besouro. – Você devia dar uma olhada.

A cauda de Cospe-Fogo estava um horror. O raio a tinha atingido pouco antes da farpa e tinha deixado um ferimento complicado, de escamas, sangue e osso, tendo quase decepado a própria farpa. Septimus agachou-se para examinar melhor. Não gostou do que viu. As escamas no terço final da cauda estavam enegrecidas e queimadas, e onde o raio o tinha acertado dava para Septimus ver pedaços de osso branco rebrilhando ao luar. A areia ali embaixo já estava escura e pegajosa com sangue de dragão. Com muita delicadeza, Septimus pôs a mão no ferimento. Cospe-Fogo deu mais um rugido meio abafado e tentou afastar a cauda.

– **Pronto,** Cospe-Fogo – disse Septimus. – Vai dar tudo certo. Pronto. – Ele recolheu a mão e olhou para ela. Ela brilhava coberta de sangue.

– O que você vai fazer? – perguntou Besouro.

Septimus tentou se recordar de sua **Arte da Cura**. Lembrou-se de Marcellus ter lhe dito que todos os vertebrados eram constituídos segundo o que ele chamou de "mesmo projeto", que todas as normas da **Arte da Cura** que funcionavam para os humanos também funcionariam para eles. Lembrou-se do que Marcellus lhe dissera a respeito de queimaduras – imersão imediata em água salgada pelo maior tempo possível. Mas ele não tinha certeza se deveria fazer o mesmo com um ferimento aberto. Septimus ficou ali parado, indeciso, consciente de que tanto Jenna como Besouro estavam esperando que ele fizesse alguma coisa.

Cospe-Fogo rugiu mais uma vez e tentou mexer com a cauda. Septimus tomou uma decisão. Cospe-Fogo estava queimado. Estava sentindo dor. A água salgada e fria aliviaria a dor e interromperia a queimadura. Ela era também, se ele bem se lembrava, um bom antisséptico.

— Precisamos pôr a cauda dele naquela piscina — disse Septimus, apontando para uma grande piscina formada pelas rochas com as quais eles por pouco não tinham colidido.

— Ele não vai gostar — disse Besouro, passando a mão pelo cabelo, como sempre fazia quando estava tentando resolver um problema. Ele amarrou a cara. Seu cabelo estava espetado como uma escova de limpar chaminés. Besouro sabia que não deveria estar pensando em coisas como cabelo naquele momento, mas ele realmente esperava que Jenna não tivesse percebido.

Jenna tinha percebido o cabelo de Besouro, que a tinha feito sorrir praticamente pela primeira vez naquela noite, mas ela sabia que era melhor não dizer nada.

— Por que você não fala com Cospe-Fogo, Sep? — sugeriu ela. — Diga-lhe o que vamos fazer, e então Besouro e eu podemos levantar sua cauda e colocá-la na água.

Septimus pareceu não ter certeza.

— A cauda dele é realmente pesada — disse ele.

— E nós somos realmente fortes, não somos, Besouro?

Besouro fez que sim, esperando que seu cabelo não balançasse demais. Ele balançou mesmo, mas Jenna fez questão de manter o olhar fixo na cauda.

— Ok — concordou Septimus.

Septimus ajoelhou-se mais uma vez ao lado da cabeça inerte de Cospe-Fogo.

— Cospe-Fogo, precisamos fazer sua cauda parar de queimar. Jenna e Besouro vão pegá-la e levá-la para dentro da água fria. Pode arder um pouco, mas depois você vai se sentir melhor. Você precisa se arrastar um pouco para trás, ok?

Para alívio de Septimus, Cospe-Fogo abriu os olhos. O dragão lançou-lhe um olhar vidrado por alguns segundos, e depois os fechou de novo.

— Tudo certo! — gritou Septimus de volta para Besouro e Jenna.

— Tem certeza? — perguntou Besouro.

— Tenho — respondeu Septimus. — Vão em frente.

Besouro pegou a parte ferida da cauda, que ele sabia que seria de longe a mais pesada, e Jenna segurou a farpa na ponta, que ainda estava quente ao toque.

— Eu digo "um, dois, três" e nós a levantamos, combinado? — disse Besouro.

Jenna fez que sim.

— Um, dois, três e... ufa! Ele é *pesado*!

Cambaleando sob o peso morto da cauda enorme e escamosa, Jenna e Besouro foram recuando passo a passo na direção da piscina, que brilhava lisa e parada ao luar. Os músculos dos seus braços estavam reclamando com o peso, mas eles não se atreviam a deixar a cauda cair antes de chegar à água.

— Sep, ele precisa dar... tipo... uma viradinha — disse Jenna, sem fôlego.

— Viradinha?

— Hã-hã.

– Para a esquerda ou para a direita?

– Hum... direita. Não, esquerda. *Esquerda*.

E assim, sob a orientação de Septimus, Cospe-Fogo se arrastou dolorosamente para a esquerda, e sua cauda, obediente, se desviou para a direita, levando junto seus auxiliares sobrecarregados.

– Agora, para trás... *para trás*!

Devagar e com muita dor, Cospe-Fogo, Jenna e Besouro foram se arrastando de ré por uma fenda estreita nas rochas, na direção da piscina.

– Mais... um... passo – grunhiu Besouro.

Chape! A cauda de Cospe-Fogo estava na piscina formada pelas rochas. Subiu um enorme jato de água. Cospe-Fogo ergueu a cabeça e rugiu de dor – a água ardia muito mais do que Septimus lhe dissera que arderia. Veio da piscina um chiado forte, e o vapor subiu à medida que o calor que estava queimando no fundo da carne do dragão foi se dissipando na água. Pequenos polvos de uma colônia que a maré tinha deixado encalhada na piscina ficaram vermelhos e dispararam em busca de abrigo na fenda de uma rocha, onde passaram uma noite infeliz, pálidos de tanto medo, sem poder sair dali por conta da cauda de Cospe-Fogo.

Cospe-Fogo relaxou à medida que a água fria começou a abrandar a queimadura e a amortecer a dor na sua cauda. Grato, ele deu uma focinhada no ombro de Septimus, fazendo com que ele caísse para trás. Cospe-Fogo abriu os olhos mais uma vez e assistiu enquanto ele se levantava, depois abaixou a cabeça na areia, e Septimus viu que a curva natural do pescoço do dragão tinha voltado. Daí a um minuto, os roncos do dragão também tinham voltado, e pelo menos dessa vez Septimus ficou feliz de ouvi-los.

Com Cospe-Fogo dormindo, Jenna, Besouro e Septimus se deixaram cair ao lado do dragão. Ninguém disse muita coisa. Olhavam para o mar, observando o luar nas ondas, que agora estavam mais calmas e quebravam na areia com não mais do que um pouco de pressa. Ao longe, viam os fachos de luz do estranho farol que os guiara ao local seguro, e Septimus se perguntava o que o homenzinho na janela estaria fazendo naquele instante.

Jenna levantou-se. Tirou as botas e foi andando descalça pela areia fina até o mar. Besouro foi atrás. Jenna ficou parada à beira das ondas, olhando ao redor. Ela abriu um sorriso quando Besouro se juntou a ela.

– É uma ilha – disse ela.

– Ah – respondeu Besouro. Ele supôs que Jenna tivesse visto a ilha do alto, e sentiu um pouco de vergonha por ter ficado de olhos fechados.

– Dá para eu sentir que é. Tem alguma coisa... típica de ilha aqui. Sabe, li sobre algumas ilhas numa das minhas aulas de História Oculta – disse Jenna. – Eu me pergunto se essa é uma delas.

– História Oculta? – perguntou Besouro, intrigado.

– Coisa de Rainha – respondeu Jenna, dando de ombros. – Muito chata a maior parte do tempo. Puxa, esta água está gelada. Meus pés ficaram dormentes. Vamos ver o que o Sep está fazendo?

– Vamos. – Besouro voltou com Jenna para junto do dragão, louco para perguntar sobre a "Coisa de Rainha", mas sem se atrever a tanto.

Enquanto isso, Septimus assumia as tarefas domésticas. Tinha tirado os alforjes encharcados de cima de Cospe-Fogo e espalhado o conteúdo na areia. Ficou muito impressionado – e comovido – com o que encontrou. Ele se deu conta de que, durante as escuras noites de inverno junto à lareira, quando ele costumava falar sobre o tempo em que esteve no Exército Jovem, Márcia não tinha só escutado suas descrições dos exercícios noturnos, ela as tinha guardado na memória – até mesmo a composição das diversas mochilas de sobrevivência. Para espanto de Septimus, Márcia tinha arrumado a perfeita Mochila de Sobrevivência em Território Hostil para Cadetes do Exército Jovem, com alguns ingredientes agradáveis a mais, na forma de um **RefriBom** especial autorrenovável, um pacote gigante de doces sortidos de Ma Custard e um fantástico **Gnomo d'Água**. Ele mesmo não poderia ter feito melhor. Estava observando o conjunto com aprovação, quando Besouro e Jenna se sentaram ao seu lado.

– Qualquer um haveria de pensar que Márcia esteve no Exército Jovem – disse Septimus. – Ela incluiu tudo o que eu teria incluído.

– Vai ver que ela esteve – disse Jenna, com um sorriso. – Ela grita igualzinho a eles.

— Pelo menos ela não atira igualzinho a eles — disse Septimus, com uma careta. Ele exibiu uma caixinha com um acessório circular de arame no alto. — Olhem, temos um fogareiro com aquele novo Encantamento no qual ela estava trabalhando: **Fogo de Estalo**. Você só dá um peteleco assim... — Ele fez uma demonstração, e uma chama amarela pulou do alto da caixa e saiu correndo pelo arame. — Aaai, está quente! — Septimus pôs o fogareiro depressa na areia e, deixando-o aceso, exibiu o que restava do conteúdo dos alforjes. — Estão vendo, tem comida para nos sustentar *pelo menos* por uma semana, pratos, panelas, copos, material para construir um abrigo; e vejam! Temos até mesmo um **Gnomo d'Água**. — Septimus segurou no alto uma pequena figura de um homenzinho barbudo com um chapéu pontudo.

— Esse é daqueles grosseiros? — perguntou Besouro.

— De jeito nenhum — disse Septimus, rindo. — Você consegue imaginar Márcia deixando um *daqueles* sair pela porta? A água sai pelo regador. Estão vendo? — Septimus inclinou a figura e, realmente, um pequeno jorro de água fresca saiu do minúsculo regador do **Gnomo d'Água**. Jenna apanhou um dos copos de couro e o segurou debaixo do bico até ele ficar cheio. Ela então bebeu de uma vez só.

— É gostosa — disse ela.

Usando uma variedade de pacotes rotulados como *Alimentos Secos Mágykos,* Septimus preparou o que chamou de "Ensopado do Exército Jovem, só que muito melhor". Eles ficaram sentados olhando o ensopado ferver na panela em cima do fogareiro até que o aroma tornou impossível que eles só continuassem a olhar. Comeram o ensopado com o pão **SempreFresco** de Márcia, e, para acompanhar, beberam chocolate quente, feito com a ajuda do **Talismã de Chocolate** de Jenna, que ela usou em algumas conchas.

Enquanto estavam sentados em torno das chamas bruxuleantes do fogareiro de **Fogo de Estalo**, tomando em silêncio o chocolate quente, cada um deles se sentiu surpreendentemente satisfeito. Septimus estava se lembrando de uma outra época, em outra praia – na primeira vez que tinha provado chocolate quente, ou se sentado ao redor de uma fogueira, sem que alguém berrasse com ele por isso. Em retrospectiva, ele tinha uma sensação de carinho verdadeiro por aquele tempo. Tinha sido de fato o início da sua nova vida – embora na ocasião ele lamentavelmente tivesse considerado que seria o fim do mundo.

Jenna estava feliz. Nicko estava a salvo. Em breve seguiria pelo mar para casa. E toda a encrenca que tinha começado quando ela levou Septimus para ver o **Espelho** no Quarto de Vestir estaria encerrada. Não seria mais culpa dela.

Besouro estava se sentindo espantosamente bem. Se alguém lhe tivesse dito alguns meses antes que ele estaria sentado ao luar com a Princesa Jenna numa praia deserta – bem, deserta sem contar um dragão roncador e seu melhor amigo –, ele lhes teria dito para parar de brincadeira e fazer alguma coisa útil, como, por exemplo, fazer uma faxina no Depósito de Livros Incontroláveis. Mas ali estava ele. E bem ao seu lado estava a Princesa Jenna. E a lua... e o suave murmúrio do mar, e... *eca* – o que foi *isso*?

– Cospe-Fogo! – Septimus levantou-se de um salto. – Ufa, essa foi *péssima*. Acho que ele está com um probleminha na barriga. É melhor eu enterrar isso.

Prevenida, Márcia tinha incluído uma pá.

✣ 22 ✣
A Ilha

Jenna, Besouro e Septimus acordaram no dia seguinte de manhã debaixo de um abrigo improvisado feito de **CapasTérmicas**, que eles tinham ajeitado às pressas ao lado de Cospe-Fogo quando o cansaço finalmente se instalou. Eles saíram engatinhando e se sentaram na praia, respirando a brisa suave e salgada e absorvendo o calor do sol, enquanto contemplavam a paisagem diante deles. Era de tirar o fôlego de tão bonita.

A tempestade tinha deixado o ar límpido, e não havia uma nuvem no céu de um azul brilhante. O turquesa profundo do mar cintilava com milhões de pontinhos de luz dançante; e o ar estava impregnado do som do seu delicado ir e vir à medida que ondas minúsculas chegavam à praia e depois recuavam, deixando a areia molhada e reluzente. À sua esquerda, estendia-se uma curva aberta e longa de areia branca com elevações de dunas por trás. A partir delas abria-se uma campina crivada de rochas, que levava a um morro coberto de árvores. À sua direita, estavam as rochas arredondadas das quais eles tinham escapado por um triz na noite anterior – e a piscina de pedras de Cospe-Fogo.

– Não é fantástico? – sussurrou Jenna, no pequeno intervalo que ocorre depois que as ondas sobem até a praia e antes que elas voltem espumando para o mar.

– É... – disse Besouro, com ar sonhador.

Septimus levantou-se e foi dar uma olhada em Cospe-Fogo. O dragão ainda estava dormindo, jogado numa depressão por trás das rochas, abrigado do sol. Respirava com regularidade, e suas escamas estavam agradavelmente mornas ao toque. Septimus sentiu-se tranquilizado, mas, quando voltava para a piscina, sua tranquilidade diminuiu. A água na piscina estava de uma cor avermelhada opaca, e através da água turva a cauda de Cospe-Fogo não estava com boa aparência. Havia uma nítida dobra para baixo, e a farpa estava pousada no leito arenoso da piscina de rochas. Isso preocupou Septimus. Cospe-Fogo sempre mantinha erguida a ponta farpada da cauda, cuja curva natural normalmente teria feito com que a farpa se projetasse para fora da água, não que ficasse inerte e sem vida. Com uma sensação de desânimo, Septimus percebeu que a cauda estava fraturada.

Mas, pior do que isso, a parte da cauda depois da fratura – ou a parte distal, como Marcellus teria dito – não estava com uma cor saudável. As escamas tinham se tornado de um verde mais escuro, tinham perdido sua iridescência, e a farpa, pelo que ele podia ver através da água, estava quase preta. Flocos de escamas mortas de dragão boiavam na água, e, quando se deitou numa rocha e se debruçou para olhar mais de perto, Septimus percebeu que a piscina inteira tinha um leve cheiro de decomposição. Era preciso fazer alguma coisa.

Jenna e Besouro estavam desafiando um ao outro para ir nadar, quando Septimus voltou para junto deles. Ele se sentiu um pouco como Jillie Djinn interrompendo os risinhos de um bando de escribas, quando saiu de trás das rochas e falou:

– A cauda dele está muito feia.

Jenna estava dando em Besouro um empurrão na direção do mar. Ela parou de chofre.

– Feia? – perguntou ela. – Feia como?

– Melhor vocês virem dar uma olhada.

Os três ficaram parados à beira da piscina de pedras, olhando para a água, aflitos.

– Eca! – disse Besouro.

– Eu sei – disse Septimus. – E se ficar mais "eca" que isso, ele vai perder a ponta da cauda... ou pior. Temos de fazer alguma coisa depressa.

— Você é o especialista, Sep — disse Besouro. — Diga-nos o que fazer, e nós faremos. Não é, Jenna?

Jenna fez que sim, chocada com a aparência da água turva.

Septimus se sentou numa pedra e ficou olhando fixo para a piscina, pensando.

— É isso o que eu acho que devemos fazer — disse ele, depois de um instante. Em primeiro lugar, vamos colher algumas algas e procurar um pedaço de pau reto e comprido. Em segundo lugar... e não vai ser agradável... vamos entrar na piscina e levantar a cauda para fora d'água. Assim, vou poder fazer um exame direito. Vou precisar limpar toda aquela coisa nojenta, e Cospe-Fogo não vai gostar disso. Vocês vão ter de ficar lá junto da sua cabeça, conversando com ele. Vou encher o ferimento com algas porque elas têm um monte de coisas boas para cura. Se a cauda estiver fraturada, do que eu quase tenho certeza, vamos precisar fazer uma tala, sabem? Amarrá-la no pedaço de madeira para ele não conseguir movê-la. E depois disso simplesmente teremos de esperar que melhore e não... — A voz de Septimus foi se calando.

— Não o quê, Sep? — perguntou Besouro.

— Não caia.

Jenna abafou um grito.

— Ou pior, que ela fique com o que Marcellus chamava de "fatal podridão negra".

— Fatal podridão negra? — perguntou Besouro, impressionado. — Puxa, o que é *isso*?

— Mais ou menos o que parece ser. Ela fica toda...

– Para com isso – disse Jenna. – Eu não quero saber mesmo.
– Olha, Sep – disse Besouro –, você nos diz o que fazer e nós fazemos. Cospe-Fogo vai ficar bom. Você vai ver.

Daí a duas horas, Jenna, Besouro e Septimus estavam sentados, encharcados e exaustos, no capim áspero acima das rochas. Abaixo deles, jazia um dragão com uma cauda de aparência extremamente estranha. Besouro observou que ela parecia uma cobra que tinha engolido um bloco de pedra, ainda mais interessante por alguém ter embrulhado o calombo do tal bloco de pedra com um grande pano vermelho, amarrado num laço.

– Não é um laço – protestou Septimus.
– Ok, então é um nó grande – disse Besouro.
– Precisei me certificar de que as **CapasTérmicas** não saíssem do lugar. Não quero que entre areia ali.
– Cospe-Fogo se saiu muito bem, não foi? – disse Jenna.
– Foi – concordou Septimus. – Ele é um bom dragão. E obedece quando sabe que é sério.
– Você acha que ainda *é* sério? – perguntou Besouro.
– Não sei – disse Septimus, encolhendo os ombros. – Fiz o que pude. Tive uma impressão muito melhor depois que tirei toda a nojeira, e...
– Você se importa de não usar a palavra *nojeira*, Sep? – disse Jenna, parecendo estar enjoada. Ela se levantou e respirou fundo para desanuviar a cabeça. – Vocês sabem, se vamos ficar presos em algum lugar por algumas semanas, eu consigo imaginar lugares piores que esse. Aqui é *tão* lindo.

– Acho que *estamos* presos aqui até Cospe-Fogo melhorar – disse Besouro. A possibilidade espantosa de longas semanas de ócio num lugar tão bonito na companhia da Princesa Jenna... e de Sep, é claro... invadiu seu pensamento. Quase não dava para ele acreditar.

Jenna estava inquieta.

– Vamos explorar um pouco o lugar – disse ela. – Podíamos seguir pela praia e ver o que tem do outro lado daquelas pedras lá no final. – Ela indicou um distante grupo de rochedos que marcava o limite da baía, para o lado esquerdo.

– Parece uma ótima ideia – disse Besouro, pondo-se de pé de um salto. – Vamos, Sep?

Septimus fez que não.

– Vou ficar cuidando de Cospe-Fogo. Não quero sair de perto dele hoje. Podem ir.

Jenna e Besouro deixaram Septimus sentado ao lado do dragão e partiram pela areia, perambulando ao longo da linha de algas, restos de madeira e conchas que a tempestade tinha revirado e lançado à praia.

– E então... o que você lembra sobre as ilhas das Histórias Ocultas? – Besouro apanhou uma concha grande e espinhuda e a segurou no alto para ver o que havia dentro. – Tipo, será que alguém mora aqui?

– Não sei. – Jenna riu. – Acho que você vai ter de sacudir para ver o que sai daí de dentro.

— Hã? Ah, engraçado. Na verdade, acho que não gostaria de conhecer o que mora aqui dentro. Grande e espinhento, posso apostar. — Besouro devolveu a concha para a areia, e um pequeno siri saiu apressado.

— Eu estava mesmo pensando nisso hoje de manhã antes de toda aquela história nojenta da cauda — disse Jenna, andando com cuidado pelo monte de algas para chegar à areia mais firme, adiante. — Mas não sei se alguém mora aqui. Agora eu me lembro de só ter lido a primeira parte do capítulo sobre as ilhas. Foi quando aconteceu toda aquela história com o **Espelho** e depois nós perdemos Nicko... E, quando voltei para casa, minha professora ficou tão amolada por eu ter perdido tanta coisa que me fez começar direto da matéria seguinte. Por isso, nunca li o que faltava. Droga! — Irritada, Jenna deu um chute num emaranhado de algas. — Tudo que consigo me lembrar é de que existem sete ilhas, mas no passado elas foram uma única, que foi inundada quando o mar avançou e encheu todos os vales. Mas deve haver algum tipo de segredo aqui, porque o título do capítulo era "O segredo das sete ilhas". É *tão* irritante. Sou forçada a ler um monte de troços chatos de verdade. É claro que a única coisa que teria sido útil foi a única que não cheguei a ler.

— Bem, nós simplesmente vamos ter de descobrir qual é o segredo — disse Besouro, abrindo um sorriso.

— É provável que seja alguma coisa totalmente desinteressante — disse Jenna. — A maioria dos segredos é assim, uma vez que você os descubra.

– Nem todos – disse Besouro, atravessando as algas atrás de Jenna, na direção do mar. – Alguns dos segredos do Manuscriptorium são incrivelmente interessantes. Mas é claro que eu não devo contar; ou melhor, não devia. Bem, na verdade, eu ainda não devo contar... *nunca*.

– Quer dizer que eles ainda são segredos, o que significa que ainda são interessantes. Seja como for, Besouro, você gosta desse tipo de coisa... você é inteligente. Eu só fico aborrecida. – Jenna riu. – Quer apostar uma corrida?

Besouro correu atrás de Jenna.

– Uuuuuuh! – gritou ele. Jenna achava que ele era inteligente. O que podia ser mais assombroso que *isso*?

Septimus estava sentado nas rochas aquecidas pelo sol, encostado no pescoço fresco de Cospe-Fogo, enquanto o dragão dormia tranquilo. Havia algo muito relaxante na respiração de um dragão adormecido, especialmente quando diante dele se estendia uma faixa deserta de areia branca e, depois dela, um mar azul e calmo. O único som que Septimus ouvia, agora que Jenna e Besouro tinham desaparecido do outro lado das rochas na outra ponta da baía, era o vagaroso murmúrio das ondas, acompanhado pelo eventual ronco resfolegante de Cospe-Fogo. O cansaço da última semana começou a alcançar Septimus. Embalado pelo calor do sol, Septimus fechou os olhos, e sua mente começou a devanear.

– Septimus... – A voz de uma garota, leve e melodiosa, veio penetrar sua sonolência. – Septimus – chamava ela, baixinho.

– *Septimus*... – Septimus se mexeu e abriu um pouco os olhos, olhou para a praia vazia e deixou que eles voltassem a se fechar.
– Septimus, Septimus.
– Me deixa, Jen. Tô dormindo – resmungou ele.
– Septimus...
Septimus abriu os olhos turvos e então os fechou de novo. Não havia ninguém ali, disse a si mesmo. Estava sonhando...

Uma garota esguia vestida de verde estava em pé nas dunas de areia acima das rochas, olhando para o dragão e o menino ali embaixo. Ela então desceu das dunas escorregando e foi em silêncio até uma pedra plana e aquecida, onde se sentou por um tempo e **Observou** enquanto Septimus dormia, exausto, ao sol.

⊹➤ 23 ⊰⊹
BALDES

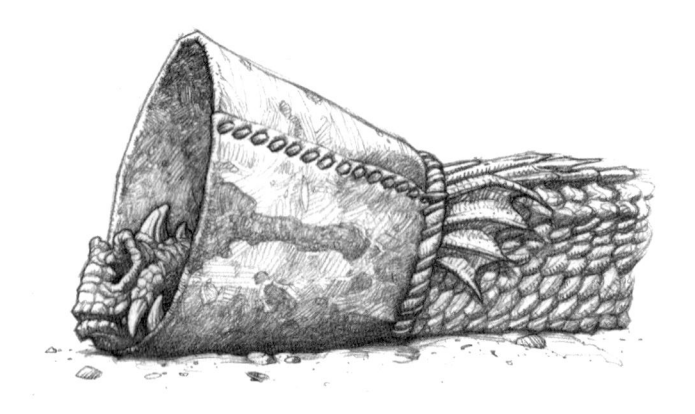

Septimus *continuou dormindo, e o* sol chegou ao zênite, ao meio-dia. Fascinada pelo sono, a menina de verde ficou ali, imóvel, sentada na pedra, **Observando**. Depois de algum tempo, a sensação de estar sendo **Observado** começou a se infiltrar em Septimus, mesmo em sono profundo. E ele se mexeu. A garota levantou-se depressa e escapuliu dali.

O calor estava aos poucos aquecendo o sangue de dragão gelado de Cospe-Fogo, e, à medida que sua circulação ia acelerando, sua cauda começou a latejar de dor. O dragão deu um gemido longo e grave, e de imediato Septimus acordou e se levantou.

– Que foi, Cospe-Fogo?

Como que em resposta, Cospe-Fogo de repente se virou e, antes que Septimus pudesse impedi-lo, estava com a cauda dentro da boca.

– Não! Não, Cospe-Fogo! Para! *Para!*

Septimus voltou correndo para a cauda. Ele se agarrou a um dos espinhos do focinho de Cospe-Fogo e puxou com toda a força que conseguiu.

– Cospe-Fogo, solta, *solta*! – berrava ele, enquanto lutava, sem nenhum resultado, para arrancar as presas curvas do dragão das **CapasTérmicas** cuidadosamente enroladas.

– Cospe-Fogo – disse Septimus, falando sério –, cumpra minha ordem de soltar sua cauda. *Agora!*

Cospe-Fogo, que não estava se sentindo com sua índole normal de rebeldia naquela manhã e também não estava apreciando nem um pouco o gosto de sua cauda, soltou-a.

Muito aliviado, Septimus afastou a cabeça do dragão dali.

– Cospe-Fogo, você *não* pode morder sua cauda – disse ele, enrolando novamente as **CapasTérmicas** esfrangalhadas enquanto o dragão encarava sua tentativa de curativo com um olhar ameaçador. Septimus terminou de amarrar as capas, olhou para o alto e deu com o olhar de Cospe-Fogo.

– Nem *pensar*, Cospe-Fogo – disse ele. – Você precisa deixar o curativo em paz. Sua cauda não vai melhorar nunca se você ficar lhe dando mordidas. Vamos, mexa sua cabeça para esse lado. *Vamos.* – Septimus agarrou o espinho grande do alto da cabeça de Cospe-Fogo e o puxou para longe da cauda. Foram necessários dez minutos de conversa, com empurrões de muitos tipos para conseguir que a cabeça do dragão voltasse a ficar a uma distância segura de sua cauda.

– Muito bem, Cospe-Fogo – disse Septimus, agachando-se ao seu lado. – Eu sei que está doendo, mas vai melhorar logo. Eu garanto. – Ele foi buscar o **Gnomo d'Água** e serviu um longo jato de água direto na boca de Cospe-Fogo. – Agora durma, Cospe-Fogo – disse-lhe Septimus; e, para sua surpresa, Cospe-Fogo obedeceu, fechando os olhos.

Septimus estava pegajoso e com calor depois dos seus esforços com a cauda de Cospe-Fogo. O mar parecia fresco e convidativo; e ele decidiu molhar os dedos dos pés na água. Ele se sentou à beira da rocha de Cospe-Fogo e, sem perceber que o dragão tinha aberto um olho e o vigiava com certo interesse, desamarrou as botas, descalçou-as, tirou as meias grossas e remexeu os dedos na areia morna. Imediatamente Septimus teve uma fantástica sensação de liberdade. Foi andando devagar pela praia que descia suave até a água e atravessou a linha de areia molhada e dura deixada pela maré vazante. Ficou ali em pé à beira do mar, vendo seus pés afundarem um pouco na areia enquanto esperava que a próxima ondinha chegasse aos seus dedos. Quando ela chegou, Septimus ficou surpreso com a temperatura gelada da água. Ele esperou pela ondinha seguinte e, enquanto respirava o ar limpo e salgado, sentiu por um instante uma felicidade indescritível.

Houve um movimento veloz atrás dele.

Septimus girou nos calcanhares.

– *Não, Cospe-Fogo!* – berrou ele. O dragão estava com a cauda firmemente presa nas mandíbulas novamente, e dessa vez ele a estava mastigando. Septimus atravessou a areia de volta, correndo, saltou na rocha e tratou de arrastar a cabeça do dragão para longe da cauda.

– Você é um dragão *desobediente,* Cospe-Fogo – disse Septimus, zangado, quando finalmente conseguiu puxar as mandíbulas do dragão do curativo agora esfarrapado. – Você **não pode** morder sua cauda. Se morder, ela não vai melhorar, e então... – Septimus estava prestes a dizer "e então ficaremos presos aqui para sempre", mas se deteve. Lembrou-se de algo que tia Zelda costumava dizer: que uma vez postas em palavras, as coisas se realizavam com maior facilidade. E assim ele mudou para um final de frase capenga: – E então você vai se arrepender.

Cospe-Fogo não dava a impressão de estar prestes a se arrepender de nada. Septimus achou que ele estava extremamente rabugento. Sem dar atenção ao olhar mal-humorado do dragão, Septimus amarrou o que restava dos trapos das **CapasTérmicas** e ficou vigiando enquanto tentava descobrir o que fazer. Desejou que Besouro e Jenna voltassem. Bem que gostaria de alguma ajuda... e de companhia. Mas não havia sinal deles. Tinha de fazer alguma coisa para impedir Cospe-Fogo de morder a cauda, e tinha de fazer agora. Achava que a cauda não resistiria a muitos outros ataques semelhantes ao último. Manobrou a cabeça de Cospe-Fogo mais uma vez para longe da cauda, e então, mantendo a mão firme no focinho do dragão, ele se sentou e começou a pensar.

Septimus lembrou-se de um incidente com o gato da mãe de Besouro alguns meses antes. O gato, uma criatura agressiva à qual Besouro nunca tinha se afeiçoado, também teve problemas com sua cauda depois de uma briga feroz. A mãe de Besouro tinha carinhosamente feito um curativo, só para o gato fazer exatamente o que Cospe-Fogo tinha feito... inúmeras vezes. A sra. Beetle tinha tido mais paciência que Septimus e passado três dias e três noites sem dormir até Besouro insistir com ela para que dormisse um pouco, com a promessa de que ele vigiaria o gato. Entretanto, Besouro não era tão dedicado quanto sua mãe. Ele recortou o fundo de um velho balde de brinquedo e o prendeu na cabeça do gato de um jeito que a criatura teve de usá-lo como um colar absurdo. Mas o balde tinha resolvido o problema com perfeição – o gato já não conseguia atacar o curativo em torno da cauda, pois não conseguia estender a cabeça além das laterais do balde. A sra. Beetle ficou horrorizada quando acordou e viu seu querido gato com um balde em volta da cabeça, mas até mesmo ela teve de admitir que a ideia de Besouro funcionou bem. Ela passou as semanas seguintes pedindo desculpas ao gato, enquanto ele fazia questão de não lhe dar atenção. Mas a cauda se curou, o balde foi descartado e o gato com o tempo parou de andar de cara amarrada. Septimus achava que o que funcionou para um gato rabugento tinha probabilidade de funcionar para um dragão igualmente rabugento – mas *onde* ele ia encontrar um balde gigante?

Septimus concluiu que simplesmente teria de fazer seu próprio balde. Ele pegou um copo de couro do alforje de Márcia, recortou o fundo e também cortou ao longo da costura lateral. Depois, dizendo com muita firmeza a Cospe-Fogo que *não se mexesse nem um centímetro ou ele iria enfrentar um problema sério*, Septimus estendeu na areia a pequena tira de couro, quase em formato de meia-lua. E aplicou-lhe sete Encantamentos de **Aumento de Tamanho** – fazendo com que o couro crescesse devagar para evitar o risco de desintegração, que costuma acontecer com tanta frequência com um Encantamento de **Aumento de Tamanho** excessivamente entusiasmado. Ele acabou tendo um pedaço de couro com cerca de três metros de comprimento por um metro e vinte de largura.

Agora vinha a parte difícil. Septimus aproximou-se de Cospe-Fogo, arrastando pela areia o pedaço de couro **Aumentado**; Cospe-Fogo levantou a cabeça e o encarou cheio de suspeita. Septimus captou o olhar do dragão e o fixou. Começou então a falar com muita formalidade:

– Cospe-Fogo, na qualidade de seu **Assinalador**, eu lhe ordeno que *não se mexa*. – O dragão pareceu surpreso, mas, para espanto de Septimus, obedeceu. Septimus não sabia ao certo quanto tempo ia durar a obediência do dragão, por isso tratou de trabalhar depressa. Ele enrolou o couro, desajeitado, em torno da cabeça do dragão e o **Vedou** ao longo da linha em que o tinha cortado alguns minutos antes.

Quando seu **Assinalador** por fim o liberou da ordem e deu um passo para trás para observar sua obra, Cospe-Fogo estava usando o que parecia ser um enorme balde de couro em torno da cabeça – associado a uma expressão extremamente irritada.

Enquanto estava ali parado observando Cospe-Fogo, Septimus deu-se conta de que ele mesmo estava sendo **Observado**.

– Septimus.

Ele deu meia-volta. Não havia ninguém ali.

– Septimus... *Septimus*.

Os cabelos na nuca de Septimus ficaram arrepiados. Essa era a voz que ele tinha ouvido chamando seu nome durante seu voo até a Feitoria.

Septimus parou ao lado do dragão para proteger-se. Mantendo-se encostado em Cospe-Fogo, ele se voltou devagar num círculo e verificou as rochas, a praia, o mar deserto, as dunas de areia, o terreno pedregoso de vegetação mirrada por trás das dunas e o monte mais além – mas não viu nada. Ele repetiu o círculo mais uma vez, usando a velha técnica do Exército Jovem de detectar o movimento olhando adiante, mas prestando atenção ao que estava nos limites do seu campo visual; e então, lá estava. Um vulto... *dois* vultos... atravessando o capim rasteiro por trás das dunas.

– Jenna! Besouro! – gritou Septimus. Uma imensa sensação de liberação dominou-o, e ele subiu correndo pelas dunas para ir ao seu encontro.

– Oi, Sep – disse Jenna enquanto ela e Besouro desciam de qualquer maneira pela última duna na direção dele. – Tudo bem?

– Tudo. – Septimus abriu um sorriso. – Agora está. Vocês dois se divertiram?

– Muito. Aqui é tão bonito e... ei, *o que é aquilo na cabeça de Cospe-Fogo?*

– É um balde de gato – disse Besouro. – É isso mesmo, Sep?

Septimus sorriu. Era tão bom Jenna e Besouro estarem de volta. Não havia como negar – a ilha era um lugar meio assustador para se ficar sozinho.

Naquela tarde, Septimus fez um esconderijo.

A sensação de ser **Observado** o deixara inquieto, e Septimus percebeu que estava aos poucos assumindo seu jeito de pensar do Exército Jovem. Como ele começava a ver a situação, eles estavam presos num lugar estranho com perigos desconhecidos, talvez até mesmo invisíveis, e precisavam agir de acordo com a situação. Isso significava ter algum lugar seguro para passar as noites.

Usando o conteúdo da Mochila de Sobrevivência em Território Hostil para Cadetes do Exército Jovem, arrumada por Márcia, e com a ajuda bastante relutante de Jenna e Besouro, que gostavam de dormir na praia e não entendiam com que ele estava se preocupando, Septimus construiu um esconderijo nas dunas. Escolheu um local com vista do alto para a baía, mas perto o suficiente de Cospe-Fogo para mantê-lo sob vigilância.

Ele e Besouro se revezaram cavando um buraco fundo, com os lados inclinados e reforçados com madeira trazida pelo mar, para evitar qualquer perigo de desmoronamento. Septimus então empurrou um conjunto de postes telescópicos curvos no buraco e os cobriu com um rolo de lona leve de **Camuflagem**, que ele tinha encontrado enfiada no fundo da mochila e que combinou tão bem com a duna que Besouro quase pisou nela e caiu lá dentro. Septimus cobriu então a lona com uma grossa camada de capim arrancado das dunas, porque era assim que eles sempre faziam no Exército Jovem e parecia errado não fazê-lo. Ele recuou um pouco para admirar a obra. Ficou satisfeito – tinha construído um clássico esconderijo do Exército Jovem.

O interior do esconderijo era surpreendentemente espaçoso. Eles o forraram com mais capim comprido e áspero e puseram os alforjes abertos por cima, como um tapete. Jenna deu sua aprovação. Ela o declarou "realmente aconchegante".

Do lado de fora, a entrada era praticamente invisível. Não era mais que uma fenda estreita no encontro de duas dunas, com vista para o mar lá adiante. Septimus tinha bastante certeza de que, quando também a fenda fosse coberta com capim, ninguém poderia imaginar que eles estavam ali dentro.

Naquele anoitecer, eles se sentaram na praia e assaram peixe.

É claro que a Mochila de Sobrevivência em Território Hostil para Cadetes do Exército Jovem incluía linha de pescar, anzóis e iscas secas, que Márcia naturalmente tinha se lembrado de incluir. E quando a maré da noite chegou pela areia morna, trazendo um cardume de peixes pretos e prateados, Besouro se sentou numa rocha e apanhou seis, um atrás do outro. Segurando os peixes bem no alto, ele voltou vitorioso por dentro da água e trabalhou com Jenna para armar uma fogueira de madeira velha na praia.

Eles assaram os peixes à moda aprovada de Sam Heap, espetando-os em varinhas molhadas e segurando-os acima das brasas acesas. O pão **SempreFresco** de Márcia e frutas secas completaram o jantar; e o **Gnomo d'Água** abasteceu tantos **RefriFruts** que eles perderam a conta.

Ficaram ali sentados até tarde da noite, mascando Ursos de Banana e Nacos de Ruibarbo, e viram quando o mar começou a recuar outra vez, deixando a areia rebrilhando ao luar. Ao longe, do outro lado da baía, eles viam a longa fileira de rochas escuras que levavam a uma rocha solitária, alta como uma coluna, que Jenna chamou de Pináculo. À direita, para lá das pedras de Cospe-Fogo, eles viam o pico rochoso de uma ilha minúscula no final da restinga, à qual Jenna se recusou a dar um nome, porque tinha uma estranha sensação de que a ilha conhecia seu próprio nome e não gostaria que lhe dessem outro. A ilha era, de fato, chamada de Ilha da Estrela.

Na maior parte do tempo, porém, eles não olhavam nem para a direita nem para a esquerda, mas direto para a frente, para as luzes distantes do farol, as luzes que os tinham atraído para a ilha, salvando-os. Falaram sobre o homenzinho no alto do farol e se perguntaram quem ele era e como tinha chegado lá. E então, muito mais tarde, eles entraram espremidos no esconderijo e adormeceram depressa.

Algum tempo depois, nas primeiras horas da manhã, o vulto magro e sombrio de uma garota de verde desceu o monte, perambulando, e se postou acima do esconderijo, **Escutando** os sons do sono.

Septimus se mexeu. No seu sonho, alguém o estava chamando. Ele sonhou que enfiou a cabeça num balde e não ouviu mais nada.

⇥ 24 ⇤
Correios

Lá na Torre dos Magos, Márcia tomava o café da manhã bem tarde. Sobre a mesa, além de uma quantidade de torradas espalhadas e um bule amuado (que tinha se desentendido com o porta-torradas sobre uma questão de hierarquia), havia uma cápsula de vidro – cuidadosamente partida ao meio ao longo da linha vermelha pontilhada – e uma tira frágil de papel enrolado. No chão, ao lado de seus pés, um pombo ciscava uma pilha de cereais.

Na cozinha da Maga ExtraOrdinária o estresse da semana anterior era visível. Havia um monte de louças sem **Lavar** dentro da pia e uma variedade de migalhas espalhadas pelo chão, para deleite do pombo. Márcia ainda estava um pouco perturbada. Enquanto **Mexia** seu mingau de aveia naquela manhã, o bule tinha conseguido empurrar, impune, o porta-torradas de cima da mesa, sem que Márcia sequer notasse.

A própria aparência de Márcia não era das melhores. Os olhos verdes estavam com olheiras, a túnica roxa estava amarfanhada, e os cabelos não estavam tão bem penteados como era de esperar. E o café da manhã tão tarde era uma coisa que quase não acontecia – exceto, talvez, no Dia do Banquete do Solstício de Inverno. Só que Márcia não tinha dormido muito na noite anterior. Depois de expirado o prazo da meia-noite, que Septimus tinha imposto a si mesmo para seu retorno, ela ficou olhando pela minúscula janela de observação no alto do teto da Biblioteca da Pirâmide, na esperança de ver algum sinal de um dragão retornando. Mas não viu nada, até que, na primeira luz da alvorada, percebeu o vulto escuro do pombo dos Correios de Pombos, batendo suas asas com determinação em direção à Torre dos Magos.

O pombo chegou trazendo uma cápsula com uma mensagem. Márcia deu um suspiro de alívio quando abriu e viu o nome de Septimus (estranhamente pegajoso) na parte externa do pequenino rolo. Ela desenrolou o frágil pedaço de papel, leu a mensagem e, sentindo-se imensamente relaxada, caiu no sono sobre sua mesa de trabalho na mesma hora.

Agora Márcia engolia o final do café e lia de novo a mensagem:

QUERIDA MÁRCIA. CHEGUEI EM SEGURANÇA. TODOS AQUI. TUDO BEM, MAS RETORNO ATRASADO. COSPE-FOGO MUITO CANSADO. ESTAMOS NO NAVIO DO MILO. AINDA

NÃO PARTIMOS, MAS PARTIREMOS ASSIM QUE POSSÍ-
VEL. COM AMOR, DE SEU APRENDIZ SÊNIOR, ABRAÇOS,
SEPTIMUS. P.S.: POR FAVOR, DIGA À SRA. BEETLE QUE
BESOURO ESTÁ BEM.

Era fácil de ler – cada letra estava escrita com muito cuidado num quadradinho num formulário. Talvez, pensou Márcia com um sorriso zombeteiro, devesse fazer com que Septimus escrevesse daquele jeito no futuro. Apanhou sua caneta no fundo do bolso para responder à mensagem, e as pontas de suas mangas carregaram os restos de torradas de cima da mesa. Irritada, Márcia gritou para a escova e a pá de lixo **Varrerem** o chão. Enquanto faziam seu trabalho velozes, Márcia preencheu com esmero o formulário para resposta no verso da mensagem de Septimus:

SEPTIMUS: MENSAGEM RECEBIDA. BOA VIAGEM.
ENCONTRAREI VOCÊ NO PORTO NO RETORNO DO CERYS.
ABRAÇOS, MÁRCIA

Enrolou o pedaço de papel e o colocou de novo na cápsula. Encaixou as metades de vidro uma na outra e manteve a cápsula assim até que fosse **ReLacrada**.

Ignorando a confusão em volta dos pés, enquanto a escova varria um porta-torradas em pânico para a pá de lixo e se recusava a deixá-lo sair de volta, Márcia levantou o pombo e fixou a cápsula à presilha na sua perna. Segurando o pombo – que feliz bicava algumas migalhas perdidas na manga da túnica de Márcia –, ela foi até a pequenina janela da cozinha e a abriu.

Márcia soltou o pombo no parapeito da janela. O pássaro sacudiu o corpo para endireitar as penas arrepiadas e então, batendo as asas com muito barulho, subiu no ar e voou na direção dos telhados desencontrados dos Emaranhados. Alheia ao som da pá de lixo que despejava seu conteúdo pela rampa de lixo da cozinha e à dança de vitória do bule no meio dos pratos sujos, Márcia observou o pombo voando sobre a colorida colcha de retalhos de jardins de terraços e atravessando o rio, até que finalmente o perdeu de vista acima das árvores que ficavam na outra margem.

Havia, porém, mais uma mensagem que exigia sua atenção.

Os ponteiros do relógio da cozinha (uma frigideira que Alther tinha transformado em relógio, do qual Márcia não tinha coragem de se desfazer) estavam quase marcando quinze minutos para o meio-dia, e Márcia sabia que precisava se apressar. Dirigiu-se com passos decididos para a sala de estar e tirou da prateleira larga e semicircular acima da lareira o grosso cartão do Palácio que estava apoiado numa vela. Márcia não gostava de receber mensagens do Palácio, porque geralmente eram de Sarah Heap com alguma perguntinha insignificante sobre Septimus. Essa mensagem, porém, que chegara nas primeiras horas daquela manhã, não era de Sarah, mas era igualmente irritante – ou mais. Era de tia Zelda, vinha escrita numa tinta preta em letras grossas impossíveis de ignorar e dizia o seguinte:

Márcia,
Preciso ver você em caráter de emergência. Estarei na Torre dos Magos hoje ao meio-dia.
Zelda Heap
Protetora

Márcia deu mais uma olhada na mensagem e sentiu o mesmo calafrio de irritação que sempre acompanhava qualquer coisa que dissesse respeito a tia Zelda. Franziu as sobrancelhas. Tinha um compromisso importante no Manuscriptorium ao meio-dia e três minutos. Ia contra todos os seus princípios chegar adiantada a um compromisso com Jillie Djinn, mas dessa vez valia a pena – se ela se apressasse, poderia chegar ao Manuscriptorium antes que Zelda viesse bamboleando pelo Caminho dos Magos. Naquele exato momento ela poderia muito bem passar sem uma bruxa branca gorgolejando besteiras de bruxa nos seus ouvidos – na verdade, ela *sempre* poderia passar sem uma bruxa branca gorgolejando besteiras de bruxa nos seus ouvidos.

Márcia jogou sua capa nova de verão de lã fina entremeada com seda sobre os ombros e saiu apressada de seus aposentos, pegando de surpresa a imensa porta roxa. Enquanto ia veloz pelo patamar e para a escada prateada em espiral, a porta se fechou com muito cuidado – Márcia não gostava de portas que batiam. A escada em espiral parou e esperou educadamente que ela pisasse no degrau. Lá embaixo na escada, diversos Magos Ordinários tiveram todos sua viagem repentinamente interrompida. Eles bateram os pés com impaciência enquanto lá em cima, no vigésimo andar, sua Maga ExtraOrdinária embarcava.

– **Rápido!** – Márcia deu a instrução para a escada, e então, quando pensou que poderia dar de cara com tia Zelda, disse: – **Emergência!** – A escada zuniu e começou a girar em velocidade máxima, e os Magos que esperavam lá embaixo foram lançados para a frente. Dois deles, que não tiveram tempo de se segurar no corrimão central, foram arremessados sem a menor cerimônia para o patamar seguinte. Os outros tiveram de subir direto ao topo da Torre e descer novamente depois que Márcia tinha saltado no Grande Saguão. Três formulários de reclamação foram preenchidos, assinados e entregues ao Mago de plantão, que os colocou numa pilha de formulários iguais que se referiam ao do uso da escada pela Maga ExtraOrdinária.

Márcia atravessou com pressa o pátio da Torre dos Magos, aliviada por não ver nenhum sinal de tia Zelda, que sempre era fácil de ver em sua ondulante tenda feita de retalhos. Enquanto seguia a passos largos para as sombras do Grande Arco, o *toc-toc* de seus sapatos de bico fino de píton roxo, reverberando das paredes de lápis-lazúli, Márcia consultou seu relógio... e deu um encontrão com uma coisa macia e suspeitamente ondulante e retalhada.

– *Ufa!* – disse tia Zelda, ofegante. – É bom olhar por onde anda, Márcia!

– Você está adiantada – disse Márcia com um gemido.

Os carrilhões metálicos do relógio do Largo dos Fanqueiros começaram a soar acima dos telhados.

– Acho que você vai ver que cheguei exatamente na hora – disse tia Zelda enquanto o relógio tocava doze vezes. – Você recebeu minha mensagem, espero.

– Sim, Zelda, recebi. Mas, levando-se em conta o estado lamentável do Serviço dos Ratos Mensageiros e o tempo enorme que simples Magos precisam para levar mensagens pelo Brejal, eu infelizmente não pude responder dizendo que já tinha um compromisso marcado.

– Bem, então foi uma boa coisa eu ter dado de cara com você – disse tia Zelda.

– Foi? Bem, lamento demais, Zelda. Eu *adoraria* conversar um pouco, mas estou *mesmo* com pressa. – Márcia saiu em disparada, mas Zelda, que podia ser rápida quando queria, pulou na frente e bloqueou o caminho antes de Márcia sair de baixo do Arco.

– Devagar, Márcia – disse tia Zelda. – Acho que você vai querer ouvir o que tenho a dizer. É sobre Septimus.

Márcia deu um suspiro. O que não seria sobre Septimus? Mas parou e esperou para ouvir o que tia Zelda tinha a dizer.

Tia Zelda puxou Márcia para a luz do sol que batia no Caminho dos Magos. Ela sabia como as vozes abaixo do Grande Arco eram levadas através do Pátio da Torre dos Magos, e não queria que nenhum Mago abelhudo ouvisse – e *todos* os Magos eram abelhudos na opinião de tia Zelda.

– Tem alguma coisa acontecendo – sussurrou, segurando firme o braço de Márcia.

– Normalmente tem, Zelda – respondeu Márcia, adotando uma expressão de espanto.

– Não banque a esperta, Márcia. Estou falando de Septimus.

– Ah, sim, é claro que tem alguma coisa acontecendo. Ele voou daqui para a Feitoria sozinho. Isso é realmente uma coisa e tanto.

– E não voltou?

Márcia não sabia o que tia Zelda tinha a ver com o lugar onde Septimus estava, e se viu muito tentada a dizer que ele *tinha* voltado. Mas, consciente do Código dos Magos ExtraOrdinários, Seção I, cláusula iiia ("Um mago ExtraOrdinário não deverá jamais divulgar intencionalmente uma falsidade, nem mesmo para uma bruxa"), respondeu secamente:

– Não.

Tia Zelda inclinou-se para Márcia numa atitude de conspiração. Márcia deu um passo para trás. Tia Zelda tinha um cheiro muito forte de repolho, fumaça de lenha e lama do brejo.

– Eu **Vi** Septimus – sussurrou.

– Você o *viu*? Onde?

– Não sei *onde*. Esse é o problema. Mas eu o **Vi**.

– Ah, *aquele* velho **Vi**.

– Não precisa tratar a **Visão** com tanto desdém, Márcia. A **Visão** acontece. E por acaso funciona. Agora, escuta... antes de ele partir, eu **Vi** uma coisa terrível. Então, dei a Barney Pot...

– Barney Pot! – exclamou Márcia. – O que é que *Barney Pot* tem a ver com tudo isso?

— Se você parasse de interromper, poderia descobrir — disse tia Zelda com arrogância. Ela se virou como se estivesse procurando alguma coisa. — Ah, aí está você, Barney querido. Agora, não seja tímido. Conte para a Maga ExtraOrdinária o que aconteceu.

Barney Pot surgiu por detrás do vestido volumoso de tia Zelda. Estava vermelho de vergonha. Tia Zelda empurrou-o para a frente.

— Vamos, querido, diga à Márcia o que aconteceu. Ela não morde.

Barney não estava convencido.

— É... eu... é... — Foi tudo o que conseguiu falar.

Márcia deu um suspiro impaciente. Ela já estava muito perto de se atrasar, e a última coisa de que precisava nesse momento era ter de escutar um Barney Pot gaguejante.

— Sinto muito, Zelda. Tenho certeza de que Barney tem uma história fascinante para contar, mas eu realmente *tenho* de ir. — Márcia livrou-se da mão que tia Zelda mantinha agarrada ao seu braço.

— *Espere*, Márcia. Eu pedi a Barney para entregar a Septimus meu **Talismã de Proteção** vivo.

Isso fez Márcia parar onde estava.

— Por todos os céus, Zelda! Um **Talismã de Proteção** *vivo*? Você quer dizer... um *gênio*?

— Sim, Márcia. Foi o que eu disse.

– Céus! Eu realmente não sei o que dizer. – Márcia parecia atônita. – Eu não fazia a menor ideia de que você tinha uma coisa dessas.

– Foi Betty Crackle quem conseguiu. Nem quero saber como. Mas a questão é que Septimus não quis aceitar. E ontem recebi uma carta de Barney. – Tia Zelda vasculhou os bolsos e tirou um pedaço de papel amarrotado que Márcia achou que tinha um cheiro muito suspeito de cocô de dragão. Tia Zelda enfiou o papel na mão de Márcia, que não estava disposta a pegá-lo.

Segurando o papel com o braço esticado (não só por não conseguir aguentar o cheiro de cocô de dragão, mas também porque não queria que Zelda percebesse que estava precisando de óculos), Márcia leu o que estava escrito:

Presada sinhora Zelda,
Ispero que chega na sinhora. tô muito muito chateado mas u apredi aprendis aprindiz num quis pegá u talismã de proteção que a sinhora mi deu. e então um iscriba pegou ele e eu quero que a senhora sabe disso por causa de que num quero virá largato.
Do Barney Pot
P.S.: por favor me diz si eu posso ajudar, por causa de que eu ia gostar de ajudar.

– Lagarto? – perguntou Márcia olhando para Barney, sem entender.

– Eu num quero virá – sussurrou Barney.

– Bem, e quem quer, Barney? – respondeu Márcia. Ela devolveu o papel a tia Zelda. – Não sei por que você está fazendo tanto estardalhaço, Zelda. Ainda bem que Septimus não pegou o talismã. E depois de toda aquela confusão com a **Pedra da Demanda**, eu não esperava que ele fizesse diferente. Foi bom que o escriba *tenha ficado* com o talismã para **Guardar em Segurança**. Pelo menos alguém teve senso de responsabilidade. Francamente, Zelda, não é justo dar um **Talismã de Proteção** vivo a alguém tão jovem, não é justo mesmo. Não permitirei *em hipótese alguma* que Septimus tenha um gênio. Já temos problemas suficientes com aquele maldito dragão, para agora termos também uma **Entidade** desagradável rondando por aí. Agora *preciso mesmo* ir. Tenho um compromisso importante no Manuscriptorium. – Dizendo isso, Márcia saiu andando a passos firmes pelo Caminho dos Magos.

– *O que foi?* – perguntou tia Zelda para um grupo de observadores, bastante entusiasmados por terem visto sua Maga Extra-Ordinária confirmando sua reputação de brigona, e ansiosos para distrair seus amigos com a história.

Tia Zelda foi abrindo caminho sem paciência no meio da pequena multidão. E quando ela saiu do outro lado com Barney Pot grudado no seu vestido como se fosse um pequeno caramujo, Barney deu um berro:

– Olha lá! O escriba! O escriba que pegou o **Talismã de Proteção!**

No meio do Caminho dos Magos, um menino desengonçado e desgrenhado, num uniforme sebento de escriba, viu uma imensa tenda de retalhos surgir de uma pequena multidão. Deu meia-volta e correu.

– Merrin! – gritou tia Zelda com uma voz que ressoou por todo o Caminho dos Magos. – Merrin Meredith, quero ter uma palavrinha com você!

✢ 25 ✢
Jeitos de Mago

Acompanhada por um tlim agressivo e pelo estalido de um contador que passou para o número treze, Márcia empurrou a porta do Manuscriptorium e entrou na recepção que estava vazia e tinha um ar de abandono, o que fez com que Márcia percebesse o quanto Besouro de fato trabalhava como Encarregado da Recepção. O lugar sempre tivera uma aparência limpa e bem organizada; e apesar de a vitrine ter pilhas altas de livros e documentos (e um ou outro sanduíche de salsicha), a impressão geral era de um lugar bem cuidado, como se alguém realmente se importasse. Márcia foi decidida até a escrivaninha, que estava coalhada de documentos, migalhas e papéis de bala, e bateu nela com vigor. Inspecionou os nós dos dedos com repulsa. Eles estavam pegajosos e com cheiro de alcaçuz. Márcia não gostava de alcaçuz.

– Atendimento! – gritou ela, impaciente. – *Atendimento!*

A porta na divisória de madeira e vidro que separava o Manuscriptorium em si da recepção abriu de repente, e quem saiu foi nada menos que a Escriba Hermética Chefe, a srta. Jillie Djinn em pessoa, com suas vestes de seda azul-escura farfalhando de indignação.

– Este é um lugar de estudo e concentração, Madame Márcia – disse ela, contrariada. – Queira respeitar. Veio pagar sua conta?

– Conta? – encrespou-se Márcia. – Que *conta*?

– A fatura número 0000003542678b ainda está pendente. Pela vitrine.

Márcia fez um muxoxo.

– Creio que essa cobrança está sendo questionada.

– *Você* pode questioná-la, eu não – disse Jillie Djinn. – Não há o que questionar.

– Tanto *faz* – disse Márcia, adotando uma expressão e uma entonação que Septimus recentemente tinha começado a usar. – Agora, tenho hora marcada para os Subterrâneos.

Márcia esperou, batendo os pés, impaciente. Jillie Djinn suspirou. Ela olhou ao redor em busca do livro de registro e por fim o extraiu de baixo da pilha de papéis sobre a escrivaninha. Virou as grossas páginas cor de creme com grande determinação.

— Agora, vejamos... ah, sim, bem, você perdeu sua hora marcada por um atraso de dois minutos e... — a Escriba Hermética Chefe consultou o relógio que ficava pendurado em sua cintura redonda — cinquenta e dois segundos.

Márcia deixou escapar um ruído de exasperação.

Jillie Djinn não lhe deu atenção.

— Posso, porém, marcar outra hora para daqui a dezessete dias, às... deixe-me ver... três e trinta e um *em ponto* — disse ela.

— Agora — retrucou Márcia.

— Não é possível — rebateu Jillie Djinn.

— Se Besouro estivesse aqui...

— O sr. Besouro não trabalha mais para nós — disse Jillie Djinn, com frieza.

— Onde está seu novo encarregado? — perguntou Márcia.

Jillie Djinn ficou constrangida. Merrin não aparecia para trabalhar havia dois dias seguidos. Até mesmo ela estava começando a duvidar da sensatez de sua contratação mais recente.

— Ele está... hum... cumprindo outras funções.

— É mesmo? *Que* surpresa. Bem, como você está com tanta ***falta de pessoal***, parece que terei de descer aos Subterrâneos desacompanhada.

— Não. Isso não é possível. — A Escriba Hermética Chefe cruzou os braços e olhou para a Maga ExtraOrdinária, desafiando-a a discordar.

Márcia aceitou o desafio.

– Srta. Djinn, como é do seu conhecimento, eu tenho o direito de inspecionar os Subterrâneos a qualquer hora, e é apenas por uma questão de cortesia que marco hora. Infelizmente parece que anda faltando cortesia por aqui. Pretendo ir aos Subterrâneos *neste exato momento*.

– Mas você já foi lá na semana passada – protestou Jillie Djinn.

– É a pura verdade. E pretendo continuar a ir lá todas as semanas, todos os dias e todas as horas que eu considerar necessários. Afaste-se.

Com isso, Márcia passou majestosa e escancarou a porta na divisória fina que dava para o interior do Manuscriptorium. Vinte e um escribas olharam. Márcia parou, pensou por um instante e então jogou uma moeda grande de ouro – uma moeda de duas coroas – sobre a escrivaninha da recepção.

– *Isso* deve dar para consertar sua vitrine, srta. Djinn. Com o troco, faça um corte de cabelo razoável.

Os escribas trocaram olhares e reprimiram sorrisos. A passos largos, Márcia passou pelas fileiras de escrivaninhas altas, consciente de que vinte e um pares de olhos acompanhavam cada movimento seu. Ela abriu com um empurrão a porta secreta nas estantes e desapareceu pelo corredor que levava aos Subterrâneos. A porta fechou-se atrás dela.

– Miaaaaau! – exclamou Partridge.

Para enorme satisfação de Partridge, a Encarregada de Inspeção recém-nomeada, Romilly Badger, deu um risinho.

* * *

Lá embaixo nos Subterrâneos, Márcia descobriu duas coisas: uma agradável, e outra muito menos. A surpresa agradável foi a de que Tertius Fume, o Fantasma dos Subterrâneos, grosseiro e mandão, não estava no seu posto. Pelo menos dessa vez Márcia conseguiu entrar nos Subterrâneos sem ser atormentada por causa de senhas. Márcia gostava de ficar sozinha nos Subterrâneos. Ela **Acendeu** as lâmpadas, deixou uma na mesa junto da entrada para guiá-la de volta e levou a outra para as profundezas das câmaras abobadadas com cheiro de mofo que se estendiam por baixo do Caminho dos Magos. Como sinal de cortesia, era normal que um escriba fosse mandado aos Subterrâneos com a Maga ExtraOrdinária para apanhar o que quer que ela quisesse, mas hoje, como Márcia tinha observado, estava havendo uma falta de cortesia no Manuscriptorium. Entretanto, como todos os Magos ExtraOrdinários, Márcia tinha uma cópia da Planta dos Subterrâneos e estava perfeitamente satisfeita de conseguir se encontrar naquele labirinto de caixas, baús e tubos de metal para acondicionamento, todos perfeitamente empilhados e rotulados ao longo de milhares de anos.

Os Subterrâneos continham os arquivos permanentes do Castelo, e a Torre dos Magos não tinha nada que se comparasse a eles. Esse ponto sempre tinha sido motivo para demonstrações de superioridade por parte de Escribas Herméticos Chefes, mas também motivo para irritação, já que os Magos ExtraOrdinários tinham, sim, um direito de acesso aos Subterrâneos a qualquer hora – e alguns dos mapas antigos (escondidos em segredo no escritório do Escriba Hermético Chefe no andar superior), de fato indicavam que os Subterrâneos pertenciam à Torre dos Magos.

Márcia encontrou o que estava procurando: a caixa de ébano que continha a *Planta Viva do que Existe por Baixo*. Recentemente tinha havido problemas com alçapões de gelo que perdiam sua **Vedação**, e Márcia vinha mantendo tudo aquilo sob vigilância. À luz da lâmpada, ela cortou o lacre de cera, tirou a enorme folha de papel e cuidadosamente desenrolou a Planta. A Planta mostrava todos os alçapões **Vedados** dos Túneis de Gelo – incluindo túneis que não apareciam no mapa básico entregue ao Encarregado de Inspeções. Márcia olhou espantada para a Planta, sem conseguir acreditar no que via: o túnel principal que saía do Castelo estava **Sem Vedação** *nas duas extremidades.*

Minutos depois, a porta secreta nas estantes foi aberta com violência, e Márcia entrou de repente no Manuscriptorium. Todos os escribas olharam. Canetas paradas, a tinta pingando sobre seu trabalho, sem que eles percebessem, os escribas assistiram enquanto a Maga ExtraOrdinária passava veloz entre suas escrivaninhas e desaparecia pelo corredor estreito, de sete esquinas, que levava à Câmara Hermética.

Um murmúrio de empolgação espalhou-se pela sala: o que a Escriba Hermética Chefe teria a dizer sobre uma *coisa daquelas*? Ninguém, nem mesmo a Maga ExtraOrdinária, entrava na Câmara Hermética sem permissão. Os escribas esperaram pela explosão inevitável.

Para espanto deles, ela não ocorreu. Em vez disso, Jillie Djinn apareceu à entrada do corredor, parecendo um pouco desnorteada.

– Srta. Badger, quer fazer o favor de vir até a Câmara? – disse ela.

Acompanhada por olhares de solidariedade, Romilly Badger desceu do seu banco e seguiu Jillie Djinn, entrando pelo corredor.

– Ah, srta. Badger – disse Márcia, quando Romilly entrou na Câmara Hermética atrás de Jillie Djinn.

A Câmara era um aposento pequeno, circular, caiado, mobiliado com simplicidade, com um espelho antigo encostado na parede e uma mesa vazia no centro. Jillie Djinn abrigou-se atrás da mesa, enquanto Márcia andava para lá e para cá como uma pantera enjaulada – uma das perigosas panteras roxas.

– Pois não, Madame Overstrand – disse Romilly, convencida de que estava prestes a seguir o caminho de seu predecessor e ser dispensada sumariamente.

– Srta. Badger, a srta. Djinn me informa que a **Chave** para **Vedar** os alçapões dos Túneis de Gelo não está disponível no momento. Em outras palavras, ela está *perdida*. Correto?

– Eu... hã.... – Romilly não sabia ao certo o que dizer. Tudo o que sabia era que só era Encarregada de Inspeções havia quatro dias, e ainda não tinha posto os pés nos Túneis de Gelo, por conta do que sua Escriba Hermética Chefe chamou de "uma dificuldade técnica".

— Srta. Badger, você chegou a *ver* a **Chave** desde que assumiu seu posto? – perguntou Márcia.

— Não, Madame Overstrand, eu não vi.

— Isso não lhe parece estranho?

— Bem, eu.... – Romilly percebeu o olhar furioso e penetrante de Jillie Djinn e vacilou.

— Srta. Badger – disse Márcia –, essa é uma questão de extrema urgência, e eu agradeceria absolutamente qualquer informação, por mais insignificante que você a considere.

Romilly respirou fundo. Estava acabado. Dentro de meia hora ela estaria lá fora na rua, segurando sua caneta do Manuscriptorium, à procura de outro emprego, mas precisava ser fiel à verdade na sua resposta.

— É o novo escriba, o garoto cheio de espinhas que alguns dizem se chamar Merrin Meredith, apesar de *ele* dizer que se chama Daniel Caçador. Bem, no dia depois de Besouro ir embora, o dia em que fui nomeada Encarregada de Inspeções, fui dar uma olhada no **Cofre da Chave**... é a caixa onde a **Chave** é guardada quando não estamos nos túneis... e *ele* estava lá. Quando ele me viu, enfiou alguma coisa no bolso e escapuliu dali. Eu contei para a srta. Djinn, mas ela disse que tudo bem. Por isso, eu supus que tudo estivesse bem, apesar de achar que ele parecia culpado de verdade... – Romilly vacilou mais uma vez. Ela sabia que tinha feito uma coisa imperdoável aos olhos de Jillie Djinn.

Jillie Djinn olhou com raiva para Romilly.

— Se você está insinuando que o sr. Caçador pegou a **Chave**, posso lhe assegurar que isso não é possível — disse ela, irritada. — Existe um **Segredo** no **Cofre** da **Chave** que somente um Escriba Hermético Chefe pode **Abrir**.

— Só que... — disse Romilly.

— Sim, srta. Badger? — disse Márcia.

— Acho que o sr.... hã... Caçador talvez soubesse a fórmula para **Abrir**.

— Bobagem! — disse Jillie Djinn.

— Acho que o Fantasma dos Subterrâneos poderia bem ter contado para ele — disse Romilly, hesitando.

— Não seja *ridícula*! — explodiu Jillie Djinn.

Romilly não gostava de ser chamada de ridícula.

— Bem, na realidade, srta. Djinn, creio que o Fantasma dos Subterrâneos contou, *sim*, para ele. Ouvi o sr. Caçador se vangloriar de que ele e... hã...

— Tertius Fume — completou Márcia.

— É, isso mesmo. Ele e Tertius Fume são *assim*. — Romilly entrelaçou seus indicadores. — Ele disse que o fantasma lhe passara todos os códigos secretos. Raposa... quer dizer, o sr. Fox não acreditou nele. Ele é encarregado dos Armários de **Talismãs Raros**, e perguntou ao sr. Caçador qual era a fórmula para **Abrir** seus Armários, e o sr. Caçador sabia. O sr. Fox ficou uma fera e contou para a srta. Djinn.

— E então o que a srta. Djinn disse? — perguntou Márcia, deixando Jillie Djinn de lado.

– Creio que a srta. Djinn ordenou ao sr. Fox que mudasse o **Segredo** – respondeu Romilly. – O sr. Caçador passou o resto do dia nos dizendo que, se precisássemos saber alguma coisa, deveríamos perguntar a *ele* porque ele sabe mais até do que a Escriba Hermética Chefe.

Jillie Djinn emitiu um ruído do qual um camelo raivoso não teria se envergonhado.

Márcia foi mais racional.

– Muito obrigada, srta. Badger – disse ela. – Agradeço sua franqueza. Sinto que tudo isso pode tê-la posto numa posição difícil aqui, mas espero que não enfrente nenhum problema. – Márcia lançou um olhar fulminante para Jillie Djinn. – No entanto, se enfrentar, sempre haverá um lugar para você na Torre dos Magos. Tenha um bom dia, srta. Djinn. Tenho assuntos urgentes a tratar.

Márcia saiu majestosa do Manuscriptorium e seguiu apressada pelo Caminho dos Magos. Quando passava depressa pelo Arco Maior, uma figura volumosa postou-se diante dela.

– Zelda, pelo amor de Deus, saia da minha... – Márcia parou, dando-se conta de repente de que não era Zelda Heap quem estava em pé à sombra do Arco. Enrolado num cobertor multicolorido, estava ali o sobrinho-neto de Zelda, Simon Heap.

✢ 26 ✢
Jeitos de Bruxa

Merrin Meredith *cometeu o erro de* se esconder na entrada do escritório de Línguas Mortas do Larry. Larry não gostava de vagabundos e saiu pela porta como uma aranha que sentiu o leve tremor de uma mosca saborosa pousando na sua teia. Ficou confuso ao encontrar um escriba do Manuscriptorium à sua porta.

— Está precisando de uma tradução? — resmungou ele.

— Hã? — guinchou Merrin, girando nos calcanhares.

Larry era um homem robusto, de cabelos ruivos, com um olhar enlouquecido, provocado por ter estudado uma quantidade excessiva de textos violentos em línguas mortas.

— Tradução? — repetiu ele. — Ou o quê?

Assustado como estava, Merrin encarou isso como uma ameaça. E começou a recuar da porta de entrada.

— *Olha ele lá!* — gritou Barney, empolgado, com a voz aguda. — Ele está com o sr. Larry!

Merrin pensou rapidamente em fugir correndo para dentro do estabelecimento de Larry, mas Larry estava praticamente impedindo a passagem; e Merrin saiu em disparada, arriscando-se em meio aos perigos do Caminho dos Magos.

Alguns segundos depois, Barney Pot estava grudado às vestes de Merrin como um cãozinho terrier. Merrin lutava para se desvencilhar de Barney, mas Barney se agarrava cada vez mais a ele, até que um grande rottweiler numa colcha de retalhos chegou de maneira atabalhoada e o segurou. Merrin disse uma palavra muito grosseira.

– Merrin Meredith, *não* na frente de criancinhas!

Merrin amarrou a cara.

Tia Zelda olhou nos olhos de Merrin, algo que ela sabia que ele não gostava. Ele desviou o olhar.

– Agora, Merrin – disse ela, séria. – Não quero ouvir de você nenhuma mentira. *Eu sei* o que você fez.

– Eu não fiz nada – resmungou Merrin, olhando para qualquer lugar, menos para tia Zelda. – O que vocês estão olhando, seus babacas? – berrou ele. – *Vão embora!* – Essas palavras ele dirigiu a um grupo de transeuntes que ia se aglomerando, a maioria dos quais tinha acompanhado tia Zelda pelo Caminho dos Magos, depois de sua discussão com Márcia. Eles não lhe deram a menor atenção. Estavam se divertindo e não estavam dispostos a deixar Merrin estragar tudo. Um ou dois deles foram se sentar num banco próximo para assistir de um lugar confortável.

– Agora, preste atenção, Merrin Meredith...

— Não é meu nome – resmungou Merrin, aborrecido.

— É claro que é seu nome.

— *Não.*

— Bem, não importa como você chame a si mesmo, trate de me escutar. Você vai fazer duas coisas antes que eu o solte...

Merrin empertigou-se. Quer dizer que a bruxa velha ia soltá-lo mesmo? Seu medo de ser levado de volta para aquela ilha fedorenta no meio do Brejal e ser forçado a comer sanduíche de repolho pelo resto da vida começou a se abrandar.

— Que *coisas*? – perguntou, emburrado.

— Em primeiro lugar, você vai pedir desculpas a Barney pelo que fez com ele.

— Não fiz nada com ele. – Merrin olhava só para os pés.

— Ora, vamos parar de brincadeira, Merrin. Você sabe que fez. Você assaltou Barney, pelo amor de Deus. E você pegou o **Talismã de Proteção** dele, ou melhor, meu.

— Belo **Talismã de Proteção** – resmungou ele.

— Então você admite o que fez. Agora peça desculpas.

A multidão estava crescendo, e tudo o que Merrin queria era sair dali.

— Desculpa – resmungou ele.

— Direito – exigiu tia Zelda.

— Hein?

— Minha sugestão: "Barney, peço desculpas por ter feito uma coisa tão horrível e espero que você me perdoe."

Com muita relutância, Merrin repetiu as palavras de tia Zelda.
– Tudo bem, Merrin – disse Barney, feliz. – Eu perdoo você.
– E agora posso ir? – perguntou Merrin, petulante.
– Eu disse *duas* coisas, Merrin Meredith. – Tia Zelda voltou-se para os espectadores. – Minha boa gente, se vocês nos derem licença, eu gostaria de ter uma palavrinha confidencial com esse rapaz. Quem sabe vocês não nos concedem alguns instantes de privacidade?

Os espectadores pareceram desapontados. Merrin reanimou-se.
– Assuntos importantes do Manuscriptorium – disse-lhes. – Do máximo sigilo e tudo o mais. *Adeus.*

Relutantes, os espectadores foram se dispersando.

Tia Zelda balançou a cabeça, exasperada. Aquele menino era muito atrevido. Antes que Merrin pudesse tentar fugir, tia Zelda pisou com uma bota pesada na bainha das suas vestes.
– *O que foi?* – perguntou Merrin.
– Agora trate de me devolver o frasco – disse tia Zelda, baixando a voz.

Merrin voltou a olhar direto para as botas.
– Dê-me o frasco, Merrin.

Com muita relutância, Merrin tirou do bolso o frasquinho de ouro e o entregou a tia Zelda. Ela o examinou e viu, com aflição, que o lacre estava quebrado.
– Você o *abriu* – disse ela, furiosa. Pelo menos dessa vez, Merrin pareceu se sentir culpado.
– Achei que era perfume – disse ele. – Mas foi horrível. Eu poderia ter *morrido.*

– É mesmo – concordou tia Zelda, virando e revirando o frasquinho de ouro vazio e muito mais leve. – Agora, Merrin. Isso é importante, e não quero saber de mentiras, está entendendo?

Emburrado, Merrin fez que sim.

– Você disse ao gênio que era Septimus Heap?

– Claro que disse. Esse *é* o meu nome.

Tia Zelda deu um suspiro. A coisa estava feia.

– Não é seu nome *de verdade*, Merrin – disse ela, com paciência. – Não é o nome que sua mãe lhe deu.

– Foi por esse nome que me chamaram durante dez anos – retrucou ele. – Esse nome foi meu mais tempo do que *dele*.

Apesar da raiva que sentia dele, tia Zelda conseguia entender os sentimentos de Merrin. O que ele dizia era verdade: ele *tinha* sido chamado de Septimus Heap pelos dez primeiros anos da sua vida. Tia Zelda sabia que as coisas tinham sido difíceis para Merrin, mas isso não lhe dava o direito de aterrorizar criancinhas e roubar coisas delas.

– Chega, Merrin – disse ela, severa. – Agora, quero que me conte o que você disse quando o gênio lhe perguntou "O que Você determina, ó meu Amo e Senhor?"

– É, bem...

– Bem o quê? – Tia Zelda tentou não imaginar o tipo de coisa que Merrin poderia ter pedido que o gênio fizesse.

– Eu o mandei ir embora.

Tia Zelda sentiu uma onda de alívio.

– Você mandou?

– Mandei. Ele me chamou de pateta, e eu o mandei ir embora.
– E ele foi?
– Foi. E então me trancou, e só agora eu consegui sair. Foi **horrível**.
– Bem feito – disse tia Zelda, animada. – Agora, uma última pergunta, e você pode ir.
– Agora *o quê*?
– Como é o gênio?
– É como uma banana. – Merrin deu uma risada. – Como uma *banana gigante e pateta*! – Com isso, ele se soltou de tia Zelda e saiu correndo para o Manuscriptorium.
Tia Zelda deixou que ele fosse.
– Bem, acho que isso aumenta nossa probabilidade de encontrá-lo – resmungou ela. Segurou então a mão de Barney Pot. – Barney, quer me ajudar a procurar uma banana gigante e pateta?
Barney abriu um sorriso.
– Quero sim, *por favooooor*.

Lá no Arco Maior, Márcia estava quase sem palavras, como nunca estivera.
– Simon Heap – disse ela, em tom cortante. – Saia daqui *imediatamente,* antes que eu...
– Márcia, *por favor,* escute – disse Simon. – É importante.
Quer fosse por conta do choque dos Túneis de Gelo **Sem Vedação** e da **Chave** perdida, quer fosse por um tipo de determinação desesperada nos olhos de Simon, Márcia concordou:

– Está bem. Diga o que é *e* vá embora daqui.

Simon hesitou. Estava louco para pedir a Márcia que lhe devolvesse sua Bola Rastreadora, Farejadora, para poder mandá-la atrás de Lucy; mas, agora que estava de fato ali, soube que isso era impossível. Se quisesse que Márcia lhe desse ouvidos, precisava deixar Farejadora para lá.

– Ouvi uma coisa no Porto que acho que você deveria saber – começou ele.

– Então? – Márcia batia o pé, impaciente.

– Tem alguma coisa acontecendo no Farol da Rocha dos Gattos.

Márcia olhou para Simon com súbito interesse.

– *Farol da Rocha dos Gattos?*

– É...

– Vamos sair do Arco – disse Márcia. – As paredes têm ouvidos. Podemos ir andando pelo Caminho dos Magos. Você vai embora pela barcaça que sai do Portão Sul, suponho. Pode me contar tudo enquanto andamos.

E assim Simon se descobriu caminhando ao lado da Maga ExtraOrdinária, à vista de qualquer transeunte no Castelo – algo que ele **nunca** tinha imaginado que pudesse acontecer um dia.

– Sabe o Fantasma dos Subterrâneos, Tertius Fume, acho que ele tem algo a ver com a história...

Márcia agora estava extremamente interessada.

– Prossiga – disse ela.

– Bem, você sabe... eu... hum... costumava vir ao Manuscriptorium todas as semanas... – Simon corou e descobriu um interesse repentino na configuração das pedras do calçamento do Caminho dos Magos.

— Sei — disse Márcia, com acidez. — Estou a par desse fato. Entrega de ossos, não era mesmo?

— Era. Era isso mesmo. Eu... estou *sinceramente* arrependido daquilo tudo. Não sei por que eu...

— Não quero suas desculpas. Levo em conta o que as pessoas *fazem,* Simon, não o que dizem.

— Sim, é claro. Bem, quando eu estava lá, Tertius Fume perguntou se eu queria ser seu **Escravo**. Ele queria alguém que fizesse as coisas por ele, como ele disse. Eu não quis.

— Você estaria se rebaixando, não é? — perguntou Márcia.

Simon se sentiu ainda mais constrangido. Márcia estava absolutamente certa. Com arrogância, ele tinha informado a Tertius Fume que tinha questões muito mais importantes às quais se dedicar.

— Hum, bem, a verdade é que algumas semanas depois eu vi Tertius Fume lá embaixo, no antigo embarcadouro do Manuscriptorium. Estava falando com alguém que me pareceu ser um pirata. Sabe? Brinco de ouro na orelha, papagaio tatuado no pescoço, esse tipo de coisa. Na hora pensei: o Velho Cara de Bode... desculpe, Tertius Fume... encontrou seu **Escravo**.

— Por mim, Velho Cara de Bode está bom — disse Márcia. — Então, diga aí: o que você sabe a respeito da Rocha dos Gattos?

— Bem, eu sei o que brilha no alto... e o que jaz por baixo.

Márcia ergueu as sobrancelhas.

— Você sabe?

— Sinto muito — disse ele, meio embaraçado —, mas por causa do lugar onde fui parar quando fiquei um pouco, bem, perturbado, eu sei muita *coisa*. Algumas coisas que sei eu não deveria saber, mas sei. E não posso deixar de sabê-las, se você me entende. Mas, se eu puder aplicar qualquer conhecimento de uma forma útil, pode ser... bem, pode ser que eu consiga consertar o estrago. Pode ser... — Simon olhou de relance para Márcia, mas não teve resposta. — Então, eu sei, sim, das Ilhas da **Syrena**, sei das Profundezas e... hã... de coisas.

— É mesmo? — O tom de Márcia foi gélido. — E então por que você veio me contar? Por que *agora*?

— E, ai, é *horrível* — começou Simon a se abrir. — Lucy fugiu com um menino... e eu me lembro agora de quem ele é, ele é um amigo do... do meu irmão, seu Aprendiz. Ele uma vez me acertou o olho com uma atiradeira. Não o seu Aprendiz, o amigo. Seja como for, ele, o amigo, não meu irmão, fugiu com minha Lucy, e eles estão num barco que pertence ao Mestre Fry, que tem um papagaio no pescoço, cujas iniciais são T.F.F. e que leva mantimentos para a Rocha dos Gattos.

Márcia demorou um instante para digerir isso.

— Então... deixe-me ver se estou entendendo direito. Você está me dizendo que Tertius Fume tem um **Escravo** que foi para o Farol da Rocha dos Gattos?

— Estou. E, antes que ele partisse, eu vi o **Escravo** conversando com Una Brakket. Ela lhe entregou um embrulho.

— *Una Brakket?* — O rosto de Márcia encheu-se de repulsa.

— É. Tenho certeza de que você também sabe disso. Nem ela nem Tertius Fume são amigos do Castelo.

— Humm... Então, há quanto tempo esse Mestre Fry... esse **Escravo**... partiu?

— Há dois dias. Vim o mais rápido possível. Houve uma tempestade tremenda e...

— Bem, obrigada — disse Márcia, interrompendo-o. — Isso é de grande ajuda.

— Ah. Certo. Bem, se houver alguma coisa que eu possa fazer...

— Não, Simon, obrigada. Se você se apressar, vai conseguir pegar a próxima barcaça para o Porto. Adeus. — Com isso, Márcia girou nos calcanhares e subiu de volta pelo Caminho dos Magos.

Simon seguiu apressado para pegar a barcaça, sentindo-se frustrado. Ele sabia que não deveria ter tido nenhuma esperança, mas, mesmo assim, tinha esperado que fosse possível Márcia tê-lo envolvido na questão, pedido sua opinião, até mesmo permitido que ele passasse a noite no Castelo. Mas ela não tinha feito nada disso... e ele não a culpava.

Márcia seguiu pelo Caminho dos Magos, imersa em pensamentos. Sua visita ao Manuscriptorium, associada ao encontro surpresa com Simon Heap, a tinha deixado com muito em que pensar. Márcia estava convencida de que Tertius Fume tinha alguma coisa a ver com a **Retirada da Vedação** dos secretos Túneis de

Gelo, e ela tinha certeza de não ser por coincidência que seu **Escravo** estava naquele exato instante a caminho do Farol da Rocha dos Gattos. Tertius Fume estava aprontando alguma.

– Aquela praga do mal – resmungou ela consigo mesma.

Márcia estava tão pensativa que, quando um homem alto e magro com um ridículo chapéu amarelo surgiu correndo na sua frente, ela simplesmente colidiu com ele. Os dois caíram um para cada lado. Antes que conseguisse se levantar, Márcia descobriu-se cercada por um grupo de transeuntes preocupados – e bastante empolgados – que, assustados demais para oferecerem qualquer ajuda, ficaram ali em pé contemplando a visão de sua Maga ExtraOrdinária estatelada no Caminho dos Magos. Pelo menos dessa vez Márcia ficou feliz de ouvir a voz de tia Zelda.

– Upa! – disse tia Zelda, ajudando Márcia a ficar em pé.

– Obrigada, Zelda – disse Márcia. Ela espanou a poeira de sua capa nova e olhou com raiva para os espectadores. – Vocês não têm para onde ir? – perguntou, contrariada. Timidamente, eles foram se dispersando, guardando as histórias para contar à família e aos amigos. (Essas histórias foram a origem da lenda do misterioso e poderoso Mago Amarelo, que, depois de uma batalha memorável, deixou a Maga ExtraOrdinária jogada desmaiada no Caminho dos Magos, só para ser capturada por um menininho heroico.)

Dispersada a multidão, Márcia agora via uma cena estranha. Um homem de aparência esquisita usando um dos chapéus mais bizarros que ela já tinha visto – e Márcia tinha visto um bocado de chapéus no seu tempo – estava caído no chão, tentando se levantar. Estava enfrentando alguma dificuldade em decorrência do fato de Barney Pot estar ajoelhado sobre seus tornozelos.

– Pegamos! – disse tia Zelda, vitoriosa. – Muito bem, Barney!

Barney abriu um sorriso. Ele adorava a senhora da tenda. Nunca tinha se divertido tanto... nunca, *nunca*. Juntos eles tinham perseguido o Homem-Banana por becos e lojas; e Barney não o tinha perdido de vista nem por um instante. E agora eles o tinham apanhado – e ainda por cima salvado a Maga ExtraOrdinária.

– Certo, Márcia – disse tia Zelda, que sabia controlar um gênio. – Você segura um braço; eu, o outro. Ele não vai gostar *disso*. Você ainda tem uma cela **Vedada** na Torre dos Magos, não tem?

– Sim, Zelda, temos. Céus, o que tudo isso quer dizer?

– Márcia, só segura ele, tá? Este é o gênio de Septimus que escapou.

– O quê? – Márcia olhou espantada para Eugênio, que lhe abriu um sorriso cativante.

– Um caso de erro de identificação, madame, posso lhe assegurar – disse ele. – Não passo de um pobre viajante de terras distantes. Eu estava me deliciando olhando um pouco as vitrines desta sua avenida *fantástica* neste seu Castelo *encantador,* quando essa louca numa tenda me abordou e atiçou esse minivândalo contra mim. *Me larga*, faz favor. – Eugênio em desespero tentava agitar os pés, mas Barney Pot não ia sair do lugar.

– Zelda, você tem certeza? – perguntou Márcia, olhando do alto para tia Zelda, que agora tinha aplicado uma chave de braço em Eugênio.

– É claro que sim, Márcia. Mas, se você quer uma prova, vai tê-la. – Tia Zelda, com muita determinação, sacou o frasco de ouro de Eugênio e tirou sua tampa. O gênio empalideceu.

– Não, não, tenha misericórdia! Eu lhe peço, não me ponha de volta aí dentro! – choramingou ele.

Num instante, Márcia estava no chão ao lado de tia Zelda, e o gênio de Septimus foi colocado no que Márcia chamou de "custódia protetora".

Enquanto Eugênio era forçado a marchar pelo Caminho dos Magos, num firme sanduíche entre Márcia e tia Zelda, com Barney Pot todo orgulhoso abrindo o caminho, as pessoas paravam o que estavam fazendo e olhavam com espanto. A multidão de espectadores voltou a se agrupar e os seguiu ao longo de todo o caminho até o Arco Maior, mas Márcia não tomou conhecimento. Estava ocupada demais com seu plano para o gênio e, em se tratando de planos, Márcia sabia que esse era bom. Só precisava vendê-lo para tia Zelda, que, na qualidade de **Despertadora**, precisava concordar.

– Zelda, você e Barney gostariam de subir aos meus aposentos para tomar chá? – perguntou Márcia, quando eles entraram para as sombras frescas do arco revestido de lápis-lazúli.

– Por quê? – Tia Zelda ficou desconfiada.

— Faz tanto tempo que a gente não conversa direito, e eu gostaria de fazer alguma coisa para retribuir sua gentil hospitalidade no Brejal alguns anos atrás. Bons tempos.

Tia Zelda não se lembrava de a estada de Márcia ter sido tão agradável assim. Ela se sentiu tentada a recusar, mas achou que devia primeiro perguntar a Barney:

— E aí, Barney, o que me diz?

Barney fez que sim, o rosto radiante de assombro.

— Ah, sim, *por favor* — disse ele.

— Obrigada, Márcia — disse tia Zelda, certa de que se arrependeria. — É muita gentileza sua.

Enquanto Eugênio definhava na cela **Vedada** da Torre dos Magos, Márcia fez Barney se sentar com um conjunto miniatura de Contrapeças e seu bolo de chocolate preferido. Ela então explicou seu plano a tia Zelda. Márcia teve de ser quase mais cortês do que conseguiria aguentar, mas por fim valeu a pena — ela conseguiu o que queria.

Mas Márcia, quando punha alguma coisa na cabeça, geralmente conseguia o que queria.

⊹⊱ 27 ⊰⊹
ATÉ O FAROL

No dia seguinte, de manhã, muito longe da Torre dos Magos, um navio preto com velas de um vermelho escuro ia se aproximando do Farol da Rocha dos Gattos. Ele passou despercebido por todos, a não ser pelo encarregado do farol, que o observava com uma sensação de pavor.

– Estamos quase chegando. Agora vocês podem sair. – A cabeça de Jakey Fry apareceu, como uma lâmpada bizarra suspensa do alçapão ali no alto. Uma réstia brilhante de luz do sol entrou ali como uma adaga, e Lucy Gringe e Menino Lobo piscaram. Eles não viam a luz do sol havia anos, ao que lhes parecia, mas na realidade fazia pouco mais de três dias. É verdade que tinham visto alguma luz na forma da vela que Jakey Fry trazia ali para baixo todas as noites quando vinha lhes dar seu parco jantar de peixe – ai, como Lucy *detestava* peixe – e para jogar cartas com eles, mas só de acordo com o Livro de Regras de Jakey Fry, o que basicamente significava que, não importava o que acontecesse, Jakey Fry ganhava.

– Depressa! Meu pai disse *agora* – ordenou Jakey, entre dentes. – Arrumem suas coisas e se apressem.

– Não *temos* coisa nenhuma – disse Lucy, que tinha uma tendência a ser minuciosa quando irritada.

– Bem, anda logo.

Veio um berro do convés, e a cabeça de Jakey desapareceu.

– Já vai, pai, estão vindo. – Lucy e Menino Lobo o ouviram gritar. – É, agora mesmo. Logo! – Ele voltou a enfiar a cabeça pelo alçapão. Estava apavorado. – Sobe logo essa escada, ou estaremos todos ferrados.

Com o *Saqueador* jogando e balançando com as ondas, Lucy e Menino Lobo subiram a escada aos tropeções e saíram de quatro para o convés. Maravilhados, eles respiraram o ar puro do mar: como era possível que o ar tivesse um cheiro tão *bom*? E a claridade: como ela podia ser tão *luminosa*? Lucy protegeu os olhos com as mãos e olhou ao redor, tentando se localizar. Ela abafou um grito. Erguendo-se para o brilhante céu azul estava a gigantesca coluna negra de um farol, que parecia crescer a partir das rochas como um enorme tronco de árvore. Suas fundações eram uma rocha, que aos poucos dava lugar a grandes blocos de granito corroído, cobertos com uma grossa camada de piche e incrustados com cracas. À medida que a coluna do farol subia, o granito era substituído por tijolos revestidos de piche. Lucy, que sempre foi fascinada por saber como as coisas eram feitas, ficou se perguntando como teria sido possível alguém construir uma torre tão colossal, com o mar constantemente arrebentando à sua volta. Mas foi o próprio topo do farol que mais fascinou Lucy: *era parecido com a cabeça de um gato*. Havia dois triângulos construídos de tijolos, que aos olhos de Lucy eram como orelhas, e, o mais estranho de tudo, havia duas janelas amendoadas no lugar dos olhos. Delas saíam dois fachos de luz tão brilhantes que dava para Lucy enxergá-los mesmo à luz do sol.

Com uma guinada de embrulhar o estômago, o *Saqueador* caiu na cava de uma onda, o sol foi apagado pelo farol e uma sombra gelada se abateu sobre eles. Em seguida, o movimento do mar os levou tão alto que Lucy pôde olhar direto para a base, coberta de algas, do farol. E em seguida o *Saqueador* caiu como uma pedra numa cava de água fervilhante – e o tempo todo o barco balançava de um lado para o outro. De repente, Lucy se sentiu mal, muito mal. Bem a tempo ela correu para a amurada e vomitou por cima dela. Uma risada estrondosa veio de Mestre Fry, em pé, despreocupado, segurando o timão.

– Mulheres em barcos – zombou ele. – Inúteis!

Lucy cuspiu no mar e girou nos calcanhares, com os olhos chispando.

– *O que* você...

Menino Lobo tinha passado tempo suficiente na companhia de Lucy para saber quando ela estava prestes a explodir. Ele a agarrou pelo ombro.

– Para com isso, Lucy – sussurrou ele.

Lucy olhou com raiva para Menino Lobo. Fez sua balançada de cabeça típica de um pônei zangado, desvencilhou-se da mão de Menino Lobo e partiu na direção do mestre. Menino Lobo perdeu o ânimo. Era o fim. Lucy estava a ponto de ser lançada ao mar.

Jakey Fry gostava de Lucy, apesar de ela ser grosseira com ele e o chamar de cérebro de minhoca e cara de percevejo. Ele viu o que estava para acontecer e saltou na frente dela.

– Lucy, preciso da sua ajuda – disse ele, com urgência. – Você é forte. Joga a amarra pra nós, ok?

Lucy parou, impaciente. Havia um ar de desespero nos olhos de Jakey.

– Por favor, srta. Lucy – sussurrou Jakey. – Não provoca ele. *Por favor*.

Dez minutos depois, com a ajuda de Lucy – que se revelou uma excelente lançadora de amarras – o *Saqueador* estava atracado a dois reforçados postes de ferro, bem fixados acima de uma pequena enseada escavada na rocha aos pés do farol. Do alto, Jakey Fry examinava o barco, querendo saber, ansioso, se tinha jogado corda suficiente. Era difícil dizer. Corda demais, e o *Saqueador* acabaria batendo nas rochas; corda de menos, e ele ficaria pendurado dos postes na maré vazante. E se Jakey errasse para mais ou para menos, haveria encrenca.

— Suba por essa escada — vociferou o mestre para Lucy.

— O *quê?* — disse Lucy, ofegante, olhando para a escada enferrujada, coberta de lodo e algas, no alto da qual Jakey Fry estava parado ansioso.

— Você ouviu. Suba essa escada. *Agora!*

— Anda, Lucy — disse Menino Lobo, desesperado para pôr os pés em terra mais uma vez, mesmo que fosse uma rocha limosa no meio do mar.

Salpicada pelos respingos das ondas que arrebentavam ali embaixo, Lucy subiu depressa a escada, seguida de perto por Menino Lobo e pelo Mestre Fry. Crowe Magro ficou para trás para lutar com quatro enormes rolos de corda, que ele por fim conseguiu carregar escada acima com a ajuda de Jakey e Menino Lobo.

Com o Mestre Fry à frente, eles seguiram trôpegos por uma trilha estreita e funda na rocha, que subia sinuosa rumo ao farol. O alívio de Menino Lobo por estar em terra firme foi se evaporando rapidamente. No final da trilha, ele podia ver uma porta enferrujada localizada na base do farol, e, quando entrou na sombra fria lançada pelo farol, com os braços doendo pelo peso da corda que estava sendo forçado a carregar, teve a sensação de que Lucy e ele estavam sendo levados para dentro de uma prisão.

Mestre Fry chegou em primeiro lugar à porta e acenou para Crowe Magro com impaciência. Crowe Magro largou a corda e segurou a pequena roda de ferro embutida no centro da porta. Ele deu um forte puxão na roda. Por alguns segundos, nada se mexeu, exceto os olhos de Crowe Magro, que ficaram tão inchados que Menino Lobo achou que, com um pouco de sorte, eles poderiam saltar das órbitas. E então, com um rangido grave de lá de dentro da porta, a roda começou a girar. Crowe Magro encostou na porta o ombro ossudo e deu um empurrão. Um centímetro após o outro, a porta enferrujada foi se abrindo devagar, com um rangido forte, e um bafo de ar embolorado saiu ao encontro deles.

– Entrem – rosnou Mestre Fry. – Rápido. – Ele deu um empurrão em Menino Lobo, mas, com prudência, deixou Lucy entrar por conta própria.

O interior do farol era parecido com uma caverna subterrânea. Filetes de água escorriam pelas paredes lodosas, e de algum lugar vinha o *plim-plim* de água gotejando. Muito acima deles erguia-se um imenso vazio no qual uma frágil escada de metal em caracol se agarrava nervosamente às paredes curvas de tijolos. A única luz vinha da porta entreaberta, e mesmo essa estava desaparecendo rapidamente, quando Crowe Magro a fechou com um empurrão. Com um forte ruído metálico, a porta se chocou com os batentes, e eles ficaram numa escuridão total.

Mestre Fry xingou e deixou cair seu rolo de corda com um baque.

— Quantas vezes eu preciso lhe dizer para só fechar a porta depois que eu acender a lâmpada, seu cérebro de bosta? — perguntou ele, sacando seu isqueiro e riscando a pederneira, sem sucesso.

— Eu acendo, pai — sugeriu Jakey Fry, ansioso.

— Não acende não. Cê acha que eu num consigo acender uma droga de lâmpada? Num me atrapalha, seu garoto pateta! — O barulho surdo de Jakey sendo jogado contra a parede fez com que Lucy e Menino Lobo se encolhessem. Protegida pela escuridão, Lucy se aproximou do som. Ela encontrou Jakey e pôs o braço em torno dele. Jakey procurou não fungar.

De repente, de algum lugar à altura do meio da torre, Menino Lobo e Lucy ouviram o som de uma porta batendo e depois o retinir de botas com biqueiras de aço na escada de ferro. Passos pesados começaram a descer os degraus, que reverberavam e tremiam, trazendo o som até o chão. Eles esticaram o pescoço e viram um círculo de luz fraca lá no alto, crescendo levemente à medida que completava cada volta.

Daí a cinco longos minutos, o gêmeo de Crowe Magro desceu do último degrau, e Mestre Fry por fim conseguiu acender a lâmpada. A chama surgiu e iluminou as feições de Crowe Gordo, que era, apesar dos rolos de gordura, estranhamente igual ao irmão. Ele iluminou Lucy e Menino Lobo com sua própria lâmpada.

— Pra que esses aí? — grunhiu ele, com uma voz idêntica à de Crowe Magro.

– Nada de útil – resmungou o irmão gêmeo. – Tá pronto, seu porco?

– Tô mais que pronto, seu rato. Tá me deixando maluco, aquele lá – respondeu Crowe Gordo.

– Não por muito tempo, *rê-rê*! – Crowe Magro deu uns risinhos.

O clarão da lâmpada refletiu no rosto do mestre, dando-lhe um tom feio de amarelo.

– Então tratem de se mexer – disse ele. – E de fazer a coisa *direito*. Não quero *evidências*.

Lucy e Menino Lobo, preocupados, olharam de relance um para o outro: evidências de *quê*?

– Ele vem junto? – perguntou Crowe Gordo, indicando Menino Lobo, que estava louco para pôr no chão seu rolo de corda.

– Não seja *idiota* – disse o mestre. – Eu não confiaria a esses dois nem meu último peixe podre. Peguem a corda dele e vão subindo.

– Então pra que eles serve? – perguntou Crowe Gordo.

– Nada. Depois vocês podem cuidar deles – disse Mestre Fry.

Crowe Gordo abriu um sorriso.

– Vai ser um prazer, chefe – disse ele.

Lucy lançou um olhar de pânico na direção de Menino Lobo. Menino Lobo sentiu-se mal. Ele estava certo. O farol *era* uma prisão.

Os gêmeos Crowe e Jakey Fry começaram a subir a escada.

– Peraí! – berrou Mestre Fry. Jakey e os Crowe pararam. – Num sei como cês num esquecem a cabeça – resmungou o mestre. – Levem esses aqui. – Do bolso ele tirou um emaranhado de fitas pretas e pedaços ovais de vidro azul-escuro. – Crowes... um para cada um – grunhiu ele. – Cês sabem quando usar. Num quero cês dois cegos, bem quando temos um trabalho a fazer.

Crowe Magro esticou um braço ossudo e pegou o que de fato eram dois pares de protetores para os olhos.

Jakey Fry ficou preocupado.

– Não tem um para mim, pai?

– Não, isso é trabalho para homem. Você trate de carregar a corda e fazer o que lhe mandarem, entendeu?

– Entendi, pai. Mas para que eles serve?

– Cê num me faz pergunta, e eu num lhe conto mentira. Subindo, garoto. Agora!

Jakey partiu cambaleando debaixo do seu rolo de corda, deixando Mestre Fry no poço do farol, vigiando Menino Lobo e Lucy.

Depois de alguns minutos de silêncio forçado, escutando a água gotejando e o eco metálico das passadas que se afastavam, um pensamento desagradável ocorreu a Mestre Fry: ele estava em desvantagem numérica. Normalmente Theodophilus Fortitude Fry nem mesmo teria considerado uma *garota* ao calcular adversários, mas dessa vez ele achou prudente incluir Lucy Gringe. E também havia algo estranho com aquele garoto, alguma coisa feroz. Um arrepio percorreu a nuca do mestre e fez seu papagaio tatuado se contorcer. De repente, ele não quis passar nem mais um segundo sozinho com Menino Lobo e Lucy Gringe.

– Bem, cês dois, cês pode ir subindo aí essa escada – resmungou ele, dando um empurrão nas costas de Menino Lobo.

Menino Lobo fez questão de que Lucy fosse na frente e subiu atrás dela. Theodophilus Fortitude Fry veio logo atrás, com o som da sua respiração forçada logo se sobrepondo aos passos nos degraus lá em cima. A subida era muito, muito longa, e teve seu efeito sobre a respiração chiada de Fry. Lucy e Menino Lobo continuaram subindo e foram se afastando cada vez mais.

A escada aparentemente interminável era interrompida por patamares de sete em sete voltas. Cada patamar tinha uma porta que saía dele. Lucy e Menino Lobo tinham parado rapidamente no quarto patamar para recuperar o fôlego, quando um feixe de luz ofuscante desceu bem do alto do farol, acompanhado alguns segundos depois por um uivo apavorante... ou teria sido apavorado? À forte luz branco-azulada, Lucy e Menino Lobo trocaram olhares horrorizados.

"Que foi *isso*?", pronunciou Menino Lobo sem emitir voz.

"Berro de gato", respondeu Lucy, também sem voz.

"Berro de gente", sussurrou Menino Lobo.

"Ou *os dois*?", sussurrou Lucy.

┼┼ 28 ┼┼
O Bote da Pinça

Eram os dois. Miarr, humano, mas **Aparentado com Gatos** em gerações remotas, estava lutando pela própria vida.

Miarr era um homem pequeno e franzino, que pesava pouco. Cinco Miarrs equivaliam ao peso de um Crowe Gordo, e dois Miarrs, ao peso de um Crowe Magro. O que significava que, contra os gêmeos Crowe, Miarr estava efetivamente em desvantagem numérica de sete para um.

Miarr estava na plataforma de Vigia quando os Crowes e Jakey Fry entraram cambaleando com suas cordas e as jogaram no chão. Miarr tinha se perguntado para que eram as cordas.

– Nada procê se preocupar; não pra onde cê vai. – Foi o que lhe responderam.

Um olhar para a expressão aterrorizada de Jakey Fry bastou para Miarr saber tudo o que precisava. Ele subiu depressa pelo poste (um poste com apoios para os pés dispostos de cada lado), escancarou um alçapão e se refugiou num lugar aonde ninguém teria se atrevido a segui-lo – a **Arena da Luz**.

A **Arena da Luz** era o espaço circular bem no alto do farol. No centro do círculo ardia a **Esfera de Luz** – uma grande esfera de uma fortíssima luz branca. A **Luz** era cercada por uma passarela estreita de mármore branco. Por trás da **Luz**, no lado do farol que dava para a terra, havia uma enorme chapa curva e reluzente de prata, que Miarr polia todos os dias. No lado do mar, havia duas imensas lentes de vidro, que Miarr também polia todos os dias. As lentes estavam fixadas alguns palmos atrás das duas aberturas amendoadas – os olhos através dos quais a **Luz** era focalizada. A altura dos olhos era quatro vezes a de Miarr, e sua largura, seis vezes. Eles eram abertos para o céu; e, quando Miarr fechou o alçapão e o trancou, uma agradável brisa de verão, com o perfume do mar, entrou e fez o homem-gato se entristecer. Ele se perguntou se essa seria a última manhã em que sentiria o cheiro do mar.

A única esperança que Miarr tinha era a de que os Crowe ficassem com medo demais para subir até a **Arena da Luz**. Depois de muitas gerações, a família de Miarr tinha se adaptado à **Luz** por meio do crescimento de pálpebras secundárias escuras – Pálpebras de Proteção – através das quais eles conseguiam enxergar sem serem cegados pela **Luz**. Mas qualquer pessoa sem aquela proteção que olhasse direto para a **Luz** descobriria que seu brilho crestaria os olhos e deixaria cicatrizes no centro da visão, de tal modo que, para todo o sempre, eles veriam a forma da **Esfera de Luz** numa negra ausência de visão.

No entanto, quando começaram a bater na parte de baixo do alçapão, Miarr soube que sua esperança era em vão. Ele se agachou ao lado da **Luz** e ficou escutando os baques dos socos de Crowe Magro no metal frágil do alçapão, que tinha sido feito apenas para bloquear a **Luz**, não para ser à prova de Crowes. Ele sabia que o alçapão não duraria muito.

De repente a portinhola se soltou das dobradiças e saiu voando; e Miarr viu a cabeça raspada de Crowe Magro passar pelo buraco na passarela, usando dois ovais de vidro azul-escuro sobre os olhos, parecendo ser um daqueles insetos gigantes que invadiam seus piores pesadelos. Miarr ficou apavorado, dando-se conta de que, não importava o que fosse que os Crowe estavam prestes a fazer, tudo aquilo tinha sido planejado meticulosamente. Crowe Magro içou o próprio corpo para cima da passarela, e Miarr esperou, determinado a ir para o lado oposto àquele que Crowe Magro escolhesse para investir contra ele. Achou que poderia resistir muito tempo desse jeito. Mas suas esperanças foram subitamente destroçadas. A cabeça de Crowe Gordo, completa com olhos de inseto, apareceu através do alçapão. Com total horror e espanto, Miarr assistiu enquanto Crowe Magro se esforçava para ajudar o irmão a atravessar o vão muito pequeno e o puxava para a passarela, onde ele ficou jogado, sem fôlego, como um peixe gorduroso numa pedra.

Miarr fechou os olhos. Esse, pensou, é o fim de Miarr.

Agora os Crowe começaram seu número principal – o Bote da Pinça. Era algo que eles tinham praticado em muitos becos escuros no Porto. A Pinça começava, quando eles, muito devagar, a partir de dois lados, se aproximavam de uma vítima apavorada. A vítima olhava para um, depois para o outro, tentando em desespero descobrir para que lado correr; e então, no exato instante da decisão, os Crowe investiam. *O Bote.*

E foi assim com Miarr. Ele foi se encolhendo encostado na parede oposta ao alçapão e, através das Pálpebras de Proteção, assistiu a seus pesadelos se tornando realidade: devagar, bem devagar, pisando com cuidado na passarela de mármore, com sorrisinhos apertados, flexionando os dedos, os Crowe vinham pelos dois lados, aproximando-se inexoravelmente dele.

Os Crowe foram encurralando Miarr na direção dos olhos do Farol, como ele sabia que fariam. Por fim, ele estava em pé no espaço entre os olhos, de costas para a parede, e se perguntou através de qual olho eles o atirariam. Olhou de relance para as rochas lá embaixo. Era uma grande distância, pensou. Uma queda muito longa. Em silêncio, ele se despediu da sua **Luz**.

Bote! Os Crowe investiram contra ele. Trabalhando em harmonia, o único momento em que conseguiam esse feito, eles agarraram Miarr e o levantaram no alto. Miarr soltou um uivo de pavor, e, lá embaixo, no quarto patamar, Lucy e Menino Lobo o ouviram e ficaram arrepiados. Os Crowe, surpresos com a leveza do homem-gato, perderam o equilíbrio. Contorcendo-se e cuspindo mais como uma cobra do que como um gato, Miarr saiu voando das mãos deles, mais para o alto, através do olho esquerdo para o céu vazio. Por uma fração de segundo, que para Miarr pareceu uma eternidade, ele ficou imóvel, entre o lançamento dos Crowe e a força da gravidade. Ele viu quatro imagens bizarras de si mesmo, refletidas nos olhos de inseto dos Crowe: aparentemente ele estava voando e berrando ao mesmo tempo. Viu sua preciosa **Esfera de Luz** pelo que acreditou ser a última vez, e então viu a velocidade com que a parede preta do farol passava por ele, uma velocidade literalmente vertiginosa.

Como um gato, Miarr virou-se automaticamente para olhar para a terra e, enquanto caía, o vento criado forçou seus braços e pernas a se abrirem no formato de uma estrela, fazendo com que sua capa de pele de foca se abrisse como um par de asas de morcego. A queda veloz de Miarr tornou-se uma descida suave e – se uma rajada de vento não o tivesse atirado contra a parede do farol – seria muito provável que ele tivesse pousado no *Saqueador,* bem ali embaixo.

Foi assim que Miarr usou mais uma de suas nove vidas originais – restando-lhe apenas seis (uma ele tinha usado quando era bebê e caíra na enseada, e outra quando seu primo desapareceu).

* * *

Lucy e Menino Lobo não ouviram o baque assustador de Miarr atingindo a parede do farol. Ele foi abafado pelo barulho metálico das pisadas de Theodophilus Fortitude Fry, que se aproximava. Lucy e Menino Lobo não tinham saído do patamar. O uivo terrível vindo lá de cima tinha causado em ambos um calafrio; e, à medida que os passos de Mestre Fry chegavam à última volta antes do patamar, Menino Lobo chegou a uma conclusão.

– Agora vai ser a nossa vez – sussurrou ele.

De olhos arregalados, Lucy fez que sim.

Menino Lobo empurrou a porta atrás deles e, para sua surpresa, ela se abriu. Rapidamente ele e Lucy escapuliram ali para dentro e se encontraram num quarto pequeno mobiliado com três pares de beliches nus e um armário do tipo de vestiário. Em silêncio, Menino Lobo fechou a porta e começou a trancá-la por dentro, mas novamente Lucy o deteve.

– Ele vai ter certeza de que estamos aqui dentro se você fizer isso – sussurrou ela. – Nossa única chance é se ele olhar e não nos encontrar. Aí ele vai imaginar que a gente seguiu adiante.

Os passos foram chegando mais perto.

Menino Lobo pensou depressa. Sabia que Lucy estava com a razão. Também sabia que Theodophilus Fortitude Fry iria vasculhar cada centímetro do alojamento e não via onde Lucy achava que eles pudessem se esconder. Os beliches de metal eram desprovidos de qualquer tipo de coberta, até mesmo de colchões, e o único lugar que lhes proporcionava algum esconderijo era o armário, onde o mestre sem dúvida procuraria.

Os passos pararam no patamar.

Menino Lobo agarrou Lucy, empurrou-a para dentro do armário, espremeu-se para entrar atrás dela e fechou a porta. Lucy ficou pasma. *Para quê você foi fazer isso?*, pronunciou ela, sem voz. *É claro que ele vai olhar aqui dentro.*

– Você tinha alguma ideia melhor? – perguntou Menino Lobo, entre dentes.

– Pegá-lo de surpresa – disse Lucy. – Bater na cabeça dele.

– *Shhh.* – Menino Lobo pôs um dedo diante da boca. – Confie em mim.

Lucy achou que não tinha muita escolha. Ouviu a porta do alojamento se abrir e os passos pesados do mestre entrando. Eles pararam bem diante do armário, e o som de sua respiração difícil atravessou a porta frágil.

– Cês dois pode sair daí agora – disse a voz áspera do mestre. – Tenho mais o que fazer que brincar de esconde-esconde.

Não houve resposta.

– Estou dizendo a cês dois. Até agora foi moleza procês. Mas vai ficar muito pior se não saírem daí.

A maçaneta da porta chocalhava furiosa.

– Cês tiveram sua chance. Num vão dizer que eu num avisei.

A porta se escancarou.

Lucy abriu a boca para dar um berro.

✣ 29 ✣
INVISIBILIDADE

*T*heodophilus Fortitude Fry *abriu* com violência a porta do armário. Foi recebido por um guincho estrangulado.

— Peguei vocês! — disse ele, cantando vitória. E depois: — Com mil demônios, onde eles *estão*? — Sem conseguir entender, o mestre olhava fixo para dentro do armário, para a penumbra que parecia se mexer de modo estranho. Ele poderia ter *jurado* que aquelas crianças estavam ali dentro.

Espiando por cima do ombro de Menino Lobo, Lucy viu a expressão confusa do mestre e percebeu que *ele não conseguia vê-los*. Pasma, ela rapidamente sufocou outro grito e cuidou para não mexer nenhum músculo. Agora se dava conta de como Menino Lobo estava incrivelmente imóvel. Quase podia sentir as ondas de concentração que partiam dele, e teve certeza de que *ele* era o motivo pelo qual o mestre não conseguia vê-los. Menino Lobo tinha muito mais do que aparentava, concluiu Lucy. Na verdade, naquele exato instante, parecia não ser possível ao mestre enxergar nada dele, nem de Lucy. Era muito estranho mesmo. Só para ter certeza, ela mostrou a língua para Theodophilus Fortitude Fry. Não houve a menor reação, mas *sua sobrancelha esquerda começou a tremelicar.*

Lucy abafou um risinho. A sobrancelha de Mestre Fry parecia ser uma enorme lagarta peluda, e o papagaio no seu pescoço se mexia como se estivesse prestes a comê-la.

Menino Lobo não tinha percebido a sobrancelha nem o papagaio. Estava se concentrando muito. Da mesma forma que tia Zelda tinha ensinado a Jenna, Septimus e Nicko uma pequena série de Encantamentos de proteção de **Magya Básyka**, ela recentemente tinha tomado as mesmas providências com Menino Lobo. Menino Lobo não os tinha considerado fáceis, mas tinha prestado muita atenção e praticava todos os dias. E agora, pela primeira vez, ele estava usando seu **Invisibilidade** na vida real – e estava funcionando.

E assim, quando Theodophilus Fortitude Fry espiou dentro do armário, ele não viu nada mais que um leve redemoinho na escuridão – mas soube que havia **Magya** ali dentro. Mestre Fry tinha deparado com uma boa quantidade de **Magya** na sua vida cheia de peripécias, e ela causava nele uma coisa estranha – fazia sua sobrancelha tremer.

Mestre Fry acreditava firmemente na praticidade para resolver problemas, e agora ele seguia o caminho prático: fez menção de pôr a mão dentro do armário para verificar se estava de fato vazio, como parecia. Quando ele estendeu a mão, um terror inexplicável o dominou – um medo apavorante de sua mão ser arrancada pela mordida de um carcaju. Uma onda de arrepios desceu pelo seu pescoço, e Theodophilus Fortitude Fry recolheu depressa a mão. E então parou. Ele *sabia* que tinha ouvido um guincho dentro do armário. Apavorado demais para voltar a pôr a mão ali dentro, Mestre Fry teve a esperança de que talvez fosse a porta do armário. Ele começou a empurrar a porta para a frente e para trás, para a frente e para trás. Da primeira vez, ela não fez ruído algum, mas de repente Lucy Gringe percebeu o que estava acontecendo, e a porta começou a ranger, obediente, em todos os lugares certos.

Theodophilus Fortitude Fry desistiu. Tinha coisas mais importantes com que se preocupar do que com o paradeiro de um par de crianças imundas. Ele não se importava se eles ficassem naquele farol maldito e apodrecessem ali. Com raiva, ele bateu a porta do armário, saiu do alojamento a passos pesados e continuou na longa subida até o topo do farol.

Menino Lobo e Lucy se deixaram cair no armário num acesso de risinhos silenciosos.

— Como você *fez* aquilo? – perguntou Lucy, com a voz abafada. – Foi o **máximo**. Ele não viu **naaaada**.

— Não deu para eu acreditar quando você começou a ranger – sussurrou Menino Lobo. – Foi tão bom!

— É, foi engraçado. Uh, uh... uuuuuuuuuh...

— **Shhh,** não precisa me mostrar como você fez. Ele vai acabar ouvindo. Ai! Larga do meu braço.

— Tem uma coisa entrando na janela – disse Lucy, entre dentes. – **Olha!**

— Ah!

Menino Lobo e Lucy se encolheram. Um par de mãos delicadas, com ferimentos e contusões, com unhas curvas que tinham sido longas e agora estavam quebradas e dobradas, estavam se agarrando ao peitoril da minúscula janela do alojamento. Enquanto Lucy e Menino Lobo observavam, as mãos machucadas foram avançando, aos poucos, até os dedos encontrarem a aba de dentro e se enroscarem nela. Daí a alguns segundos, a cabeça nítida de Miarr, coberta pelo gorro de pele de foca apareceu emoldurada na janela oval, sua expressão sinistra de medo. Ele se içou para cima e, como um morcego que se espreme para passar por baixo de um beiral, ele entrou pela janela e caiu exausto no chão.

Num instante, Lucy Gringe estava ao lado de Miarr. Ela olhou para o rosto ligeiramente peludo, os olhos amendoados fechados e as orelhinhas pontudas que se projetavam do gorro de pele de foca, e não soube ao certo se o gorro fazia parte dele ou não. Ela olhou de relance para Menino Lobo.

– O *que* ele é? – sussurrou ela.

O cabelo de Menino Lobo se eriçou. Havia cheiro de gato no homem, mas a forma jogada no chão fazia com que pensasse mais num morcego que em qualquer outra coisa.

– Num sei – sussurrou ele. – Acho que pode ser humano.

Os olhos amarelos de Miarr abriram-se de estalo como um par de portinholas, e ele levou um dedo à boca.

– *Shhh...* – fez ele para que se calassem. Lucy e Menino Lobo recuaram, surpresos.

– O quê? – sussurrou Lucy.

– *Shhh* – repetiu Miarr, insistente. Miarr sabia que os sons no farol podiam ser ouvidos dos modos mais estranhos. Podia-se ter uma conversa na plataforma de Vigia com alguém que estivesse na base do farol, com a impressão de que a pessoa estava ali ao seu lado. Ele também sabia que assim que cessasse o barulho metálico dos passos do mestre os Crowe ouviriam facilmente os cochichos no alojamento. E algo lhe dizia que essas duas criaturas enlameadas no alojamento (Menino Lobo e Lucy não estavam com sua melhor aparência) também não queriam ser descobertas. Mas precisava se certificar. Miarr esforçou-se para se sentar ali mesmo.

– Vocês... com eles? – Ele apontou para o alto.

– De *jeito* nenhum! – Lucy fez que não.

Miarr sorriu, o que teve o estranho efeito de agitar suas orelhinhas pontudas e revelar dois longos caninos inferiores, que se projetavam acima do lábio superior. Lucy olhou para Miarr, e um pensamento horrível passou pela sua cabeça.

— Eles jogaram você lá do alto? — perguntou ela.

Miarr fez que sim.

— Assassinos — resmungou Menino Lobo.

— Nós vamos ajudá-lo — disse Lucy a Miarr. — Se nos apressarmos, podemos descer, pegar o barco deles e deixar todos eles lá em cima. Assim, vão poder cada um jogar o outro lá de cima, nos fazendo um grande favor.

Miarr fez que não.

— Não. Nunca vou deixar minha **Luz** — disse sua voz fraca, sussurrada. — Mas vocês... vocês devem ir.

Lucy pareceu estar indecisa. Ela sabia que minutos preciosos estavam indo embora, que a qualquer instante eles poderiam ouvir quatro pares de botas descendo a escada para encontrá-los, mas odiava a ideia de deixar o homenzinho machucado sozinho para enfrentar... quem saberia o quê?

— Se ele quiser ficar, cabe a ele decidir — sussurrou Menino Lobo. — Você ouviu o que ele disse, nós *devemos* ir. Vamos, Lucy, é nossa única chance.

Cheia de remorso, Lucy virou-se para sair.

Um chiado baixo veio do homenzinho encolhido no chão.

— Miarr deseja boa sorte — sussurrou ele.

— Miarr? — perguntou Lucy.

— Miarr — sussurrou o homem-gato, parecendo mais gato do que homem.

— Ah — disse Lucy, ficando para trás. — Ah, sua voz é igualzinha à do meu velho gato querido.

— Vamos, Lucy — sussurrou Menino Lobo, insistente, de lá do patamar. Com um olhar para trás, cheio de remorso, Lucy correu atrás de Menino Lobo; mas, quando se juntou a ele, um forte estrondo de lá de cima anunciou a descida de Theodophilus Fortitude e Jakey Fry. Menino Lobo praguejou entre dentes. Era tarde demais.

Menino Lobo puxou Lucy de volta para dentro das sombras do alojamento. Sem fazer barulho, ele empurrou a porta para que a figura prostrada do homem-gato não fosse vista se, por algum golpe de sorte, Jakey e o mestre passassem direto por ali. Com o coração batendo forte, Lucy e Menino Lobo esperaram enquanto as pisadas desciam ruidosas pela escada de metal, chegando cada vez mais perto. Theodophilus Fortitude Fry era obviamente muito melhor na descida do que na subida. Em menos de um minuto, Lucy e Menino Lobo ouviram seus passos pesados chegar ao patamar. Todos no alojamento ficaram imóveis.

Theodophilus Fortitude Fry nem mesmo diminuiu o ritmo. Ele passou pela porta do alojamento, acompanhado de perto por Jakey, e prosseguiu para o próximo lance da escada. Lucy e Menino Lobo abriram sorrisos de alívio e até mesmo Miarr deixou que um par de caninos aparecesse. Eles aguardaram até que o estrondo da porta lá embaixo lhes dissesse que o mestre e seu filho tinham saído do farol.

Então, muito acima deles, no topo do farol, começou uma série de baques altos e ritmados. Miarr olhou de relance para o alto, com preocupação nos olhos amarelos. Os sons chegavam a eles através da janela aberta – alguma coisa estava batendo com violência na parede externa.

Cheio de dor, Miarr se sentou. Ele tirou das profundezas da sua capa uma chave e a entregou a Lucy.

– Vocês ainda podem escapar – sussurrou ele. – Usem o barco de salvamento. Há duas portas por baixo da escada, onde vocês entraram. Uma preta, outra vermelha. Usem a vermelha. Ela os levará à plataforma de lançamento. Há instruções na parede. Leiam com atenção. Boa sorte.

Pã... Bã. Os sons estavam se aproximando.

Lucy pegou a chave.

– Obrigada. Muito obrigada – sussurrou ela.

Pã... Bã...

Miarr fez que sim.

– Que tudo dê certo para vocês – disse ele.

Pã... bã... bangue! Os ruídos estavam ainda mais próximos.

– Venha conosco, sr. Miarr. *Por favor* – disse Lucy.

Miarr fez que não. Um barulho particularmente forte sacudiu a parede do alojamento. Um feixe ofuscante de luz branca entrou pela janela, e Miarr deu um berro:

– Minha **Luz**! Não olhem, não olhem!

Lucy e Menino Lobo protegeram os olhos com as mãos, e Miarr baixou suas Pálpebras de Proteção. Como um pêndulo enorme, a ofuscante **Esfera de Luz**, envolta numa rede de cordas amarradas com nós que só marinheiros sabem dar, surgiu balançando.

— Estão levando minha **Luz** — disse Miarr, abafando a voz, sem conseguir acreditar.

Aos poucos, a **Luz** foi baixada, entrando e saindo do campo visual com seu balanço, batendo na parede do farol à medida que descia. A cada batida, Miarr se encolhia como se estivesse sentindo dor. Por fim, não conseguiu suportar. Ele se atirou ao chão, puxou a capa de pele de foca para cobrir os olhos e se enroscou como uma bola.

Lucy e Menino Lobo eram mais fortes que ele. Os dois correram para a janela, mas Miarr levantou a cabeça e deu um chiado de aviso.

— *Shhh!* Esperem até a **Luz** ficar mais distante — sussurrou ele. — Depois cubram os olhos e espiem através dos dedos. Não olhem direto para ela. E depois... ai, por favor, me digam o que estão fazendo com a minha **Luz**. — Ele voltou a se enrodilhar e puxou a capa para cobrir a cabeça.

Lucy e Menino Lobo esperaram impacientes que as batidas na parede externa do farol ficassem mais fracas, e então, cobrindo os olhos com as mãos e espiando por entre os dedos, olharam lá para fora. Acima deles, tiveram a visão bizarra da cabeça de cada um dos gêmeos Crowe, com seus olhos de inseto, projetando-se a partir de cada olho do farol, escuras em contraste com o céu luminoso, enquanto os dois iam soltando atentamente as cordas para baixar ao chão a preciosa **Esfera de Luz** de Miarr.

Com cuidado, Lucy e Menino Lobo olharam para baixo. Lá embaixo, viram Mestre Fry e Jakey. Mestre Fry mexia os braços como se fosse um moinho enlouquecido, direcionando os poucos metros finais da descida da **Esfera de Luz**, para ela pousar nas rochas imediatamente acima do *Saqueador*. Lucy e Menino Lobo de repente recolheram a cabeça para dentro da janela, e o ronco das cordas caindo do alto do farol encheu o alojamento. Recomeçaram as fortes batidas metálicas dos pés nos degraus. Um chiado furioso de Miarr perdeu-se no retinir das botas de biqueira de aço quando os Crowe passaram por ali sem um olhar sequer.

Durante a meia hora seguinte, Lucy e Menino Lobo forneceram a Miarr uma descrição constante do que estavam vendo. Cada frase era recebida com um gemido grave. Eles assistiram enquanto a **Esfera de Luz**, ainda envolta nas cordas, era rolada até a beira das rochas e lançada para dentro d'água. Ela caiu jogando água para todos os lados e depois flutuou como uma boia de pescador, com sua luz brilhante tornando a água ao seu redor num belo verde translúcido. Eles viram os Crowe começarem a trabalhar prendendo as cordas que partiam da **Luz** à popa do *Saqueador* e, quando Mestre Fry estava satisfeito com o resultado, subiram a bordo. Por fim, viram Jakey Fry soltar as amarras e saltar para a embarcação. Jakey ergueu as velas, e o *Saqueador* partiu, com sua presa balançando na água atrás dele, como uma gigantesca bola de praia.

Lucy e Menino Lobo ficaram olhando.

– Parece que roubaram a lua – sussurrou Lucy.

Miarr ouviu.

– Eles roubaram o *sol* – lamentou-se ele. – Meu sol. – Ele uivou com desespero, o que deu arrepios na espinha de Lucy e do Menino Lobo. – *Aaaaaaiiiiiiiii!* – berrou ele. – Melhor morrer que ver essa gente levar minha **Luz**.

Lucy saiu da janela. Ajoelhou-se ao lado de Miarr, que ainda estava todo enrolado como uma bola de pele de foca, lhe parecendo um grande porco-espinho que tivesse perdido os espinhos.

– Não seja tão bobo – disse-lhe ela. – É claro que não é melhor morrer. Seja como for, *você* não viu nada acontecer. O tempo todo você ficou aí deitado, de olhos fechados.

– Eu não preciso ver. Eu sinto. Aqui. – Miarr fechou o punho sobre o peito. – Eles arrancaram meu coração e o levaram embora. Ai, quem dera eu tivesse morrido. *Morrido!*

– Bem, você não morreu – disse Lucy. – Seja como for, se você *tivesse* morrido, não teria condição de pegá-la de volta, certo? Mas agora você pode, não pode?

– Mas como? – uivou Miarr. – *Como?*

– Nós podemos ajudar, não podemos? – Lucy olhou para Menino Lobo.

Menino Lobo abriu muito os olhos como se estivesse dizendo: *Você ficou louca?*

– *Aaaaaaiiiiiiiii!* – uivou Miarr.

Lucy reconheceu alguém que, como ela, era dado a berreiros e soube a atitude exata a tomar. Ela adotou tranquilamente a posição que em geral era ocupada pela sra. Gringe:

– Vamos *parar* com isso agora, sr. Miarr. Pare com isso agora. Ninguém está prestando atenção – disse ela, com a voz severa. Surpreso, Miarr parou. Ninguém falava com ele daquele jeito desde a morte de sua velha vovó.

— Assim está melhor — disse Lucy, incorporando perfeitamente o estilo da sra. Gringe. — Agora, sente-se, enxugue o nariz e se comporte direito. Depois vamos ver o que se pode fazer.

Como uma criança obediente, Miarr se sentou, passou a manga da sua capa de pele de foca pelo nariz e olhou para Lucy, com expectativa.

— Como você vai recuperar a minha **Luz**? — perguntou ele, com os olhos amarelos fixos nela, ansiosos.

— Bem, hã... primeiro, vamos precisar do barco de salvamento, é claro. Depois, vamos precisar de um... — Ela olhou de relance para Menino Lobo em busca de ajuda.

— Um plano — disse ele, com um sorriso. — *É claro*.

Lucy mostrou a língua. Um garoto metido a espertinho e um homem-gato dado a chiliques não iam impedi-la de acertar as contas com dois assassinos violentos e seu mestre repugnante. De *jeito* nenhum.

30
O TUBO VERMELHO

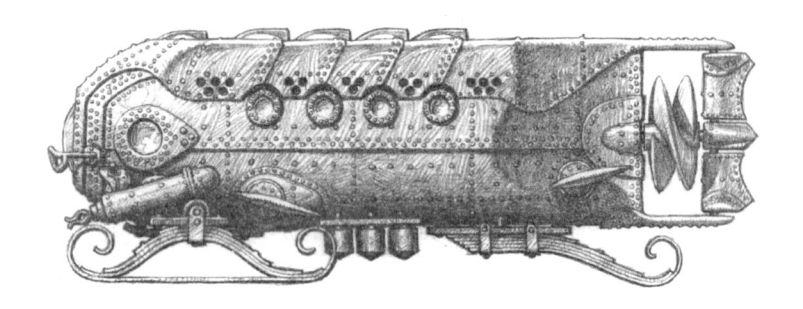

Miarr *ficou em pé com enorme esforço*, mas suas pernas não aguentaram. Ele se sentou no chão do alojamento, tremendo.

— Deixem-me em paz — choramingou ele. — Estou condenado.

— Ora, sr. Miarr — disse Lucy, séria —, esse tipo de comportamento não ajuda a resgatar a sua **Luz**, ajuda? Menino Lobo e eu vamos carregá-lo.

— *Vamos*? — perguntou Menino Lobo.

— Sim, vamos — disse Lucy.

Foi o que fizeram. Eles carregaram Miarr — que, felizmente, era ainda mais leve do que parecia — pela escada que balançava assustadoramente até por fim chegarem ao chão firme do poço do farol. Com delicadeza, eles o puseram no chão de terra batida e recuperaram o fôlego.

– É por ali – disse Miarr, indicando duas portas estreitas, uma preta e uma vermelha, escondidas nas sombras por baixo da última volta da escadaria. – Abram a vermelha e depois voltem para me buscar. Preciso descansar um pouquinho.

Menino Lobo pegou a lâmpada do seu suporte na parede e a segurou para Lucy poder enxergar o suficiente para abrir a fechadura. A chave girou com facilidade, e Lucy abriu a porta com um empurrão. Eles foram atingidos em cheio pelo cheiro do mar e ouviram o barulho das ondas muito abaixo dali. Lucy, admirada, prendeu a respiração. Menino Lobo, que não costumava se impressionar com muita coisa, deu um assobio de surpresa.

– O que é aquilo? – murmurou ele.

– É o *Tubo Vermelho* – veio a voz de Miarr de dentro do farol. Ele parecia estar achando engraçado. É o barco de salvamento.

– Não é um *barco* – disse Lucy. – É... – Ela foi se calando, sem conseguir encontrar as palavras para descrever a enorme cápsula vermelha à sua frente.

Menino Lobo aproximou-se do *Tubo Vermelho* e, hesitando, deu-lhe uma cutucada.

– É de metal – disse ele.

– Mas como pode ser de metal se é um barco? – perguntou Lucy.

Menino Lobo raspou um ponto de ferrugem com a unha.

— Mas é. Sabe, ele me lembra aquelas histórias das pessoas dos velhos tempos que voavam até a Lua em coisas como essa.

— Todo o mundo sabe que elas não são histórias reais — disse Lucy. — Como seria possível alguém voar toda a distância até a Lua?

— É... bem, é claro que não são reais. É *óbvio*.

Lucy mostrou-lhe a língua.

— Mas mesmo assim eu gostava das histórias antigas — disse Menino Lobo, batendo de leve na lateral do barco de Miarr. Ele ressoou como um sino. — Por um tempo nós tivemos um Cadete-Chefe simpático, antes que descobrissem que ele *era* mesmo simpático e o pusessem numa toca de carcajus por uma semana. De qualquer maneira, ele nos contava histórias da Lua, e todas elas eram sobre coisas como essa aqui.

O **Tubo Vermelho** estava aninhado entre duas plataformas de treliça de metal que alcançavam a metade da altura dos seus lados. Menino Lobo calculou que ele devia ter quase cinco metros de comprimento. Tinha uma fileira de janelinhas de vidro grosso verde ao longo das laterais, com uma janela maior na frente. Através do vidro, Menino Lobo mal conseguia distinguir os formatos de assentos de espaldar alto que eram diferentes de quaisquer assentos que ele já vira.

O **Tubo Vermelho** estava pousado em dois conjuntos de trilhos paralelos de metal. Os trilhos se estendiam por uns seis metros e então faziam uma descida íngreme para a escuridão, rumo ao som das ondas. Menino Lobo e Lucy olharam lá para baixo, e a luz da lâmpada refletiu nos trilhos de metal desaparecendo dentro de águas negras.

— Não posso me imaginar entrando nessa coisa — disse Lucy, com a voz ecoando na caverna.

— Mas de que outro modo vamos conseguir sair deste farol? — perguntou Menino Lobo. — Nadando?

— Droga — disse Lucy, antes de cair num silêncio nada típico.

Miarr entrou trêmulo pela porta vermelha e foi se juntar a eles na plataforma metálica ao lado do *Tubo Vermelho*.

— Por favor, abra a escotilha do piloto — disse ele, apontando para a escotilha menor e mais distante das quatro dispostas em fila ao longo do teto. — Aperte o botão preto na frente dela, e ela se abrirá.

Com a impressão de que estava numa das histórias do Cadete-Chefe, Menino Lobo debruçou-se sobre o barco de salvamento e empurrou um círculo preto de algum material parecido com borracha que estava embutido sem desnível na superfície de metal do teto. Com um zumbido fraco, a escotilha oval abriu-se de modo suave, e um cheiro de ferro e couro úmido veio de dentro da cápsula.

Como um gato, Miarr saltou para cima do *Tubo Vermelho* e desceu pela escotilha, desaparecendo. Lucy e Menino Lobo ficaram olhando através das grossas janelas verdes enquanto o vulto pouco nítido de Miarr se amarrava ao assento minúsculo no nariz do *Tubo Vermelho* e em seguida, no que pareceu ser uma manobra bem ensaiada, começou a girar uma série de botões à sua frente. Lentamente, a escotilha de Miarr fechou-se, e Lucy se perguntou se ele iria embora sem eles. Olhando para a queda apavorante, ela até pensou que não se importaria de verdade se ele fosse *mesmo* embora sem eles. Mas não tiveram essa sorte. De repente a voz de Miarr, estranhamente distorcida, veio estalando pelo ar... de que modo, Lucy e Menino Lobo não faziam ideia.

– Queiram embarcar *agora*, por favor. – A voz sem corpo de Miarr encheu a caverna. A escotilha maior atrás da do piloto abriu-se sem esforço. – Apressem-se. A cápsula será liberada dentro de um minuto.

– Um *minuto*? – Lucy abafou um grito.

– *Cinquenta e nove segundos, cinquenta e oito, cinquenta e sete...* – A contagem regressiva de Miarr tinha começado, mas Menino Lobo e Lucy não avançavam.

– *Cinquenta, quarenta e nove, quarenta e oito...*

– Ai, droga, vamos ficar presos aqui, se não formos com ele – disse Lucy, entrando em pânico.

– É mesmo.

– *Quarenta e um, quarenta, trinta e nove...*

– Pode ser que não consigamos nunca sair do farol. *Nunca.*

– É.

– *Trinta e três, trinta e dois, trinta e um...*

– E nós dissemos que íamos recuperar a **Luz**.

– Quer dizer, *você* disse.

– *Vinte e cinco, vinte e quatro, vinte e três...*

– Bem, então entra.
– Você primeiro.
– *Dezenove, dezoito, dezessete...*
– Aidrogadepressa! – Lucy subiu de quatro no topo de metal arredondado do barco de salvamento, respirou fundo e se deixou cair pela escotilha. Foi parar no assento atrás do de Miarr, apesar de não conseguir ver nada do seu ocupante, pois o descanso de cabeça largo e estofado escondia de vista sua cabeça discreta, coberta de pele de foca. Lucy olhou pela grossa janela verde e viu Menino Lobo hesitando na plataforma.
– *Onze, dez, nove...* – A voz de Miarr era alta e clara dentro do barco de salvamento.
– Entra! – berrou Lucy o mais alto que pôde, batendo com força no vidro.
– *Sete, seis...*
– Pelo amor de Deus, entra *agora*!
Menino Lobo sabia que tinha de fazer aquilo. Ele suspendeu toda a esperança de sobreviver por mais do que o minuto seguinte e pulou ali dentro. Caiu com um baque ao lado de Lucy e teve a impressão de que tinha caído no seu caixão. A escotilha fechou-se acima dele e pregou a tampa do caixão no lugar.
– *Cinco, quatro...* apertem os cintos, por favor – disse Miarr.
– Toda a tripulação deve usar os cintos de segurança.
Lucy e Menino Lobo se enrolaram com duas grossas tiras de couro e as afivelaram sobre o colo. Lucy percebeu que alguma

coisa devia ter dito a Miarr que os cintos estavam no lugar, pois o homem-gato não olhou para trás, mas continuou sua contagem regressiva:

– *Três, dois, um... partida!*

O *Tubo Vermelho* partiu a uma velocidade enganosamente baixa ao longo dos seis primeiros metros do trilho e depois se inclinou para a frente. Lucy sentiu um enjoo. Menino Lobo fechou os olhos com força. Houve um forte ruído dissonante quando o nariz da embarcação atingiu os trilhos e eles partiram.

O *Tubo Vermelho* desceu pelos trilhos em menos de dois segundos. Eles atingiram a água com uma batida ensurdecedora, e então, para horror de Menino Lobo, eles continuaram descendo direto, descendo, descendo para o negrume, exatamente como tinha acontecido com ele tantos anos atrás naquela noite no rio, quando tinha caído do barco do Exército Jovem.

E então, da mesma forma que tinha acontecido naquela noite no meio do rio, o mergulho apavorante começou a parar, a água liberou suas garras e, como uma rolha, eles começaram a subir para a superfície. Uma bela luz verde começou a brilhar através das janelinhas e, um instante depois, num chafariz de bolhas brancas dançantes, eles romperam a superfície e a luz do sol inundou o ambiente.

Menino Lobo abriu os olhos espantado – *ainda estava vivo*.

Ele olhou para Lucy. Com o rosto branco, ela conseguiu uma sombra de um sorriso.

— Lançamento completo — disse Miarr, com a voz ainda estranhamente crepitante. — Chegada à superfície com sucesso. Escotilhas seguras. Iniciar mergulho controlado.

E para aflição de Lucy e Menino Lobo, o *Tubo Vermelho* começou a afundar mais uma vez. A luz do sol tornou-se verde, do verde passou para o anil, e o anil se transformou em preto. Dentro da cápsula, uma fraca luz vermelha começou a luzir, proporcionando um calor contraditório ao gelo que se infiltrava a partir das profundezas frias do mar.

Miarr contorceu-se no assento para falar com seus passageiros. Seu gorro de pele de foca parecia se confundir com o fundo sombrio, e seu rosto branco e chato reluzia como uma pequena lua. Seus olhos grandes e amarelos rebrilhavam de empolgação. Miarr sorriu e mais uma vez seus dois dentes caninos inferiores montaram acima do seu lábio superior. Lucy estremeceu. Ele estava muito diferente da criatura patética jogada no piso do alojamento, que Lucy tinha sentido tanta vontade de ajudar. Ela começou a se perguntar se não tinha cometido um erro terrível.

— Por que nós... afundamos? — perguntou ela, tentando manter a voz firme e sem conseguir totalmente esconder o tremor.

— Para encontrar a **Luz**, primeiro precisamos entrar na escuridão. — Foi a resposta obscura de Miarr, que então se voltou para o painel de controle.

— Ficou maluco — sussurrou Lucy para Menino Lobo.

— Doido de pedra — concordou Menino Lobo, que sabia o tempo todo que estava certo de que aquilo era realmente o seu caixão. — Totalmente delirante, furioso, *louco*.

✣ 31 ✣
SYRAH SYARA

Nem *Jenna, nem Besouro, nem Septimus* viram a chegada do *Saqueador* naquela manhã – todos dormiam profundamente no esconderijo. A grossa camada de capim que Septimus tinha estendido sobre a lona protegeu-os para que não fossem despertados pelo calor do sol, e eles finalmente começaram a se levantar perto do meio-dia.

Besouro foi andando pela água da maré vazante até uma grande rocha achatada no topo, que ele já considerava sua rocha de pescaria, e em meia hora tinha apanhado três dos peixes pretos e prateados de que eles tanto gostaram no dia anterior. Enquanto Besouro pescava, Septimus tinha acendido de novo a fogueira na praia, e agora estava virando os peixes bem devagar sobre as brasas da madeira trazida pelas ondas. Besouro desenhava preguiçosamente na areia com o **Gnomo d'Água**, enquanto Jenna, de pé, observava o mar com o cenho franzido.

– Estranho – disse ela.

– É para ser o trenó da Torre dos Magos – disse Besouro –, só que a água não para de respingar, e aí as linhas ficam esquisitas.

– Não, não é o seu desenho, Besouro. É lá. – Jenna apontou para o mar. – Olha...

– O quê? – perguntou Besouro, que era um pouco míope.

– O farol – disse Jenna. – Está escuro.

– É. – respondeu Besouro, tentando endireitar as lâminas do trenó na areia. – Eles cobrem com alcatrão. Ajuda a não deixar a água do mar entrar nos tijolos.

Septimus levantou-se e protegeu os olhos.

– A luz está apagada – disse ele.

– Foi o que pensei – disse Jenna.

– Por que será?

– Vai ver que o sol está muito forte...

– Pode ser.

Eles comeram o peixe com o pão **SempreFresco** de Márcia e um pouco do chocolate quente de Jenna. Besouro decidiu que queria pegar peixes maiores.

– A água mais para lá é funda mesmo – disse, apontando para o Pináculo. – Aposto que lá tem peixe grande. Eu bem que queria ver o que consigo pegar lá. Alguém vem comigo?

– Eu vou – disse Jenna.

– Sep?

– Não, é melhor eu ficar – disse Septimus, balançando a cabeça.

– Deixa disso, Sep – disse Jenna. – Você não foi a lugar nenhum até agora.

– Não, Jen – disse Septimus um pouco triste. – Acho que devo ficar com Cospe-Fogo. Ele não parece nada bem, e ainda não tomou nenhuma água de manhã. Vão você e Besouro.

– Então está certo, Sep – disse Jenna. – Se você tem certeza...

Septimus tinha certeza de que não deixaria Cospe-Fogo, se bem que não tivesse tanta certeza assim de que queria ficar sozinho de novo. Mas isso, disse ele a si mesmo, era pura tolice.

– Sim, tenho certeza. Vou ficar bem com Cospe-Fogo.

Septimus ficou observando Jenna e Besouro saírem apressados pela praia. No final da baía, subiram pela série de rochas e acenaram. Septimus acenou de volta e os viu pular para o outro lado e desaparecer de vista. E então virou-se para cuidar de Cospe-Fogo.

Primeiro, examinou a cauda do dragão. As **CapasTérmicas** estavam com uma cor escura e, quando Septimus as tocou, sentiu que estavam duras e grudadas nas escamas. Ele não sabia ao certo o que fazer. Tinha medo de que puxar as capas, em vez de ajudar, talvez fosse pior, e decidiu deixá-las como estavam. Ele farejou o ar. Alguma coisa não estava cheirando muito bem, mas disse a si mesmo que deviam ser as algas marinhas que tinha usado nas compressas que colocou sobre a ferida do dragão. E decidiu que, se o cheiro ficasse pior na parte da tarde, teria de investigar a causa.

Na outra extremidade do dragão, onde estava o balde, as coisas não pareciam muito melhores. Os olhos de Cospe-Fogo estavam bem fechados, e por mais que Septimus o incentivasse e lhe dissesse "Cospe-Fogo, acorda para beber água", o dragão não reagia. Septimus tinha esperança de que Cospe-Fogo pudesse estar amuado por causa do balde em sua cabeça, mas não tinha tanta certeza disso. Achou que a respiração do dragão parecia um pouco forçada e se perguntou se ele estaria com febre, mas as rochas forneciam uma sombra que protegia quase o corpo todo dele, e as escamas estavam bem frias. Septimus pegou o **Gnomo d'Água**. Deu uma puxadinha no lábio inferior de Cospe-Fogo e pingou um pouco de água em sua boca, se bem que não tivesse certeza se o dragão tinha engolido, porque pareceu que a maior parte da água escorreu pelo canto e foi parar no chão, formando manchas escuras nas rochas. Desconsolado, Septimus sentou-se.

– Você vai ficar bem, Cospe-Fogo – sussurrou Septimus, dando um tapinha no focinho do dragão. – Eu *sei* que vai. E não saio daqui enquanto você não melhorar, eu prometo.

De repente, Septimus ouviu um movimento nas dunas atrás dele. Levantou-se de um salto.

– Apareça, onde estiver – disse com toda a confiança que conseguiu reunir, esquadrinhando as dunas que pareciam vazias. Semicerrou os olhos (o que fazia toda a diferença para **Ver** coisas, como dizia Márcia muitas vezes), e lá, não muito longe nas dunas, ele **Viu** mesmo alguma coisa. Uma menina. Ele tinha certeza de que era uma menina... vestida de verde.

Como se soubesse que tinha sido **Vista**, a menina começou a caminhar em direção a ele. Septimus viu a cabeça aparecendo e desaparecendo nas dunas, e à medida que ela descia do alto do último monte de areia para a praia ele viu uma garota alta, magra, descalça, usando uma túnica verde esfarrapada.

Septimus contornou o balde de Cospe-Fogo e pulou na areia. A garota andava devagar na direção dele e, quando foi se aproximando, Septimus pôde ver que ela usava o que parecia ser uma túnica de Aprendiz bem antiga, da época em que as túnicas ainda eram bordadas com símbolos **Mágykos**. Duas divisas roxas desbotadas na bainha de cada manga indicavam que ela também era uma Aprendiz Sênior. Seus cabelos negros finos desgrenhados emolduravam um rosto coberto de sardas, cheio de preocupação. Septimus teve a nítida sensação de já tê-la visto antes – mas *onde*?

A garota parou na frente dele. Seus olhos verdes o observavam com alguma ansiedade, e então ela se curvou um pouco, de maneira formal, como os Aprendizes da Época de Marcellus se cumprimentavam, lembrou-se ele de repente.

– Septimus Heap – disse a menina.

– Sim – respondeu Septimus, desconfiado.

– Nós já... nos conhecemos. É... bom... ver-te novamente. – A menina falava, pensou Septimus, como se não estivesse acostumada a falar.

— Quem é você? — perguntou ele.

— Eu sou... Syrah. Syrah Syara.

O nome também era familiar. Mas de onde?

— Não te lembras de mim, não é?

— Acho que me lembro, mas...

— Torre dos Magos? — ajudou a menina.

Era isso! Septimus lembrava-se dos retratos que tinha visto nas paredes da Torre dos Magos pouco antes de fugir do **Sítio** — em especial uma foto de uma menina pronta para dar um soco em Tertius Fume. Ele balançou a cabeça como se não acreditasse. É claro que não poderia ser ela — aquilo tinha acontecido centenas de anos atrás.

— Eu te cumprimentava — disse ela.

— *Você me cumprimentava?* — Agora Septimus estava totalmente perdido.

— Sim. É por isso que sei quem és. És... o Aprendiz de Alquimia, aquele que desapareceu misteriosamente. Dou-te, porém, parabéns. Suponho que voltaste e pegaste meu lugar com Julius.

— Julius? — perguntou Septimus, confuso.

— Julius Pike, que agora é o *teu* Mago ExtraOrdinário. — Syrah suspirou, nostálgica. — Ah, o que eu não daria para ver meu querido Julius mais uma vez.

Septimus sentiu todo o seu mundo desabar. O que essa garota, Syrah, estava dizendo? Que ele tinha voltado no Tempo *de novo*? Ele se obrigou a manter a calma. Disse a si mesmo que não tinha acontecido nada que sequer sugerisse que tinham voltado no Tempo novamente, a menos... a menos que a tempestade tivesse alguma coisa a ver com isso... ou talvez aquele farol estranho no qual eles quase bateram... ou teria sido até mesmo o raio? Se você já tivesse estado num Tempo, será que de alguma forma você podia ser arrastado de volta para lá, sem nem saber? Não, pensou, isso não era possível. A única explicação era que Syrah devia ser um fantasma. Um fantasma que parecia de carne e osso, é verdade, mas a vida numa ilha com certeza era boa para fantasmas.

– Tu tens um dragão – disse Syrah.

– Sim – respondeu Septimus.

– Tenho uma confissão a fazer. Venho observando-te e a teu dragão.

– Eu sei disso. Por que simplesmente não veio falar comigo? Syrah não respondeu.

– Teu dragão está com um balde enfiado na cabeça – disse ela. – Deverias tirá-lo.

– De jeito nenhum – disse Septimus. – Já foi bem difícil colocá-lo.

– *Tu* colocaste o balde? É muita crueldade.

– Meu dragão se machucou seriamente na cauda – disse Septimus, com um suspiro. – O balde é para ele parar de morder o curativo.

– Ah, entendi. Uma vez eu tive um gato e...

– É mesmo? – perguntou Septimus, um tanto brusco. Ele queria que Syrah fosse embora. Fantasma ou não, sua conversa sobre Marcellus e Julius Pike o tinha abalado. Esquadrinhou as rochas distantes, esperando ver Jenna e Besouro para trazê-lo de volta à realidade. Onde eles *estavam*?

Mas Syrah não mostrava nenhum sinal de que estava pensando em ir. Ela parecia fascinada com Cospe-Fogo. Subiu nas rochas e caminhou devagar em volta dele. Septimus ficou aborrecido.

– Ele precisa descansar – disse-lhe. – Não deve ser perturbado.

Syrah parou e olhou para Septimus.

– Teu dragão está morrendo – disse ela.

– *O quê?* – perguntou Septimus, abafando um grito.

– A cauda dele está cheirando a fatal podridão negra.

– Pensei que fossem as algas.

Syrah balançou a cabeça.

– Não, é a podridão. É esse o motivo de ele ter tentado arrancar a cauda com os dentes. Um dragão conhece essas coisas.

– *Não...* – Septimus sabia, porém, que Syrah tinha razão.

Syrah pôs a mão no braço de Septimus. O toque era quente e amistoso, e isso o deixou horrorizado – ela estava *viva*. E se Syrah estava viva, em que Tempo eles estavam agora? Ele ficou tão abalado que de início não compreendeu o que ela estava dizendo.

– Septimus – disse ela –, eu posso salvar a vida do teu dragão.

– Pode? Ah, obrigado, *obrigado*. – Septimus sentiu-se banhado por uma enorme esperança.

– Mas com uma condição.

– Ah – disse Septimus, voltando a desanimar.

– Há uma coisa que eu quero que faças para mim, como retribuição. E já vou dizendo, é uma coisa perigosa.

– O que é?

– Não posso te dizer.

Septimus encarou o olhar fixo de Syrah. Ele não sabia que ideia fazer dessa menina estranha que olhava para ele com a mesma mistura de esperança e desespero que ele próprio sentia.

– E se eu não concordar em fazer essa coisa que não sei o que é, você salvará Cospe-Fogo mesmo assim?

Syrah respirou fundo.

– Não – disse ela.

Septimus olhou para Cospe-Fogo – seu dragão grande, desengonçado, birrento, bagunceiro, que ele tinha visto sair do ovo, um ovo que Jenna lhe tinha dado. Seu dragão tolo, guloso, irritante, que tinha comido a maioria das capas dos Magos Ordinários na Torre dos Magos. O dragão que tinha salvado Márcia de sua **Sombra** e que tinha feito coisas indescritíveis no tapete da Maga ExtraOrdinária – seu lindo dragão estava morrendo. Lá no fundo, a manhã inteira, ele já sabia que tinha conhecimento disso, desde o momento em que Cospe-Fogo se recusou a beber água. Septimus engoliu em seco. Ele não podia deixar Cospe-Fogo morrer. *Não podia.* Se houvesse a chance mais remota de Syrah poder salvar seu dragão, ele tinha de tentar. Septimus não tinha escolha.

— Farei o que você quiser — disse ele —, se salvar Cospe-Fogo. Não importa o que for, eu o farei. Simplesmente faça com que Cospe-Fogo sobreviva. *Por favor.*

Syrah foi rápida e profissional. Tirou os curativos e, quando o último pedaço de **CapaTérmica** esfarrapada caiu, Septimus cambaleou para trás. O cheiro de carne podre era sufocante. A ferida estava nadando em lodo. Os ossos surgiam como relances de ilhas amarelo-acinzentadas num mar verde-escuro de podridão, e escamas que antes eram saudáveis estavam descascando como folhas mortas, revelando uma carne preta e mole ainda mais sinistra por baixo delas. Além do choque com o estado da cauda de Cospe-Fogo, Septimus estava mortificado com o fracasso de suas habilidades de **Cura**.

Syrah percebeu a expressão do rosto dele.

— Sei que Marcellus te ensinou a **Arte da Cura**, e tenho certeza de que fizeste o melhor que pudeste. Não te culpes — disse ela. — A fatal podridão negra aparece como um lobo na noite, segundo dizem, e rouba as pessoas até mesmo dos melhores médicos.

— Então, o que *você* pode fazer? — perguntou Septimus.

— Vou combinar a **Magya** e a **Arte da Cura**. Julius, meu querido Julius, ensinou-me a fazer isso. É coisa poderosa; Julius e Marcellus desenvolveram essa técnica juntos. O efeito da **Magya** e da **Arte da Cura**, usadas em conjunto, é mais potente do que poderíamos esperar dessa associação. Foi a última coisa que aprendi. Julius mostrou-me como combiná-las exatamente na véspera do **Sorteio**... – A voz de Syrah sumiu por um instante, enquanto ela se perdia em suas lembranças.

Dez minutos depois, Cospe-Fogo estava cercado por um casulo **Mágyko**. Septimus ficou olhando enquanto Syrah fazia a fatal podridão negra evaporar, transformando-a num sopro de vapor negro de cheiro desagradável, e esse cheiro ficou no ar até o momento em que Syrah tinha quase terminado. Ele tinha observado Syrah trabalhar como um cirurgião habilidoso, passando para ela uma variedade de facas, garfos e colheres da Mochila de Sobrevivência em Território Hostil para Cadetes do Exército Jovem preparada por Márcia, que a menina usou para escavar e tirar toda sorte de coisas que não dá nem para mencionar (Septimus fez uma anotação mental para não usar os utensílios no jantar). Então, ele viu quando Syrah borrifou algumas gotas de óleo verde de uma minúscula ampola prateada sobre a ferida e **Produziu** uma névoa roxa **Mágyka** com matizes verdes. A névoa se espalhou sobre a cauda ferida e a cobriu com um gel transparente, reluzente – algo que Septimus jamais tinha visto. Quando o gel se fixou, Syrah mostrou-lhe como as escamas já estavam mudando de cor, de pretas para verdes, e, naquele mesmo instante em que eles observavam, a carne estava começando a crescer por cima dos ossos. Um cheiro limpo e fresco de hortelã-pimenta pairava no ar.

– Fica com isso. – Syrah estendeu a ampola de prata para ele. – Ela contém uma essência que acelera a cura. Posso ver que as asas dele estão rasgadas em alguns lugares. Quando ele estiver mais forte, leve-o a algum lugar em que ele possa abrir as asas e pingue uma gota de óleo em cima de cada corte: eles vão se fechar. Mas, por enquanto, deixe que ele durma enquanto a cauda se recompõe. – Ela deu um sorriso. – Não te preocupes, Septimus. Ele sobreviverá.

– Ah. Eu... bem, *obrigado*. – Subitamente dominado pela emoção, Septimus saiu correndo para buscar o **Gnomo d'Água**.

Dessa vez Cospe-Fogo bebeu. Bebeu até o braço de Septimus doer, enquanto segurava o gnomo, que era difícil de manejar. Mas Septimus não se incomodou. Cospe-Fogo ia sobreviver, e isso era tudo o que importava.

Syrah ficou vendo Cospe-Fogo beber a água. Quando, afinal, Septimus colocou o **Gnomo d'Água** no chão, ela disse:

– Marcellus deu um desses a Julius no Dia do Banquete do Solstício de Inverno, mas não se parecia nada com esse, ele era bastante...

– Grosseiro? – perguntou Septimus.

– Era. – Syrah sorriu pela primeira vez.

Septimus balançou a cabeça. Todas as suas certezas estavam sendo lançadas por terra, como folhas de outono. Marcellus tinha dado um **Gnomo d'Água** grosseiro de presente – se isso era possível, tudo o mais era.

– Fiz o que prometi – disse Syrah. – Agora farás o que prometeste?

– Sim – disse Septimus –, farei. O que você deseja?

– Ainda tens tua **Chave** da Alquimia?

Septimus ficou surpreso.

– Sim, tenho. Mas como você sabia que eu tinha a **Chave**?

– *Todo o mundo* sabia – disse Syrah, seus olhos se iluminando ao se lembrar de dias mais felizes. – Depois que foste embora, a maioria das pessoas pensou que tinhas fugido, mas na Torre dos Magos diziam que Marcellus tinha te dado sua **Chave** em troca de um pacto secreto. Não se falou em outra coisa durante semanas.

Septimus sorriu. A Torre dos Magos não tinha mudado – continuava um ninho de fofocas.

– Mas, sabes, Marcellus jamais falaria sobre isso, nem a Julius, que era seu melhor amigo. Eu acho que aquilo chateou Julius um bocado. – Syrah ficou triste ao se lembrar de seu adorado Julius Pike. – Tu me mostrarias a **Chave**, por favor? – perguntou ela. – Eu adoraria vê-la.

Septimus enfiou a mão na túnica e tirou do pescoço sua **Chave** da Alquimia. Colocou o pesado disco de ouro na palma da mão para que Syrah pudesse ver. O disco cintilava à luz do sol, com sua gravação característica, decorada com o símbolo Alquímico do sol – e do ouro: um ponto no centro de um círculo.

– É linda – disse Syrah.

– É sim. Então... o que você quer que eu faça? – perguntou Septimus, colocando a **Chave** de novo em volta do pescoço.

– Vem comigo, e eu te explico. Teu dragão, Cospe-Fogo, vai dormir até voltarmos.

Septimus deu um tapinha de "até logo" no focinho de Cospe-Fogo, e então pulou na areia da praia atrás de Syrah, seguindo a menina pelas dunas adentro.

Seu medo do que poderia acontecer a Cospe-Fogo estava dissipado – mas agora ele começava a ter medo do que poderia acontecer a si mesmo.

✥ 32 ✥
BloqueioMental

Com *Syrah, Septimus atravessou as dunas* e subiu para a campina coalhada de pedras. Estava sentindo um peso na boca do estômago e sabia por quê. Não era o fato de ele estar se dirigindo para algum perigo desconhecido – com *isso* ele sabia lidar. O que considerava mais difícil encarar era o fato de *já não saber em que Tempo se encontrava*.

Syrah impunha um ritmo acelerado ao percorrer o capinzal cheio de pedras, rumando para o monte íngreme que se erguia no centro da ilha. Septimus quase precisava correr para não ficar para trás. No sopé do monte, havia uma trilha mais definida, que subia sinuosa por pedras espalhadas. Tinha largura suficiente para uma pessoa apenas, e Syrah avançava, subindo saltitante, com a prática de uma cabra montesa. Septimus a acompanhava mais devagar.

A meio caminho monte acima, Septimus parou e se voltou na esperança de ver Cospe-Fogo, mas o dragão já estava escondido pelas dunas. Ele recuperou o fôlego e então prosseguiu na direção de Syrah, que estava sentada à sua espera, empoleirada numa rocha, ela mesma tão imóvel quanto a rocha.

Septimus passou a andar devagar, tentando descobrir se Syrah estava no Tempo *dele* ou se ele estava no Tempo *dela*. Ele se perguntou se Syrah era um espírito, mas a aparência dela negava isso. Na verdade, ela estava exatamente como ele esperaria encontrar alguém que tivesse ficado preso numa ilha: magra, queimada de sol, com as roupas puídas.

À medida que Septimus se aproximou, Syrah empurrou o cabelo castanho e desgrenhado para trás das orelhas e sorriu para ele, exatamente como uma menina de verdade faria, pensou. Aos seus pés, borbulhava uma fonte que brotava entre algumas pedras planas, musgosas, e de repente Septimus se arrepiou – essa era a mesma fonte que ele tinha imaginado com tanta nitidez, enquanto sobrevoava as ilhas. Syrah pegou uma caneca de lata amassada, escondida entre as pedras, e deixou que a água escorresse para dentro dela. Ofereceu-a a Septimus, quando ele se sentou na pedra ao seu lado. Ele bebeu de um gole só. Ela parecia gelada e tinha um sabor cem vezes melhor que o da água morna, ligeiramente metálica, do **Gnomo d'Água**.

Depois de beber três canecas, Septimus sentiu a cabeça desanuviada.

– Quando você me **Chamou**, estava sentada bem aqui – disse ele. Syrah fez que sim.

– Eu estava. É meu lugar preferido na ilha inteira. Naquela manhã, olhei para o alto, vi teu dragão e **Soube** que eras tu. E soube que, se fosses tu, talvez ainda tivesses a **Chave**.

– Mas... *como* você soube que era eu? – perguntou ele.

– Todos os Aprendizes se **Conhecem** – disse Syrah, aparentando surpresa. Ela olhou para suas divisas de Aprendiz Sênior, que, depois dos estragos da tempestade e das operações na cauda de Cospe-Fogo, já não estavam novas e reluzentes. – Fico surpresa por Julius ainda não ter te ensinado isso, mas ele vai ensinar. É um mestre e tanto, não é mesmo?

Septimus não respondeu. Não conseguia tolerar a ideia de que pudesse ter escorregado de volta para o Tempo de Syrah. De um salto, ele se levantou, com a louca esperança de ver de relance Jenna e Besouro, dizendo a si mesmo que, se os visse, tudo estaria bem. Mas não havia o menor sinal deles, e ele foi dominado por uma terrível sensação de estar sozinho na ilha, perdido mais uma vez num Tempo diferente.

Syrah contemplava o mar, satisfeita, sem perceber a condição de quase pânico de Septimus.

– Nunca me canso disso – sussurrou ela. – Posso me cansar de tudo o mais, mas não *disso*.

Septimus olhou para a paisagem que se estendia abaixo dele. Quatro pequenas ilhas verdes, salpicadas com rochas cinzentas e debruadas com delicadas fatias de praias brancas, estavam espalhadas a esmo no mar de um verde azulado cintilante. Pelo seu sobrevoo, ele sabia que havia mais duas ilhotas no outro lado do monte, somando um total de sete ilhas. A beleza era de tirar o fôlego, mas ele só conseguia pensar numa coisa: *Em que Tempo ele estava?*

Syrah levantou-se. Protegendo os olhos, ela olhou na direção do Farol da Rocha dos Gattos.

– Hoje de manhã, eles levaram a **Luz** – disse ela. – Por isso, vim até você. É o início.

Septimus não respondeu. Sua mente estava totalmente ocupada tentando identificar um momento em que ele poderia de algum modo ter resvalado de volta para o Tempo de Syrah. Teria sido antes ou depois de Jenna e Besouro saírem para pescar? *Será que eles estavam neste Tempo com ele ou não?* Quanto mais pensava nisso, mais sua cabeça girava.

– Syrah – disse ele.

– Hum?

– Como você veio parar aqui?

– Num golfinho.

– Num *golfinho*?

— É uma longa história. Deixa-me dar-te um conselho, Septimus. Se fores **Sorteado** para cumprir a **Demanda**, foge enquanto fores capaz.

— É, eu sei. E foi o que fiz — respondeu Septimus, em voz baixa.

— Fizeste?

— Também é uma longa história — respondeu ele, por sua vez.

Syrah encarou Septimus com um novo respeito; esse jovem Aprendiz era mais do que aparentava ser. Ela enfiou a mão num bolso de sua túnica esfarrapada e tirou um livrinho manchado de água. Ele era encapado com um pano azul desbotado e era decorado com desenhos e símbolos feitos a mão, a maioria dos quais Septimus não reconheceu. Grandes letras douradas cobriam a frente:

Livro ~~de Syrah~~ da Syrena
Dedicado a: ~~Julius Pike,~~
~~Mago ExtraOrdinário~~. Minhas Ilhas

— Era um diário de bordo — disse Syrah. — Eu o encontrei jogado na areia pela maré. Ele é meu único e fiel companheiro nesta ilha; e nele escrevi minha história, para poder me lembrar de quem sou... e de quem fui. Ele explica tudo. Leva-o, por favor, e entrega-o a Julius, quando voltares. Eu o escrevi para ele também.

Septimus olhou para os nomes na capa.

— E então... você se chama Syrah ou **Syrena**?

— Aqui fora, sou Syrah.

— *Aqui* fora? — perguntou Septimus.

— Lê e entenderás... Depois — acrescentou, quando ele começou a abrir a capa frágil. — Agora precisamos ir.

A trilha se alargava depois da fonte, e Septimus caminhou ao lado de Syrah rumo ao bosque no cume do monte. Quando estavam chegando perto do topo, Syrah voltou-se para ele.

— O que estou pedindo que faças não é para mim, é para o Castelo. E acho que, se soubesses do que se trata, insistirias em fazê-lo de qualquer jeito. — Ela olhou para Septimus, com os olhos verdes contraídos para se proteger do sol que brilhava atrás dele, formando um halo difuso em torno de seu cabelo. E sorriu. — É, tenho certeza de que o farias.

— Bem, se você tem tanta certeza, por que não me diz o que é? — perguntou Septimus.

— Não posso.

Septimus começou a se irritar.

— Por que não? — disse ele. — Se você quer que eu faça essa coisa perigosa, pelo menos você poderia me dizer do que se trata e não ficar escondendo o jogo.

— Porque, se eu te contar, tu vais saber. E se souberes, a **Syrena** saberá...

— A **Syrena**? — perguntou Septimus. Ele olhou de relance para o nome no livro: **Syrena** — o nome depois do nome de Syrah. **Syrena:** *o nome que tinha substituído o nome de Syrah.* Um calafrio percorreu sua espinha. Ele estava tendo uma sensação ruim a respeito da ilha. Septimus baixou a voz. – Se você não pode me dizer o que devo fazer, eu pelo menos preciso saber com o que estou lidando. Quem... ou o quê... é a **Syrena**?

Eles agora tinham chegado à borda das árvores no topo do monte.

– Muito bem – disse Syrah. – Mas antes que eu te fale da **Syrena**, preciso saber uma coisa: sabes fazer um **BloqueioMental**? Se não souberes, então peço que acredites em mim, é melhor eu não te dizer nada agora.

Mas Septimus sabia, sim, fazer um **BloqueioMental**.

Ele bem se lembrava do dia em que Márcia lhe ensinara a técnica. Desde o momento em que ele tinha acabado de arrumar a Biblioteca da Pirâmide, o dia tinha assumido um aspecto surreal. Tudo o que dizia ou fazia, Márcia se antecipava a ele. Ela terminava as frases em seu lugar, respondia a perguntas que ele ainda não tinha feito, buscava um livro que ele estava prestes a ir procurar e pregou nele uma infinidade de outras peças. Antes que a manhã terminasse, Septimus já estava se sentindo como se estivesse enlouquecendo... *como* Márcia sabia o que ele estava pensando e o que pretendia fazer?

Márcia insistiu então em que almoçassem juntos, em vez de Septimus descer à cantina da Torre dos Magos, como costumava fazer. Septimus ficou sentado na cozinha minúscula, recusando-se a ser envolvido em qualquer conversa. Tinha se concentrado muito em tudo o que estava sobre a mesa e focalizado toda a sua atenção em cada garfada do Cozido do Dia da Torre dos Magos, que Márcia tinha pedido que fosse entregue em seus aposentos. Quando viu que ela olhava para ele com um ar levemente divertido, Septimus não desviou o olhar, mas tentou erguer um bloqueio mental entre seus olhos e os dela, pensando apenas em coisas sem importância. Ao fim da sobremesa – Torta de Chocolate da Torre dos Magos com Centelhas – Márcia já estava radiante. Ela largou a colher e bateu palmas.

– Muito *bem-feito*, Septimus – dissera ela. – Usei todos os meus poderes de **Ler o Pensamento**, e você não só descobriu o que eu estava fazendo, mas também deu um jeito de me **Bloquear**. Muito bem! Você já dominou sozinho o Primeiro Estágio do **BloqueioMental**. Passaremos a tarde no Segundo Estágio: como tornar seu **BloqueioMental** incapaz de ser detectado. Se você conseguir isso, seguimos para o Terceiro Estágio, que lhe permitirá usar pensamentos despistadores, o que sempre lhe dará mais vantagem. – Ela sorrira. – E então você estará protegido de qualquer enxerido, seja Criatura, seja Mago, e também de mim. – A tarde tinha se desenrolado bem, e Septimus chegara ao Terceiro Estágio, apesar de que às vezes seus pensamentos despistadores tinham prejudicado seu Segundo Estágio, o que Márcia afirmou ser sempre um problema para os iniciantes, mas que melhoraria com a prática.

– Sim – disse Septimus com um sorriso. – Sei fazer um **BloqueioMental**.

— Ótimo — disse Syrah, e então, como um animal que se enfurna na toca, ela enveredou por entre as árvores e desapareceu. Septimus a seguiu e se descobriu momentaneamente cego pelas sombras, depois do sol forte. Ele partiu atrás de Syrah com alguma dificuldade. Apesar de serem mirradas e inclinadas pelo vento, as pequenas árvores, bem próximas umas das outras, eram cobertas com folhas minúsculas, duras e carnudas que se agarravam a ele e o arranhavam, enquanto ele ia abrindo caminho. As árvores cresciam em formas retorcidas como saca-rolhas, que se projetavam em direções inesperadas, como se quisessem deliberadamente fazê-lo tropeçar, mas Syrah com habilidade passava por tudo em zigue-zague, com manchas de sombra caindo sobre sua túnica verde puída. Para Septimus ela se assemelhava a um pequeno cervo do bosque, pulando aqui, saltando acolá, enquanto seguia por um caminho que somente ela conhecia.

Syrah parou na outra extremidade do bosque e esperou que Septimus a alcançasse. Enquanto estava ali em pé, com a silhueta marcada em contraste com o sol forte, Septimus percebeu como ela era extremamente magra. Sua túnica puída caía sobre seu corpo como um trapo num espantalho, e seus pulsos e tornozelos finos e bronzeados saíam das bainhas esfarrapadas como varinhas rombudas. Ela fez com que ele se lembrasse dos meninos do Exército Jovem que se recusavam a comer — sempre havia um ou dois em cada pelotão, e eles nunca tinham durado muito. Como, perguntou-se ele, tinha sido a vida de Syrah nessa ilha?

Septimus juntou-se a Syrah no limite das árvores. Diante deles, ao sol forte, havia o topo amplo e aberto de um penhasco que se projetava para o mar como a proa de um navio. Uma vasta paisagem marinha se estendia mais além, interrompida apenas por uma torre de tijolos, redonda e atarracada, que tinha um círculo de pequenas janelas bem no alto. Syrah estendeu o braço para impedir Septimus de pisar fora do abrigo das árvores. Ela apontou para a torre, sussurrando:

– Essa é a Espia. É a **Residência** da **Syrena**. – Syrah fez uma pausa. Respirou fundo e prosseguiu: – A **Syrena** é um Espírito de **Possessão**. Sou **Possuída** por ela.

De imediato Septimus entendeu a capa do livro. Cheio de culpa, ele sentiu uma onda de felicidade inundá-lo: *ainda estava no seu próprio Tempo*. Ele se lembrou das palavras do *Tratado Básyko sobre Possessão* de Dan Forrest: "A maldição do **Possuído** consiste em existir por muitas centenas de tempos de vida, sem se dar conta disso. É uma forma de imortalidade que ninguém deseja."

Instintivamente, Septimus afastou-se de Syrah – Márcia sempre dizia que não era bom ficar perto demais de alguém que fosse **Possuído**.

Syrah ficou contrariada.

– Tudo bem. Não pegarás nada. Só sou **Possuída** dentro da Espia. Como disse, aqui fora sou Syrah.

– Então, afinal de contas, por que entrar na Espia?

Syrah abanou a cabeça.

— Quando a **Syrena** me **Chama**, eu preciso ir. Além disso...
— Ela bocejou. — Ah, desculpa, estou tão cansada. Fico acordada aqui fora pelo tempo que consigo, mas o único lugar em que posso dormir é dentro da Espia.

Agora Septimus se lembrava de algo que o *Tratado Básyko* de Dan Forrest não cobria. Algo que ele tinha encontrado num manuscrito amarfanhado no fundo da gaveta na escrivaninha da Biblioteca da Pirâmide. Tinha sido escrito por um jovem Mago ExtraOrdinário que tinha se tornado **Possuído** por um espírito malévolo que **Residia** num chalé à margem do Riacho da Desolação. O Mago tinha conseguido voltar à Torre dos Magos e estava escrevendo seu testamento, em cujo início estavam as seguintes palavras: "Há quatro longos dias afastei-me de meu **Possessor**. Resolvi não retornar e sei que em breve deverei enfrentar o Sono final." Seguia-se uma descrição do que tinha acontecido com ele, acompanhada de instruções detalhadas para seu sucessor, uma lista de doações e uma última mensagem para alguém que ele descrevia como "seu único verdadeiro amor", que terminava numa longa mancha de tinta no lugar em que a caneta tinha caído de sua mão quando ele finalmente não resistiu e adormeceu.

Perturbado, Septimus tinha mostrado o manuscrito a Márcia. Ela lhe explicara que, se alguém **Possuído** por um espírito **Residente** adormecer fora do **Local de Residência**, ele adormecerá para sempre.

— Mas como as pessoas podem dormir para sempre? — perguntara Septimus, intrigado.

— Bem, na realidade, Septimus – dissera Márcia –, as pessoas morrem. Geralmente três minutos depois de adormecerem.

Isso, pensou Septimus, explicava as órbitas escuras a partir das quais os olhos de Syrah brilhavam como faróis febris.

— Ah, Syrah – disse ele. – Sinto muito.

Syrah pareceu surpresa. A compaixão não era algo que ela esperasse de Septimus. De repente, foi dominada pela enormidade daquilo que o forçara a aceitar. Aproximou-se dele e pôs a mão no seu braço, grata ao perceber que ele não se encolheu.

— Sinto muito por ter dito que só salvaria teu dragão em troca... disso. Não agi certo. Estás liberado da promessa.

— Ah! – Septimus sorriu com alívio, as coisas estavam cada vez melhores. E então ele se lembrou de um ponto. – Mas você disse que, se eu soubesse do que se tratava, eu insistiria em cumprir a tarefa de qualquer modo.

— Acredito que agirias assim. O Castelo corre grave perigo.

— *Perigo?* Como?

Syrah não respondeu.

— Se me deres a **Chave**, tentarei fazer o que precisa ser feito.

Septimus viu as rugas de expressão marcadas fundo no rosto de Syrah e seus olhos verdes anuviados de preocupação. As mãos magras estavam unidas, as articulações brancas de tanta tensão. Se alguém precisava da ajuda dele, era ela.

— Não – disse ele. – Não importa o que seja, eu me disponho a fazê-lo.

— Obrigada – disse Syrah. – *Obrigada*. Nós o faremos juntos.

✣➤33✚✣
O Pináculo

Enquanto Septimus ia entrando no desconhecido com Syrah, muito abaixo da superfície do mar, Menino Lobo e Lucy estavam mergulhados no seu próprio desconhecido. Respirando um ar viciado que cheirava a couro, com o frio do mar deixando seus pés dormentes, eles seguiam sentados atrás de Miarr, enquanto o *Tubo Vermelho* atravessava ronronando as profundezas. Cada um deles olhava lá para fora por uma vigia de vidro grosso, vendo uma estranha combinação dos seus reflexos pálidos, de olhos arregalados, com a escuridão do mar lá fora. Muito acima dali – a uma altura tamanha que fazia com que sentissem um tipo esquisito de vertigem ao contrário – eles podiam ver a **Luz**, movendo-se lentamente pela superfície da água, como a lua cruzando um céu sem estrelas.

– Sr. Miarr – disse Lucy. – *Sr. Miarr.*

A cabeça elegante de Miarr apareceu junto da beira do seu encosto alto, com os olhos amarelos refulgindo no clarão vermelho.

– Sim, Lucy Gringe? – Sua voz estranhamente crepitante causava arrepios em Lucy.

– Por que sua voz está tão esquisita? – perguntou Lucy. – É estranho.

Miarr apontou para uma gargantilha de arame em volta de seu pescoço.

– Isso aqui deixa minha voz desse jeito. É o que o piloto deve usar. Serve para facilitar a comunicação com muitas pessoas no *Tubo* depois de um salvamento. Se for necessário que eu seja ouvido durante uma tempestade e que eu informe os navios sobre o perigo das ilhas, ele também leva o som para o lado de fora. Minha voz não é forte, mas com isso ela fica. – A cabeça de Miarr voltou a desaparecer no seu assento.

Agora que sabia o motivo para o som estranho na voz de Miarr, Lucy relaxou um pouco.

– Sr. Miarr?

– Sim, Lucy Gringe? – Havia um sorriso na voz de Miarr, enquanto ele falava.

– Por que estamos tão no fundo? Dá medo.

– Quero seguir a **Luz** sem ser visto. Esses saqueadores são gente má.

– Eu sei – disse Lucy. – Mas será que não podíamos ir só um *pouquinho* mais perto da superfície? Sem dúvida, eles não nos perceberiam.

– Aqui é mais seguro – disse Miarr, com a voz crepitante.

Lucy olhou lá para fora, observando o facho de luz do *Tubo Vermelho* rasgar a água azul-anil, iluminando florestas de algas, que dançavam como tentáculos, à espera para agarrar pessoas com sua força. Lucy estremeceu. Ela não ia querer saber de tentáculos por um bom tempo. De repente, alguma coisa com uma cabeça grande e triangular, cheia de manchas, e dois enormes olhos brancos saiu veloz das algas, veio nadando até a vigia e deu uma boa cabeçada nela. O *Tubo Vermelho* trepidou.

Lucy deu um berro.

– Que foi *isso*? – perguntou Menino Lobo, assustado.

– É um dugongo – disse Miarr. – O gosto deles é horrível.

Os olhos curiosos do dugongo espiavam ali dentro, suplicantes.

– Ai, é *repugnante*! – Lucy estremeceu. – Aposto que tem toneladas deles nessas algas.

Mas foi a visão de tentáculos de verdade, grossos e brancos com grandes ventosas cor-de-rosa, saindo da floresta de algas e se enroscando na direção do *Tubo Vermelho,* que foi o fim para Lucy.

– *Aaaaaaaaaaaaaaaaaaaai!* – berrou ela.

— Subindo! – disse a voz de Miarr, crepitante, e eles dispararam para águas mais claras, acima dos tentáculos e das algas. O *Tubo Vermelho* continuou seu percurso, com o piloto seguindo com habilidade o *Saqueador,* mantendo-se uns seis metros abaixo da **Luz**. Ele calculou, corretamente, que nenhum tripulante do *Saqueador* estaria olhando muito de perto para o brilho que os acompanhava.

Agora cercados por uma água verde e cristalina e peixes de aparência mais familiar, Lucy e Menino Lobo se acomodaram nos assentos e começaram a apreciar a sensação de voar por baixo d'água, como disse Menino Lobo, desviando-se de rochas pontiagudas que se estendiam para o sol e parando logo abaixo da superfície. Miarr ofereceu-lhes uma lancheira que, para alegria de Lucy, continha um saco de passas cobertas de chocolate entre os pacotes de peixe seco e garrafas de água choca. As passas com chocolate tinham um certo sabor de peixe, mas Lucy não se importou: chocolate era chocolate. Ela mudou de ideia, porém, quando percebeu que as passas eram minúsculas cabeças de peixe.

Acima da água, não tão longe dali, Besouro estava tendo pouco sucesso com os peixes de aspecto familiar. Jenna e ele estavam sentados numa grande plataforma rochosa à margem de águas bem profundas – tão profundas que o costumeiro verde-claro do mar estava um azul forte, escuro. Eles ficaram ali sentados olhando o mar lamber os rochedos, espiando dentro d'água, vendo as algas nas rochas movendo-se como em sonho com as correntes lá embaixo. De quando em quando, eles avistavam peixes que nadavam lânguidos nas profundezas, desdenhando com superioridade as ofertas de Besouro. Jenna disse que estava óbvio que ali havia um monte de coisas melhores para comer do que sanduíche de cabeça de peixe com anzol escondido.

Besouro ficou decepcionado. Depois do sucesso obtido na rocha em que pescava, ele tinha começado a se considerar um exímio pescador, mas agora percebia que provavelmente havia mais aspectos nessa arte do que ele imaginava. Ele recolheu a linha de pescar.

– Quem sabe não devíamos voltar para o Sep e ver como Cospe-Fogo vai? – disse ele.

Jenna concordou bem rápido. Ela não considerava a pesca uma ocupação das mais fascinantes.

Eles atravessaram a plataforma rochosa, pularam para uma praia coberta de pedras e foram passando pelos cascalhos até a afloração rochosa seguinte. A maré estava recuando, revelando uma longa fileira de recifes que se estendiam mar adentro numa curva suave, como se um gigante tivesse jogado de modo descuidado um cordão de enormes pérolas negras. A fileira terminava com um penhasco alto, semelhante a uma pilastra, que Jenna reconheceu ser aquele que tinha visto de sua praia e que tinha chamado de Pináculo.

– Olha, Besouro – disse ela. – Aquelas rochas são como um caminho de pedras na água. Podíamos correr por elas até chegar ao Pináculo. Quem sabe não podíamos subir nele e acenar para Sep? Seria legal.

Para Besouro, essa não era exatamente uma ideia "legal", mas ele não se importava. Se Jenna queria fazer alguma coisa, ele ficava feliz de fazê-la também. Jenna desceu com dificuldade e pulou para a primeira rocha.

— Maravilha! — Ela deu uma risada. — Vamos, Besouro. Espero por você lá!

Besouro viu Jenna partir, saltando de uma rocha para outra, com os pés descalços pousando com segurança na superfície escorregadia, coberta de algas, das pedras. Menos confiante, Besouro partiu atrás dela, passando de uma rocha para outra com mais cuidado. Quando ele chegou aos pés do Pináculo, Jenna já estava no topo.

— Sobe logo, Besouro — disse ela. — É fácil mesmo. Olha, tem uns degraus. — Havia realmente apoios para os pés, escavados na rocha... e uma enorme argola enferrujada cravada na sua lateral.

Besouro escalou pelos apoios para os pés e se juntou a Jenna no topo. Ela tinha razão, pensou ele. *Era* legal. Não tão legal quanto um giro duplo no trenó nos Túneis de Gelo, mas chegava perto. Ele adorou estar sentado tão acima da água, sentindo a brisa fresca no cabelo, escutando os gritos das gaivotas e o chiado das ondas delicadas lá embaixo... e principalmente ele adorava estar sentado ali com Jenna.

— Olha — disse Jenna —, lá está a nossa baía, mas não estou vendo Sep em parte alguma.

— Ele deve estar com Cospe-Fogo — disse Besouro.

— Hum, espero que Cospe-Fogo esteja bem — disse Jenna.

— Hoje de manhã, ele estava com um cheiro bem nojento, não estava? Quer dizer, mais nojento do que de costume.

— É — disse Besouro. — Mas eu não disse nada. Você sabe como Sep se ofende facilmente com esse tipo de coisa.

— Eu sei. Aqui é lindo, não é? Quando Cospe-Fogo melhorar, precisamos trazer Sep aqui em cima. É fascinante. — Jenna olhava ao redor, absorvendo tudo. Estava surpresa de ver como a ilha era estreita. Não havia mais do que uma restinga coalhada de pedras que separava o que ela considerava ser *a sua* baía, da costa no outro lado da ilha. Ela olhou para cima, para o único monte que se erguia atrás deles. Ele também era salpicado de rochas e no topo havia um pequeno bosque de árvores retorcidas, mirradas pelo vento.

— É, é bem diferente — disse Besouro. Eles ficaram ali sentados um tempo, escutando um ou outro grito de gaivota e apreciando o mar cintilante até que de repente Besouro exclamou: — Olha um *barco*!

De um salto, Jenna ficou em pé.

— Onde?

Besouro levantou-se com cuidado para olhar melhor. Não havia muito espaço no topo do Pináculo. Ele protegeu os olhos do sol, que pareceu brilhar mais forte quando ele olhou para o barco.

— Para aquele lado — disse ele, apontando para um pequeno pesqueiro, com velas vermelhas, que acabava de surgir na extremidade norte da ilha.

— Está tão claro — disse Jenna, semicerrando os olhos. — Mal consigo olhar para ele.

— *Não* olhe para ele — disse Besouro de repente. — Está brilhante *demais*. Acho... ah, que *esquisito*... acho que estão rebocando uma lâmpada enorme!

Na brisa fraca do início da tarde, o *Saqueador* ia avançando lentamente rumo a seu destino. Mestre Fry tinha velejado mais ao norte da ilha, para uma aproximação mais segura, que evitava alguns recifes notoriamente perigosos, mas o vento tinha diminuído de intensidade, e o percurso tinha demorado muito mais do que ele calculara. Mas agora seu destino estava à vista.

— Jakey! — berrou ele. — Fique de vigia. Estamos chegando perto dos Encobertos! — Os Encobertos eram um cordão de rochedos pontiagudos espalhados em torno do Pináculo, imediatamente abaixo da superfície da água.

Jakey estava deitado no gurupés, com os pés pendurados, olhando para o mar verde-claro. Estava à maior distância possível da **Luz** esquisita que os acompanhava, boiando, e à maior distância possível de seu pai e dos Crowe, que pareciam ainda mais ameaçadores por trás daqueles óculos escuros. Ninguém tinha se preocupado em dar óculos a Jakey, e assim ele passou a viagem inteira tentando não olhar para a **Luz**, com os olhos semicerrados. Ele olhava para dentro d'água, surpreso por ela estar tão clara, por conseguir enxergar até lá embaixo no fundo do mar. Não havia muita coisa para ver, só areia plana, um ou outro cardume de peixes em disparada e... ai, o que era *aquilo*? Jakey deu um grito.

– Bombordo ou boreste? – berrou o mestre, supondo que Jakey tivesse visto um rochedo.

– Nem um nem outro. Ah, é **enorme**!

– Onde, seu pateta, *de que lado*? – Mestre Fry lutou para esconder o pânico da voz.

Jakey ficou olhando enquanto um vulto vermelho, escuro e comprido vinha subindo das profundezas. Nunca tinha visto um peixe daquele tamanho, ou daquela forma. O vulto passou tranquilamente por baixo do barco na direção da **Luz**, e Jakey desviou o olhar.

– Sumiu! – berrou ele. – Acho que era uma baleia!

– Garoto idiota! – gritou Mestre Fry. – Não tem baleia por aqui.

De repente um grito de Crowe Magro.

– *O que foi?* – Mestre Fry, tão perto do seu objetivo, estava com os nervos à flor da pele.

– Tem mais umas drogas de *crianças*!

– *Onde?*

– No Pináculo, Mestre. Onde cê quer pôr a **Luz**.

– Sei muito bem onde quero pôr a **Luz**, obrigado, sr. Crowe – rosnou Mestre Fry. – E é isso o que vou fazer lá daqui a pouco, com criança ou sem criança.

– Sem criança é melhor – disse Crowe Magro. – Cê quer que eu *acabe* com elas?

– Encoberto! – berrou Jakey.

Mestre Fry deu um puxão no timão.

– Onde? – gritou ele. – Bombordo ou boreste, garoto?

– Boreste! – berrou Jakey.

Mestre Fry empurrou o timão para o outro lado e o *Saqueador* passou direto pelo rochedo pontiagudo que se escondia logo abaixo da superfície.

Jakey Fry olhou para o Pináculo, lá em cima. Eles estavam se aproximando. Ele achou que parecia ser Lucy que estava lá no alto, apesar de não compreender como poderia ser ela. Mas, se fosse Lucy, ele esperava que ela saísse do caminho rapidinho. Na realidade, esperava que quem quer que fosse saísse de lá bem depressa.

Com gritos meticulosos de "Encoberto a bombordo" e "Encoberto a boreste!", Jakey Fry fez com que o *Saqueador* saísse do campo visual do Pináculo, esperando que Lucy Gringe – se fosse ela – tivesse tempo para sumir de lá.

Na empolgação de estar quase chegando ao destino, Mestre Fry tinha se esquecido de uma coisa que todos os marinheiros sabem: o som se propaga com perfeita clareza e altura através da água. Besouro e Jenna tinham ouvido cada palavra proveniente do *Saqueador* e não estavam dispostos a ficar ali esperando que "acabassem com eles". Desceram atabalhoadamente do Pináculo e voltaram depressa pelo mesmo caminho de pedras até a praia. Uma vez nas rochas, eles começaram a correr, desviando-se em busca de refúgio mais para o lado de um trecho de dunas aos pés do monte coberto de árvores. Quando o *Saqueador* ressurgiu, o Pináculo estava mais uma vez deserto.

Eles se jogaram na areia macia das dunas para recuperar o fôlego.

– Eles não têm como nos ver aqui – disse Besouro, ofegante.

– Não – disse Jenna. – Eu me pergunto o que estão fazendo.

– Nada de bom, disso tenho certeza.

– Aquele barco chegando aqui é **horrível**. Parece... parece... – Jenna não encontrava as palavras.

– Que fomos invadidos – sugeriu Besouro.

– Isso mesmo. Eu queria que eles fossem embora.

Besouro também queria.

Ficaram observando a aproximação do *Saqueador*. O barco era um vulto volumoso e escuro em contraste com a água azul cintilante. Suas duas velas triangulares de vante estavam levemente enfunadas, sua enorme vela mestra formava com elas ângulos retos, e sua pequena vela de estai se projetava da popa numa verga, como uma cauda rombuda. Atrás ia uma imensa bola de **Luz**, que competia com o sol da tarde e saía vitoriosa.

O *Saqueador* finalmente chegou ao Pináculo, que sobressaía como um dedo escuro, mais alto do que nunca em contraste com a maré vazante. Jenna e Besouro viram uma figura pesadona descer para o embarcadouro e amarrar o barco à argola de ferro.

Então o *Saqueador* girou por trás da rocha de tal modo que eles não conseguiam ver mais do que o gurupés e as velas de vante se projetando de um lado, e o brilho da **Luz** do outro.

Durante a hora seguinte, dali detrás de sua duna, Jenna e Besouro, com os olhos semicerrados, observaram uma operação bizarra. Eles viram uma bola de luz fortíssima sendo içada trabalhosamente para o alto do Pináculo, até que por fim, presa por uma rede de corda, ela ficou em equilíbrio precário no topo plano.

– O que eles estão fazendo? – perguntou Jenna.

– Acho que estão provocando naufrágios – disse Besouro.

– Provocando naufrágios... você quer dizer como costumavam fazer nos Rochedos Atrozes antigamente?

– É – disse Besouro, que como todas as crianças do Castelo tinha crescido ouvindo histórias do apavorante litoral rochoso para além da Floresta e do povo selvagem de lá que vivia de atrair navios para seu fim. – Mas o que é realmente estranho é que eles estão usando o que parece ser uma antiga **Esfera de Luz**. Onde poderiam ter conseguido uma coisa dessas?

– No farol – disse Jenna. – Lembra que hoje de manhã nós não vimos a **Luz**? Eles a roubaram do farol.

– É *claro* – disse Besouro. – Uau, aquele farol deve ser incrivelmente antigo. Este lugar é tão estranho.

– E vai ficando mais estranho a cada instante – disse Jenna. – Olha só *aquilo*. – Ela apontou para o mar aberto, onde, à direita do Pináculo, um longo tubo vermelho com uma curva no alto estava saindo de dentro d'água. Besouro e Jenna ficaram olhando o cano girar até sua ponta estar voltada para o Pináculo e parar. Ele então permaneceu imóvel. O único movimento era da crista branca das ondas minúsculas que se quebravam sobre uma rocha vermelha abaixo do cano.

– Aquilo é um Tubo de Espiar – disse Besouro. – Nós temos... quer dizer... *eles têm* um igual no Manuscriptorium. Ele desce para a sala dos Encantamentos **Instáveis** para nós... para *eles*... poderem ficar de olho no que está acontecendo por lá.

– Quer dizer que tem alguém vigiando, escondido *dentro do mar*? – perguntou Jenna.

– Parece que sim – respondeu Besouro. – Como você disse, está ficando cada vez mais estranho.

✢ 34 ✢
A Syrena

Septimus e Syrah caminhavam pelo capim resistente no topo do penhasco em direção à Espia. Soprava uma brisa forte, trazendo consigo o cheiro do mar.

– Septimus – sussurrou Syrah –, há algumas coisas que preciso te dizer, mas vou olhar para o chão enquanto estiver falando. Lendo os lábios, a **Syrena** pode saber o que a pessoa está dizendo.

– Ela pode nos ver? – perguntou Septimus, com um calafrio percorrendo seu corpo.

– Ela **Observa** através das janelas no alto... *não olhes para cima*. Preciso dizer-te isso para o caso de as coisas darem errado...

— Nem pense numa coisa dessas — avisou Septimus.

— Mas para o teu bem, preciso fazer isso. Quero te dizer como fugir.

— Não vou precisar fugir — disse Septimus. — Voltaremos juntos. Assim. — Pegou a mão de Syrah, e ela sorriu.

— Mas só por via das dúvidas — insistiu. — Precisas saber que uma vez que estiveres dentro da Espia a entrada desaparecerá, embora ela ainda continue lá. Faz uma marca no chão logo que entrarmos. Faz a mesma coisa nas Profundezas...

— Profundezas?

— Sim. É aonde devemos ir. Saberás o motivo quando estivermos lá. Estás com a **Chave** escondida debaixo da túnica?

Septimus fez que sim.

— Ótimo. Agora, se precisares fugir das Profundezas, há uma escada que leva de volta à Espia, mas não vá por ali, a não ser que seja absolutamente necessário. Essa escada está incrustada bem fundo na rocha, e o ar não é seguro. Há outra escada que sai do Posto de Observação, que é uma fileira de janelas no penhasco, e não há problema com ela. Vais encontrá-la do lado oposto à janela do meio. Certo?

Septimus confirmou com um gesto de cabeça, se bem que estivesse longe de achar que estava certo.

Chegaram à sombra da Espia.

— Vira-te e olha o mar. Não é lindo? — disse Syrah.

Perplexo, Septimus olhou para Syrah de relance. Parecia estranho admirar o mar num momento como aquele, mas viu que era o que Syrah estava fazendo, e deu as costas para as janelas de **Observação** da Espia.

Os dois olharam para longe, através da névoa de calor tremeluzente, e Septimus viu ainda outra ilha – um montículo verde e arredondado com uma pequenina faixa de areia branca – cravada no mar azul cintilante. O sol aquecia o topo do penhasco varrido pela brisa, e Septimus inspirou o ar salgado, saboreando-o como se fosse a última vez que estivesse respirando.

– Septimus – disse Syrah num sussurro –, tenho de avisar-te que depois que entrarmos na Espia vai haver alguns momentos horrorosos enquanto... hã... acontecerem coisas comigo. De início, não vou ter controle do meu corpo, mas não fiques alarmado. Conta *devagar* até cem; e, quando chegares ao cem, a menos que alguma coisa dê errado, conseguirei fazer o que eu quiser. Mas não vou conseguir dizer o que eu quiser – a **Syrena** tem poder sobre as palavras. Então, lembra-te disto: *Confia apenas em minhas ações, não em minhas palavras.* Estás entendendo?

– Estou, mas...

– Mas o quê?

– Bem, o que não estou entendendo é... com certeza a **Syrena** vai se perguntar por que eu estou lá... quer dizer, não acho que você leve amigos à sua casa com frequência. – Ele tentou um sorriso.

Syrah fixou o olhar no azul brilhante.

– Não, não levo – respondeu baixinho. – Mas a **Syrena** vai receber-te muito bem. Ela disse que quer ver outras pessoas, que está cansada de mim. Estás compreendendo realmente o que estou dizendo? – perguntou Syrah. – É uma coisa perigosa essa que vais fazer. Ainda podes ir embora, de volta para a luz do sol.

– Sei que posso – disse Septimus –, mas não vou.

Syrah deu-lhe um sorriso aliviado. Ela virou-se, e juntos caminharam os poucos metros que restavam para chegar à Espia. Pararam na frente da antiga entrada em arco, que estava preenchida por uma escuridão inconstante que Septimus reconheceu da descrição no testamento do jovem Mago ExtraOrdinário.

Syrah voltou-se para ele, com os olhos ansiosos.

– *BloqueioMental* – disse apenas movimentando os lábios.

Septimus fez que sim e apertou a mão de Syrah.

Juntos, deram um passo para atravessar as sombras... e entrar na claridade surpreendente da Espia. Syrah largou a mão de Septimus, como se a mão dele tivesse de repente queimado a sua, e correu para a parede oposta à da entrada, colocando a maior distância possível entre eles.

Septimus estava sozinho.

Com a sola da bota, ele riscou rápido um X no chão de terra batida. Com seu **BloqueioMental** produzindo lembranças reconfortantes de uma tarde na feira do Equinócio da Primavera com Jenna e Besouro, olhou para Syrah de relance no outro lado da torre. A menina estava espremida contra a parede e tinha a expressão de um coelho fugindo de caçadores. Septimus sentiu-se mal. Olhou para outro lado e começou a examinar sistematicamente o interior da Espia, observando tudo com muita atenção como se estivesse fazendo um projeto que Márcia tivesse lhe passado como dever de casa.

As paredes internas da Espia eram cobertas com um reboco branco rústico. A claridade do sol entrava pela fileira de pequeninas janelas que ficavam no topo, lançando longas listras brilhantes sobre o chão de terra batida, no meio do qual Septimus viu um círculo luminoso, delimitado com pedras. O único móvel era uma escada enferrujada sobre rodas, das que se usam em bibliotecas, pendente de um trilho circular que ficava logo abaixo das fendas de vigia. Empoleirada no alto da escada havia uma cadeirinha de metal e – sim, agora ele a via – sentada na cadeira estava o vulto azul-claro de uma mulher. Essa, adivinhou Septimus, era o **Espírito de Possessão** da **Syrena**.

Fantasmas extremamente antigos podem às vezes parecer **Espíritos de Possessão**, especialmente se eles perderam o interesse em ser fantasmas, como acontece com alguns, depois de muitos milhares de anos, mas Septimus sabia a diferença entre um **Espírito** e um fantasma. É só esperar que ele faça um movimento – um fantasma vai manter sua forma, ao passo que um **Espírito**, não. Septimus não teve de esperar muito. O vulto alongou-se, transformando-se numa tira comprida de partículas azuis que começaram a rodopiar como um tornado minúsculo. Ele saiu deslizando da cadeira, voou acompanhando três vezes o círculo de janelas, ganhando velocidade enquanto isso, antes de mergulhar direto para onde estava Syrah.

Do outro lado da torre, Syrah lançou um olhar de pânico para Septimus. *Confia em mim*, disse, apenas movendo os lábios – e então sumiu. O redemoinho azul formou uma espiral sobre a cabeça da menina e a envolveu num clarão azulado. Syrah estava **Possuída**.

Septimus estremeceu. Respirou fundo e começou a contar até cem. Certa vez, Márcia tinha dito a Septimus que era realmente uma coisa terrível ver um ser humano ser **Tomado** por um **Espírito de Possessão**. Agora ele entendia por quê – a nova Syrah era uma coisa grotesca. Ela veio fazendo piruetas na direção dele, rodopiando como uma criança dançando – ficou na ponta dos pés, sacudiu as mãos, arreganhou os dentes num sorriso falso. Septimus mal conseguia olhar. Ela fazia com que se lembrasse das marionetes de tamanho natural que ele tinha visto no Pequeno Teatro nos Emaranhados não fazia muito tempo. Septimus tinha achado as marionetes horripilantes – e Márcia, que ele tinha arrastado para o teatro, concordou. "Parecem esqueletos acionados por barbantes", Márcia tinha dito.

Syrah-acionada-por-barbantes chegou aonde Septimus estava e, ainda rodopiando e saltitando, começou a falar, mas não com sua voz.

– Ela te traiu, Septimus – zombava a voz profunda e retumbante da **Syrena**, enquanto Syrah executava uma dança mecânica. – Ela te trouxe aqui por ordem minha. E ela não fez isso de forma brilhante? Boa menina, ah, eu *sou* uma boa menina. Ele servirá perfeitamente, e é mais **Mágyko** do que tu, Syrah. E como vou gostar de cantar com a voz de um menino... muito mais pura do que a voz de uma menina.

Septimus de repente se convenceu de que Syrah o tinha realmente traído. Olhou nos olhos dela para tentar ver a verdade, e desviou o olhar cheio de horror – eles estavam cobertos com uma película leitosa. Foi então que lhe veio um pensamento, que estava bem escondido abaixo de seu **BloqueioMental**. Se Syrah o tinha trazido para a Espia por ordem da **Syrena**, por que tinha dito a ele como fugir? Deu uma olhada para trás, para ver se a entrada para a torre tinha desaparecido mesmo. Tinha, mas seu X ainda estava lá.

Syrah percebeu seu olhar cheio de pânico.

– Não existe nenhuma saída – disse, rindo. – Ela não te contou?

Septimus começou a desenvolver vários pensamentos despistadores sobre o quanto ele odiava Syrah pelo que ela tinha feito, mas por baixo desses pensamentos ele começava a ter alguma esperança. Se a **Syrena** pensava mesmo que Syrah não tinha contado a ele sobre a entrada que desaparecia, então isso devia significar que Syrah estava conseguindo construir seu próprio **BloqueioMental** – a não ser, é claro, que a **Syrena** estivesse blefando duplamente. A cabeça de Septimus girava, determinada a manter seu **BloqueioMental** funcionando – criando agora um pânico total a respeito da **Syrena** – e por baixo tentando ficar calmo e lidar com as coisas.

A Syrah marionete saltitava em volta dele, dando piparotes no seu cabelo, puxando sua túnica, e Septimus fez o maior esforço para se manter firme e continuar a contar devagar até cem. Ele tinha chegado aos noventa com Syrah deslizando em volta dele em círculos, dando risadinhas como um espírito histérico, e ele começou a ter medo de que Syrah não conseguisse recuperar o controle. Septimus continuou a contar, obstinado, e, para seu alívio, quando chegou a noventa e sete, Syrah parou bruscamente, sacudiu a cabeça e deu um suspiro longo e sobressaltado. A macabra boneca dançante já não estava ali.

Syrah virou-se para Septimus, deu um sorriso torto e, devagarinho, como se estivesse se acostumando de novo ao seu corpo, apontou para o círculo brilhante no meio do chão. Fez um sinal afirmativo com a cabeça, correu em direção ao círculo e, para espanto de Septimus, saltou para dentro e desapareceu. Seguiu-se um baque suave, e algumas penas vieram subindo.

Septimus correu para a beira do buraco e olhou lá dentro, mas tudo o que pôde ver foram penas. Era um momento de decisão. Nesse exato instante, ele poderia simplesmente sair através da parede, no lugar marcado com o X, e nunca mais ver Syrah de novo. Graças a Syrah, Cospe-Fogo logo estaria bem. Septimus, Jenna e Besouro poderiam deixar a ilha, e ele poderia esquecê-la por completo. Mas Septimus sabia que não conseguiria jamais esquecer Syrah. Fechou os olhos e pulou.

Ele aterrissou numa tempestade de plumas de gaivotas lá embaixo. Tossindo e cuspindo, ficou em pé, cambaleante. Quando todas as penas voltaram a se assentar, Septimus viu Syrah esperando por ele numa estreita entrada em arco no alto de uma escada. Ela acenou para ele. Septimus atravessou com esforço o aposento, subiu a escada, e eles partiram por um corredor branco estreito aberto na rocha. Syrah impôs um ritmo veloz: as passadas de seus pés descalços eram abafadas pelo som das botas de Septimus enquanto ele a acompanhava. O corredor levou os dois por uma longa fileira de janelas que Septimus reconheceu como o Posto de Observação, e quando estavam passando pela janela do meio, ele viu a entrada para a escada de fuga. Começou a sentir-se um pouco mais confiante.

Septimus seguiu Syrah por mais duas curvas até um caminho sem saída – o corredor estava fechado com uma parede feita de uma substância brilhante e incrivelmente lisa. Syrah colocou a palma da mão sobre um ponto gasto no lado direito da parede. Uma luz verde brilhou por baixo de sua mão, e então uma porta oval camuflada se abriu tão silenciosamente que Septimus, tomado de surpresa, deu um pulo para trás.

Ele atravessou a soleira e seguiu Syrah para dentro de um aposento circular e pequeno cujas paredes, chão e teto eram feitos do mesmo material negro e brilhante. Syrah pressionou sua mão num outro ponto gasto ao lado da porta. Uma luz vermelha brilhou, e a porta se fechou. Com muita determinação, ela foi até uma seta cor de laranja clara que parecia, pensou Septimus, estar flutuando um pouco abaixo da superfície da parede – como um nadador preso embaixo do gelo. Sentiu um arrepio, sabendo que nesse momento também ele estava preso. Syrah apertou a seta, que apontou para o chão, e Septimus de repente teve uma sensação apavorante de estar caindo.

Encostou-se na parede. Sentia-se mal, e seu estômago parecia ter ido direto para seus ouvidos. Olhou para o chão – ele ainda estava lá. Então por que parecia que ele estava caindo a uma velocidade vertiginosa?

– Porque estamos – disse Syrah, com a voz cheia e retumbante da **Syrena**.

Com uma pontada de medo, Septimus percebeu que seu **BloqueioMental** tinha falhado. Mais que depressa ele o refez com alguns pensamentos instigadores, de seu encontro com Menino Lobo na Estrada de Aterro – um encontro que parecia ter acontecido anos e não alguns dias atrás. Deu uma olhada de relance para Syrah, mas ela estava com o olhar fixo na seta cor de laranja, que se movia devagar para baixo. Septimus decidiu que o melhor seria reagir da forma mais natural que pudesse.

– Como é que podemos estar caindo e ainda assim continuar no mesmo lugar? – perguntou.

– Nós podemos ser muitas coisas ao mesmo tempo – respondeu Syrah. – Especialmente num lugar antigo como este.

– Antigo? – perguntou Septimus, com gentileza, mudando seu **BloqueioMental** para um ligeiro interesse pelo que Syrah estava dizendo.

– Conheço este lugar desde os Tempos que a Memória Não Alcança – disse ela.

— Mas isso não é possível – disse Septimus, chocado. – **Nada** permaneceu dos Tempos que a Memória Não Alcança. Não sobrou nada daquele Tempo.

— Exceto isto – respondeu Syrah, indicando o aposento com um amplo gesto de sua mão. Ela passou o dedo pela parede, e uma luz opaca, cor de laranja, seguiu seu movimento, enfraquecendo quando ela o afastou.

Septimus estava tão intrigado que, por um instante, esqueceu com quem estava falando.

— Isso é **Magya**? – perguntou.

— Isso está Além da **Magya**. – Foi a resposta.

Subitamente o estômago de Septimus foi parar nos pés.

— Aqui estamos – anunciou Syrah.

Com seu **BloqueioMental** ocupado se perguntando sobre os Tempos que a Memória Não Alcança, Septimus reparou que a seta laranja agora apontava para cima. Syrah atravessou o aposento, e Septimus observou como a menina mais uma vez colocou a mão sobre uma pequena área em que o brilho estava enfraquecido pelo uso. Uma luz verde luziu brevemente sob sua mão, e uma porta oval do lado oposto do aposento se abriu. Uma desagradável corrente de ar úmido atingiu-os.

O tom retumbante da voz de Syrah encheu o aposento.

— Bem-vindo às Profundezas – disse.

✢➤35✢✢
As Profundezas

Septimus e Syrah entraram num corredor largo de tijolos aparentes, iluminado pelas mesmas lâmpadas brancas que chiavam, as preferidas de Ephaniah Grebe para o subsolo do Manuscriptorium.

A temperatura caía sem parar enquanto os dois caminhavam, e Septimus podia ver sua respiração formando nuvens de gelo no ar. Estava concentrado em seu **BloqueioMental** – a caminhada que fizera no ano anterior pelo Caminho de Fora com Lucy Gringe. Ficou se perguntando por que essa lembrança veio à sua mente assim do nada, e então se deu conta de que aquele passeio rumo ao desconhecido o tinha levado a enormes problemas. E ele teve a nítida sensação de que o que estava acontecendo agora também poderia ter o mesmo resultado. Olhou furtivamente para as divisas de Aprendiz Sênior, seu brilho **Mágyko** ainda visível por baixo das manchas causadas pela cauda de Cospe-Fogo, e disse a si mesmo que o que quer que tivesse de fazer nesse momento, conseguiria. Ele era, lembrou-se, o único Aprendiz que tinha conseguido completar a **Demanda**.

O corredor virava sempre para a esquerda e, depois de alguns minutos, os dois chegaram até um amplo lance de escadas, que tinha ao seu pé uma parede maciça do mesmo material negro brilhante usado na câmara móvel. Septimus podia ver o formato retangular de um grande portal cravado ali, e adivinhou que estavam perto de terminar a viagem.

Enquanto iam descendo a escada, a voz cavernosa da **Syrena** falando através de Syrah trovejou de repente e de forma chocante:

– O menino não passa daqui.

Septimus ficou imóvel.

Syrah fez que não. De maneira frenética, fez sinais com os dedos para que ele prosseguisse, enquanto a voz da **Syrena** dava uma ordem contrária:

– Para trás! Não toque na entrada!

Septimus não avançou. Não porque estivesse obedecendo à voz, mas porque parecia que alguma espécie de batalha estava sendo travada entre Syrah e sua **Possessora**, e ele queria manter distância. Viu quando Syrah levantou a mão na direção do painel de abertura gasto pelo uso ao lado da porta, com um estranho movimento de tremor, e percebeu os músculos dos braços da menina se retesando enquanto, com um tremendo esforço, ela forçava a mão a tocar o painel. Lentamente, a porta se abriu com um sopro, e Syrah avançou, empurrando uma ventania imaginária como se fosse uma artista fazendo mímica. Terrivelmente apreensivo, Septimus seguiu-a.

A porta fechou-se atrás deles. Um estalo baixinho cortou o ar, e surgiu uma luz azul. Septimus abafou um grito. Estavam numa caverna altíssima escavada muito fundo na rocha. Acima de sua cabeça, pendiam longas estalactites, cintilando à luz etérea azulada, e, a seus pés, estava o maior alçapão de Túneis de Gelo que ele jamais tinha visto. Foi um choque para Septimus.

Não foi o tamanho monumental do alçapão que o chocou – mas, sim, o fato de ele estar inundado de água. A protuberância ligeiramente arredondada do alçapão surgia feito uma ilha num mar de correntezas cinzentas arenosas, que cobriam o chão da caverna. Pela primeira vez na vida, Septimus viu um alçapão de Túnel de Gelo sem sua cobertura protetora de gelo, e isso era impressionante. Era uma peça sólida de ouro escuro polido, com uma **Chapa de Vedação** de prata, elevada no centro. Gravada no ouro via-se uma linha comprida com inscrições grudadas umas nas outras, começando na **Chapa de Vedação** e se estendendo em espiral até a borda.

O dedo trêmulo de Syrah apontava o alçapão. Sua outra mão foi até seu pescoço, depois saltou, agarrou o dedo que estava apontando e o forçou para baixo. Agora Septimus sabia qual o motivo de ele estar ali: Syrah queria que ele **Vedasse** o alçapão com a **Chave**. Ele não sabia por que havia um Túnel de Gelo ali, e não sabia por que ele estava **Sem Vedação**, mas o que ele sabia era que tinha de agir rápido. Syrah estava perdendo o controle de seus atos. Ele tirou rapidamente a **Chave** da Alquimia do pescoço, abaixou-se, ficando de quatro na água gelada, e segurou a **Chave** acima da **Chapa de Vedação**. Ele sentiu o olhar fixo de Syrah em sua nuca e olhou de relance para cima. Os olhos brancos da menina estavam assistindo ao que ele fazia com a expressão de um carcaju pronto para dar o bote.

De repente, Syrah atirou-se sobre a **Chave** e a pegou. Septimus levantou-se de um salto, e então, de maneira bizarra, com os músculos tremendo pelo esforço de lutar contra a vontade da **Syrena**, Syrah colocou de propósito a **Chave** de volta na mão dele enquanto seus lábios formaram as palavras *Foge, Septimus, foge*. Com uma súbita força que veio de dentro, o corpo da menina foi atirado ao chão, e ela ficou estatelada na piscina de gelo derretido.

Septimus ficou parado por um momento sem saber o que fazer, perguntando-se se poderia de alguma forma salvar Syrah, mas em seguida viu surgir de sua forma prostrada uma reveladora névoa azul. Voltou a si e bateu com a palma da mão no painel gasto na parede negra. A porta abriu-se com um chiado. Atrás de si, Septimus viu o **Espírito de Possessão** levantando-se de Syrah como um caranguejo que sai da casca, e fugiu correndo.

Rezando para que a porta se fechasse antes que a **Syrena** a alcançasse, Septimus tratou de subir correndo pela escada, suas botas batendo com estrépito na pedra. Quando chegou ao topo, virou-se bem a tempo de ver o **Espírito** da **Syrena** espremendo-se pelo vão que não parava de se estreitar. Septimus não esperou para ver mais. Disparou pelo corredor de tijolos, em curva, que parecia não terminar nunca, mas finalmente viu a parede negra e brilhante da câmara móvel. Ele sabia que sua única chance era entrar ali e fechar a porta *rápido*.

Parou derrapando em frente à parede nua. *Onde é que estava a porta?* Respirou fundo. *Concentre-se, concentre-se*, disse a si mesmo. De repente ele viu o ponto gasto pelo uso em que Syrah tinha tocado. Pôs a palma da mão sobre aquele ponto. Uma luz verde brilhou por baixo dela, e a porta se abriu rapidamente. Septimus pulou para dentro e bateu a mão no lugar desgastado do outro lado da porta. Assim que a porta começou a se fechar, ele viu a **Syrena** aparecendo na última curva do corredor, tão perto que Septimus podia ver suas características – o longo cabelo esfiapado esvoaçando como se estivesse numa brisa fantasmagórica, os olhos leitosos olhando fixo para ele, as mãos magras, ossudas e esticadas na sua direção. Era uma visão horripilante, mas havia uma coisa ainda pior. Correndo na frente dela estavam *Jenna e Besouro*, gritando *"Espera, Septimus! Espera!"*.

Antes que ele tivesse tempo de reagir, a porta se fechou.

Septimus descobriu que estava tremendo. Do outro lado da porta, ele ouviu os berros de Jenna e Besouro: *"Socorro! Deixa a gente entrar, deixa a gente entrar!"*

Aquilo era uma **Projeção**, ele *sabia* disso. Jenna e Besouro estavam exatamente iguais à imagem que Septimus tinha formado deles no **BloqueioMental**: Besouro usava seu uniforme do Manuscriptorium, e não sua elegante túnica nova de Almirante, que ele se recusava a tirar desde que a comprara. Mas a **Projeção** deixou Septimus apavorado; a **Syrena** era poderosa – ela podia fazer as **Projeções** *falarem*.

Septimus sabia que tinha de fazer a câmara se movimentar. Ignorando os apelos das **Projeções**, foi até a seta cor de laranja, mas assim que se inclinou para apertá-la, a **Syrena** começou a cantar.

Septimus ficou totalmente paralisado. Sua mão caiu sem firmeza ao lado do corpo, e tudo o que ele desejou foi escutar o som mais belo do mundo. Como, perguntou-se, tinha conseguido viver sua vida sem isso? Nada – *nada* – tinha significado algum diante disso. A melodia era preciosa. A canção dava voltas e se elevava pela câmara, enchendo seu coração e sua mente de contentamento e esperança, porque, num segundo, quando abrisse a porta e deixasse a **Syrena** entrar, sua vida estaria completa. *Isso* era o que ele sempre tinha desejado. Com ar sonhador, foi andando de volta até a porta.

No instante em que a mão de Septimus pairou sobre o painel de abertura, imagens brilhantes jorraram em cascata por sua mente: dias intermináveis em praias ensolaradas, nadando preguiçosamente em mares verdes de água morna, risos, alegria, amizade. Ele se sentiu como se estivesse cercado por todas as pessoas que amava – até Márcia estava lá. O que, pensou de repente, era um pouco estranho. Será que queria *mesmo* que Márcia estivesse ali em sua ilha junto com ele? Uma imagem de Márcia olhando-o com ar de reprovação inundou sua cabeça, e por um breve instante essa imagem substituiu a canção da **Syrena**.

Esse instante foi o suficiente. Mantendo firmes em sua mente imagens dos momentos em que Márcia mais lhe chamara a atenção – o que era fácil, porque eram tantos entre os quais poderia escolher –, Septimus deu um salto rápido para a seta cor de laranja e apertou com força. Enquanto Márcia lhe dizia que *estava atrasado de novo só porque tinha se escondido no quintal dos fundos do Manuscriptorium bebendo aquela coisa horrível com Besouro... como se chamava?, RefriBota? E se ele pensava mesmo que tinha o direito de acionar a escada para o modo de* emergência *e causar transtornos a todos os Magos que trabalhavam tanto e que estavam ocupados com seus afazeres... estava redondamente enganado,* a câmara deu um solavanco, e o estômago de Septimus foi parar nos pés. E ele soube que estava subindo.

Septimus passou a viagem na companhia de uma Márcia irada, entrando com passos decididos na casa de Marcellus Pye e perguntando *o que Septimus pensava que estava fazendo ali*, até que, afinal, a câmara parou. Ele pressionou rapidamente o painel de abertura, a porta se abriu e, ao acompanhamento de Márcia reclamando da higiene, ou, para ser mais preciso, da falta de higiene de Cospe-Fogo, Septimus saiu correndo. Enquanto corria, ouviu a voz da **Syrena** gritando das profundezas: "Irei atrás de ti, Septimus, e *hei de encontrar-te...*"

Septimus fechou a estreita escada de fuga, que tinha sido talhada na rocha do penhasco, e surgiu na Espia através de uma saída **Oculta**. Viu o X que tinha marcado no chão do lado leste, respirou fundo e correu direto rumo à parede de aparência sólida atrás da marca. De repente, ele estava de pé sobre a relva resistente do topo do penhasco, respirando o ar puro e cálido.

Syrah tinha dito a verdade.

⊹➤36⭠⊹
O Cadete-Chefe

Septimus saiu correndo da Espia, perguntando-se quanto tempo o **Espectro** da **Syrena** levaria para subir turbilhonando pela escada de fuga no seu encalço. Enfurnou-se sob a proteção das árvores e começou imediatamente a criar um **Escudo de Proteção** básico – algo que não exigia muita concentração. Completou-o com um encantamento de **Invisibilidade e Silêncio** e partiu pelo bosque, esperando que a **Syrena** não tivesse a capacidade de **Ver** os sinais indicadores de **Magya** – como algumas Entidades tinham. Quando saiu do outro lado das árvores, Septimus desceu por um caminho mais curto e mais íngreme na encosta do morro que levava à proteção das dunas mais abaixo.

Enquanto meio corria, meio escorregava pela encosta do morro, Septimus não conseguia tirar da cabeça a imagem de Syrah jogada na água. Essa imagem o levava direto de volta ao tempo em que tinha visto um menino do Exército Jovem, deixado como morto na parte rasa do rio; e lembranças de exercícios noturnos do Exército Jovem na Floresta começaram a atormentá-lo. Perseguido por seus pensamentos, Septimus foi atravessando as dunas e ficou espantado ao topar com Jenna e Besouro – mas nem de longe tão espantado quanto eles.

– Aaai! – gritou Jenna, golpeando o ar. – Besouro, socorro! Tem alguma coisa aqui! Pega, pega... Ah, Sep, é *você*. O que você está fazendo aqui?

Septimus tinha removido muito depressa sua **Invisibilidade**, mas não antes de Besouro acertar um tapa no seu braço.

– Ai! – gritou ele.

– Sep! – exclamou Besouro, ofegante. E então, ao ver a expressão de Septimus, perguntou, preocupado: – Ei, o que aconteceu? É... não é nada com Cospe-Fogo, certo?

Septimus fez que não. Pelo menos essa era uma coisa com que não tinha de se preocupar, graças a Syrah.

Sentado nas dunas, assistindo à bola laranja do sol afundar por trás de uma tira de nuvens no horizonte, delineando-o com tons de roxo e rosa luminosos, Septimus contou-lhes o que tinha acontecido.

Fez-se silêncio no final da história.

– Foi loucura fazer isso, Sep – disse Jenna, então –, entrar numa torre assustadora com essa garota Syrah... ou seja lá o que ela for. Algum tipo de espírito da ilha, imagino.

– Syrah *não* é um espírito da ilha – disse Septimus. – Ela é uma pessoa de verdade.

– Então por que ela não veio falar com a gente como uma pessoa de verdade viria? – perguntou Jenna.

– Syrah *é* uma pessoa real – insistiu Septimus. – Você não entende porque ainda não a conhece.

– Bem, eu espero não vir a conhecê-la – disse Jenna, estremecendo. – Ela parece esquisita.

– Ela *não* é esquisita.

– Está bem, não precisa ficar mal-humorado, Sep. É que estou tão feliz por você ter saído de lá, só isso. Você teve sorte.

– *Ela* não teve – resmungou Septimus, com os olhos fixos nos pés.

Jenna lançou um olhar para Besouro como se estivesse perguntando o que ele achava. Besouro fez que não, de modo imperceptível. Ele realmente não estava conseguindo entender a história de Septimus – e em especial a descrição do alçapão do Túnel de Gelo. Besouro tentou se lembrar da semana anterior nos Subterrâneos do Manuscriptorium, quando Márcia tinha deixado que ele visse a Planta Viva dos Túneis de Gelo, ou será que não tinha deixado? Ele sabia que não tinha visto um Túnel de Gelo saindo por baixo do mar. *Disso* ele teria se lembrado. Mas Besouro também sabia que o fato de não tê-lo visto não significava nada. Márcia poderia facilmente ter **Ocultado** parte das informações. Todos no Manuscriptorium sabiam que a Maga ExtraOrdinária somente lhe mostrava o que queria que você visse. Mas, mesmo assim, ele achou difícil acreditar.

– Tem certeza de que era um alçapão de Túnel de Gelo, Sep? – perguntou ele. – Eles não costumam ser tão grandes.

– Eu sei, Besouro – retrucou Septimus. – E também conheço um alçapão de Túnel de Gelo quando vejo um.

– Mas um Túnel de Gelo aqui fora... Isso aqui é muito, muito longe do Castelo – disse Jenna. – Ele teria de percorrer toda essa distância por baixo do mar.

– É, eu *pensei* nisso – disse Septimus. – Eu não estou inventando essa história, sabiam?

– Não, é claro que não está – disse Besouro, apressado. – Mas as coisas nem sempre são o que parecem.

– Especialmente numa ilha – acrescentou Jenna.

Septimus já estava cheio daquilo tudo.

– Vou voltar para ver Cospe-Fogo – disse ele, levantando-se e espanando a areia de sua túnica. – Ele ficou sozinho a tarde inteira.

Jenna e Besouro se levantaram.

– Nós vamos também – disseram eles juntos, e então deram um largo sorriso um para o outro, para grande irritação de Septimus.

Um movimento lá para o lado do Pináculo de repente atraiu a atenção deles. Os três se abaixaram nas dunas mais uma vez e ficaram espiando. O *Saqueador* estava se movimentando. Eles se deitaram na areia, vendo-o ir embora, mas o barco não se dirigiu para o mar, como esperavam. Em vez disso, voltou-se para a direita e seguiu um curso ao longo da ilha, contornando as rochas que partiam do esconderijo de Cospe-Fogo. O *Saqueador* era uma bela embarcação, apesar de sua tripulação, e compunha um quadro poético destacado contra o céu que escurecia, iluminado pelas primeiras estrelas.

– Esta ilha é tão bonita – disse Besouro, com um suspiro, enquanto observava o *Saqueador* por fim desaparecer por trás das rochas. – É tão difícil acreditar que qualquer coisa de ruim possa acontecer aqui.

– Tem um ditado do Exército Jovem que diz "A beleza atrai com mais facilidade para o perigo".

Tinha anoitecido, e a **Luz** brilhava como uma lua pequena e reluzente. Quando Septimus, Jenna e Besouro saíram do esconderijo e começaram a caminhar pela praia, eles não viram que alguma coisa nova chegava à base do Pináculo. Uma longa cápsula vermelha surgiu na água, abriu uma escotilha e despejou três vultos enlameados. O menor subiu pelo Pináculo como um grande morcego e se acomodou ao lado da **Esfera de Luz**. Se alguém tivesse se voltado para olhar para trás, poderia ter visto a minúscula sombra negra de Miarr delineada na luminosa bola branca, mas ninguém se virou. A **Luz** era algo para onde todos eles, por instinto, evitavam olhar. Seu brilho causava dor.

* * *

Não foi fácil andar pela praia. Septimus insistiu para que eles fossem pela areia fofa, escondidos sob a proteção das dunas, e também fez questão de que Jenna e Besouro fossem na frente.

– Não podemos ir pela areia mais perto da água? – perguntou Jenna. – Seria tão mais fácil.

– Ficaríamos muito expostos – disse Septimus.

– Mas já está escurecendo. Ninguém consegue nos ver.

– Conseguiriam se estivéssemos na praia. Os vultos sobressaem numa praia. É um lugar vazio.

– Imagino que tenha um ditado do Exército Jovem para isso também.

– "Uma árvore solitária é fácil de ver."

– Os poetas no Exército Jovem eram bem fraquinhos.

– Não precisa ser tão crítica, Jen.

Jenna e Besouro seguiram trôpegos, acompanhados por Septimus, que estava andando de um jeito esquisito, como um caranguejo, o que Besouro percebia sempre que olhava de relance para trás.

– Tudo bem aí? – perguntou Besouro.

– Tudo bem – respondeu Septimus.

Eles se aproximaram das rochas que contornavam o que eles consideravam ser sua baía. Jenna estava prestes a pular para cima delas quando Septimus a impediu.

– Não – disse ele. – A **Syrena**... ela vai nos ver.

Jenna estava cansada e irritadiça.

— Como ela *consegue* isso, Sep? Nós não estamos enxergando a droga da torre daqui. Portanto, ela não tem como nos ver.

— Além disso, com um **Espectro de Possessão Residente**, não há problema algum – disse Besouro. — A menos que façamos a loucura de *entrar* na torre.

— Ela disse que viria me pegar, Besouro – disse Septimus. — Você não estava lá.

— Eu sei, mas... bem, pense só, Sep. Calculo que essa coisa... e é "uma coisa", não uma "mulher"... Calculo que a coisa disse que viria e pegaria você *na torre*. Ela achou que você estava preso lá, certo? Ela não sabia que você sabia como sair. Por isso, é provável que ela ainda esteja neste exato momento correndo de um lado para o outro, à sua procura. Ou talvez tenha desistido e voltado para...

— Por favor, cala a boca, Besouro. Tá bom? — retrucou Septimus. Não conseguia suportar a ideia de que a **Syrena** voltasse para Syrah.

— É, tá bom, Sep. Foi um dia difícil, dá para ver que foi.

Septimus sabia que o que Besouro tinha dito fazia sentido, mas não conseguia se livrar de uma sensação de ameaça crescente. O fato era que ele não tinha cumprido o que Syrah lhe pedira. O Túnel de Gelo ainda estava **Sem Vedação**, e alguma coisa lhe dizia que a conversa de Syrah a respeito da ameaça ao Castelo significava mais do que simplesmente um alçapão de Túnel de Gelo **Sem Vedação**. Mas ele não via como poderia fazer Jenna e Besouro entenderem.

– Não me importo. – Foi tudo o que disse. – Nós **não** vamos passar pelas rochas. Ficaríamos muito expostos. Vamos entrar nas dunas em fila indiana e num silêncio de combate...

– *Silêncio de combate?* – Besouro parecia não acreditar.

– *Shhh!* Isso aqui é sério, tão sério quanto qualquer exercício de Tudo-ou-Nada na Floresta. Concorda?

– Não, mas acho que não faz diferença. Parece que você já decidiu mesmo ser o Cadete-Chefe – observou Besouro.

– *Alguém* tem de ser – respondeu Septimus. Ele nunca tinha admitido, nem para si mesmo enquanto estava no Exército Jovem, mas sempre tinha nutrido uma ambição oculta de um dia chegar a Cadete-Chefe. – Vocês vão na frente, homens – disse ele, assumindo o papel.

– *Homens?* – protestou Jenna.

– Você pode ser um homem também, Jen.

– Ah, *maravilha*! *Muito* obrigada, Sep. – Jenna fez uma careta para Besouro, que respondeu com outra.

– Mas... – começou Besouro.

– *Shhh.*

– Não, agora você vai me ouvir, Sep – disse Besouro. – É importante. Se você está tão convencido de que o **Espectro de Possessão** vai sair para pegá-lo, acho que se esqueceu de uma coisa. Tudo o que o espectro precisa fazer é seguir nossas pegadas e depois, mais tarde, quando todos estivermos dormindo no esconderijo...

– Besouro, *não faça isso!* – Jenna estremeceu.

– Desculpa. – Besouro pareceu envergonhado.
– Não há pegada alguma a seguir – disse Septimus. – É por isso que estou em último lugar. Para despenteá-las.
– Para fazer *o quê*? – perguntaram Besouro e Jenna.
– Linguagem técnica.
– *Despentear* é uma palavra técnica? – perguntou Besouro, quase rindo.

Mas Septimus estava sério que só ele.

– É uma técnica do Exército Jovem.
– Bem que eu achei que era – resmungou Besouro.
– É o jeito de você movimentar os pés na areia. Olhem, assim... – Septimus fez uma demonstração de como arrastava os pés como um caranguejo. – Vejam, a gente *despenteia* a areia. Se for feito do modo correto, fica impossível que alguém descubra suas pegadas, mas só em areia fofa. Não funciona em areia mais firme, é óbvio.
– É óbvio.

Jenna e Besouro partiram pelas dunas, com Septimus atrás deles. Ele os direcionou para uma trilha funda e estreita, como um cânion em miniatura. Sua borda superior tinha uma franja do capim áspero das dunas, que compunha um arco protetor acima das cabeças, formando um túnel oculto. Ao abrigo do clarão da **Luz**, o Anel do Dragão de Septimus começou a luzir, e ele baixou suas mangas de divisas roxas para escondê-lo.

Septimus estava satisfeito com sua escolha. A trilha seguia paralela à praia e os levou a um ponto bem diante do esconderijo.

Quando eles saíram, o céu já estava salpicado de estrelas e a maré alta estava a ponto de mudar. Eles foram direto até Cospe-Fogo. O dragão estava dormindo num sono de dragão saudável, com roncos suaves. Jenna afagou seu focinho macio e quentinho, e Besouro elogiou o balde. Depois, com um pouco de medo, todos foram dar uma olhada na sua cauda. De imediato se deram conta de que tudo estava bem; a cauda já não se projetava reta como uma árvore derrubada, mas agora fazia uma curva aberta no seu jeito costumeiro – e seu cheiro era normal. Ainda pairava no ar uma leve fragrância de hortelã-pimenta, que fez Septimus se lembrar de Syrah. Uma sensação de tristeza dominou-o quando pensou nela.

– Vou só ficar aqui um pouco com Cospe-Fogo – disse ele a Jenna e Besouro. – Tudo bem?

Besouro fez que sim.

– Nós vamos apenas preparar um pouco de *Alimentos Secos Mágykos* – disse ele. – Venha quando você estiver pronto.

Septimus sentou-se exausto, encostado no pescoço de Cospe-Fogo, que ainda mantinha algum calor do sol. Ele enfiou a mão no bolso e tirou o livrinho com manchas de água que Syrah lhe dera, e começou a ler. A leitura não fez com que se sentisse melhor.

Enquanto Besouro cuidava de uma improvável combinação de *Alimentos Secos Mágykos* numa frigideira no fogareiro de **Fogo de Estalo**, Jenna se sentou e ficou olhando a maré ir se afastando vagarosa. Seus pensamentos acabaram indo parar em Nicko. Ela se perguntava se o *Cerys* já teria zarpado. Imaginava Nicko no comando do belo navio, ao grande timão de mogno, e uma pequena fisgada de remorso se insinuou em sua mente. Ela gostaria de estar em pé no convés com Nicko, passando tempo com ele como sua irmã mais nova, exatamente como era antes, e depois descer para dormir no lindo camarote, confortável e sem areia alguma. Jenna lembrou-se da pequenina coroa dourada que Milo mandou pintar na porta do seu camarote e deu um sorriso. Na hora, a coroa a tinha deixado envergonhada, mas agora ela via que Milo tinha feito aquilo porque sentia orgulho dela. Jenna deu um suspiro. Não se sentia bem pelo comportamento que tinha tido... talvez não devesse ter saído como saiu.

Besouro ouviu o suspiro.

– Com saudade de Nicko? – perguntou ele.

Jenna ficou surpresa por Besouro ter adivinhado seus pensamentos.

Septimus apareceu.

– Quieto, Besouro – disse ele. – Este é um acampamento silencioso.

– Um *o quê*? – disse Besouro, olhando para ele.

– Acampamento silencioso. Nada de barulho. Nada de conversa. Só sinais com as mãos. Entendeu?

– A coisa lhe subiu à cabeça, Sep. É bom você tomar cuidado.

– O que me subiu à cabeça?

— A história de Cadete-Chefe. Não é pra valer, sabe?

— Besouro, isso aqui não é um piquenique – disse Septimus, entre dentes.

— Ah, dá um tempo, Sep! – respondeu Besouro, irritado. – Você está fazendo tempestade em copo d'água. Foi só você encontrar na praia um espírito que faz **Magya** pra você voltar com a história mais esquisita que já se ouviu. Se quer saber minha opinião, ela o **Encantou** e enfiou tudo isso na sua cabeça. Ou você adormeceu, e isso foi um sonho.

— É mesmo? – Septimus enfiou a mão no bolso e tirou o diário de Syrah. – Leia isso aqui e *depois* me diga que eu sonhei.

✥ 37 ✥
O Livro de ~~Syrah~~ Syrena

Besouro e Jenna olharam para a capa do livro.

Livro de ~~Syrah~~ da Syrena
Dedicado a: ~~Julius Pike~~,
~~Mago ExtraOrdinário~~. Minhas Ilhas

— Por que ela mudou o nome e riscou palavras? — perguntou Jenna.

— Leia e você verá — disse Septimus.

Jenna abriu o livro. Besouro e ela começaram a ler:

Querido, querido Julius, estou escrevendo este livro para ti. Espero que um dia o leiamos juntos, sentados diante da lareira, em teu salão no alto da Torre dos Magos. Mas os acontecimentos da última semana me ensinaram a não esperar que as coisas saiam como planejei; e assim eu sei que é possível que um dia leias isso sozinho... ou talvez que nunca chegues a ler essas palavras. Mas não importa de que modo e quando este livrinho voltar ao Castelo (como sei que voltará), é meu desejo deixar por escrito o que aconteceu com tua fiel Aprendiz ~~Syrah Syara~~ Syrena, depois que ela Sorteou a Pedra da Demanda.

Segue-se um relato de minhas aflições:

Nunca esperei Sortear a Pedra da Demanda. Fazia tanto tempo que ela não era Sorteada que eu nem mesmo acreditava que ela existisse. Mesmo quando realmente Sorteei a Pedra, eu ainda não acreditava. Achava que estavas fazendo uma de tuas brincadeiras. Mas, quando vi tua expressão, soube que não estavas. Quando os Guardas da Demanda me levaram embora, aquele foi o pior momento da minha vida. Lutei ao longo de todo o caminho até o Barco da Demanda, mas havia Sete Guardas Mágykos contra mim. Não havia nada que eu pudesse fazer.

O Barco da Demanda roubou minha Magya e me deixou indefesa. Creio que o próprio barco era Mágyko, mas não do tipo de Magya que tu ou eu sempre usamos. Ele desceu o rio a uma velocidade tamanha que pareceu que chegamos ao Porto, não mais que alguns minutos depois de nossa partida do Castelo. Passamos direto pelo Porto e saímos para alto-mar. Em questão de minutos, qualquer sinal de terra tinha desaparecido, e eu soube que estava condenada.

À medida que cruzávamos velozes as ondas, os Guardas da Demanda desembainharam as facas e me cercaram como abutres, mas não se atreveram a atacar enquanto eu olhava em seus olhos. Anoiteceu, e eu sabia que, se adormecesse mesmo que por um instante, jamais despertaria. Fiquei acordada ao longo da primeira noite e de todo o dia seguinte. Mas, quando anoiteceu pela segunda vez, duvidei que fosse capaz de resistir muito tempo mais ao sono.

A meia-noite já tinha passado havia muito tempo, e o amanhecer não poderia estar muito distante, quando minhas pálpebras começaram a pesar; e eu vi o faiscar de uma lâmina vindo em minha direção. Acordei num instante e saltei do barco.

Ai, Julius, como a água estava fria... e como era funda. Afundei como uma pedra até minhas vestes se inflarem e aos poucos comecei a voltar à tona. Lembro-me de ver a lua lá no alto enquanto vinha subindo; e, quando rompi a superfície, vi que o Barco da Demanda não estava mais lá. Eu estava sozinha num mar vazio e sabia que dentro de alguns minutos afundaria nas profundezas pela última vez. Em seguida, para minha alegria, senti minha Magya voltar. Chamei um golfinho, e ele me levou a um farol – Julius, não vais acreditar nisso – mas o farol tinha ore-

lhas no topo como um gato e olhos através dos quais sua luz fortíssima brilhava como o Sol.

O farol era um lugar estranho. Lá havia duas criaturas, mais como gatos que como homens, que cuidavam da Esfera Mágyka que fornecia a luz. Deixei uma mensagem com eles para ti, caso um navio que passasse por ali parasse. Eu me pergunto se a receberás antes de minha volta. Minha intenção era a de esperar eu mesma por um navio em trânsito, mas naquela noite, enquanto eu dormia numa cama dura em um alojamento, ouvi meu nome sendo chamado com tanta doçura que não pude resistir. Saí do farol na ponta dos pés e chamei meu golfinho. Ele me levou para a ilha.

Meu golfinho levou-me a uma costa rochosa onde a água era funda. Não longe dali encontrei umas dunas, onde adormeci. Acordei no dia seguinte de manhã ao marulho delicado das ondas e ao som suave do meu nome sendo sussurrado pela areia afora. À medida que o sol subiu por sobre o mar, eu caminhei pela praia e acreditei estar no paraíso. ~~*Julius, como eu estava errada.*~~

— Ela acrescentou a última frase mais tarde – disse Besouro, que tinha muita experiência com caligrafia. – A letra está muito mais trêmula.

— E foi riscada – disse Jenna.

— Por outra pessoa – disse Besouro. – Dá para ver porque seguraram a caneta de modo diferente. – Jenna virou a página, e o livro continuou como um diário.

Primeiro Dia na ilha

Fiz um acampamento numa grota abrigada, com vista para o farol. Gosto de ver a luz de noite. Hoje encontrei tudo o que preciso: água doce de uma fonte, uma fruta espinhenta, porém deliciosa, que colhi de um arvoredo, e dois peixes que apanhei com minhas próprias mãos (viste? O tempo que passei pescando no Fosso não foi jogado fora!). E, o melhor de tudo, descobri, lançado pelo mar sobre a praia, este diário de bordo de um navio, que usarei como um diário. Logo, Julius, chamarei meu golfinho e voltarei para ti, mas primeiro quero recuperar minhas forças e aproveitar este lugar lindo, que é cheio de música. *Eu canto.*

Segundo Dia na ilha

Hoje, explorei um pouco mais longe. Encontrei uma praia escondida junto à base de um penhasco alto, mas não fiquei muito tempo. Um penhasco sobe íngreme por trás da praia, e eu tive uma estranha sensação de estar sendo vigiada. Estou muito curiosa para ver o que há no topo do penhasco. Acho que lá existe algo lindo. Pode ser que amanhã eu suba o monte com árvores no alto para ver o que há por lá. *Vem para mim.*

Terceiro Dia na ilha

Hoje de manhã fui despertada pela doce voz que me chamava. Acompanhei a música e, por estranho que pareça, ela me levou a subir o morro e atravessar o bosque, aonde eu planejava ir hoje. Para lá das árvores, bem no topo do penhasco, encontrei uma torre isolada. Existe uma entrada, mas vi algo das Trevas de um lado a outro dela. Fiquei olhando um tempo para a porta, até sentir que ela estava me atraindo para muito perto. Agora voltei em segurança para meu lugar secreto nas dunas. Não voltarei outra vez àquela torre. Amanhã estou decidida a Chamar meu Golfinho e partir para o Castelo. Julius, como anseio por ver teu sorriso quando eu passar mais uma vez pelas enormes portas de prata da Torre dos Magos. *Nunca mais.*

Quarto Dia na ilha

Hoje acordei do lado de fora da torre. Não sei como. Antes, nunca tinha andado enquanto dormia, mas creio que foi isso o que aconteceu. Sou grata por ter despertado antes de entrar na torre. Fugi correndo, apesar de uma linda voz que me implorava para ficar. Estou de volta ao meu local secreto nas dunas e sinto medo. Chamei meu golfinho, mas ele não veio. *Ele não virá nunca.*

Quinto Dia na ilha

Não dormi ontem de noite, porque senti medo de onde eu acordaria. E meu golfinho ainda não chegou. Não vou dormir na noite de hoje. *Dorme.*

Sexto Dia na Ilha

Passei mais uma noite acordada. Estou tão cansada. É como se eu estivesse no Barco da Demanda novamente. Logo vai anoitecer e estou com medo. Se eu adormecer, onde vou acordar? Sinto-me tão só. Este caderno é meu único amigo. Esta noite virás para mim.

– É horrível! – Jenna estremeceu.

– Vai ficar pior – disse Septimus. Ele virou a página frágil e, com uma sensação de pressentimento, Jenna e Besouro continuaram a ler.

Sétimo Dia na Ilha

Hoje acordei na torre. Não consigo me lembrar de quem eu sou. Eu sou Syrena.

– Ai! – disse Jenna. – Ai, é *horrível*!

O diário terminava ali, mas havia uma última página legível, que estava encardida e desgastada pelo uso. Era ali que o livro se abria naturalmente. De início parecia um exercício de caligrafia de uma criança, repetido muitas vezes; mas, em vez de melhorar a cada repetição, ele se tornava cada vez mais desordenado e vandalizado por outra letra.

Eu sou Syrah Syara. Tenho dezenove anos de idade. Sou do Castelo. Fui Aprendiz ExtraOrdinária de Julius Pike. Sou Syrah Syara. Sou Syrah Syara.

> *Sou Syrah Syara. Tenho ~~dezenove anos~~ de idade.*
> *Sou ~~do Castelo~~ da Ilha. Fui ~~Sou Aprendiz Extra-Ordinária de Julius Pike~~ a Ilha. Sou Syrah Syara. Sou ~~Syrah Syara~~ Syrena.*
>
> *Sou Syrena. Sou eterna.*
> *Sou da Ilha. Sou a Ilha. Sou Syrena. Sou Syrena.*
> *Quando eu chamar, tu virás a mim.*

— Ela se foi — sussurrou Jenna, abanando a cabeça sem acreditar. Septimus ficou olhando Jenna virar as páginas, em busca da letra simpática e caprichada de Syrah. Mas não havia mais nada. Nada além de detalhes de gravações de signos e símbolos complexos que nenhum deles conseguiria começar a compreender. Jenna fechou o livro e o entregou a Septimus em silêncio.

— Eu me sinto como se tivéssemos assistido ao assassinato de uma pessoa — sussurrou ela.

— Foi o que fizemos — concordou Septimus. — Bem, assistimos a uma pessoa se tornando **Possuída**, que é mais ou menos a mesma coisa. *Agora,* vocês acreditam em mim?

Jenna e Besouro fizeram que sim.

— Besouro — disse Septimus —, fico com o primeiro turno de Guarda, e você fica com o segundo. Eu acordo você daqui a duas horas. Jen, você precisa dormir um pouco. Certo?

Jenna e Besouro fizeram que sim, mais uma vez. Nenhum dos dois disse mais nada.

Septimus escolheu um lugar a alguns metros do esconderijo, na reentrância entre duas dunas, o que lhe permitia uma boa visão da praia, mas era bem protegido. Apesar dos fatores desconhecidos da noite, ele se sentia vivo e empolgado. Agora tinha o apoio de seus amigos; e eles estavam juntos para o que desse e viesse. Septimus detestava pensar em como Syrah devia ter se sentido, sozinha apenas com seu pequeno livro azul como companhia.

Septimus estava sentado imóvel como uma pedra, respirando o ar fresco, ouvindo o distante som das ondas à medida que a maré recuava. Lentamente, ele movia a cabeça de um lado para o outro, observando as pontas do capim em busca de sinais de movimento, esquadrinhando a praia vazia à sua frente, **Escutando**. O silêncio era total.

Horas se passaram. O ar esfriou, mas Septimus permanecia imóvel e vigilante, quase fazendo parte da duna. O clarão sobrenatural da **Esfera de Luz** iluminava o céu à sua esquerda, e, quando a lua começou a subir e a maré foi se afastando ainda mais, Septimus viu surgir a forma branca e brilhante de um banco de areia. O som das ondas se aquietou com o recuo da água. E no intervalo de silêncio Septimus ouviu algo: o grito distante de uma gaivota e as pisadas determinadas de pés descalços na areia molhada.

✢ 38 ✢
Projeções

Em silêncio, *como uma cobra através* da relva, Septimus ia se arrastando, contorcendo-se pela depressão arenosa entre as dunas, impelindo-se adiante com os cotovelos. À luz mortiça da lua nascente, seu cabelo estava da cor da areia e sua capa, de um verde opaco, que se assemelhava ao capim mais acima – mas seus movimentos não passaram despercebidos.

Na escuridão cheia de areia do esconderijo, Besouro acordou de repente, ouvindo com atenção: alguma coisa estava errada. Ele foi saindo devagar de dentro de sua

Capa Térmica, pôs-se de pé e, num gesto automático, passou a mão pelo cabelo. Na mesma hora preferiu não ter feito isso: sua mão estava agora coberta de uma mistura pegajosa de óleo para cabelos e areia. Abaixando-se desengonçado, porque o esconderijo não era alto o suficiente para ele ficar em pé, olhou lá para fora através da fenda estreita da entrada. Para sua preocupação, viu Septimus descendo devagar a encosta em direção à praia. Besouro saiu se espremendo do esconderijo, deslocando um bocado de areia que por pouco não atingiu a cabeça de Jenna.

Do lado de dentro, Jenna continuava dormindo, sonhando com Nicko em seu navio.

Mais como tartaruga do que como cobra, Besouro começou a descida pela encosta para ir ao encontro de Septimus, que tinha parado agora na parte mais funda da depressão e esquadrinhava a praia. Besouro juntou-se a ele com uma chuva de areia. Septimus virou-se e colocou um dedo nos lábios.

– *Shhh...*

– O que está acontecendo? – perguntou Besouro, num sussurro.

Septimus apontou à sua esquerda, ao longo da praia. Recortadas em silhueta contra a **Luz**, Besouro viu dois vultos caminhando, com as botas na mão, ao longo da linha da vazante da maré. As pessoas pareciam, pensou Septimus com alguma inveja, não ter nada neste mundo com que se preocupar. À medida que se aproximavam, ficou claro que eram um menino e uma menina. E, quando se aproximaram ainda mais, Septimus teve uma sensação muito estranha de que *sabia quem eram*.

— Não pode ser — murmurou entre dentes.

— O que não pode ser? — perguntou Besouro.

— *Parece* que são 409 e Lucy Gringe.

— 409?

— Você *sabe*. Menino Lobo.

Na verdade, Besouro não conhecia Menino Lobo, mas conhecia Lucy Gringe, e achou que Septimus tinha razão.

— Mas... como seria possível que eles tivessem vindo parar *aqui*? — perguntou Besouro num sussurro.

— *Não vieram* — respondeu Septimus, baixinho. — É uma **Projeção**. A **Syrena** está tentando me atrair.

Besouro não acreditou nisso.

— Ei, peraí! Como essa tal de **Syrena** sabe de Lucy e Menino Lobo?

— Como fui *idiota* — disse Septimus. — Eu pensei neles, quando estava fazendo meu **BloqueioMental**.

Besouro e Septimus observaram os vultos de Lucy e Menino Lobo chegarem mais perto, parar à beira da água e ficar olhando para o mar.

— Eles são muito reais — disse Besouro, cheio de dúvidas. — Eu achava que era difícil **Projetar** pessoas.

— Não para a **Syrena** — disse Septimus, dando de ombros, lembrando-se da **Projeção** de Besouro pedindo que ele esperasse. — Besouro, *abaixe-se*.

Septimus empurrou Besouro para baixo. Os dois vultos tinham se virado e começado a se afastar da água, indo na direção do lugar exato de onde, agora, Besouro e Septimus passavam a recuar depressa.

– De volta para o esconderijo – sibilou Septimus.

Alguns segundos depois, Jenna estava coberta por uma avalanche de areia.

– *O q...* – balbuciou Jenna, acordando de repente.

– *Shhh...* – fez Septimus. Ele apontou para fora. Apavorada, Jenna levantou-se e olhou para fora do esconderijo.

Embora a entrada do esconderijo tivesse a largura para deixar passar apenas uma pessoa de cada vez, tinha lugar para que três pessoas espiassem através dela. E logo eram três pares de olhos – um violeta, um castanho e um verde brilhante – a ver os vultos de Menino Lobo e Lucy Gringe subirem fatigados a rampa arenosa entre as dunas, direto para o esconderijo que Septimus esperava que fosse invisível.

Os vultos se sentaram na areia a não mais que alguns palmos da entrada. Jenna deixou escapar um arquejo de espanto.

– *Shhh* – fez Septimus, se bem que dissesse consigo mesmo que não tinha importância; **Projeções** não podiam ouvir.

– O que *eles* estão fazendo aqui? – perguntou Jenna, com um movimento dos lábios.

– Eles são uma **Projeção** – respondeu Septimus do mesmo modo.

– Uma *o quê?*

– Uma **Projeção**.

– *Mas eles são* reais – murmurou Jenna.

Era verdade, pensou Septimus, que eles pareciam muito reais. De fato, pareciam tão palpáveis que ele achava que, se estendesse a mão, o verdadeiro 409 estaria mesmo ali, com seu cabelo grudado, sua capa cheia de areia e tudo o mais. Septimus *quase* estendeu a mão. Parou no último instante dizendo a si mesmo que aquilo era outro dos truques da **Syrena** – assim que ele se revelasse, a **Syrena** estaria lá, esperando por ele. Ela tinha mandado as **Projeções** como terriers a uma toca de coelhos para afugentar a caça de seu esconderijo, e não havia jeito de ele se aventurar para fora da toca do coelho enquanto os cães não fossem embora.

Subitamente uma das **Projeções** falou, enquanto brincava com suas tranças:

– Você acabou de ouvir alguma coisa?

– Eles estão *conversando* – sussurrou Besouro. – **Projeções** não fazem isso.

– As da **Syrena** fazem – sussurrou Septimus de volta. – Eu já lhe *disse*.

Do lado de fora, a **Projeção**-com-tranças estava ficando inquieta.

– Aquele barulho. Eu ouvi *de novo*.

– Está tudo bem – disse a **Projeção**-com-cabelos-embaraçados. – Devem ser cobras de areia ou algo parecido.

Besouro engoliu em seco. *Cobras de areia* – ele não tinha pensado nisso.

De um salto, a **Projeção**-com-tranças ficou de pé.

— Cobras? — gritou. — Cobras... *aaaaii*! — Ela começou a dar pulinhos para lá e para cá, sacudindo a túnica freneticamente. Uma enxurrada de areia foi parar dentro do esconderijo.

— Sep, aquela é Lucy Gringe... com *certeza* — cochichou Besouro, esfregando os olhos para tirar a areia.

— Não, *não* é. — Septimus estava inflexível.

— Ai! — gritou a **Projeção**-com-tranças. — Odeio cobras. Odeio!

— Não seja tolo, Sep. É claro que é — disse Jenna. — Ninguém mais gritaria *dessa maneira*.

Agora, a **Projeção**-com-cabelos-embaraçados também se pôs de pé de um salto.

— *Shhh*, Lucy. *Shhh!* — Alguém pode nos ouvir.

— Alguém *já* ouviu vocês. — Veio do esconderijo a voz sem corpo de Jenna.

As **Projeções** agarraram-se uma à outra.

— O que você disse? — perguntou a **Projeção**-com-tranças à **Projeção**-com-cabelos-embaraçados.

— Eu? — perguntou a **Projeção**-com-cabelos-embaraçados, ofendido. — Eu não disse nada. Foi uma *menina*. Na verdade, parecia... bem, para mim parecia muito com a voz de Jenna Heap.

— A Princesa Jenna? Não seja *idiota* — disparou a **Projeção**-com-tranças. — Não pode ser.

— Pode sim — disse Jenna, parecendo surgir de dentro de uma duna.

A **Projeção**-com-tranças deu um guincho de dar pena. Jenna sacudiu a areia das dobras de sua túnica.

— Olá, Menino Lobo, Lucy. Imaginem ver vocês aqui — disse com a calma que teria se ela e Lucy tivessem acabado de se encontrar numa festa.

Lucy Gringe abriu a boca novamente.

— Lucy, por favor, não berre de novo — disse Jenna. Lucy Gringe fechou a boca e se sentou, sem saber o que dizer, ao menos dessa vez.

— Vocês *são* de verdade, não são? — perguntou Jenna, para que Septimus ouvisse.

— É *claro* que sou — replicou Lucy, sentindo-se indignada. — Para dizer a verdade, eu poderia perguntar a mesma coisa a *você*.

— Sim, eu também sou de verdade — disse Jenna. Ela olhou para Menino Lobo. — E você também, suponho — disse ela, abrindo um sorriso para ele.

Menino Lobo não parecia ter tanta certeza.

— Isso é tão estranho... — resmungou ele. Fez um gesto com a cabeça na direção do que ele agora reconhecia ser um esconderijo padrão do Exército Jovem. — 412 está lá dentro também? — perguntou.

— Claro — disse Jenna. — E Besouro. Besouro também está.

— É... bem... tem um monte deles na areia. Eles mordem.

— Não, é o *Besouro*. Ai, Sep, sai logo daí.

Septimus surgiu na frente deles, parecendo constrangido e um pouco chateado.

— O que *você* está fazendo aqui, 409? — perguntou.

— Poderia perguntar a mesma coisa a *você* – retrucou Menino Lobo, vendo um Besouro totalmente coberto de areia surgir do esconderijo. – Quantos você tem lá, 412? Um exército inteiro?

Besouro, Septimus e Menino Lobo ficaram se entreolhando, cautelosos, como se cada um tivesse invadido o território do outro.

Jenna tomou a frente.

— Ora! Que é isso? Vamos descer até a praia e acender uma fogueira. Podemos assar uns Ursos de Banana.

— Vocês têm *Ursos de Banana* neste fim de mundo? – perguntou Lucy, pasma.

— Isso mesmo! – respondeu Jenna. – Vai querer?

— Qualquer coisa que não tenha gosto de peixe para mim está ótimo – disse Lucy.

Septimus começou a objetar, mas Jenna o interrompeu:

— Olha, Sep, essa história de Exército Jovem já *chega* para mim. Agora somos cinco. Vai dar tudo certo.

Septimus não sabia o que dizer. Ele se sentia mortificado depois de todo aquele estardalhaço que tinha feito sobre as **Projeções**.

— Lá na praia, tem madeira trazida pelas ondas – disse Besouro. – Vamos nessa, Sep? E, é... 419?

— Quatro-*zero*-nove – corrigiu Menino Lobo com um sorriso. – Mas pode me chamar de Menino Lobo: todo mundo me chama assim.

— E você pode me chamar de Besouro – disse Besouro, com um largo sorriso. – E eu não mordo.

Meia hora depois estavam todos juntos na areia ao redor de uma fogueira crepitante, assando Ursos de Banana, sem saberem que, não muito longe dali, Jakey Fry os observava com inveja.

Jakey estava empoleirado no ponto mais elevado da Ilha da Estrela – a ilha em forma de estrela, logo depois da ponta da ilha principal. Estava com frio e com fome, e percebeu, enquanto olhava o grupo reunido em volta da fogueira, que também se sentia só. Mastigou a cabeça de um peixinho seco que tinha encontrado em seu bolso e estremeceu; estava esfriando, mas ele não se atrevia a voltar ao *Saqueador* para pegar um cobertor.

Zeloso, Jakey esquadrinhava o horizonte. Fora mandado ali para vigiar o mar, não a terra, mas, sempre que tinha uma chance, não resistia à vontade de dar uma olhada no grupo que estava na praia. Era uma tortura para Jakey ver como eles pareciam estar tão perto, e ele viu que a vazante da maré estava deixando à mostra um banco de areia que ligava a Ilha da Estrela à praia onde estavam. Jakey sentiu um desejo esmagador de correr pelo banco de areia para se juntar ao grupo, mas não se mexeu. Não era a lembrança de seu pai e dos sanguinários gêmeos Crowe, ali pertinho, no *Saqueador,* que o deixava apavorado – mas o velho fantasma que estava esperando por eles na muralha do velho ancoradouro da Ilha da Estrela quando chegaram. Alguma coisa nesse fantasma, naquelas antigas vestimentas de um azul escuro e em seus olhos fixos, como os de um bode, tinha aterrorizado Jakey. Não lhe passou despercebido que até mesmo seu pai pareceu apavorado com o fantasma – e Jakey nunca vira o pai apavorado com nada. Assim que a noite caiu, o fantasma disse a Jakey: "Vai-te daqui e toma conta do navio, garoto. Não quero ver de novo tua cara cheia de espinhas enquanto aquele navio não tiver *naufragado*. E quando isso tiver acontecido, quero ver-te aqui imediatamente, no *exato momento* em que ele bater naquelas rochas, entendido?" Jakey tinha entendido direitinho.

Sem saber de seu observador invejoso, o grupo na praia acomodou-se perto do fogo, e Menino Lobo e Lucy começaram a contar sua história. Jenna e Besouro ouviam, fascinados, mas Septimus não conseguia afastar uma sensação de ameaça. Foi sentar-se um pouco mais afastado do grupo. Para preservar sua visão noturna, não olhava nem para o fogo nem para a **Luz** que brilhava no topo do Pináculo.

– Relaxa, Sep – disse Jenna, percebendo mais um dos olhares ansiosos de Septimus. – Está tudo bem. Isso aqui está tão *divertido*.

Septimus não disse nada. Ele bem que gostaria de achar que estava divertido, mas não achava. Tudo o que conseguia era pensar em Syrah estendida de bruços no chão ao pé da escada. O que poderia ser divertido para *ela*?

A história de Lucy e Menino Lobo ia se desenrolando, mas Septimus só prestava um pouco de atenção. Ainda pensando em Syrah, mastigou uns Ursos de Banana e tomou o chocolate quente que Jenna lhe ofereceu, mas as lembranças da tarde tinham se assentado sobre ele como um cobertor molhado, e ele observava o grupo ao redor do fogo como se, igual a Jakey, estivesse em outra ilha. O fogo começou a se apagar, e o ar foi ficando mais frio. Septimus aconchegou-se em sua capa e, tentando ignorar os ruídos de gato que Lucy Gringe fazia, fixou o olhar no mar.

Septimus não podia acreditar. Mal Besouro e Jenna tinham, por fim, compreendido que algo realmente ruim estava acontecendo na ilha, Lucy e Menino Lobo apareceram para transformar tudo numa festa na praia. Quanto mais pensava nisso, mais raiva ele sentia. Em vez de ficarem rindo das imitações estúpidas de gato que Lucy fazia, eles deveriam estar se perguntando por que a tripulação do *Saqueador* tinha levado a **Luz** e colocado em cima do Pináculo; deveriam estar tentando descobrir o que Syrah tinha querido dizer com uma ameaça ao Castelo; imaginando o que a tripulação do *Saqueador* estaria fazendo naquele instante exato. Septimus tinha certeza de que todas essas coisas tinham uma ligação, mas era difícil descobrir sozinho. Ele precisava falar sobre isso, descobrir o que Lucy e Menino Lobo sabiam. Mas toda vez que tentava desviar o rumo da conversa, não conseguia nada. Eles estavam brincando como se estivessem numa excursão às dunas de Portside.

Enquanto Lucy divertia os outros com uma descrição de cabeças de peixe ao chocolate, Septimus continuava a olhar para longe, na escuridão. Foi então, ao acompanhamento de um coro de miados, que ele viu no horizonte a forma de um navio com todas as velas abertas.

A história de Menino Lobo e Lucy estava chegando ao final. Eles contaram como tinham partido pelo caminho de pedras para pedir ajuda às pessoas que Miarr, mais cedo naquele dia, tinha visto em pé no topo do Pináculo.

– Quem teria imaginado que eram vocês? – disse Lucy com uma risadinha.

A história terminou, e o grupo ao redor do fogo ficou em silêncio. Septimus observava o avanço constante do navio.

– Tudo bem, Sep? – perguntou Jenna, dali a pouco.

– Tem um navio – disse ele, apontando para o mar. – Olhem.

Quatro cabeças voltaram-se para ver, e quatro pares de olhos que vinham fitando direto as brasas brilhantes da fogueira não conseguiram ver nada.

– Sep, você precisa dormir um pouco. Seus olhos estão te enganando de novo – disse Jenna.

Foi a gota d'água. Aborrecido, Septimus levantou-se de um pulo.

– Vocês simplesmente não entendem, não é? – disse. – Ficam aí sentados, rindo e fazendo barulhos estúpidos como se nada tivesse acontecido, sem enxergar o que está bem na *cara* de vocês.

– Sem uma palavra a mais, ele saiu da praia com passos firmes, de volta para as dunas.

– Sep – disse Besouro, levantando-se para ir atrás dele.

— Deixa ele ir — disse Jenna, puxando Besouro para voltar a se sentar a seu lado. — Às vezes Sep só precisa ficar sozinho. De manhã, ele estará bem.

Septimus chegou às dunas, e seu mau humor evaporou-se na escuridão. Ficou parado por um tempinho, meio tentado a voltar para o clarão aconchegante da fogueira na praia e para seus amigos que estavam sentados em volta dela. Mas Septimus tinha recuado o suficiente para uma noite. Decidiu subir até o alto das dunas e observar o navio. Provaria que estava certo — nem que fosse apenas para si mesmo.

Ele foi escalando pelas dunas e logo chegou ao chão mais firme do centro da restinga. Parou para recuperar o fôlego. Era lindo. O céu estava claro, e uma chuva de estrelas iluminava a noite. A maré estava baixando com suavidade, deixando bancos de areia reluzindo ao luar, revelando por algumas horas um desenho secreto de antigos caminhos. Caminhos que tinham pertencido ao povo que morava na ilha muito tempo atrás, antes que as inundações viessem e dividissem uma ilha em sete.

Septimus protegeu os olhos com a mão e procurou o navio, meio que esperando que tivesse sido imaginação sua e que agora não veria nada. Mas lá estava ele, muito mais perto, o luar realçando o branco de suas velas na noite. Ele já ia descer correndo para a praia para contar aos outros quando, pelo canto dos olhos, viu uma fileira de luzes azuis cintilando através das árvores no alto do monte. Jogou-se no chão.

Ficou deitado escondido no capim, mal se aventurando a respirar. Septimus observou as luzes, esperando que se movessem colina abaixo, na sua direção, mas elas continuavam lá, exatamente no mesmo lugar. Por fim, percebeu o que eram aquelas luzes – eram as janelinhas no topo da Espia. Enquanto Septimus se perguntava o que elas poderiam significar, viu um rolo de névoa começar a surgir das árvores que ficavam abaixo da Espia e descer pelo morro, em direção ao mar. Seu corpo tremeu. O ar à sua volta ficou frio de repente, e era estranho que a névoa parecesse ter um propósito, como se estivesse a caminho de um compromisso.

Septimus levantou-se. De súbito, a combinação fogueira e amigos ficou irresistível. Correu de volta pelas dunas, e à sua frente a névoa se espalhou ao longo da praia começando a rolar pela água, tornando-se mais espessa à medida que avançava. A praia já estava envolta na névoa, mas o brilho avermelhado do fogo levou-o de volta ao seu destino.

Sem fôlego, chegou perto da fogueira. Besouro estava ocupado, jogando mais lenha.

– E aí, Sep? – Abriu um sorriso, aliviado por ver Septimus.

– Vamos manter a fogueira acesa esta noite. Esta névoa está *esquisita*.

✢ 39 ✢
O Turno de Nicko

Nicko *estava ao timão* do *Cerys*. Era uma noite linda. A lua estava subindo pelo céu, e uma infinidade de estrelas brilhava sobre o navio elegante e bem ajustado. O vento estava perfeito, com um sopro constante, fazendo o veleiro zunir pelas ondas. Enlevado, Nicko respirava o ar salgado do mar – o mar com que ele tinha sonhado por tanto, tanto tempo e tinha sentido medo de nunca mais rever. Ele mal acreditava que estava de volta ao seu próprio Tempo, no comando do mais belo navio que já tinha visto, voltando para casa. Nicko soube que se lembraria desse momento pelo resto de sua vida.

O movimento decidido da embarcação e o

balanço da água azul-anil, trazendo relances de fosforescência, acalmaram os nervos esfrangalhados de Nicko. O *Cerys* respondia facilmente a seus comandos no timão, o vento enchia suas velas perfeitamente. Nicko olhou para o alto, para as velas, e depois sorriu para Snorri, sua navegadora. Snorri estava encostada na amurada, com os longos cabelos louros voando com a brisa, os olhos verdes cintilando de empolgação. A seu lado estava Ullr, negro e liso em sua aparência noturna de pantera. Sentindo o olhar de Nicko sobre ela, Snorri virou-se e sorriu.

– Nós conseguimos, Snorri. *Conseguimos!* – Nicko riu. – E olha só para nós agora!

– Tivemos sorte – disse Snorri, simplesmente. – *Muita* sorte.

Essa era a primeira noite em que Milo deixava Nicko sozinho no comando do navio. Na noite anterior, o imediato, um homem cínico que considerava Nicko Heap, desengonçado e de aparência descuidada, jovem demais para assumir o comando do *Cerys*, tinha observado cada movimento de Nicko ao guiar o navio com firmeza através das ondas, em busca do menor erro para ir contar a Milo. Mas, para sua decepção, ele não encontrou nenhum. Viu Nicko seguir um curso firme, reagindo perfeitamente ao vento. Viu-o fazer o *Cerys* passar em segurança por um trio de pesqueiros com suas redes bem abertas sob a lua brilhante e, para grande surpresa do imediato, seguir por um curso impecável através de um grupo de baleias, seus dorsos escuros e volumosos parecendo ilhas na noite.

O imediato podia ser um homem cínico, mas ele também era honesto. Contou ao patrão que Nicko era um timoneiro surpreendentemente capaz e, se ao menos o garoto fosse dez anos mais velho, ele não faria nenhuma objeção a que Nicko assumisse o comando do *Cerys* durante a travessia noturna. Milo – que já tinha sido bem informado por Jenna das peculiaridades da Casa de Foryx – achou que, levando-se todos os aspectos em consideração, era provável que Nicko fosse mais velho que toda a tripulação do navio reunida, e assim tinha deixado o timão sob a responsabilidade exclusiva de Nicko na segunda noite de sua viagem de volta ao Castelo.

E assim Nicko reinava sobre as ondas. O cheiro fresco do mar impregnava seu nariz, seus lábios tinham o gosto dos respingos de sal, e seus olhos percorriam o vasto horizonte sem o obstáculo de paredes, sem o turvamento da fumaça de velas. Abaixo dele estavam as profundezas desconhecidas do oceano e acima estava a poeira cintilante das estrelas, com nada menos do que um fino manto de ar entre Nicko Heap e o universo inteiro. Nicko sentiu uma vertigem de alegria com sua liberdade.

Mas o prazer de Nicko não prejudicava em nada sua concentração na tarefa – a de pilotar o *Cerys* com segurança pela noite adentro até que o primeiro timoneiro do Turno do Dia assumisse o posto ao amanhecer.

Nicko sabia de cor o plano da travessia da noite. Ele deveria fixar um curso a sudoeste, a 210 graus pela bússola, até que o clarão difuso do Farol da Rocha dos Gattos surgisse no horizonte. O imediato tinha dito a Nicko e Snorri que era fácil identificar o farol: ele era parecido com um gato. A luz era fixa e brilhava a partir de dois "olhos" – apesar de ser apenas similar até que se chegasse bem perto. Para completar a impressão de um gato, a torre tinha no topo duas protuberâncias semelhantes a orelhas. Nicko ficou intrigado com a descrição do Farol da Rocha dos Gattos feita pelo imediato. Se a tivesse ouvido de alguma outra pessoa, ele teria imaginado que era uma brincadeira, mas Nicko podia ver que o imediato não era homem de brincadeiras.

Nicko seguiria na direção do farol até que o "olho" único se transformasse em dois, e então rumaria para o sul, fixando um curso a 80 graus pela bússola. Isso faria o navio se aproximar de outro farol – com orelhas, mas sem luz – que o imediato tinha garantido a Nicko que ele poderia ver, porque naquele momento a lua já estaria alta. Na marcação de 270 graus para o farol apagado, Nicko deveria virar para o sudeste, o que, se o vento e a maré permitissem, levaria o *Cerys* direto ao Farol das Dunas Duplas.

Não era a mais direta das rotas, mas Nicko estava confiante de que ele e Snorri conseguiriam concluí-la. O imediato o tinha irritado insistindo três vezes em que eles *de modo algum* deveriam levar o *Cerys* a sudeste do Farol da Rocha dos Gattos, rumo à ilha que ficava mais adiante. Nicko tinha respondido que, se conseguia se desviar de uma baleia, ele achava provável que conseguisse contornar uma ilha.

De repente, o grito nervoso de Snorri interrompeu os pensamentos de Nicko:

– Lá está ele! Estou vendo o clarão! Olha!

Do posto de vigia no alto da gávea ecoou um grito:

— Rocha dos Gattos direto à frente!

Com efeito, no horizonte Nicko viu um clarão difuso e enevoado, quase como os primeiros sinais do amanhecer — e o *Cerys* rumava direto para o clarão.

Ele se sentia eufórico. Apesar de toda a sua confiança aparente, Nicko estava preocupado com a possibilidade de rumar muito para o sul e perder completamente o Farol da Rocha dos Gattos. Olhou de relance para o pesado globo da bússola que balançava suavemente no seu estojo e sorriu — a agulha estava firme, a 210 graus exatos.

O *Cerys* ia cortando as ondas, na direção do clarão que subia devagar no horizonte e se tornava cada vez mais forte. Nicko achou que não era bem como tinha previsto. O Farol da Rocha dos Gattos era conhecido por sua altura enorme, e no entanto a luz parecia muito mais próxima da água do que ele tinha calculado.

Enquanto prosseguiam, Nicko foi ficando cada vez mais preocupado. Alguma coisa estava errada. Ele esperava àquela altura já estar vendo a enorme torre do Farol da Rocha dos Gattos, mas ainda não havia nada, a não ser uma luz forte brilhando ao longe. A lua desapareceu por trás de uma grande nuvem, e a noite de repente ficou escura. Nicko olhou mais uma vez de relance para a bússola; a agulha se mantinha estática, estremecendo ligeiramente, como as agulhas de bússolas estremecem, sobre a marcação dos 210 graus. Estavam no rumo certo, mas alguma coisa não fazia sentido.

— Snorri, já dá para você ver a Rocha dos Gattos? – perguntou ele, ansioso.

— Não, Nicko. É estranho. Acho que isso aqui não está como na carta – disse Snorri.

De repente, veio um grito do vigia lá em cima:

— Nevoeiro à frente!

Nicko ficou chocado. A noite estava fresca e límpida. Decididamente não era o tipo de noite em que ele teria esperado encontrar nevoeiro.

— Nevoeiro? – gritou ele para o alto.

— Sim, senhor. – Foi a resposta. – Vindo na nossa direção.

Nicko nunca tinha visto nada semelhante. Uma camada de nevoeiro vinha rolando por cima da água na direção deles, como uma longa onda branca de maré. Num instante, ele tinha envolvido o navio em seu manto gelado e gotejante de umidade. Subia em espirais pelos mastros, envolvia as velas e abafava todos os sons, tanto que Nicko não chegou a ouvir o grito surpreso do vigia:

— Farol da Rocha dos Gattos à vista! Apagado! Está *apagado*, senhor!

Syrah estava sentada na Espia, empoleirada na cadeirinha de metal no alto da escada frágil, que girava em círculos, rangendo e guinchando, enquanto seguia sua viagem interminável ao longo dos trilhos enferrujados. Uma forte luz azul enchia a brancura da Espia, e, quando o navio de Nicko se alinhou com os olhos cegos do Farol da Rocha dos Gattos, Syrah jogou para trás a cabeça e abriu a boca. De algum lugar muito fundo nela, uma voz doce, encantadora, belíssima começou a cantar. As notas não terminavam como terminam as notas de vozes normais, mas pairavam no ar, à espera de que outras se juntassem a elas. Enquanto Syrah cantava, os sons turbilhonavam no interior da Espia – tombando e se retorcendo num remoinho de música, tornando-se mais altos e mais fortes a cada volta, roçando as paredes, reunindo-se até por fim saírem voando pelas janelas como um pássaro, pela noite adentro, sobre o mar, dirigindo-se ao navio de velas enfunadas ao luar.

À medida que o nevoeiro encobria seus olhos, os ouvidos de Nicko ficaram impregnados de uma música mais bela do que ele teria imaginado possível. Bem no fundo da melodia, ele ouvia seu nome, "Nicko, Nicko, *Nicko*...".

– Snorri? – chamou Nicko.

– Nicko, onde você está?

– Aqui. Estou aqui. Você me chamou?

– Não. – A voz de Snorri estava tensa. – Nicko, devemos lançar a âncora. Agora. É perigoso prosseguir. Não temos como ver aonde estamos indo.

Nicko não respondeu.

– Nicko... *Nicko*... – entoava a voz, enchendo o ar de prazer; e o coração de Nicko, de uma maravilhosa sensação de por fim voltar para casa.

– Nicko... Nicko... vem para mim, Nicko – dizia a canção com tanto carinho. Um leve sorriso espalhou-se pelo rosto de Nicko. Era verdade; ele estava mesmo voltando para casa. Voltando para o lugar ao qual realmente pertencia, ao lugar pelo qual vinha procurando a vida inteira.

De repente, para grande irritação de Nicko, a voz urgente de Snorri interrompeu seu devaneio:

– Âncora! *Lance a âncora!*

Nicko achou que Snorri estava sendo muito chata. Houve um som de pisadas lá embaixo, mas Nicko não deu atenção. Tudo o que importava agora era a canção **Encantadora**.

– Terra! – veio o grito do vigia lá de cima. – *Terra!*

– Nicko! – berrou Snorri. – Rochas! Muda o curso, *agora*! Agora!

Nicko não teve reação.

Snorri olhou horrorizada para Nicko e viu seus olhos desfocados, perdidos na distância. Snorri, uma Vidente de Espíritos, soube de imediato que Nicko estava **Encantado**. Ela se atirou contra ele e tentou arrancar dele o timão. Nicko desvencilhou-se dela. Segurou com força o timão, e o *Cerys* seguiu adiante.

– Ullr, Ullr, socorro! – disse Snorri, ofegante. Os olhos verdes de Ullr se acenderam. A pantera veio saltando até Nicko e abriu a boca.

– Ullr, tire-o daí. Não, não *morda*. Depressa... eu *preciso* segurar o timão. – Mas quando Ullr deu uma mordida na túnica de Nicko, um forte tremor percorreu o navio; e alguns metros abaixo, a quilha abriu um sulco fundo num banco de areia, fazendo o *Cerys* encalhar, com uma forte vibração.

* * *

Ainda no seu posto na Ilha da Estrela, Jakey Fry tentava enxergar através da névoa que se adensava, morrendo de medo de deixar de ver alguma coisa. Ele viu a lanterna noturna, instalada no topo do mastro principal do *Cerys,* passar veloz, como um barquinho à deriva num estranho mar branco, e, acompanhada de um rangido horrível, a luz parou com um tremor e tombou do mastro.

Jakey saltou da rocha e, derrapando numas pedras soltas, disparou morro abaixo até a pequena enseada de águas fundas, no lado oculto da Ilha da Estrela, onde o *Saqueador* estava atracado. O fantasma de olhos de bode estava encostado com ar agressivo na muralha do cais enquanto Mestre Fry e os Crowe permaneciam sentados constrangidos no convés do *Saqueador*. A impressão era a de um chá beneficente muito desagradável... sem o chá. De repente Jakey ficou feliz por ter ficado de vigia sozinho.

Uma saraivada de pedrinhas passou roçando o cais estreito e **Atravessou** o fantasma, que se levantou de um salto e olhou com raiva para Jakey, com os olhos semicerrados.

– Nunca... *mais*... faça... isso... – disse o fantasma bem devagar.

Era a voz mais ameaçadora que Jakey Fry tinha ouvido em toda a sua vida. Um arrepio percorreu sua nuca, e ele fez o maior esforço para não dar meia-volta e fugir correndo. Ele parou de chofre e, com a voz esganiçada, mal conseguiu falar:

– O navio... ele acabou de encalhar.

Mestre Fry aparentou alívio. Ele e os Crowe puseram-se de pé de um salto como se um convidado inconveniente estivesse finalmente indo embora.

– Vamos zarpar – disse Mestre Fry ao filho. – Desça aqui e solte a amarra.

Jakey hesitou, sem querer chegar perto do fantasma apavorante que estava parado bem ao lado do poste de amarração. Mas o fantasma resolveu o problema: ele começou a andar devagar ao longo do cais até a escada no final.

No alto da escada, o fantasma parou e apontou um dedo ameaçador para Mestre Fry.

– Você está com o **Talismã**? – disse ele, com uma voz cavernosa que deu mais arrepios em Jakey.

– Sim, senhor – respondeu Mestre Fry.

– Mostre-me.

Mestre Fry tirou do bolso da calça a bolsinha de couro que Una Brakket lhe tinha dado.

– *Mostre-me* – insistiu o fantasma.

Com dedos trêmulos, desajeitados, Mestre Fry extraiu alguma coisa da bolsinha.

– Ótimo. E as palavras? Eu quero me certificar de que você tem a versão para idiotas – disse o fantasma, rosnando.

Mais algumas remexidas no bolso fizeram surgir um papel manchado de água com um encantamento fonético rabiscado.

– Aqui, senhor. Aqui está – disse Mestre Fry.

– Muito bem. Lembre-se: acento na primeira sílaba de cada palavra.

– Na primeira... *sí*...?

O fantasma deu um suspiro.

– Na primeira *parte* da palavra. Como em cérebro de *as*no. Entendeu?

– Sim, senhor. Entendi, senhor.

– Agora ponha-o de volta no seu bolso e **não o perca**.

O fantasma virou-se e desceu a escada do cais, continuando, para surpresa de Jakey, pelo mar adentro. Quando sua cabeça desapareceu dentro d'água, as palavras "Vou ficar de olho em você, *Fry*" vieram subindo em meio ao nevoeiro.

– Não fique aí parado como um frango depenado esperando que lhe deem um casaco! – berrou Mestre Fry. – Estamos *partindo*.

Rapidamente Jakey Fry pulou para o cais, desenrolou a amarra do velho poste de pedra e a jogou para o *Saqueador*. E então, ansioso para não ser deixado para trás no caso de o fantasma voltar, ele saltou a bordo.

– Para o timão, garoto – resmungou Mestre Fry. – E cês dois – disse ele aos Crowe –, cês dois pega um remo cada um. – Ele apontou para um par de remos grandes. Os Crowe pareceram não entender. – Não tem vento com esse maldito nevoeiro, seus patetas – disse o mestre, irritado. – Então podem tratar de remar, e em *silêncio*. Nada de barulho de remos na água, nem resmungo, nem gemido. É uma missão de surpresa, tenderam?

Os Crowe fizeram que sim. Pegaram os remos e foram para o lado de boreste da embarcação.

– Um de cada *lado*, seus palermas! – rosnou o mestre. – *Cês* podem querer passar a vida dando voltas, mas eu *não*.

Com o pai na proa fazendo sinais para a esquerda ou para a direita, Jakey Fry fez o que pôde dentro do nevoeiro para conduzir a embarcação movida a remo para fora da enseada estreita até o mar aberto. A maré estava muito baixa, mas o *Saqueador* tinha sido construído para pescar perto do litoral. Seu calado era baixo, e ele podia entrar com facilidade em lugares em que outras embarcações não se atreviam a se aventurar. Enquanto fazia o *Saqueador* circundar o ponto extremo norte da Ilha da Estrela, Jakey não pôde resistir a olhar de relance por cima da água para ver se avistava a fogueira na praia, mas não se via nada, a não ser um manto de nevoeiro baixo – e os três mastros da presa do *Saqueador* erguendo-se acima dele.

A embarcação avançava lentamente movida pela força dos Crowe. Jakey olhava fixo para as costas dos gêmeos idiotas, enquanto eles fincavam os remos na água como autômatos. Ele viu seu pai valentão lá na proa, com o nariz fino contra o vento, os dentes expostos como os de um cão selvagem, e se perguntou para que maldade ele estava se encaminhando. Jakey pensou no grupo de amigos que tinha visto reunido em torno da fogueira e de repente soube que, mais do que qualquer outra coisa, era aquilo o que ele queria: ser livre para se sentar com seus próprios amigos ao redor de uma fogueira. Sua vida não precisava ser desse jeito. Jakey Fry queria largar tudo.

✢ 40 ✢
ENCALHADO

No Cerys, *Nicko voltou* a si no meio do pesadelo de todo navegante. Olhou espantado para Snorri, sem acreditar.

– O quê? – disse ele, com a voz abafada. – Eu fiz *o quê*?

– Encalhou – respondeu Snorri, secamente. – Nicko, você não queria me escutar. Você... você parecia **maluco**.

– **Encalhei?** Não... ai, não. *Não!* – Nicko correu para a amurada e olhou para baixo. Tudo o que podia ver eram espirais de **nevoeiro** grudadas à superfície da água, mas ele sabia que Snorri estava com a razão. Dava para ele sentir: não havia nenhum movimento de água abaixo da quilha. O belo *Cerys* tinha abandonado seu elemento e se tornado nada mais do que um enorme volume de madeira inerte.

Abaixo do convés, tinha começado uma algazarra. Toda a tripulação estava acordada, atirando-se dos beliches, correndo para subir pelas escotilhas. O som trovejante das pisadas encheu Nicko de pavor, e, num instante, Milo, desgrenhado pelo sono, com um cobertor jogado apressadamente sobre seu camisão de brocado de seda, estava se agigantando diante dele.

– O quê... – berrou Milo. – O que você *fez*?

Calado, Nicko abanou a cabeça. Ele mal conseguia suportar olhar para Milo.

– Eu... eu não sei – disse ele, em desespero. – Simplesmente não *sei*.

O imediato chegou ao convés e prontamente respondeu à pergunta:

– Ele nos encalhou, patrão. – Pairava no ar um "*eu não disse*" mudo.

Snorri sabia que Nicko nem mesmo tentaria se defender.

– Foi o farol – disse ela. – Ele mudou de lugar.

O imediato deu uma risada de zombaria.

– Mas ele mudou *sim* – insistiu Snorri. – Agora ele está *lá*. *Olhem*. – Ela apontou para o Pináculo, que se erguia a partir do nevoeiro: um gigantesco dedo negro de destruição coroado por uma luz fortíssima.

– Ha, ha! – zombou o imediato. – Algum idiota com uma fogueira acesa no alto de uma rocha. Acontece o tempo todo. Não há nenhuma necessidade de levar o maldito navio rumo a ela.

– O navio... ele só está num banco de areia – disse Snorri, hesitante.

– E você é uma especialista, não é mesmo? – retrucou o imediato com desdém.

– Conheço a sensação de um banco de areia por baixo de uma embarcação e também conheço a sensação de uma pedra – disse Snorri. – Isso aqui parece um banco de areia.

O imediato não sabia ao certo como encarar Snorri. Ele fez que não.

– Ele vai flutuar com a próxima maré, creio eu – disse Snorri.

– Depende das avarias – resmungou o imediato. – A areia encobre uma quantidade de pecados... e uma quantidade de *rochas*. As piores rochas estão por baixo da areia. A água alisa as rochas. A areia não. A areia as mantém afiadas. Algumas delas como navalhas. Rasgam um navio como uma faca quente corta manteiga. – Ele se voltou e dirigiu a palavra a Milo: – Permissão para mandar um homem olhar, senhor. Inspecionar a avaria.

– Permissão concedida – disse Milo.

– Eu vou – disse Nicko, fazendo o maior esforço para não implorar. – Por favor, deixe-me fazer alguma coisa para ajudar.

Milo olhou para ele com frieza.

– Não – disse ele, irritado. – Jem pode ir. Eu *confio* em Jem. – De modo abrupto, ele girou nos calcanhares e foi andando devagar para a proa, onde ficou parado, olhando consternado através do nevoeiro para as formas indefinidas da terra tão inesperadamente, tão estranhamente próxima.

Atordoado, Milo ouviu Jem descer pelos degraus no costado do casco e então armar a escada de corda para chegar à areia mais abaixo. Ele ouviu os sons dos passos chapinhando no raso e os gritos de Jem:

– O leito do mar é de areia, senhor... uma parte arranhada aqui... nada muito grave... ah... ui... ai... – E então mais chapinhadas.

Em desespero, Milo pôs a cabeça nas mãos. Pensou na sua carga preciosa, amarrada lá embaixo no porão. O prêmio pelo qual tinha procurado por tantos anos, que o levara para longe de sua mulher e depois de sua filha. Anos desperdiçados, pensou Milo, anos insensatos que tinham resultado nisso. Ele imaginou o *Cerys* enchendo-se de água com a subida da maré, o mar se despejando para dentro do porão, cercando a arca enorme, afogando-a para todo o sempre, entregando seu conteúdo precioso ao leito do mar, para ser levado pela maré às costas desertas daquele lugar cercado de trevas.

Da proa, que se erguia ainda mais do que normalmente, porque o *Cerys* tinha se acomodado na areia e estava meio inclinado para trás, num ângulo nada natural, Milo olhava fixamente para a **Luz** no topo do Pináculo, através do nevoeiro, e viu que não era uma fogueira, como o imediato tinha dito. E, enquanto olhava para a **Luz**, tentando descobrir exatamente o que era, o nevoeiro começou a recuar. Um calafrio dominou Milo enquanto ele observava o nevoeiro se comportar como nenhum nevoeiro deveria: *subindo* em espirais pelo monte de penhascos na direção de uma pequena torre lá no topo, como se fosse uma linha sendo recolhida por um pescador, com um peixe muito grande chamado *Cerys* na ponta, pensou Milo, com ironia. Um arrepio percorreu seu corpo. Havia algo de estranho acontecendo, e havia alguma coisa especialmente estranha naquela torre. E ele queria olhar mais de perto.

– Telescópio! – berrou Milo.

Dentro de segundos, um membro da tripulação estava a seu lado com o telescópio. Milo levou o tubo de latão primorosamente trabalhado até o olho e focalizou a torre. Ele viu uma fileira sobrenatural de pequenas luzes azuis, ao longo do topo da torre. Elas fizeram com que se lembrasse de uma estranha história de marinheiros que os piratas no barco de Deakin Lee contavam tarde da noite sobre as Ilhas das **Syrenas**, de olhos azuis, que estavam espalhadas pelos sete mares, onde vozes **Chamam** e **Seduzem** os navegantes, atraindo seus barcos para os rochedos.

Milo ficou olhando o tapete de nevoeiro enrolando morro acima e fluindo para dentro da torre através das janelas iluminadas de azul, e começou a se perguntar até que ponto Nicko deveria ser culpado por encalhar o *Cerys*. Ele resolveu ter uma palavrinha com o garoto. Foi nesse instante que Milo ouviu uma voz de menina chamando lá de baixo. Parecia, mas decerto não podia ser, sua *filha*.

— Olhem, é o *Cerys!* Eu sabia. Ei, Nicko! Milo!

Agora Milo sabia que era verdade: esta era de fato uma das mal-afamadas Ilhas da **Syrena**.

— Ei, ei, Milo! *Pai!* Olha aqui para baixo. Sou eu, Jenna!

Milo enfiou os dedos nos ouvidos.

— Vá embora! — gritou ele. — Deixe-nos em paz!

Lá embaixo, à frente de um pequeno grupo que pretendia ajudá-los e vinha andando por dentro da água rasa, Jenna ouviu o grito. Contrariada, ela se voltou para Septimus e Besouro.

— Típico de Milo — disse ela.

— *Shhh* — sussurrou Septimus. — Tem alguém vindo. Depressa, todos, *abaixem-se!* — Puxando Jenna consigo, ele se abaixou por trás do grande rochedo com o qual o *Cerys* por muito pouco não tinha se chocado. Besouro, Menino Lobo e Lucy rapidamente o imitaram.

— O que houve, Sep? — resmungou Besouro, ajoelhando-se sobre um molusco, para enorme desconforto de ambos.

Septimus apontou para o vulto empinado do *Cerys,* tão diferente de quando ele o tinha visto pela última vez em todo o seu esplendor na Doca Doze da Feitoria. Agora, visto da perspectiva de um molusco, seu formato volumoso e arredondado já não era elegante, mas gordo, como uma baleia encalhada. Apesar de sua amurada ainda estar lisa e sua faixa dourada rebrilhar com o clarão da **Luz**, abaixo da linha-d'água o navio estava opaco e sujo, com algumas cracas espalhadas. Mas não era a triste visão do *Cerys* encalhado que Septimus queria ressaltar: eram os vultos inconfundíveis dos gêmeos Crowe, quase invisíveis nas sombras do abaulamento do casco, aproximando-se sorrateiros de Jem, que estava ocupado, inspecionando a avaria.

Eles assistiram horrorizados enquanto, em sua clássica manobra do *Bote da Pinça,* os Crowe se aproximavam de Jem, que de nada suspeitava. Bem no último instante, justamente antes do bote, Jem virou-se surpreso, deu um grito agudo e tombou de cara nas águas rasas. Os Crowe guardaram suas facas de volta no cinto e continuaram seu caminho, seguindo furtivos ao longo da quilha do navio, bem escondidos da vista de qualquer um a bordo.

Sem serem notados, os Crowe rumaram para a escada de corda suspensa do *Cerys* desprevenido. Agora os observadores viram mais dois vultos – o do Mestre e o de Jakey Fry – aparecerem por trás da popa e vir em silêncio na direção da escada. Ao pé da escada, eles pararam, e foi possível ver Jakey apontando para o corpo do marujo. Pareceu ter início uma discussão entre Jakey Fry e seu pai, que a encerrou segurando uma faca comprida junto do pescoço de Jakey.

Agora também os gêmeos Crowe tinham chegado à escada. Jakey recebeu ordem de segurá-la, e, um de cada vez, os gêmeos Crowe, ambos com uma medonha coleção de facas enfiadas nos cintos e nas botas, começaram a subir com dificuldade.

– Não! – disse Jenna, abafando um grito. Ela fez menção de sair de trás da rocha, mas Menino Lobo a agarrou.

– *Espera* – disse-lhe ele.

— Mas *Nicko*... — protestou Jenna.

Menino Lobo olhou para Septimus.

— Ainda não, 412... certo?

Septimus fez que sim. Ele sabia que Menino Lobo estava calculando as probabilidades, exatamente como eles tinham aprendido no Exército Jovem. E naquele momento eles estavam em desvantagem, no que se referia a facas, crueldade e força bruta. Precisavam desesperadamente de alguma coisa a seu favor, e tinham somente uma vantagem — a surpresa.

— Para a Luta Vencer, o Momento Certo Escolher — disse Septimus. Exasperada, Jenna virou os olhos para o céu.

— Mas é verdade, Jen — disse Septimus. — **Precisamos** escolher o momento certo. Quando eles menos esperarem, nós investimos. Certo, 409?

Menino Lobo fez um sinal de positivo e deu um largo sorriso para Septimus. Era como nos velhos tempos, só que mil vezes melhor. Eles estavam juntos no seu próprio pelotão, e iam *vencer*.

Jenna, no entanto, não via desse jeito. Horrorizada, ela assistiu Mestre Fry subir pela escada de corda atrás dos Crowes, o clarão da **Luz** lançando reflexos de uma grande espada de pirata enfiada na faixa na sua cintura. Os gêmeos Crowe tinham chegado ao topo. Eles pararam e esperaram por Mestre Fry. E então os três entraram furtivos no navio.

Irromperam gritos no *Cerys*, e alguém deu um berro estridente.

Jenna não conseguiu aguentar mais. Ela se desvencilhou de Menino Lobo e saiu de trás da rocha, chapinhando na água rasa e atravessando aos saltos os bancos de areia elevados, na direção do navio em apuros, enquanto chegavam ali embaixo os ecos de gritos, berros e baques.

Jakey Fry viu Jenna chegando, mas não se mexeu. Viu mais quatro vultos se esgueirando de trás da rocha para acompanhá-la, mas ainda assim não se mexeu. Viu os vultos chegarem ao corpo do marujo, viu que se ajoelhavam e viravam o homem, e se sentiu péssimo. Ele se agarrava à escada, aparentemente obedecendo às últimas palavras que seu pai lhe dissera: "Não largue essa escada, seu imprestável, e não se *atreva* a soltar as mãos dela, não importa o que aconteça, *entendeu*?" Mas na realidade Jakey estava chocado demais para soltar a escada.

Jakey assistiu os cinco vultos pegarem o marujo e voltarem trôpegos com ele para uma rocha plana ali perto. Ele sentiu vontade de ir ajudar, mas não se atreveu. Naquele instante ele não se atrevia a fazer absolutamente nada. Ele os viu levantar o marujo para cima da rocha e então um garoto com um ninho de palha na cabeça se ajoelhou ao seu lado. Alguns segundos depois, o garoto pôs-se de pé e apontou com raiva para Jakey.

De repente, Jakey ouviu um berro ameaçador de seu pai interromper os sons da luta lá em cima, e tudo ficou em silêncio. Jakey estremeceu. Era provável que seu pai estivesse com uma faca no pescoço de alguém – era assim que ele geralmente conseguia o que queria. Ele deu uma olhadinha para o alto, mas não viu nada mais do que a curva do casco do *Cerys,* com suas cracas. Quando baixou os olhos, viu o garoto-com-o-ninho-de-palha-na-cabeça e seus quatro amigos – *um dos quais era Lucy Gringe* – vindo bem na sua direção. Jakey engoliu em seco. Agora estava perdido.

Jenna e Septimus chegaram a Jakey primeiro. Septimus agarrou-o pela gola e o arrancou de junto da escada.

– Saia do caminho, seu *assassino!*

– Eu... eu... não sou. Eu... não fui eu, verdade.

– Foram seus *amigos.* É a mesma coisa. Vocês estão nessa juntos.

– Não... *não.* Eles não são meus amigos. *Não* são.

– Então *saia da frente.* Nosso irmão está nesse navio, e nós vamos subir.

– Eu seguro a escada pr'ocê – disse Jakey, para grande surpresa de Septimus. Septimus deu um salto para a escada e começou a subir.

– Tenha cuidado – avisou Jakey. – Cê vai subir também? – perguntou ele a Menino Lobo.

– Vou – disse Menino Lobo, amarrando a cara.

– Boa sorte – disse Jakey.

Jenna foi depois, seguida por Besouro. Lucy ficou para trás. Estava farta de escadas. Olhou com raiva para Jakey.

– O que está acontecendo, bafo de peixe? – perguntou.

– Num sei, srta. Lucy, verdade – balbuciou Jakey. – Tem alguma coisa no navio. Meu pai sabe, mas ele nunca me diz nada. Vai subir também?

Lucy olhou para a escada ali no alto, bem a tempo de ver Septimus desaparecer por cima da amurada. Ela suspirou. Agora havia dois irmãos mais novos de Simon lá em cima e, quer ela gostasse ou não, ela ia ter de ajudar. Afinal, eles eram praticamente parentes. Com uma atitude profissional, ela amarrou as tranças num nó para ninguém conseguir agarrá-las (Lucy tinha aprendido umas coisinhas no Conventículo das Bruxas do Porto).

– Vou, seu cabeça de bagre. Vou subir – disse ela.

– Tenha cuidado, srta. Lucy – disse Jakey. – Se precisar de qualquer ajuda, pode contar comigo.

Lucy abriu um sorriso inesperado para Jakey.

– Obrigada, garoto – disse ela. – Tenha cuidado você também. – Com isso, ela começou sua subida arriscada.

Enquanto Lucy lutava para escalar a escada no costado do *Cerys,* uma gaivota esquisita com penas amarelas pousou no banco de areia. A gaivota inclinou a cabeça para um lado e olhou para Jakey Fry com certo interesse. Em seguida, enfiou o bico na areia, puxou uma enguia-da-areia, que se contorcia, e a engoliu. Eca, ela *detestava* enguias-da-areia. As enguias eram o pior detalhe de ser gaivota. Mas ela não tinha como resistir. Assim que sentia o movimento nos grãos de areia por baixo de seus pezinhos chatos e sensíveis, alguma coisa a dominava; e, quando ela via, já estava com uma daquelas criaturas nojentas descendo por sua garganta. A gaivota decolou e voou para uma rocha ali perto para se recuperar.

A pequena gaivota amarela não podia acreditar que mais uma vez seu destino tinha mudado de repente. Mas ela não tinha escolha, disse a si mesma. Sabia que a Maga ExtraOrdinária mandona a teria sem dúvida mantido presa na **Cela Vedada** para sempre, se ela não tivesse concordado com as suas condições. A gaivota decidiu que não ia se apressar. Começaria a se mexer depois de digerir a enguia-da-areia e não antes. Ela esperava que seu Senhor valesse todo esse trabalho, mas duvidava disso. Tentando fingir que não percebia a sensação de uma enguia-da-areia se contorcendo no seu estômago, a gaivota ficou olhando Lucy subir os degraus de aparência precária no casco do *Cerys*.

Por fim, Lucy chegou ao topo. E espiou por cima da amurada. Para sua surpresa, o convés do *Cerys* estava deserto.

Para onde tinha ido todo o mundo?

✢ 41 ✢
O Porão

Lucy olhou de um lado a outro do convés do Cerys, que ela achou que parecia surpreendentemente normal, a não ser por um pouco de tinta derramada na qual ela, feito uma boba, tinha pisado. Lucy abaixou-se para tirar os cadarços soltos da sua bota daquele líquido pegajoso, que grudou nos seus dedos e... *ai*, Lucy abriu a boca para dar um berro, só para uma mão malcheirosa tampá-la com violência.

— *Shhh,* Lucy. Não grita. *Por favor* – disse Menino Lobo, entre dentes.

— Mas é sangue, é *sangue* – explodiu Lucy por baixo da mão imunda de Menino Lobo.

— É mesmo — resmungou Menino Lobo. — Tem muito por aí. E vai ter ainda mais se *eles* nos encontrarem. — Ele virou o polegar da mão livre na direção da proa do navio. De repente, Lucy se deu conta de que o convés não estava assim tão deserto quanto ela achava. Numa grande área aberta diante do mastro central, ela podia ver três vultos delineados pela luz de uma lâmpada, tentando operar o guindaste do porão de carga. Eles não tinham percebido os recém-chegados a bordo... e, se Menino Lobo fizesse valer sua vontade, também não iam perceber. Devagar, furtivamente, ele fez Lucy recuar até o abrigo de um bote emborcado.

— Nada de gritos, certo? — sussurrou ele.

Lucy fez que sim, e Menino Lobo tirou a mão de sua boca.

O bote emborcado estava no lado escuro do convés, fora do clarão da **Luz**. Lucy entrou de mansinho atrás dele.

— Ah, é *aqui* que vocês todos estão — sussurrou ela, meio magoada. — Podiam ter *esperado* por mim.

— Achei que você não vinha — respondeu Septimus, que bem que tinha torcido para Lucy não vir.

Como um suricato curioso, Lucy de repente esticou a cabeça acima do bote e olhou ao redor, empolgada.

— E então, o que vamos fazer? — sussurrou, ansiosa, como se eles estivessem resolvendo com que jogos iam se divertir num piquenique.

Jenna deu um puxão raivoso na capa azul de Lucy, preciosa e muito manchada.

— Abaixe-se, cale a boca e *escute* – disse, chiando. Lucy ficou chocada, mas se acomodou sem dar mais uma palavra. Jenna virou-se para Septimus e Menino Lobo.

— Vocês são os especialistas – disse-lhes ela. – Digam o que fazer, e nós faremos.

Cinco minutos depois, eles já tinham um plano. Dividiram-se em dois grupos, um liderado por Septimus, o outro, por Menino Lobo. O pelotão de Septimus somava um total de um soldado: Jenna. Menino Lobo tinha tido o azar de sortear Lucy, mas calculava que Besouro servia como compensação. Foi decidido que cada pelotão seguiria por um lado do convés num movimento de pinça que teria impressionado até mesmo os gêmeos Crowe. O grupo de Menino Lobo ficaria com as sombras de bombordo, e a equipe de Septimus ficaria com o lado de boreste, mais exposto, por ser iluminado pela **Luz**. Quando chegassem ao porão, todos eles deveriam tornar-se **Invisíveis**. Lucy tinha protestado por não achar justo que todos ficassem **Invisíveis**, menos ela.

Mas Septimus não tinha a menor intenção de tentar ensinar um encantamento de **Invisibilidade** a Lucy Gringe, apesar de ter acabado de ensinar – ao que esperava – um muito simples a Besouro.

— Olhe, Lucy – sussurrou Jenna –, Besouro e eu não vamos usar os nossos, ok? Assim, você não vai ser a única.

— Tudo bem – disse Lucy, a contragosto.

Eles partiram na direção dos vultos iluminados pela lâmpada, pisando com cuidado para evitar os montes de cordas e velas dobradas e passando por cima de assustadores respingos de sangue. À medida que avançavam lentamente, persistia o silêncio preocupante no navio. O único som que conseguiam ouvir era o rangido do aparelho de levantar pesos, que Jenna tinha visto sendo usado pela última vez para baixar as portas do porão de carga. Na algazarra do porto, ela não tinha percebido o barulho, mas agora, no silêncio da noite, o gemido da manivela que acionava o guindaste deixou-a nervosa. Felizmente, ele também abafou o guincho que Lucy Gringe deu quando pisou no que achou que era uma mão decepada – que se revelou ser uma luva usada no manejo de amarras.

Septimus e Menino Lobo avançavam cautelosos, mantendo os olhos fixos na cena à sua frente. Dava para Septimus ver que Mestre Fry estava nervoso. Ele dava ordens aos Crowe com impaciência enquanto eles tentavam colocar o guindaste na posição correta acima das portas do porão de carga, mas de poucos em poucos segundos ele lançava um olhar apressado em torno do convés. Cada vez que fazia isso, as duas pontas da pinça que se aproximava ficavam imóveis. Assim que ele se voltava de novo para os Crowe, que suavam no trabalho com o guindaste barulhento, a pinça mais uma vez se movimentava, deslizando silenciosamente do rolo de cordas para o bote, do mastro para o cabrestante e a escotilha, até chegarem ao porão de carga.

A equipe de Menino Lobo escondeu-se por trás de uma pilha de barris, enquanto Septimus e Jenna encontraram abrigo por trás de uma vela baixada às pressas. De cada lado do convés, eles assistiam à cena. Septimus fez um sinal de positivo, que Menino Lobo retribuiu. Estavam prontos para agir. Cada um contou até três em silêncio e começou sua **Invisibilidade**, de modo sincronizado para que ambos ainda pudessem se ver.

Mestre Fry farejou o ar como um cachorro desconfiado e sua sobrancelha esquerda começou a tremer. Ele sabia o que isso significava.

– Parem o guindaste! – berrou ele para os Crowe. Em posição acima das portas do compartimento de carga, o guindaste gemeu e parou.

Mestre Fry escutou com atenção. O único som que ouviu foi o marulho da água à medida que, lá embaixo, a maré virava e começava a percorrer seu caminho na direção do *Cerys*. Foi um som que avisou a Mestre Fry que ele precisava se apressar. Mas sua sobrancelha estava tremelicando como uma lagarta afobada – e ele não estava gostando daquilo. A sensação dava-lhe arrepios. Ele preferia a **Magya das Trevas**, e não só porque ela não fazia sua sobrancelha tremelicar... A **Magya das Trevas** fazia o tipo de coisa que ele gostava de fazer.

Mestre Fry examinou o convés, cheio de suspeita. Calculou que algum tripulante devia ter usado um encantamento de **Invisibilidade** para escapar do cerco. O *Cerys* era um navio elegante – elegante até demais, pensou – e ele não se surpreenderia se um dos marujos fosse algum tipo de Mago de meio expediente.

Mestre Fry desprezava os encantamentos de **Invisibilidade**. Se você não queria que alguém o visse, bastava livrar-se da pessoa – muito mais eficaz e divertido também.

Mas Mestre Fry conhecia alguns truques e se orgulhava de ter passado para trás alguns dos Magos mais **Mágykos**. Ele se aproximou do guindaste e fez questão de demonstrar que o inspecionava. E então de repente girou nos calcanhares. Mas não viu nada. Mestre Fry ficou intrigado. Pela sua experiência, qualquer um que estivesse usando uma **Invisibilidade** reagia como se ainda pudesse ser visto e fugia correndo para se esconder. Como navegante acostumado a observar o mar por horas a fio, Mestre Fry era um especialista em detectar uma **Invisibilidade** em movimento, que sempre gerava alguma distorção. Mas não conseguiu ver nada, porque tanto Menino Lobo como Septimus estavam parados imóveis, instintivamente obedecendo ao versinho do Exército Jovem: "Se Você Parado Ficar, Ninguém o Irá Notar." Mestre Fry olhou fixamente para a escuridão, mexendo com a cabeça de um lado para outro, como um pombo (mais um dos seus truques), e por muito pouco deixou de pegar Septimus, que de repente quase foi dominado pelo desejo de rir.

Entretanto, a sobrancelha de Mestre Fry ainda tremelicava. Ele decidiu aplicar – literalmente – uma verificação básica em busca de **Invisibilidades**. Lançou-se de repente numa dança louca, ziguezagueante, balançando os braços como um moinho num vendaval. O método pouco tradicional de Mestre Fry para detectar **Invisibilidades** era de uma eficácia surpreendente – Menino Lobo e Septimus mal conseguiram sair do caminho a tempo. Na realidade, ele roçou em Menino Lobo, que felizmente estava naquele instante saltando por trás do mastro principal, e Mestre Fry confundiu o cotovelo de Menino Lobo com um nó de corda.

Septimus estava pensando seriamente numa retirada quando a imitação de moinho dançante parou tão de repente quanto tinha começado. Mestre Fry tinha percebido que os gêmeos Crowe faziam sinais um para o outro, indicando que a sanidade de seu mestre não estava lá essas coisas. Esses sinais tocaram seu ponto fraco.

– Está um frio de congelar aqui – disse ele, bufando e batendo os pés, como se estivesse com frio. – Vamos em frente, seus imprestáveis. – Os Crowe sorriram debochados e não se mexeram. Mestre Fry desembainhou sua espada e investiu contra Crowe Magro. – Faça o que lhe mando ou arranco essa sua cabeça idiota desse seu pescoço magricela – rosnou ele. – E de você também, seu gordo.

Os Crowe puseram-se a trabalhar com um entusiasmo renovado.

Ainda perturbado pela sua sobrancelha esquerda, Mestre Fry examinou desconfiado o convés enquanto dava ordens aos Crowe. Crowe Gordo pegou o gancho na ponta do guindaste, puxou-o para baixo e o enganchou na argola no centro do alçapão de boreste.

– Pare! – berrou Mestre Fry. – Você tem cérebro de minhoca ou o quê? Eu disse para *só* abrir o alçapão depois de eu dizer as palavras. – Enfiou a mão no bolso e tirou o encantamento amassado. – Traga-me a lâmpada, seu miolo mole – disse ele para Crowe Magro. – *Agora!*

Crowe Magro trouxe a lâmpada. Mestre Fry alisou o pedaço de papel, tossiu um pouco nervoso e entoou com grande cuidado:

– **Rartne uéc o exied, oãçadeV a arba,**
Racif arierrab amuhnen són ertne arap.

Septimus e Menino Lobo lançaram um para o outro olhares de preocupação. E o mesmo fizeram Crowe Magro e Crowe Gordo. Todos os quatro, por motivos diferentes, reconheciam um **Sortilégio Invertido** quando ouviam um. Mestre Fry limpou o suor da testa – ele detestava ler – e deu um berro:

– Não fique aí parado, seu palerma, abra as portas!

Crowe Magro correu para o guindaste e começou a girar outra manivela rangedora.

Alguns minutos depois, as portas do porão de carga estavam erguidas, e havia agora um enorme buraco escuro escancarado no convés. Septimus e Menino Lobo trocaram um olhar: era essa a oportunidade pela qual estavam esperando.

Mestre Fry segurou a lanterna no alto e espiou as profundezas do porão. Hesitando, os gêmeos Crowe espiaram também. Por trás da vela recolhida, Jenna assistia à cena misteriosa. Ela fez com que se lembrasse dos desenhos que tinha visto da gangue de ladrões de sepultura, que operava à meia-noite e tinha aterrorizado o Castelo num inverno quando ela era pequena. No instante seguinte, toda a semelhança com ladrões de sepultura tinha sumido, e a cena agora lhe lembrava a trupe de macacos voadores que tinha se apresentado diante dos Portões do Palácio na Festa do Equinócio da Primavera – só que dessa vez os macacos eram maiores, mais feios e faziam muito mais barulho.

Depois de três baques pesados, os macacos estavam caídos em cima da enorme arca no fundo do porão.

– Pegamos eles! – veio a voz triunfal de Septimus, junto do guindaste que agora começava a descer para apanhar as portas do porão de carga.

Lá no fundo do porão, Mestre Fry e os Crowe soltaram uma rajada de palavras imundas – muitas das quais Jenna e Besouro não tinham ouvido antes –, que continuou até as portas serem baixadas com firmeza no lugar, com o braço do guindaste pousado sobre elas.

Septimus e Menino Lobo abandonaram sua **Invisibilidade**, e os cinco se encaminharam para a escotilha mais próxima que levava aos conveses inferiores. Septimus empurrou as pequenas portas duplas, esperando que estivessem fechadas e trancadas. Não estavam. As portas se abriram com extrema facilidade, deixando todos eles se perguntando por que ninguém tinha se arriscado a sair.

E assim, à medida que ia amanhecendo e o céu clareava para um tom de cinza-esverdeado, um a um, eles deixaram o convés deserto e entraram na escotilha atrás de Septimus, descendo pela escada para dentro do navio.

Com uma sensação de pavor, todos se perguntavam o que iriam encontrar.

┼┾42┽┼
O Homem-Banana

Jakey Fry estava encostado na escada, assistindo ao nascer do sol. A maré vinha subindo, e o montinho de areia no qual ele estava parado era agora uma pequena ilha cercada de água do mar, em remoinhos arenosos. Jakey sabia que logo sua ilha estaria debaixo das ondas, onde era seu lugar, e então o que haveria de fazer? Deveria subir pela escada até o *Cerys,* ou se atreveria a sair andando pela água até o *Saqueador...* deixando todos para trás?

Jakey deu uma olhada para o *Cerys*. Ele tinha ouvido os rangidos do guindaste e o barulho oco das portas do porão caindo no lugar, mas desde então não tinha ouvido absolutamente nada. O que estava acontecendo? Jakey se perguntava o que tinha acontecido com Lucy. Ele imaginava que qualquer coisa que tivesse acontecido não podia ser boa... Lucy **nunca** ficava quieta.

Não tão longe dali, empoleirada na sua rocha, a gaivota amarela tinha acabado de digerir a enguia-da-areia. Entristecido, seu pequeno cérebro de ave repassava o contrato que a enxerida da Maga ExtraOrdinária a tinha feito assinar. Se pudesse ter dado um suspiro, ela o teria feito, mas ainda não tinha descoberto se isso era alguma coisa que aves faziam. Não havia saída. A gaivota respirou fundo e, com um lampejo amarelo e um pequeno estalo, ela se **Transformou**.

Jakey olhava para o mar aberto. Depois das ondas tranquilas para o leste, por trás da fileira de rochas que levava ao Pináculo, o céu estava de um belo verde leitoso e prometia um dia luminoso, ensolarado – um bom dia, pensou Jakey, para estar no comando do próprio barco, sem ninguém gritando com você, ninguém lhe dando ordens. A água lambeu os dedos dos pés de Jakey e as ondas seguintes cobriram sua ilha e molharam seus tornozelos. Era a hora da decisão. Jakey percebeu que nesse instante estava livre... livre para deixar para trás tudo o que detestava tanto. Uma vida nova o chamava, mas será que ele tinha coragem suficiente para aceitá-la? O sol vinha subindo no horizonte, lançando feixes de calor luminoso pelo seu rosto. Jakey tomou uma decisão. Agora, nesse exato momento, ele *tinha* coragem suficiente. Saiu da ilha inundada e a água chegou à altura dos seus joelhos. Então alguém lhe deu uma batidinha no ombro. Jakey quase deu um berro.

Jakey girou nos calcanhares e viu um homem alto e magro, de gibão e calção amarelos, meio escondido nas sombras da quilha. O homem estava usando o chapéu mais esquisito que Jakey tinha visto na vida... ou será que ele estava mesmo com uma pilha de argolas amarelas de tamanho decrescente equilibrada na cabeça? Naquele momento, Jakey achava que qualquer coisa era possível. Olhou espantado para o homem, tão surpreso que não conseguiu falar. Jakey, que estava acostumado a avaliar as pessoas rapidamente, pôde ver de imediato que ele não era uma ameaça. Como uma banana na defensiva, o homem parecia se moldar aos contornos do navio; e, quando recolheu o braço depois de dar a batidinha no ombro de Jakey, seus movimentos pareciam elásticos.

O Homem-Banana deu para Jakey um sorriso cortês.

– Com licença, jovem senhor, és tu Septimus Heap? – perguntou ele, num sussurro, com um sotaque estranho.

– Não – respondeu Jakey.

O homem pareceu aliviado.

– Achei mesmo que não – disse ele. E então acrescentou: – És tu o *único* jovem senhor por aqui?

– Não – respondeu Jakey.

– Ah. – Pareceu que o Homem-Banana ficou desapontado. Querendo ajudar, Jakey apontou para a escada.

– Lá em cima há *outro* jovem senhor? – perguntou o homem, bastante relutante.

Jakey fez que sim.

– Aos montes – disse ele.

– Aos montes? – repetiu o homem, desanimado.

Jakey mostrou três dedos.

– No mínimo – disse ele. – Talvez mais.

O homem abanou a cabeça, entristecido. Depois deu de ombros.

– Poderia ser pior, poderia ser melhor – disse ele. Talvez eu continue livre mais um pouco, talvez não. – O homem olhou para a escada, lá com suas dúvidas, e em seguida estendeu os braços elásticos, segurou as cordas grossas e pôs o pé no primeiro degrau.

– Eu seguro ela pr'ocê – disse Jakey, educadamente.

O homem subiu com hesitação. A escada afastou-se dele.

– É só se inclinar um pouco pra trás – aconselhou Jakey. – É muito mais fácil subir desse jeito.

O homem se inclinou e quase caiu da escada para trás.

– Não tanto – avisou Jakey. – E, assim que começar a subir, não pare para olhar para baixo. Vai dar tudo certo.

Com cautela, o homem se virou apenas o suficiente para sorrir para Jakey.

– Obrigado – disse ele, olhando para o menino com seus olhos amarelos estranhamente penetrantes. – E *você* é livre, jovem senhor? – perguntou.

– Sou – respondeu ele, abrindo um sorriso. – Acho que sou. – Jakey saiu da ilha inundada e seguiu por dentro d'água rumo à popa elevada do *Cerys*. Lá ele se jogou na água mais funda e começou a nadar na direção do *Saqueador,* que tinha deixado encostado num banco de areia a alguma distância do *Cerys*. O *Saqueador* estava agora flutuando em alguns palmos d'água, puxando sua âncora, pronto para ir aonde quer que Jakey desejasse levá-lo. O sorriso de Jakey ia se alargando com cada braçada que o levava para longe do *Cerys*. Estava livre por fim.

Enquanto Jakey Fry nadava para a liberdade, Eugênio chegou ao convés deserto do *Cerys*. Ele deu uma olhada ao redor por alguns minutos, antes de decidir se sentar e assistir ao nascer do sol, enquanto refletia sobre seu próximo movimento. Como todos os gênios, Eugênio tinha a capacidade de rastrear seu Senhor – se isso fosse absolutamente necessário – e ele tinha certeza de que seu Senhor estava a bordo do navio. Então, raciocinou ele, que diferença fariam mais alguns minutos de liberdade? Não havia possibilidade de seu Senhor ir a parte alguma. Ele sem dúvida devia estar bem aconchegado, dormindo numa cama quentinha – ao contrário de seu gênio desafortunado. Eugênio acomodou-se numa vela caída e fechou os olhos.

Não muito abaixo de Eugênio, cinco vultos furtivos percorriam o convés intermediário do *Cerys,* que também estava deserto. O navio tinha três conveses: o superior, que era exposto às intempéries; o do meio, que era habitado com algum esplendor por Milo e seus convidados; e o inferior, que era usado para os alojamentos da tripulação, as cozinhas, a lavanderia e as despensas. O convés intermediário e o inferior também continham o porão de carga, que descia até o fundo do navio.

Septimus conduziu Jenna, Besouro, Menino Lobo e Lucy por todo o convés intermediário vazio. Ao passar, eles verificaram cada cabine, cada armário, cada canto. A porta do camarote particular de Milo estava escancarada, mostrando a cama da qual ele saíra às pressas; a cabine de Nicko estava organizada e bem arrumada, exatamente como ele a deixara ao subir para assumir o timão durante a travessia noturna. A cabine de Snorri também estava arrumada, com um cobertor dobrado no piso para Ullr. As demais cabines para convidados também estavam vazias.

Eles seguiram cautelosos pelo corredor rumo à parte mais distante do convés intermediário: o salão, onde Milo recebia seus convidados. Desconfiado, Septimus abriu a porta de mogno e espiou lá dentro. O salão estava deserto, mas, na esperança de encontrar pistas, talvez até mesmo um bilhete rabiscado às pressas... *qualquer coisa*... Septimus entrou. Os outros o acompanharam.

O salão tinha sido deixado limpo e impecável pelo mordomo da noite. Estava pronto para o café da manhã, que, em circunstâncias normais, começaria a ser servido em breve. Abatidos, todos olharam fixamente para a mesa, posta com três lugares e com uma pequena cumbuca no piso ao lado da cadeira de Snorri.

– E se... e se ele se tornou um navio fantasma? – sussurrou Jenna, dando voz aos pensamentos de Menino Lobo.

– Não – disse Septimus, fazendo que não. – Não, Jen. Não existem navios fantasma.

– Tia Zelda diz que existem – resmungou Menino Lobo. – Ela tem conhecimento desse tipo de coisa. Não, Lucy... *não*.

Lucy Gringe pareceu ofendida.

– Eu não *ia* berrar – disse ela. – Só ia dizer que, se for mesmo um navio fantasma, nós devíamos sair enquanto podemos... *se é que ainda podemos*... – Sua voz foi sumindo, deixando marcas de arrepios em todos os ouvintes.

Jenna olhou de relance para Septimus. Todos eles conheciam as histórias de navios que de algum modo tinham se tornado navios fantasma. Dizia-se que muitos deles singravam os sete mares com uma tripulação espectral. Todos eles também sabiam que, uma vez que alguém pisasse a bordo, essa pessoa nunca mais voltaria a ser vista em terra, embora às vezes pudessem ser avistadas a bordo por parentes pesarosos que tivessem rastreado o navio.

Um súbito baque do outro lado da parede fez todo o mundo pular.

– Que foi isso? – sussurrou Jenna.

Pã, pã, pãããã.

– Uns fantasmas barulhentos aí dentro – comentou Besouro. Todos riram, sem graça.

– Isso é o anteparo do porão de carga – disse Septimus. – São Fry e aqueles Crowe, tentando sair.

Preocupada, Jenna olhou para Septimus.

– Eles vão conseguir atravessar? – perguntou ela.

— De jeito **nenhum** – disse Septimus. – Você viu o revestimento de chumbo daquelas paredes? Eles precisariam de um exército para sair de lá. Milo vedou tudo. Não quer que sua carga preciosa se estrague.

Jenna fez que sim. Ela conhecia o extremo cuidado com que Milo protegia seus tesouros de qualquer dano: os revestimentos de chumbo, as portas à prova d'água, a sala forte para seus objetos mais preciosos...

— É *isso*! – Jenna abafou um grito. – A sala forte. Ela é trancada por fora e é *à prova de som*. É lá que todos devem estar. Vamos, *depressa*!

— Certo, Jen – disse Septimus –, mas por que o pânico?

— Ela é vedada, Sep.

No final do salão havia uma portinha que dava para uma escada de acesso à cozinha no convés inferior. Septimus abriu-a com força e desabalou escada abaixo. Ali ele ficou esperando impaciente que Jenna e os outros o alcançassem.

— Você vai na frente, Jen – disse ele, com urgência. – Você sabe onde é essa sala.

Mas Jenna não tinha certeza se sabia mesmo onde ficava a sala forte. Só conseguia se lembrar de como se sentira irritadiça, enquanto Milo mostrava o aposento para ela e lhe dizia como era valioso tudo o que estava ali. Mas não conseguia se lembrar de como tinham chegado à tal sala. Diferentemente do convés intermediário, com seus corredores largos e luminosos e suas vigias generosas, o convés inferior era um labirinto emaranhado de corredores estreitos e encardidos, entulhados com cordas, arames e todos os equipamentos de uma embarcação complexa como o *Cerys*. Era um lugar totalmente desnorteante. Jenna olhou ao redor em pânico e viu todos com os olhos fixos nela, em expectativa. Ela lançou um olhar para Septimus em busca de ajuda... na esperança de que ele pudesse fazer uma **Procura** ou algo parecido... e viu seu Anel do Dragão começar a reluzir com o aconchegante clarão amarelo. Foi quando ela se lembrou.

– Do lado de fora da porta tem uma lâmpada amarela – disse ela, depressa. – Ela se acende quando tem gente na sala, para o caso... para o caso de alguém ficar trancado lá por engano. É por aqui. – Para seu imenso alívio, Jenna acabava de ver o clarão amarelo do alarme, refletido num conjunto de canos de metal muito bem polidos, na outra ponta do corredor.

À medida que se aproximavam do fim do corredor, o alívio deu lugar a um pavor. Jenna lembrou-se da sala, revestida de chumbo e vedada para proteger os tesouros de Milo da exposição ao nocivo ar do mar. Como alguém conseguiria sobreviver lá por muito tempo, ainda mais toda a tripulação de um navio? Jenna pensou no horror que Nicko sentia por lugares fechados e então se forçou a parar: há coisas nas quais simplesmente não dá para pensar.

A porta da sala forte era de ferro. Era estreita e coberta de rebites. No centro, havia um pequeno volante, que Menino Lobo, sabendo que era o mais forte, agarrou e girou. O volante deu uma volta, mas a porta não se abriu. Menino Lobo deu um passo atrás e limpou as mãos na túnica imunda.

– Ai – disse ele. – Tem algum tipo de **Vedação das Trevas** na porta. Minhas mãos sentiram. – As palmas de Menino Lobo eram muito sensíveis.

– Não! – disse Jenna, ofegante. – Não pode haver. Temos de abri-la.

Septimus pôs as mãos na porta e as recolheu imediatamente.

– Você tem razão, 409 – disse ele. – Vou precisar fazer algum tipo de **Inversão**... o que não é tão fácil sem um talismã das **Trevas**. *Droga*.

Jenna sabia que, quando Septimus dizia "droga", as coisas iam de mal a pior.

– Sep... por favor, você *tem* de tirá-los daí de dentro.

– Eu *sei*, Jen – resmungou Septimus.

– Peraí – disse Menino Lobo. – Tenho exatamente o que você precisa. – Ele abriu a bolsinha de couro pendurada na sua cintura, e todos recuaram cambaleando.

– Eca! – Lucy engulhou, quando o fedor da ponta do tentáculo em decomposição se espalhou pelo espaço confinado. – Acho que vou vomitar.

– Não vai não – disse Jenna, com rispidez. – Mas o que *é* isso? – perguntou ela a Menino Lobo.

– Se Sep precisa das **Trevas**, agora ele tem – respondeu Menino Lobo, tirando da bolsinha o troço escuro e lodoso para entregar a Septimus.

– Obrigado, 409 – disse Septimus, com um sorriso desanimado. – Exatamente o que eu sempre quis.

Septimus pegou a repugnante ponta de tentáculo (que o fez lembrar-se da cauda de Cospe-Fogo no pior momento) e a esfregou em toda a volta da porta, enquanto resmungava baixinho alguma coisa que ele se certificou de que mais ninguém ouvisse. E depois, fazendo o possível para não passar mal, devolveu a Menino Lobo a massa de carne podre.

Menino Lobo franziu o nariz e a enfiou de novo na bolsinha.

– Você sempre anda com isso? – perguntou Besouro.

Menino Lobo fez uma careta.

– Não se eu puder evitar. Vamos dar um empurrão, agora, ok? Um, dois, três...

Septimus, Besouro e Menino Lobo empurraram a porta com os ombros. Mesmo assim, ela não se mexeu.

– Deixem comigo – disse Jenna, impaciente.

– Mas, Jen, ela é muito pesada – disse Septimus.

– Sep – disse Jenna, exasperada. – *Presta atenção*. Três palavras: cabana, neve, Ephaniah.

– Ah – disse Septimus, lembrando-se da última vez que tinha dito a Jenna que ela não conseguiria abrir uma porta.

– Então, *deixa que eu* abro, certo?

– Claro que sim. Afaste-se, 409.

Jenna segurou o volante e puxou. Aos poucos a porta da sala forte revestida de chumbo foi se abrindo.

Ninguém teve coragem para olhar ali dentro.

✢➤43➤✢
ESCAPADA

Nicko caiu pela porta como um saco de batatas. Jenna segurou-o e tombou para trás com o peso.

— Nicko! Ah, *Nik* — você está bem?

Ofegando como um peixe fora d'água, Nicko fez que sim.

— Aaai... hããã... Jen, o que *você* está fazendo aqui?

Snorri saiu correndo com um gatinho cor de laranja enfiado debaixo do braço.

– Nicko, Nicko, está tudo bem agora – disse ela, colocando o braço em volta dele.

Jenna, porém, sem querer, continuava preocupada.

– Nik, onde está Milo? – perguntou.

A resposta de Nicko ficou perdida na confusão geral das pessoas saindo correndo da sala forte, mas um berro de comando respondeu à pergunta de Jenna:

– Quietos! – Era a voz de Milo. A algazarra de alívio parou. Os tripulantes, feridos e desgrenhados, uma dúzia deles em formas e tamanhos variados, numa mistura de camisões, camisas listradas, calções azul-marinho e alguns com tranças que poderiam competir com as de Lucy Gringe, ficaram em silêncio. Milo saiu a passos largos, pálido, com seu camisão de seda amarfanhado e manchado de sangue, mas muito dono da situação. Esquadrinhou o corredor estreito e lotado, desejando estar com os óculos.

– Jem! – chamou bem alto. – Jem, onde você está? Foi *você* que nos libertou?

Jenna, que confundiu "Jem" com "Jen", sentiu-se contente de repente.

Milo tinha de fato pensado nela.

– Sim, fui eu! – gritou ela.

– *Jenna?* – Confuso, Milo olhou à sua volta. A luz estava fraquinha; era em momentos como esse que ser míope o incomodava. Viu sua tripulação alinhada ao longo do corredor e, surpreso, também viu... sim, ele tinha *certeza* disso... Septimus e Besouro com dois adolescentes maltrapilhos de hábitos higiênicos duvidosos. De onde tinham vindo? E então, para seu espanto, avistou

Jenna, enfurnada num canto, parcialmente escondida por Nicko e um emaranhado de cordas.

– Jenna! Mas... como é que *você* chegou aqui?

Pegando Milo de surpresa, e a si mesma também, Jenna correu para a frente e jogou seus braços em volta dele.

– Ai, Milo, pensei que você estivesse... quero dizer, *nós* pensamos que todos vocês estivessem *mortos*.

– Mais alguns minutos e estaríamos – disse Milo, sorrindo para Jenna e dando tapinhas na cabeça da menina, meio sem jeito. – Mas no ano passado instalei um sistema de ventilação com filtros para uns cactos exóticos que eu estava procurando. Muito eficaz, só que não foi feito para quinze pessoas. Foi uma luta ficarmos lá dentro, posso lhe garantir. Agora... vejamos o que aqueles arruaceiros levaram. Pegaram o que conseguiram e saíram correndo, eu acho. Uns brutamontes cruéis. Eu teria lutado com eles, mesmo desarmado, mas...

– Mas *o quê*? – disparou Jenna. Ela já tinha ouvido Milo contar histórias demais como essa.

– Mas quando eles têm uma faca na garganta de alguém, o que se pode fazer? – disse Milo.

Nicko levou a mão ao pescoço, e, quando o fez, Jenna avistou uma terrível linha vermelha logo abaixo de sua orelha.

– Nicko! – Jenna mal conseguiu falar. – Não foi com v*ocê,* foi? Nicko fez que sim.

– Foi – respondeu ele, emburrado. – Comigo. De novo.

Jenna reviu rapidamente sua opinião sobre Milo.

Os pensamentos de Milo estavam em outro lugar.

– Você – disse ao tripulante mais próximo –, vá e traga Jem. Preciso saber o que ele encontrou lá embaixo. Sorte dele não ter passado por tudo isso.

O homem virou-se para ir, mas Jenna o interrompeu.

– Não – disse ela a Milo. – Ele não teve sorte. Ele morreu.

– *O quê?*

– Eles... aqueles valentões... eles o mataram.

Um arquejo de pesar espalhou-se pela tripulação.

– Morto? – Milo parecia profundamente abalado. – *Morto.* Então... onde ele está?

– Nós... nós o levamos para uma rocha perto da praia. Nós... bem, Sep, na verdade, tentou ajudá-lo, mas não havia nada que pudéssemos fazer.

– Voluntários para ir até lá e trazer Jem! – gritou Milo.

Surgiu uma floresta de mãos erguidas. Milo escolheu quatro de seus tripulantes – aqueles que não tinham nenhum ferimento das facas ferinas dos Crowe – e o grupo partiu veloz pelo corredor.

– Todos os demais vão para a enfermaria e vejam o que podem fazer. Depois disso, voltem para o convés. Quero este navio reparado e pronto para partir na próxima maré.

– Entendido, senhor – respondeu a tripulação.

– Jem era um bom homem – disse Milo com tristeza, assim que a tripulação desapareceu de vista. – Um bom homem e um bom médico também.

– Eu poderia ajudar – disse Septimus. – Sei alguns princípios básicos da **Arte da Cura**.

Milo, porém, não estava ouvindo.

– Venham todos vocês – disse, abrindo os braços e empurrando-os pelo corredor na frente dele. – Vocês fizeram **muito** bem, derrotaram aqueles piratas, hein? Agora precisamos ver como o *Cerys* se saiu. Ah, se eu pudesse pôr as mãos naqueles assassinos agora...

Jenna estava irritada por Milo não ter dado atenção ao oferecimento de ajuda de Septimus. Mas era a forma pela qual Milo os conduzia, como se fossem um grupo de criancinhas agitadas que mal sabiam andar, o que realmente a deixou aborrecida.

– Bem, você *pode* pôr as mãos neles, se quiser – disse ela, tentando desmascará-lo. – Eles estão no porão.

– No *porão*? – perguntou ele, petrificado.

Jenna percebeu que Milo de repente parecia muito branco. Não ficou surpresa com isso. Ela sabia o tempo todo que Milo estava apavorado.

– Isso mesmo – respondeu ela. – No porão.

– Com... *a arca*? – perguntou Milo num sussurro. – Eles estão no porão *com a arca*?

– Sim, é *óbvio* que estão no porão com a arca. Sep e Menino Lobo empurraram todos lá para dentro. Eram dois contra três. Eles foram realmente corajosos – disse Jenna, incisiva, mas sem mencionar que na hora eles estavam invisíveis.

Tinham virado uma esquina e agora seguiam por um corredor, que ficava no outro lado do anteparo do porão de carga. De lá, vinha uma série de baques muito fortes.

– Quantos eles são? – perguntou Milo, sussurrando.

– Três – respondeu Septimus. – Nós empurramos três lá para dentro.

– Parece que tem muito mais do que três agora – disse Menino Lobo. – Acho que é o eco ou coisa assim.

Milo estava aterrorizado. Jenna sentiu-se constrangida por ele: como era possível ele estar tão apavorado por causa de três idiotas trancados num porão? Pior que isso, agora estava falando sozinho.

– Não é possível – dizia. – Eles não podem saber o que é aquilo. *Não é possível*. – Milo respirou fundo e pareceu organizar os pensamentos. – Vou até o convés principal – disse ele. – Temos de proteger o porão. Nicko, você vem também? Vou precisar da sua ajuda. – E com isso, saiu apressado. Nicko, contente por ser útil mais uma vez, foi atrás dele.

Jenna ficou observando seu pai sair correndo pelo corredor, com o camisão de seda esvoaçando, os chinelos de veludo estalando nas tábuas como um par de asas de pombos.

– Ele é *maluco* – disse Jenna.

– Bem, ele está *preocupado*, isso é certo – disse Menino Lobo.

– Acho que pode ser que ele tenha alguma coisa aqui com que se preocupar – disse Snorri, bem devagar.

– O que você quer dizer? – perguntou Jenna. Ela achava a maneira de falar de Snorri às vezes difícil de entender.

– Existem espíritos antigos a bordo deste navio. Eu os sinto neste instante. Não sentia antes. E Ullr também sente, estão vendo? – Snorri levantou Ullr, cujos pelos estavam todos arrepiados. Parecia um pompom laranja.

Besouro reprimiu um risinho.

– Ullr, não é engraçado – disse Snorri, em tom de censura. – Ullr **Vê** coisas. Ele **Vê** que tem alguma coisa aqui, e não é para rir *disso*. Vou ajudar Nicko. – De cabeça bem erguida, Snorri saiu empertigada atrás de Nicko.

– Ah! – Jenna de repente ficou pensativa. Ela tinha passado alguns meses cuidando de Ullr e sentia muito respeito pelo gato. Embora não se importasse com Snorri, com Ullr a coisa era diferente.

Eles viraram uma esquina no corredor e encontraram Snorri abrindo caminho na aglomeração do lado de fora da enfermaria do navio. Lá dentro, a cena era de um caos completo. Um dos tripulantes – que era pouco mais que um menino – estava desmaiado numa poça de sangue. Viam-se ataduras voando para todos os lados, e um grande frasco de violeta de genciana tinha virado, cobrindo todo o mundo com respingos roxos. Parecia que ninguém sabia o que fazer.

– Aquilo ali está uma loucura – disse Septimus. – Vou ajudar. 409, até que me serviria alguém com algum conhecimento de poções.

– Tudo bem – disse Menino Lobo, com um largo sorriso. Poções eram com ele mesmo.

– Eu faço os curativos – ofereceu Lucy. – Sou boa com ataduras. É como se fossem fitas, só que esticam.

Septimus não concordava.

– *Não* são como fitas – retrucou ele, abrindo caminho entre as pessoas e sumindo no interior da enfermaria.

– Sep – chamou Jenna por ele. – Vou subir ao convés principal.

– Vou com você – disse Besouro.

Jenna e Besouro partiram pelo corredor, no fim do qual havia uma escada para o convés intermediário. Eles subiram por ela, atravessaram o salão e seguiram pelo corredor que passava pelas cabines vazias. Enquanto se aproximavam da escada que levava ao convés principal, ouviram uma série de pancadas atrás deles vindas de dentro do porão de carga.

Jenna virou-se para Besouro. Ela parecia preocupada.

– Acho que você deveria ir chamar Sep – disse. – Tenho um pressentimento de que talvez precisemos dele.

– Mas e você?

– Quero subir para ver se Nik precisa de alguma ajuda.

– Eu posso fazer isso. Por que você não vai buscar Sep?

– Não, Besouro. Eu nunca estou por perto quando Nicko precisa de mim. Desta vez estarei. Vá e traga *Sep... por favor*.

– Ok – disse Besouro, que não podia se recusar. – Não demoro. Jenna... tenha cuidado... promete?

Jenna fez que sim e subiu a escada, desaparecendo.

Besouro ficou surpreso com a diferença na enfermaria. Não se passaram mais que alguns minutos, e Septimus já tinha tudo organizado. O menino desmaiado no chão estava agora estendido num beliche. Septimus estava atendendo o garoto e discutindo com Menino Lobo sobre que poção usar num ferimento muito feio, de faca. Contudo, o que mais surpreendeu Besouro foi a visão de Lucy Gringe – o próprio modelo de eficiência – fazendo curativo com todo o cuidado no braço de um membro da tripulação. Septimus comandava uma boa enfermaria, pensou Besouro cheio de admiração.

Um por um, os membros da tripulação que tinham sido atendidos deixavam a enfermaria para se dirigir ao convés principal. Besouro também estava ansioso para ir para lá, mas não queria interromper. Encostou-se no portal, observando Septimus trabalhar. Ele parecia totalmente à vontade, pensou Besouro.

Septimus levantou os olhos e viu Besouro na porta.

– Tudo bem? – perguntou ele.

– Sei não, Sep. Jenna quer que você suba ao convés. Alguma coisa não vai bem.

Como se esperasse a deixa, uma violenta pancada fez todo o navio vibrar.

– Ah! Certo. Já estou acabando. Só quero checar esse aqui de novo. Ele perdeu muito sangue.

– Parece que o navio está se mexendo sobre o banco de areia – disse o imediato, que, além do jovem ajudante de cozinha na maca, era o único que ainda estava ali. Ele se pôs de pé e se encolheu de dor. – Vão precisar de mim no convés. A senhorita vem? – perguntou a Lucy.

– Estou bem aqui – respondeu Lucy.

– Não, Lucy, você vai – disse Septimus.

– Isso mesmo, senhor – disse o imediato. – Melhor estar lá em cima quando um navio está se mexendo assim. Nós viremos buscar você, se houver algum problema, meu rapaz – disse ele para o ajudante de cozinha.

Besouro ficou olhando Lucy e o imediato saírem. Enquanto esperava, agora com menos paciência, que Septimus e Menino Lobo terminassem, sentiu alguma coisa roçar em seu pé. Baixou o olhar e viu uma longa fileira de ratos, um atrás do outro, passando velozes por ele ao longo do corredor, indo para a escada na outra extremidade. Besouro sentiu um arrepio, e não porque não gostasse de ratos. Ele tinha enorme respeito pelos ratos, e esses, pensou ele, sabiam de alguma coisa. Eles sabiam que o *Cerys* não era mais um navio seguro para continuarem ali.

– Sep... – disse Besouro, ansioso.

Septimus estava lavando as mãos.

– Estou indo – disse ele. – Pronto, 409?

– Pronto – respondeu Menino Lobo.

Septimus deu uma última olhada ao redor. Estava tudo em perfeita ordem, e o cheiro de ferro molhado de sangue tinha sido substituído pelo aroma da hortelã-pimenta. Ele saiu da enfermaria, feliz, com a certeza de ter feito um bom trabalho.

Besouro tratou de empurrar Septimus e Menino Lobo pelo corredor – rápido.

– Epa, o que está acontecendo? – perguntou Septimus.

– Jen quer você lá no convés. Tem alguma coisa esquisita acontecendo, e os ratos sabem disso.

– Os *ratos*?

– Isso. Acabei de vê-los indo embora.

Septimus compartilhava o respeito de Besouro pelos ratos.

— Ah! — disse ele.

Como que para provar o que Besouro estava dizendo, uma série de pancadas ritmadas sacudiu as madeiras do navio.

— Vamos — disse Menino Lobo, que já estava cansado de ficar preso nos conveses inferiores. — Vamos dar o fora daqui. — E saiu correndo para a escada que levava ao convés intermediário.

Quando chegaram ao pé da escada, pararam bruscamente. Alguém vinha descendo.

Um homem alto e esbelto vestido de amarelo e usando na cabeça o que pareceu a Septimus uma pilha de argolas amarelas desceu o último degrau da escada. Virou-se, olhou diretamente para Septimus e deu um longo suspiro.

— És tu Septimus Heap? — perguntou num tom resignado.

Tanto Septimus quanto Besouro sabiam o suficiente para reconhecer um gênio quando viam um, e Menino Lobo sabia muito bem reconhecer uma coisa extremamente esquisita.

— Sep... ele *descobriu* você! — sussurrou Besouro, todo animado.

— *Uau!* — disse Septimus, com um sopro. — Sim — respondeu —, eu sou Septimus Heap.

Eugênio pareceu desanimado.

— Foi o que pensei — disse. — Igualzinho à descrição da velha bruxa. Droga, droga, *droga*. Bem, lá vamos nós de novo: *O que Determinas, ó Meu Amo e Senhor?*

Na agitação do momento, Septimus de repente não conseguia se lembrar da fórmula garantida de palavras, que sempre deveria ser usada para responder à importantíssima Segunda Pergunta, se não quisermos que nosso gênio nos enrole para todo o sempre. Olhou para Besouro e cochichou:

– *Quais são as palavras?*

Eugênio batia o pé no chão, impaciente... será que *todos* os Septimus Heaps eram lentos desse jeito?

– *Determino*... que você *seja*... um criado fiel... leal *a mim*. Que você faça o que é *certo*... e para o *bem maior*... que você faça *tudo*... o que eu ordenar – sussurrou Besouro.

– *Obrigado, Besouro* – disse Septimus, apenas movendo os lábios. Então, falando pausadamente e de forma clara, repetiu o que Besouro lhe tinha dito, palavra por palavra.

– Bem, ao menos és melhor que o último Septimus Heap, eu acho – disse Eugênio de má vontade. – *Não* que isso seja uma coisa difícil.

– Pergunta – sussurrou Besouro, cutucando Septimus – se ele tem nome. Alguém já deve ter **Dado um Nome** a ele, e se você não o souber, não poderá **Chamá-lo**.

– Ah, obrigado, Besouro. Não tinha pensado nisso.

– É. Esse aí é espertinho. Imagino que ele esteja pensando que você não vai perguntar. Diga apenas "Gênio, como te **Chamas?**", e ele vai ter de lhe dizer.

Septimus repetiu a pergunta.

Eugênio parecia extremamente mal-humorado. Depois de uma longa pausa, respondeu com relutância:

– Eugênio. – E em seguida acrescentou: – ó *Esperto* Senhor.

– *Eugênio?* – perguntou Septimus, não sabendo se tinha ouvido direito.

– Sim. Eugênio – respondeu Eugênio, irritado. – Então, Desconfiado Senhor, tens algum desejo para agora ou posso ir tirar uma soneca? Existem algumas cabines muito agradáveis lá em cima.

Outra avalanche de baques vibrou por todo o navio.

– Por acaso – disse Septimus –, acho que sua ajuda *imediata* seria útil.

Eugênio estava achando difícil acostumar-se a essa repentina perda de liberdade.

– Muito bem, ó Exigente Senhor – disse o gênio. – Teu desejo é uma ordem, et cetera e tal. Vou atrás daquela cabinezinha aconchegante mais tarde.

Besouro lançou um olhar de interrogação para Septimus.

– Ele não é *bem* o que você esperava, é?

– Não – respondeu Septimus, enquanto mais um tremor atingia o navio. – Mas também o que é?

⊬→44⊣⊢
GÊNIOS

Os raios baixos e oblíquos do sol nascente desciam direto pela escotilha de popa, quase ofuscando Septimus, Besouro e Menino Lobo à medida que eles subiam correndo a escada até as portas abertas. Piscando com a claridade do dia, eles saíram e se depararam com uma cena de caos. Em desespero, Milo e sua tripulação esgotada estavam empilhando vergas, velas, barris e qualquer coisa pesada que conseguissem arrastar para cima das portas do porão de carga. Lucy e Snorri estavam jogando ali um pesado rolo de corda, e Ullr, com o pelo eriçado, seguia Snorri como uma ansiosa sombra cor de laranja. Nicko e o contramestre estavam pregando uma tábua grossa de um lado a outro das portas, mas cada martelada que davam tinha como resposta um forte baque de lá de baixo e um movimento para cima correspondente ao baque.

Da beira do alvoroço, Jenna avistou Septimus, Besouro e Menino Lobo que se aproximavam. Ela largou o barril que estava ajudando a arrastar para pôr sobre as portas e correu até eles.

– Onde vocês *estavam*? – perguntou ela, ofegante. – Tem alguma coisa realmente grande lá dentro... maior que aqueles três que vocês empurraram. Ela está tentando sair. E Milo... ai, eu sei que ele faz tempestade em copo d'água, mas dessa vez é pra valer. Olhem só para ele!

Milo estava desesperado. Chinelos de veludo, abandonados, o camisão de dormir tão imundo quanto o de qualquer marujo, ele e Nicko estavam nervosíssimos, arrastando mais uma tábua para reforçar as portas.

– Trate de se mexer! – berrou ele para o contramestre, que deu alguma resposta também aos gritos.

– Vocês não *terão* um navio a *abandonar*, se não pregarem essas portas *agora!* – berrou Milo.

Menino Lobo avançou para ajudar. Besouro e Septimus fizeram menção de ir junto, mas Jenna os deteve.

– Peraí, Sep, tem uma coisa que eu queria contar para você. E é bom Besouro também saber.

– O quê, Jen?

– Bem, enquanto vocês estavam lá naquele lugar dos pombos, Milo mandou pôr uma coisa no porão de carga.

— Milo *sempre* estava pondo alguma coisa no porão de carga — disse Septimus.

— É, eu sei. Mas ele me disse para não contar para vocês. Eu ia contar de qualquer maneira, porque não sei que direito ele tem de andar por aí me dizendo o que fazer e o que não fazer. Era uma arca enorme, e ele disse que teríamos de ir ao Manuscriptorium por causa dela quando chegássemos ao Castelo.

— Ao *Manuscriptorium*? — perguntou Besouro. — Por quê?

— Não sei. Ele logo passou para outro assunto, e eu não perguntei. Vocês sabem como ele é.

— Você olhou dentro da arca? — perguntou Septimus.

— Não tinha muita coisa para ver. Só um monte de tubinhos de chumbo enfileirados em bandejas.

— Tubos de chumbo? — perguntou Besouro. — Exatamente quantos?

— Não sei — respondeu Jenna, impaciente.

— Alguma ideia você deve ter. Dez, cinquenta, cem, mil... quantos?

— Bem... milhares, acho. Puxa, Besouro, você é pior do que Jillie Djinn.

— *Milhares?*

— É, *milhares*. Olha, que diferença faz quantos eram? — Jenna estava exasperada. — Sem dúvida, o que importa é o que estava escondido *por baixo* dos tubos.

— Acho — disse Besouro, devagar — que o que importa é o que estava escondido *dentro* dos tubos, não é mesmo, Sep?

– É – respondeu Septimus. – Acho que isso tem muita importância.

– *Dentro* dos tubos? – perguntou Jenna. – O que vocês estão querendo dizer? Como poderia *alguma coisa*... *Ai-meu-Deus-que-foi-isso!*

Outro baque tremendo sacudiu o navio – mas dessa vez ele foi acompanhado de um barulho forte da madeira das portas do porão de carga sendo quebrada. As tábuas de Nicko e do contramestre foram atiradas longe como palitos de fósforo. Alguém deu um berro... e não foi Lucy Gringe. E então começou. De modo vagaroso, firme, implacável, as duas portas se ergueram do convés, fazendo tombar tudo o que estava empilhado em cima delas: vergas caíram, barris rolaram e as pessoas foram derrubadas como pinos de boliche.

Milo foi lançado num emaranhado de cordas suspensas de um mastro partido, ficando preso ali pela tábua. Um barril de alcatrão jogou Menino Lobo para o ar, e Snorri e Ullr por um triz não foram esmagados por um bote salva-vidas.

As portas do porão tinham agora chegado a uma posição sem volta. Elas oscilaram um instante e então, de repente, com um estrondo ensurdecedor, caíram sobre o convés, estilhaçando tudo o que atingiram na queda e deixando escancarada a entrada do porão de carga. Todos fugiram, mas pararam onde estavam com a visão que se seguiu.

Como se estivessem numa plataforma invisível, Theodophilus Fortitude Fry e os gêmeos Crowe vinham subindo do porão de carga. Alguns dos tripulantes mais supersticiosos jogaram-se no chão, achando que Fry e seus capangas estivessem voando como que por milagre; mas outros, que olharam com mais atenção, puderam ver que eles estavam equilibrados em algo mais sólido que o ar. Mais uma vez, Jenna lembrou-se do circo ambulante na Feira do Equinócio da Primavera. Dessa vez, eram os palhaços acrobatas que tinham formado uma pirâmide humana e depois despencado de modo espetacular. Mas o que viu em seguida varreu da mente de Jenna todo e qualquer pensamento sobre palhaços acrobatas. Fry e os Crowe estavam parados – balançando seria uma descrição mais precisa – não nos ombros de palhaços, mas nos escudos erguidos de quatro guerreiros protegidos por armaduras.

– Gênios guerreiros – disse Besouro. – Bem que eu pensei que fossem.

– O que você está querendo dizer? – perguntou Jenna.

– Os tubos de chumbo que você viu são um tipo clássico de unidade de armazenagem múltipla de gênios.

– Eles são *o quê*?

– Dentro deles tem gênios – disse Besouro, simplificando.

– Como? Um *em cada tubo*? – A matemática de Jenna não era lá essas coisas, mas até mesmo ela podia calcular que isso representava uma quantidade tremenda de gênios.

– Sim. Eles geralmente não dividem.

– Dividem?

– Gênios gêmeos são extremamente raros.

– Ah, quer dizer que então tudo bem... Ai, meu Deus, *olha* só para eles. São... são apavorantes.

Todos no convés tinham se calado, hipnotizados pela visão dos gênios guerreiros, que vinham subindo através do alçapão do porão, segurando os escudos com os braços esticados acima de cabeças protegidas por elmos, sustentando sua carga: Mestre Fry e os Crowe. Um pouco atrasada na saída, a carga meio pulou, meio caiu no convés. Os quatro gênios foram se erguendo ainda mais alto, até que, por sua vez, eles também saltaram de outra plataforma de escudos que subiam. Eles pisaram no convés com um baque sincronizado, e toda a tripulação abafou um grito.

Os cabelos na nuca de Menino Lobo se arrepiaram. Havia algo que não era humano, que era quase mecânico naqueles guerreiros. Eles tinham no mínimo dois metros e dez centímetros de altura e estavam trajados dos pés à cabeça numa antiga armadura de couro, de um preto fosco, com exceção dos elmos, providos de asas prateadas, que captavam os raios do sol nascente e os refletiam como se estivessem em chamas. Os gênios mantinham-se parados, a postos, com espadas curtas desembainhadas, os olhos fixos à frente, inexpressivos. E, se eles já não eram suficientemente assustadores, atrás deles mais duas fileiras de quatro gênios vinham subindo do porão.

Com a segurança de sua impressionante guarda armada, Theodophilus Fortitude Fry examinou o grupo estupefato reunido no convés.

— Ora, ora — disse ele. — Quer dizer que alguém soltou vocês, não é mesmo? Suponho que tenham sido esses moleques insuportáveis. — Ele olhou deliberadamente para Menino Lobo e Lucy. — Cês trouxeram junto seus amiguinhos, hein? — Mestre Fry encarou Septimus, Jenna e Besouro. — Se algum d'ocês foi quem nos empurrou lá para dentro, foi um favor que nos fez. Nós ia descer de qualquer jeito. E agora nós pegou o que queria, e cês não pode fazer nada. Tomara que cês gostam do espetáculo, moleques. Divirtam-se e... — ele olhou firme para Eugênio — e trate de usar o chapéu bobo que quiser enquanto pode, porque, se tão planejando voltar para o Castelo, num vão se *divertir* muito por lá não. — Ele riu. — Nós sabe quem cês são e nós **nunca** esquece uma cara, num é mesmo?

— Não, Mestre — disseram em coro os Crowe —, *nós num* esquece.

Mas o discurso de Mestre Fry não teve o efeito que ele esperava: ninguém, fora Eugênio, que não gostava de ser insultado, estava realmente prestando atenção. Estavam todos petrificados pelo que estava acontecendo atrás dele. Um conjunto de oito gênios guerreiros tinha agora chegado ao convés, e a cada minuto outros vinham aparecendo: agora três fileiras de quatro, preenchendo toda a área da entrada do porão. À medida que eles pisavam no convés, logo abaixo podia ser vista a fileira seguinte de doze escudos.

— Besouro — sussurrou Septimus enquanto observava os gênios passando para o convés —, isso é assunto para o Manuscriptorium. Existe algum modo de fazê-los parar?

– Não, a menos que se saiba o **Despertar**.

– Milo! – disse Septimus. – Ele deve saber. Não se compra uma quantidade enorme de gênios sem saber como **Despertá-los**, não é mesmo?

– Bem, *você* não compraria – disse Jenna.

– Ora, sem dúvida nem mesmo Milo seria bobo *a esse ponto*.

Jenna encolheu os ombros.

– Vou perguntar a ele – disse Septimus.

– Cuidado, Sep – disse Jenna, ansiosa.

– Certo. – Septimus fez uma rápida **Invisibilidade com Escudo de Proteção** e desapareceu no meio dos destroços e da tripulação.

Milo ainda estava tentando desesperadamente se desvencilhar do cordame, quando Septimus chegou perto. Septimus estava a ponto de aparecer quando, para seu espanto, Milo de repente deu um berro no seu ouvido:

– *Grub!*

Septimus deu um pulo, que não chegou nem à metade da altura do pulo de Mestre Fry.

Fry girou nos calcanhares para ver de onde o grito tinha vindo, e seus olhos se iluminaram com maldade ao ver Milo preso ali. Ele foi andando arrogante na direção de Milo e – ao se postar na ponta da tábua – pôde encarar Milo bem nos olhos.

– Para você, garoto, eu sou *Senhor* – disse ele, com raiva.

– Não se *atreva* a me chamar de garoto nunca mais, entendeu, *Grub*? – rosnou Milo.

Mestre Fry riu, sentindo-se vitorioso demais para perceber um tremelicar irritante começando na sua sobrancelha esquerda.

– Com cinco mil homens sob minhas ordens, vou chamá-lo como eu quiser, *garoto*. Tendeu?

Milo ficou furioso. Estava em desvantagem numérica a bordo do seu próprio navio, exatamente como tinha acontecido dez anos antes, quando o famigerado pirata Deakin Lee e seu imediato, o cruel Grub, tinham capturado seu navio. Ele não conseguia acreditar.

– Te enganaram direitinho, garoto – disse Mestre Fry com um largo sorriso. – Aqueles trapaceiros que cê mandou pra buscar a *encomenda*... cê devia ter dado mais dinheiro pra eles. Todo o mundo tem seu preço.

– *Isso* você sabe muito bem – disse Milo, lutando para se desvencilhar do cordame, mas só conseguindo ficar ainda mais enredado.

Mestre Fry encarou Milo.

– Sabe de uma coisa, Banda? *Eu nunca esqueci*. Passei duas *semanas inteiras* naquele bote onde cê e aquele bando de ingratos da minha tripulação me jogaram. Tudo o que consegui comer foi uma gaivota morta. Bebi água da chuva nas minhas próprias botas.

– Eu devia era ter deixado sua tripulação atirar você no mar como eles mesmos queriam – disse Milo, irritado e imprudente.

– *Grub!*

— É, mas cê num deixou, deixou? — resmungou Mestre Fry, com a sobrancelha tremelicando veloz. — E agora chegou a hora de pagar na mesma moeda. Matem ele! — gritou Mestre Fry para os quatro primeiros gênios guerreiros. — **Matem!**

Os gênios deram um passo à frente, apontando as espadas para Milo.

Septimus gelou. *Os gênios guerreiros não tinham mãos*: suas armas faziam parte do seu corpo. Os punhos de couro de suas túnicas prolongavam-se sem emendas, transformando-se numa espada curta na ponta do braço direito e um escudo retangular na ponta do esquerdo.

Do convés elevado na popa do *Cerys*, Jenna viu os gênios apontando as espadas para seu pai.

— Não! — berrou ela. — *Não!* — Ela desceu correndo, mas o convés ali embaixo estava lotado com a tripulação, que recuava diante dos gênios invasores. Jenna logo ficou presa na aglomeração e com isso não viu a estranha cena em que o cordame caído de repente ganhou vida própria, desenrolando-se de Milo e transferindo sua atenção para Mestre Fry, deixando-o todo enredado como uma mosca numa teia de aranha.

Mestre Fry viu que os gênios guerreiros se aproximavam com suas espadas curtas e afiadas como navalhas, apontadas para ele, os olhos inexpressivos olhando direto através dele. E de repente ele se deu conta de que para os gênios não fazia diferença *quem* estava preso no cordame. Milo Banda ou Theodophilus Fortitude Fry — tanto fazia para eles.

Mas para Mestre Fry fazia muita diferença.

– Me tirem daqui, seus patetas! – gritou ele para os Crowe.

Os Crowe não se mexeram.

A voz de Fry subiu até se tornar um grito esganiçado.

– Parem, *parem*! Ai, quais são as *palavras*? – O medo emprestou temporariamente a Mestre Fry um número suficiente de células cerebrais e, com as quatro espadas no seu pescoço, ele se lembrou do **Sortilégio Invertido**.

Milo, enquanto isso, estava sendo arrastado através do convés apinhado por uma força invisível que tinha um forte cheiro de hortelã-pimenta. Em algum ponto da aglomeração, Jenna o encontrou.

– Ai! – gemeu a força invisível. – Meu pé.

– Desculpa, Sep – disse Jenna.

Septimus abandonou sua **Invisibilidade** antes que alguma outra pessoa ficasse de pé em cima dele. Milo pareceu sentir alívio ao ver Septimus. Ser agarrado por alguma coisa invisível tinha sido uma experiência desconcertante.

– Obrigado, Septimus – disse ele. – Você salvou a minha vida.

Eles acompanharam Milo até a pequena área de convés elevado na popa do navio, e Septimus foi direto ao ponto:

– Qual é o **Despertar**?

– Hã? – perguntou Milo, ainda um pouco confuso.

– O **Despertar** – repetiu Septimus, impaciente. – A arca é *sua*, os gênios são *seus*. Portanto, você sabe o **Despertar**. Diga-nos o sortilégio de **Despertar**, e nós poderemos detê-los.

Mais um lote de doze gênios saiu para o convés, e Milo viu a maré escura de guerreiros se aproximar. Ele protegeu os olhos das faíscas de luz refletidas pelos elmos alados e soube que já tinha perdido o comando do navio. Mas não disse nada.

– Sr. Banda, *por favor* – disse Besouro. – Diga-nos o sortilégio de **Despertar**.

Enquanto Septimus estava salvando Milo, Besouro tinha reunido todos no convés elevado (onde eles tinham descoberto Eugênio cochilando num canto). Milo agora se encontrava sob o olhar de expectativa, não só de Septimus e Besouro, mas também de Jenna, Nicko, Snorri, Ullr, Lucy, Menino Lobo e Eugênio, que tinha sido acordado sem cerimônia.

Milo engoliu em seco.

– Não sei o Sortilégio de **Despertar**.

Besouro ficou horrorizado.

– Você aceita a bordo uma coisa como essa e *não conhece seus* **Códigos**?

Milo recompôs-se.

– Medidas de segurança, aparentemente. A arca sempre viaja separada dos **Códigos**. Eu deveria apanhá-los no Manuscriptorium quando chegasse. Tem um fantasma lá que guarda os **Códigos**. Um senhor ...

– Tertius Fume – disse Septimus.

Milo pareceu surpreso:

– Como você sabe?

Septimus não respondeu a pergunta.

— Grub tem razão — disse ele. — Você foi traído.
Uma longa fila de ratos surgiu do alçapão da popa abaixo deles e se encaminhou para o costado. Milo observou sua partida.
— Chegou a hora — disse ele — de abandonar o navio.
Com isso, o *Cerys* deu um forte rangido. Alguma coisa se mexeu, e Milo soube que seu belo navio já não estava encalhado, preso à terra. Ele agora estava de novo em seu elemento, flutuando com a maré.
Da tripulação veio um grito de animação contida.
Milo hesitou. Era uma coincidência cruel que o mar lhe devolvesse seu navio no exato instante em que ele lhe estava sendo tomado. Mas, quando a primeira fileira de gênios guerreiros deu outro passo mais para perto da escada do navio, ameaçando cortar sua rota de fuga, Milo soube que era agora, ou possivelmente nunca.
— Abandonar o navio! — gritou ele.

☩45☩
Tartarugas e Formigas

Jakey Fry *não tinha conseguido* esquecer o sorriso de Lucy quando ela lhe desejara boa sorte. Enquanto ele se afastava velejando na direção do sol da manhã, o ameaçador silêncio do *Cerys* tinha persistido na sua cabeça até ele não conseguir aguentar mais e fazer o *Saqueador* retornar. Agora, muito abaixo do convés do *Cerys,* junto ao pé da escada do navio, Jakey estava parado à cana do leme, escutando os estranhos barulhos metálicos que vinham lá de cima, e juntando sua coragem para subir a bordo e salvar Lucy.

Seus planos foram por água abaixo, quando ele ouviu um súbito grito lá de cima: "Abandonar o navio!"

No instante seguinte, uma mistura apavorante de homens com curativos abundantemente manchados de roxo estava se despejando pela escada e saltando a bordo do *Saqueador*.

– Ei, não tão depressa – disse Jakey. – Eu só voltei para buscar Lucy. – Apesar dos seus protestos, o *Saqueador* não parava de receber mais tripulantes. – Lucy! – gritou ele para o *Cerys*. – Lucy Gringe! Desce!

Lá do alto, Lucy ouviu o grito e debruçou-se na amurada.

– A tripulação está embarcando no *Saqueador* – disse ela, assustada. – Diga para não fazerem isso, é uma armadilha.

Era tarde demais. A não ser pelo imediato, que tinha descido para buscar o ajudante de cozinha, toda a tripulação estava agora no *Saqueador*.

– Lucy! – Jakey estava agora em desespero. – Onde é que você está?

– Vá embora, seu cabeça de bagre! – berrou Lucy.

Agora Jakey a estava vendo: Lucy em sua capa azul manchada de sal, com as tranças delineadas contra o céu. E de repente ele se sentiu feliz.

– Lucy, Lucy! – gritou ele. – Vem cá pra baixo! Depressa!

Como que em resposta, um vulto pisou na escada, mas não era Lucy. Era quase, pensou Jakey, o oposto de Lucy. Um guerreiro de dois metros e dez centímetros de altura, vestido com armadura, portando uma espada de dois gumes afiadíssima –

Jakey sabia tudo sobre armas brancas – estava indo direto para o *Saqueador*.

A nova tripulação de Jakey também viu o guerreiro.

– Empurrem, *empurrem ela*! – berrou o contramestre. Quando mais um guerreiro pôs os pés no alto da escada, a tripulação empurrou o *Saqueador* em segurança para longe do costado do *Cerys,* e o sonho de Jakey Fry de salvar Lucy desapareceu.

Tão desalentado quanto ele, Milo viu o *Saqueador* partir – sua ordem de abandonar o navio tinha sido um desastre. Ele pretendia conseguir tirar Jenna dali em segurança, mas outra vez nada tinha dado certo. Arrasado, ele cobriu o rosto com as mãos.

– Certo – disse Septimus –, temos de sair rápido deste navio. Onde é que se meteu aquele gênio?

Eugênio nunca, *jamais,* tinha querido ser uma tartaruga. No seu tempo, ele tinha visto mais tartarugas do que desejava. Não gostava das suas mandíbulas nervosinhas, e o simples ato de tocar na sua carapaça lhe dava aflição, mas, se seu Senhor insistia em que ele se tornasse uma tartaruga gigante, então era nisso que ele precisava se transformar. O que não o impediu de pechinchar.

– Faço a transformação por dez minutos, não mais, ó Fatigante Senhor – disse ele.

– Você a sustentará pelo tempo que eu mandar – retrucou o Senhor.

– Não mais que vinte minutos, imploro-lhe, ó Impiedoso Senhor – suplicou Eugênio.

— Você a sustentará pelo tempo que for necessário para todos nós chegarmos a salvo à praia. E sua **Transformação** terá tamanho suficiente para todos nós embarcarmos imediatamente.

— *Todos vocês?* — Eugênio olhou desanimado para o grupo. Ele ia ter de ser uma tartaruga realmente muito grande.

— Sim, depressa.

— Muito bem, ó Implacável Senhor — disse Eugênio, melancólico. Não era um bom prenúncio que a primeiríssima coisa que seu Senhor lhe pedia para fazer fosse **Transformar-se** na criatura que ele mais detestava: a tartaruga. Ele ia ficar preso dentro de uma carapaça, dono de quatro nadadeiras molengas, em vez de mãos e pés, pelo tempo que seu Senhor quisesse. Era seu pior pesadelo. O gênio respirou fundo. Quanto tempo ia levar para ele poder respirar novamente sem sentir o gosto de baba de tartaruga? Ele então escalou a amurada, fechou o nariz, saltou do *Cerys* e caiu no mar cristalino lá embaixo esparramando água. Um instante depois, uma enorme tartaruga de olhos amarelos veio à tona.

Nicko estava pronto com uma corda. Ele a prendeu num gancho e a lançou por cima da amurada.

Conforme as ordens recebidas, a tartaruga levou seus passageiros até as rochas na extremidade da restinga, do outro lado em relação à Ilha da Estrela, a salvo, fora do alcance visual do *Cerys*. Não foi fácil transpor as rochas e, depois de se enganar na avaliação da largura da sua carapaça, a tartaruga conseguiu ficar entalada entre duas delas. Felizmente para seus passageiros, as rochas estavam em águas rasas, e todos puderam desembarcar e andar até a praia. A tartaruga, menos sortuda, permaneceu presa, apertada; e, apesar de muitos empurrões, teve de esperar até receber permissão para se **Transformar** antes de conseguir se soltar.

Eugênio descobriu-se caindo de cabeça em meio metro de água. Ele se pôs de pé de um salto, espirrando e engasgando, e depois foi andando até a praia rochosa, onde se sentou ao sol para se secar. Teve certeza de que seu chapéu nunca mais seria o mesmo.

Seus ex-passageiros viram o gênio escolher deliberadamente uma rocha a alguma distância dali. Eles também estavam se recuperando da viagem. A tartaruga não tinha tido muita consideração – tinha resolvido nadar um palmo abaixo da superfície de um modo extremamente desordenado, como se estivesse tentando se livrar dos que estavam montados nas suas costas.

– Nicko – disse Milo enquanto acabava de torcer a bainha do seu camisão –, quero lhe pedir desculpas.

– Ah? – Nicko pareceu surpreso.

– Eu não deveria tê-lo culpado pelo encalhe do *Cerys*. Creio que esta ilha é **Encantada**. Creio que você foi **Chamado** por uma **Syrena**.

Septimus olhou para Milo com um novo interesse. Talvez ele não fosse o palerma insensível que Septimus tinha pensado que fosse.

Besouro olhou de relance para Septimus, com as sobrancelhas erguidas.

– Obrigado, Milo, mas para mim esse motivo não vale – disse Nicko. – O navio estava sob meu comando... eu fui responsável pelo que lhe aconteceu. Sou *eu* quem deve pedir desculpas.

– Aceito suas desculpas, Nicko, mas só se você aceitar as minhas.

Nicko deu a impressão de que um peso tinha sido tirado dos seus ombros. Ele sorriu pela primeira vez desde que o *Cerys* tinha encalhado.

– Obrigado, Milo. Eu aceito.

– Ótimo! – Milo pôs-se de pé de um salto. – Agora preciso ver o que está acontecendo com o *Cerys*. Acho que teremos uma boa visão a partir daquelas rochas lá adiante. Concorda, Nicko?

Pareceu que todos queriam dar uma olhada no *Cerys* – menos Eugênio, de quem Septimus praticamente se esqueceu até Besouro relembrá-lo. Ter um gênio exigia um pouco de adaptação, pensou Septimus. Fazia com que se lembrasse de quando levava para passear Maxie, o artrítico cão de caça a lobos de Silas Heap. Maxie tinha um hábito muito parecido, o de ficar para trás, e Septimus costumava se esquecer do cachorro e precisava voltar para encontrá-lo.

O grupo, completo com Eugênio, partiu para as rochas que Milo tinha indicado. Foi uma boa escolha. Havia uma boa vista do navio e da praia; bem como cobertura suficiente para não serem vistos. Eles se acomodaram atrás das rochas, e Milo sacou seu telescópio.

– Ah, meu Deus! – exclamou ele, ofegante, e passou o telescópio para Nicko.

Nicko levou o telescópio ao olho e emitiu um assobio longo e baixo.

— Que foi, Nik? — perguntou Septimus, impaciente.

— Formigas — resmungou Nicko.

— *Formigas?*

— É... como formigas abandonando o formigueiro. Olha.

Septimus pegou o telescópio. Imediatamente, viu o que Nicko queria dizer. Uma corrente negra de gênios guerreiros vinha se derramando pelo costado do *Cerys*. Ele observou sua descida, os movimentos estranhamente sincronizados — esquerda, direita, esquerda, direita —, até eles chegarem à superfície do mar e desaparecerem dentro d'água sem alterar o passo. Quando as ondas se fechavam sobre o elmo alado de um gênio, outro pisava no degrau do alto da escada. Septimus assobiou de um modo assustadoramente semelhante ao de Nicko. Besouro, sem conseguir conter a impaciência, arrancou o telescópio das mãos dele.

— Caramba — disse ele. — O que eles estão *fazendo*?

— Bem, acho que não estão saindo para fazer um piquenique — disse Septimus.

— Elas seriam suficientes para arruinar o piquenique de qualquer um — disse Nicko. — Imaginem encontrar nossos sanduíches fervilhando d*elas*.

— Não é engraçado, Nik — disse Septimus. — Estou com uma impressão muito ruim.

O telescópio foi passado pelo grupo inteiro. Jenna foi a última a recebê-lo. Ela olhou rapidamente para os gênios, que lhe davam arrepios, e o desviou do navio para examinar a praia, a praia que até aquele momento ela considerava a praia *deles*. Mas o que viu fez com que ela se desse conta de que a praia já não lhes pertencia.

No telescópio ela viu Tertius Fume em pé à beira d'água, seu rosto parecendo quase vivo de empolgação. E no mar, logo abaixo da superfície, Jenna viu um vulto escuro com um cintilar prateado no alto. Enquanto ela olhava, o elmo de asas de prata de um gênio guerreiro rasgou a superfície e, com a água cascateando das articulações na armadura, o gênio guerreiro saiu do mar marchando até a praia e prestou continência para Tertius Fume.

Septimus viu a expressão de Jenna mudar.

– Que foi, Jen?

– Tertius Fume – respondeu Jenna. Ela apontou para a praia. – Olha.

Sem dar atenção aos gritos abafados ao seu redor, Milo pôs-se de pé.

– Ótimo! – disse ele. – Fico feliz por ele ter feito o esforço de vir resolver esse assunto. Vejam só... eu *não fui* traído de modo algum. Muita consideração da parte dele, devo dizer. – Milo espanou a areia do camisão. – Vou lá pedir-lhe o sortilégio de **Despertar**, e então poderemos deixar tudo isso para trás e levar o *Cerys* a salvo para casa com sua carga. – Ele deu um sorriso bondoso para o grupo.

Septimus levantou-se de um salto.

– Você ficou maluco? – disse ele, fazendo a pergunta a sério.
– Você já *viu* mesmo o que Fume está fazendo?
– Infelizmente meus óculos ainda estão a bordo – disse Milo, forçando os olhos míopes a enxergar ao longe. – Nicko, faça o favor de me passar o telescópio. – Milo pegou o telescópio e viu o que todos os outros estavam observando. Esquecido de que não estava mais a bordo do seu navio, ele disse um xingamento. – Quer dizer que Grub estava com a razão – resmungou. – Me enganaram direitinho.

– Posso dar mais uma olhada? – perguntou Septimus. Milo passou-lhe o telescópio. Septimus virou-o para o *Cerys* e então de volta para a praia, onde um fluxo constante de gênios vinha saindo do mar. À medida que os gênios chegavam à praia, eles eram organizados, com autoridade, por Tertius Fume, que tinha um aspecto de conhecedor do assunto que Septimus não pôde deixar de admirar. Em algum momento na sua vida, Tertius Fume tinha sido soldado... isso dava para ver. Septimus passou o telescópio para Menino Lobo e continuou a assistir ao êxodo que partia do *Cerys*. Sem o telescópio, os gênios pareciam uma linha comprida de corda preta sendo puxada sobre o costado do navio, para dentro d'água, até chegar à praia. Não havia dúvida: a ilha estava sendo invadida. Mas por quê?

– Vou ver como Cospe-Fogo está – disse Septimus, de repente. – Pode ser que precisemos tirá-lo do lugar. Seria bom eu ter ajuda.

– Nós todos vamos – disse Jenna. – Não vamos?

— Snorri e eu precisamos vigiar o *Cerys,* Sep — disse Nicko, em tom de desculpas. — Ele ainda está em perigo por causa das rochas.

— Tudo bem, Nik. Nos vemos depois.

— Certo. — Nicko olhou para Septimus. — Não chegue muito perto daquelas *coisas* lá embaixo, maninho, ok?

— Vou tentar — disse Septimus. — Você vai ficar aqui, Milo? — perguntou ele, esperando que Milo ficasse.

— Vou — disse Milo, irritado. — E você pode me devolver o telescópio. Quero vigiar *meu* exército. Só Deus sabe o quanto paguei por ele.

Septimus fez Eugênio tirar seu precioso chapéu — que chamava a atenção como uma boia luminosa — e, em fila indiana, eles deixaram a restinga rochosa e se dirigiram para as dunas acima do rochedo de Cospe-Fogo. Eugênio estava em penúltimo lugar, tocado com muita eficácia por Menino Lobo, que tinha descoberto que o gênio tinha mais respeito por uma ponta de tentáculo em decomposição que pelo seu próprio Senhor.

— Seria de pensar que, depois de todos aqueles anos preso num frasquinho no armário de tia Zelda, ele fosse querer sair correndo fazendo coisas, não é? — disse Septimus a Besouro.

— Ninguém entende os gênios, Sep — disse Besouro. — Eles nunca fazem exatamente o que se espera que façam.

Eles chegaram, sem incidentes, aonde Cospe-Fogo estava. O dragão dormia tranquilamente, mas, quando Septimus se aproximou, Cospe-Fogo abriu um olho e o encarou com sua costumeira expressão irônica.

– Olá, Cospe-Fogo – disse Septimus, afagando o focinho do dragão.

Cospe-Fogo bufou irritado e fechou o olho.

– Como ele está? – perguntou Besouro.

– Bem – respondeu Septimus, com um largo sorriso.

Septimus deu a Cospe-Fogo um bom gole do **Gnomo d'Água** e examinou a cauda do dragão. Ela estava sarando – o bruxuleio **Mágyko** tinha praticamente sumido, e parecia que o encantamento de Syrah estava quase terminado. A imagem de Syrah lançando seu encantamento **Mágyko** de cura sobre Cospe-Fogo foi tão nítida que, quando ela de fato falou com ele, Septimus achou que ela ainda era parte de seus pensamentos.

– Septimus! – Ela parecia sem fôlego. – Ah, eu *esperava* encontrar-te com Cospe-Fogo.

Foi só quando ele ouviu Besouro exclamar espantado "*Syrah?*" que Septimus se deu conta de que ela estava realmente ali... em pessoa.

Ele olhou para o alto e viu Syrah em pé, confusa, cercada por Lucy, Menino Lobo, Jenna e Besouro.

– Quem... quem são todos eles? – perguntou ela. – De onde eles são? – De repente, Syrah percebeu Jenna e, por baixo do seu bronzeado, a cor fugiu do seu rosto. – Princesa Esmeralda – disse ela, espantada. – Por que vieste para cá? Precisas fugir deste lugar. Ele é amaldiçoado.

Jenna ficou intrigada.

– Mas eu *não* sou... – começou ela.

– Tudo bem, Jen, eu explico depois – disse Septimus, correndo para o lado de Syrah. Ele segurou sua mão e a conduziu com delicadeza para longe do grupo. – Syrah – perguntou ele –, tudo bem com você?

Syrah estava agitada demais para responder.

– Septimus, por favor, precisas manter a Princesa em segurança. Talvez seja bom ela estar fora do Castelo. – Ela apontou para os gênios guerreiros do outro lado das dunas. – Não tenho muito tempo. A **Syrena** me enviou para receber Tertius Fume, esse bode velho. Eu *não* o farei, mas ela pode me **Chamar** a qualquer momento. Septimus, está acontecendo. Ontem de noite, o navio com o exército a bordo passou direto pelo Farol apagado da Rocha dos Gattos, como eles tinham planejado. Ele chegou ao alcance da **Syrena** e ela o **Chamou**.

– Exatamente por quê?

– Porque *eles vieram invadir o Castelo*.

– *O quê?* – disseram todos em coro, com exceção de Septimus, para quem aquilo tudo fazia perfeito sentido, em termos medonhos.

– É por isso que eu queria que **Vedasses** o Túnel de Gelo. Para detê-los.

– Certo. Agora eu entendo.

– Mas eu não entendo – disse Menino Lobo. – O que eles estão fazendo *aqui* se querem invadir o Castelo? Por que não ficaram simplesmente onde estavam para chegar lá no navio?

– Fume vai fazer seus gênios guerreiros marcharem ao longo do Túnel de Gelo, direto para o meio do Castelo – disse Syrah. – Eles estarão lá antes que qualquer um saiba o que está acontecendo. Ai, estou sendo **Chamada** – acrescentou Syrah, ofegante. – Septimus. Por favor. Faz com que eles parem. – E então ela se foi. Puxada pelas dunas de areia como uma boneca arrastada por uma criança descuidada, ela corria a uma velocidade impressionante, sem dar atenção ao capim cortante que arranhava suas pernas ou às pedras que cortavam seus pés. A violência da súbita fuga de Syrah deixou todos num silêncio chocado.

– Eles vão *mesmo* para o Castelo? – sussurrou Jenna.

– Vão – disse Septimus. – Acho que vão sim.

✢➤ 46 ◆✢
A Cobra de Prata

Eles se sentaram entre as rochas pouco acima de Cospe-Fogo, vendo um guerreiro depois do outro sair com esforço do mar. Besouro consultou seu relógio.

– Estão saindo doze deles por minuto – disse. – Foi nesse mesmo ritmo que eles saíram do porão. Então, se existem realmente quatro mil gênios lá dentro, como diz Grub, vai levar... humm... pouco mais de cinco horas e meia.

– Besouro, você é mesmo igualzinho à Jillie Djinn – disse Jenna para provocá-lo.

— Não sou não — protestou Besouro. — Ela teria calculado o tempo até os décimos de segundo.

— Aposto que você também conseguiria fazer isso.

— Bom — disse Septimus, levantando-se —, pelo menos isso me dá tempo suficiente para **Vedar** o Túnel de Gelo. E desta vez vou fazer direito.

— Sep... não volte lá — disse Besouro. — Mande Eugênio fazer isso.

— *Eugênio?*

— Ele é seu gênio, esse é o trabalho dele: fazer coisas perigosas para você.

Septimus olhou para Eugênio. O gênio alto e desengonçado estava deitado na areia, abraçando seu precioso chapéu como se fosse um ursinho de pelúcia encharcado. Dormia como uma pedra.

Septimus fez que não.

— Besouro, ele é um caso perdido. Com certeza ia cair no sono no meio do caminho. Ou ia esperar até que os gênios estivessem todos dentro do túnel para *então* **Vedá-lo**. Não podemos arriscar que alguma coisa dê errado. Tenho de fazer isso.

— Então nós vamos com você — disse Jenna. Ela olhou para os outros. — Certo?

— Certo — disseram Besouro e Menino Lobo.

— Desculpem — disse Lucy. — Eu não posso ir. Tem outra coisa que prometi fazer. Menino Lobo também prometeu.

Todos eles, incluindo Menino Lobo, pareceram intrigados.

– Que outra coisa? – perguntou Jenna, sem acreditar no que Lucy dizia. – Ir a uma festa ou coisa assim?

– Muito engraçadinha. *Não*. Menino Lobo e eu – Lucy deu um olhar significativo para Menino Lobo – prometemos ajudar o sr. Miarr a levar sua **Luz** de volta para o farol. Aqueles Crowe horríveis que estão ali... – Lucy gesticulou em direção ao *Cerys*. – Eles tentaram matar o sr. Miarr antes, e se o virem no alto daquela rocha com a **Luz**, vão tentar de novo.

– Você quer dizer que há alguém lá em cima com aquela luz estranha? – perguntou Jenna, protegendo os olhos para olhar em direção ao Pináculo.

– É claro que sim – disse Lucy, como se fosse uma coisa óbvia. – O sr. Miarr é o guardião do *farol*. E nós prometemos levá-lo junto com sua **Luz** de volta para o farol, não foi? – Ela olhou para Menino Lobo.

– É – admitiu Menino Lobo. – Prometemos.

– Temos de fazer isso *agora*, antes que aconteça alguma coisa ruim. – Lucy olhou cada um diretamente nos olhos, desafiando-os a dizer alguma coisa em contrário. Ninguém disse.

– Mas, agora? – perguntou Menino Lobo.

– Fácil – disse Lucy. – Pegamos Eugênio emprestado. Septimus não quer o gênio. Ele pode virar uma tartaruga novamente.

Por Septimus estava tudo bem. Mas não estava tudo bem para Eugênio. De qualquer forma, tudo bem ou não, em questão de minutos havia uma tartaruga gigantesca na água, esperando instruções de Lucy.

Jenna, Septimus e Besouro ficaram vendo a tartaruga nadar para a Ilha da Estrela, fazendo um grande desvio em torno do *Cerys*. Era surpreendente como a tartaruga nadava firme e inabalável, com Lucy e Menino Lobo sentados confortavelmente acima da água.

– Não se brinca com Lucy Gringe – disse Besouro, cheio de admiração. – Mesmo que você seja um gênio.

Na praia, o número de guerreiros crescia sem parar. Tertius Fume estava arrumando os gênios que iam surgindo em uma longa fila que dobrava sobre si mesma. Isso fez Septimus se lembrar da amarra da âncora que Nicko uma vez mandou que ele arrumasse no convés, quando tinham levado uma embarcação até o Porto. A amarra tinha sido posta em ziguezague para cima e para baixo do convés como uma cobra, para que, quando a âncora estivesse finalmente pronta para ser lançada, a amarra caísse na água sem nós e sem nenhum estorvo. "Enrolar a amarra" era como Nicko tinha chamado o que estava fazendo. A meticulosidade dele com a corda tinha deixado Septimus irritado na ocasião, mas, quando tiveram de lançar âncora num momento de pressa, ele viu por que aquilo era tão importante. E agora percebia que era isso que Tertius Fume estava fazendo. Ele estava preparando os gênios para se movimentarem com rapidez, facilidade e sem confusão, ao mesmo tempo que mantinha uma grande quantidade deles numa área pequena. E Septimus entendeu de repente que o fantasma não tinha de esperar até que todos os gênios tivessem saído do *Cerys*.

— Preciso ir — disse ele. — Agora!
— Você quer dizer que *nós precisamos* ir — disse Jenna.
— Não, Jen.
— *Sim*, Sep.
— Não. Jen, isso é perigoso. Se... se alguma coisa der errado, quero que conte a Márcia o que aconteceu. Acho que Nik não entende bem isso. Mas você, sim; e Márcia vai ouvi-la.
— Bom... Besouro vai com você, então?
Septimus olhou para Besouro.
— Besouro? — perguntou ele.
— Sim, eu vou — respondeu Besouro.
Jenna ficou calada uns segundos.
— É porque eu sou uma garota, não é? — perguntou.
— O quê...?
— Você não quer que eu vá porque sou uma garota. É essa palhaçada do Exército Jovem que vocês vêm fazendo. Todos os garotos unidos.
— Não é isso, Jen.
— Então, *o que é*?
— É que... bem, é porque você é a Princesa... porque será a Rainha. Você é importante, Jen. Márcia pode arranjar outro Aprendiz, mas o Castelo não pode arranjar outra Rainha.
— Ah, *Sep* — disse Jenna.
— E gostaria mesmo que você voltasse para onde Milo e Nik estão. Vai estar em segurança por lá.
— Voltar para *Milo*?

— E Nik.

— Tudo bem, Sep — concordou Jenna com um suspiro. — Não vou discutir. — Pôs-se de pé e deu um abraço apertado em Septimus. — Tenha cuidado. Vejo você em breve, está bom?

— Está bom, Jen.

— Até logo, Besouro.

De repente, Besouro queria dar alguma coisa a Jenna — alguma coisa para que ela se lembrasse dele, só por via das dúvidas. Tirou sua preciosa jaqueta de Almirante e a estendeu para ela.

— Para você.

— Besouro, não posso. Você *ama* essa jaqueta.

— Por favor.

— Ah, **Besouro**. Vou tomar conta dela até você voltar.

— Isso!

Jenna abraçou Besouro também — para enorme surpresa dele — e depois vestiu a jaqueta, escalou as rochas e partiu rumo à restinga rochosa na extremidade da ilha. Ela não olhou para trás.

Besouro ficou observando.

— Besouro — disse Septimus, interrompendo os pensamentos dele.

— É... o quê?

— Você se lembra de seu **Escudo de Invisibilidade**?

— Acho que sim — respondeu Besouro sem muita certeza.

— Ótimo. Eu vou fazer a mesma **Invisibilidade**, para que a gente possa se ver. Vamos fazer agora, certo? Um... dois... três.

Juntos, Septimus e Besouro – com alguma ajuda – murmuraram o cântico da **Invisibilidade** e, depois de algumas tentativas, os sinais indicadores de perda de nitidez começaram a surgir ao redor de Besouro, enquanto ele ia desaparecendo devagar – bem devagar.

Os dois partiram pelo campo aberto que ficava acima das dunas, rumo ao monte no caminho até a Espia. Enquanto corriam, escutavam os berros de Tertius Fume: "Avançar!"

De dentro de seus **Escudos de Invisibilidade**, Septimus e Besouro olharam um para o outro.

– Vamos ter de correr – disse Septimus.

– É.

Correram, saltando por cima do solo rochoso. De súbito, não mais que uns trinta metros à frente deles, Tertius Fume surgiu andando com passos firmes, vindo de um dos muitos caminhos que subiam da praia. Septimus e Besouro pararam, petrificados. Atrás do fantasma vinha o primeiro gênio guerreiro, com asas prateadas que brilhavam em seu elmo negro, a antiga armadura escura em contraste com a grama verde, e – o que causou um arrepio na coluna de Septimus – uma espada curta e afiada substituindo a mão direita, enquanto um escudo substituía a esquerda. Atrás do guerreiro vinha outro, e depois outro, e mais outro. Doze espadachins seguidos de doze machados, seguidos de doze arqueiros, todos marchando com uma precisão mecânica no mesmo ritmo de Tertius Fume, seguindo o fantasma enquanto ele ia adiante pela relva com aquele movimento estranho que os fantasmas têm de nem sempre tocar os pés no chão.

Para evitar os gênios, Septimus decidiu se encaminhar para a encosta do monte próxima ao mar, do outro lado da ilha. Era um caminho difícil – uma subida íngreme com pedrinhas soltas e nenhuma trilha. Eles subiram depressa e passaram à frente de Tertius Fume e dos gênios, que estavam seguindo pelo caminho sinuoso de Syrah. No alto do monte, onde as árvores começavam, Septimus e Besouro pararam um pouco para recuperar o fôlego.

– Ai! – disse Besouro, esbaforido, sentindo uma fisgada pelo esforço. – Melhor não parar... temos de chegar lá... antes deles.

Septimus fez que não e entregou a Besouro sua garrafa de água.

– Mais seguro entrar... com eles – disse.

– *Com* eles? – disse Besouro, devolvendo a garrafa.

– Assim, a **Syrena** provavelmente não vai reparar na gente – disse Septimus depois de ter tomado um grande gole da água.

Besouro ergueu as sobrancelhas. Ele esperava que Septimus soubesse o que estava fazendo.

– Olhe para eles, Sep. Que visão!

Os gênios saíam aos montes do *Cerys* e desapareciam debaixo da cintilante água verde. Num rio de pequenas ondulações brilhantes, eles surgiam do mar e se juntavam à fila, movendo-se pelas dunas, através da restinga rochosa e subindo o monte, como uma cobra prateada.

– É mesmo. Não seria nada mal tê-los do nosso lado – disse Septimus.

– É de arrepiar – disse Besouro – esse negócio de eles não terem mãos.

Quando ouviram o som dos primeiros gênios guerreiros arrasando os galhos por onde passavam, Septimus e Besouro partiram. Eles circundaram o bosque, que era menos denso nesse lado do monte, e quando chegaram ao topo do penhasco viram Tertius Fume e os primeiros guerreiros surgirem do meio das árvores e se dirigirem à Espia, os pés em marcha fazendo vibrar todo o solo oco.

– Depressa! – disse Septimus. – *Temos* de estar na frente!

Os dois precipitaram-se pelo capim, e Septimus rezava para que, se a **Syrena** estivesse olhando de lá da Espia, ela ficasse tão entretida com os gênios que chegavam que não reparasse na perturbação causada pelos dois **Escudos de Invisibilidade**, um dos quais não estava tão **Invisível** como deveria. Septimus só se deu conta da gravidade do que teriam de fazer quando chegaram perto dos gênios guerreiros. Eles eram imensos, e tão mecânicos que apavoravam. Seus olhares vazios não eram humanos, e seus braços – uma mistura de espadas, lanças, porretes, adagas e arcos – eram mortíferos. Pensar no Castelo sendo governado por eles causou um arrepio em Septimus.

Seu olhar encontrou o de Besouro, e ele viu que seus pensamentos estavam espelhados na expressão do amigo. Com os dois polegares em sinal de positivo, eles entraram sorrateiros na Espia logo na frente de Tertius Fume.

Syrah esperava. Seus olhos leitosos olharam brevemente através de Septimus, até que ela – com algum esforço – virou a cabeça e avançou para cumprimentar Tertius Fume. Septimus agarrou a mão de Besouro, e juntos eles dispararam em direção ao buraco iluminado no chão. E pularam.

Aterrissaram nas penas, desvencilharam-se delas para chegar à passagem em arco e saíram por ali. Enquanto iam em disparada pelo corredor branco, passando pelo Posto de Observação, ouviam as pisadas ritmadas de botas na rocha, que vinham das escadas escavadas nas entranhas do penhasco.

Os gênios guerreiros estavam a caminho.

┼┼47┼┼
Para o Castelo?

Como se já tivesse feito isso cem vezes antes, Septimus abriu a porta para a câmara móvel e tocou na seta laranja. À medida que a câmara começou a se movimentar, Septimus permitiu-se um sorriso diante da expressão perplexa de Besouro. Nenhum dos dois disse uma palavra: Besouro por estar sem fala, e Septimus por estar calculando se teriam tempo para voltar para a câmara antes que Tertius Fume e os gênios surgissem na escada. O tempo seria curtíssimo. Nervoso, ele passava os dedos pela **Chave** da Alquimia, que tinha sacado pronta para uso.

A seta ia descendo devagar.

– Besouro – disse Septimus –, *tem certeza* de que quer vir o resto do caminho comigo? Porque, se não quiser... bem, você sabe que não vou me importar, não mesmo. Você pode esperar aqui. Eu o ensino a fazer essa coisa subir de novo... caso haja necessidade.

– Para de bobeira, Sep.

A câmara móvel de repente foi parando, e o estômago de Besouro subiu até seus ouvidos.

– Ei, Sep, onde você se meteu? – disse ele.

A câmara por fim parou.

– Você não está me vendo? – perguntou Septimus, preocupado, com a mão pairando diante do painel da porta.

– Não. Você sumiu, Sep.

– Foi sua **Invisibilidade** que desapareceu.

– Ai, puxa, desculpa – disse Besouro. – Num sei o que aconteceu.

Septimus relaxou sua própria **Invisibilidade**.

– Ah, você está aí, Sep. *Assim é melhor.*

– Vamos tentar outra vez... juntos, ok? – disse Septimus. – Um, dois, três...

– Você sumiu de novo! – disse Besouro.

Septimus voltou a aparecer.

– Mais uma vez, ok?

– Certo. Agora.

– Desta vez você conta, Besouro. Faça quando *você* estiver pronto. Às vezes ajuda.

– Tá bom – disse Besouro, parecendo mais confiante do que estava.

Não funcionou.

Septimus tinha consciência de que o tempo estava passando. A cada segundo os gênios guerreiros se aproximavam mais, e cada segundo que se passava era menos um segundo que eles tinham para conseguir voltar para a câmara móvel. Ele tomou uma decisão:

– Vamos adiante sem isso. Seja como for, quem precisa de **Invisibilidade**? – Ele abriu a porta com um movimento largo, e Besouro o acompanhou pelo corredor amplo, de tijolos, com as lâmpadas que chiavam. Avançaram depressa pelo ar gelado, desceram ruidosos pelo lance de escadas e pararam, derrapando, diante da parede preta e brilhante, que fechava o corredor. Septimus passou a mão pelo lugar desgastado na parede, e a porta se abriu sem esforço.

Eles entraram na câmara de gelo. Com um leve chiado e um estalido, a porta fechou-se, e a luz azul se acendeu. De olhos arregalados, Besouro olhava espantado para o enorme alçapão de Túnel de Gelo, encoberto de água, brilhando com seu ouro antigo.

– Isso é que *é* alçapão – disse ele, com a voz abafada.

Septimus já estava de joelhos, procurando a **Chapa de Vedação**.

– Ei, olha só todos esses símbolos no ouro – disse Besouro, empolgado, totalmente esquecido dos gênios que se aproximavam. – Esse alçapão é *incrivelmente* antigo. Um dia vamos precisar voltar aqui. Eu podia trazer comigo algumas traduções. Imagina se a gente conseguisse ler o que está aí...

Septimus pôs a **Chave** na **Chapa de Vedação**.

De repente os baques ritmados de pés marchando sobre pedra atravessaram as paredes da câmara: os gênios tinham chegado ao corredor. Besouro voltou à realidade. Ele e Septimus olharam um para o outro, os dois com uma palidez translúcida, como se estivessem se afogando na fraca luz azul.

– Acho que estamos... encurralados – sussurrou Besouro.

– É – disse Septimus, tentando manter a voz firme, enquanto se concentrava em segurar a **Chave** no lugar. Uma leve camada de gelo começou a sair serpeando da **Chave** e cercou o alçapão em forma de losango. – Mas pelo menos eles agora não têm como chegar ao Castelo.

– Ao Castelo... ai, meu Deus, por que não pensei nisso antes? – disse Besouro. – Sep, você está com seu apito do trenó da Torre dos Magos?

– Estou... por quê? – Septimus estava observando o lento avanço do gelo, desejando que ele fosse mais rápido.

– Maravilha! *Sep, para tudo agora!* **Retira a Vedação!**

– Besouro, você ficou *maluco*?

– Não. Vamos entrar no túnel e acionar a **Vedação** de dentro. Depois você chama com o apito o trenó da Torre dos Magos, e nós voltamos para casa... simples!

Septimus ouviu a aproximação dos passos em marcha – e de repente deu-se conta de uma coisa. A menos que se tornasse **Invisível**, Tertius Fume simplesmente faria com que os gênios lhe tirassem a **Chave** para **Retirar a Vedação** do alçapão. Estava claro que Besouro não conseguiria manter outra **Invisibilidade**.

Portanto, se Septimus se tornasse **Invisível**, Besouro ficaria com os gênios, *sozinho*. Era uma ideia terrível.

— Ok! — Septimus bateu com o outro lado da **Chave** na **Chapa de Vedação**, e a estreita faixa de gelo se derreteu.

Com um puxão, Besouro abriu o alçapão. Abaixo dele, estava o Túnel de Gelo mais largo, mais profundo e, sem dúvida, mais escuro que ele jamais tinha visto. Ele foi recebido por um golpe de ar congelante.

O som de passos reverberou na escada lá fora.

— Alto! — O grito de Tertius Fume atravessou a porta. — Abram a porta. — Ressoou um barulho metálico. Nada aconteceu. Septimus sorriu. Uma das desvantagens de ter armas no lugar das mãos era a dificuldade muito maior para abrir portas acionadas pela pressão da palma da mão.

Besouro jogou o corpo por cima da borda do alçapão aberto e foi descendo para a escuridão, com os pés balançando em busca de um ponto de apoio. E abriu um largo sorriso.

— Degraus — disse ele, e desapareceu. Septimus o acompanhou, depressa. Encontrou os degraus e puxou o alçapão de gelo para fechá-lo. Devagar, devagar, horrivelmente devagar, o alçapão veio descendo para sua **Vedação**. A porta da câmara de gelo abriu-se com um zunido, e Septimus viu de relance as vestes de um azul fantasmagórico e as sandálias nos pés nodosos de Tertius Fume, antes que o alçapão por fim se encaixasse na **Vedação**.

Dentro do túnel, a escuridão tornou-se total. Por um instante, Septimus não enxergou nada. Onde estava a **Chapa de Veda-**

ção? Do outro lado do alçapão, quando Tertius Fume vociferou com os dois primeiros gênios para que *levantassem o alçapão,* o Anel do Dragão de Septimus começou a luzir, com seu clarão amarelo refletindo no ouro da **Chapa de Vedação.**

Septimus bateu com a **Chave** na placa e, na câmara de gelo, Tertius Fume ficou olhando espantado, à medida que um anel de **Vedação** de gelo duro como um diamante circundou o alçapão. Seu berro furioso chegou ao Túnel de Gelo.

– Que bom que estamos aqui embaixo – disse Septimus.

– É – disse Besouro.

Já sentindo frio nas mãos, Septimus tirou do cinto um pequeno apito de prata e soprou com força. Como sempre, não se ouviu nenhum som.

– Você acha que funcionou? – perguntou ele.

– Acho – disse Besouro. – É claro que funcionou.

Besouro tinha razão. Muito longe dali, num solitário Túnel de Gelo por baixo da velha cabana de Besouro no quintal do Manuscriptorium, o trenó da Torre dos Magos **Despertou** ao som feliz do apito **Mágyko**. Ele enrolou com perfeição sua corda roxa que estava jogada de modo descuidado e daí a segundos suas belas lâminas douradas estavam seguindo com vigor pelo gelo, partindo rumo a um território desconhecido e a um gelo imaculado.

Septimus e Besouro avaliaram a situação. Não conseguiam enxergar muito com a luz do Anel do Dragão, mas o que viam era suficiente para lhes dizer que este não era nenhum Túnel de Gelo comum. Era, nas palavras de Besouro, a avó de todos os Túneis de Gelo. Era também, salientou ele, largo o bastante para uma corrida de dez trenós e alto como a estante mais alta do Manuscriptorium. E era frio. Besouro tremia. O frio no Túnel de Gelo parecia muito pior do que ele se lembrava.

De muito longe acima deles chegou o grito raivoso de Tertius Fume, abafado mas bem nítido:

– Machados, destruam o alçapão!

Houve um estrondo tremendo, e caiu uma chuva de gelo. Besouro pulou para sair do caminho.

– Eles não têm como quebrar o alçapão, têm? – perguntou Septimus, olhando ansioso para o alto.

– Bem... eu num sei. – Besouro parecia preocupado. – Acho que, se insistirem, pode ser que consigam.

– Mas eu pensava que os alçapões de gelo eram indestrutíveis – disse Septimus.

– Acho que eles não f-foram t-testados para gênios g-guerreiros – disse Besouro, começando a bater os dentes de tanto frio. – Pelo menos, não dizia nada sobre isso no manual oficial. Elefantes selvagens, sim. Eles p-pegaram alguns emprestados num circo ambulante, parece. Aríetes, sim, mas ninguém experimentou q-quatro mil gênios guerreiros. V-vai v-ver que não conseguiram nenhum.

Mais uma série de golpes caiu sobre o alçapão, seguida de outra chuva de gelo.

Um grito de empolgação veio de Tertius Fume.

– Maceiros para a frente! Destruir o alçapão! *Quebrar!* Quero ver a expressão de Márcia Overstrand amanhã quando ela acordar e descobrir que a Torre dos Magos está cercada! – Seguiu-se uma série de golpes fortíssimos contra o alçapão. Diante deles, um grande bloco de gelo espatifou-se em milhões de cristais.

– Vamos sair daqui – disse Septimus. – Podemos ir ao encontro do trenó.

-N-não, Sep – disse Besouro. – Regra número um: uma vez que você t-tenha **Chamado** o t-trenó, permaneça onde está. De que outro modo ele vai poder encontrá-lo?

– Posso **Chamar** de novo.

– Ele ainda irá aonde você o **Chamou** p-pela p-primeira vez. E assim você só vai perder mais t-tempo.

– Bem, eu o faço parar no caminho. Vamos vê-lo chegar.

– Você não pode acenar para ele parar como se fosse uma carroça de b-burro.

Mais uma série de golpes sacudiu o alçapão, soltando uma rajada de gelo.

– Eu... eu acho que o trenó não vai chegar aqui a tempo, Besouro – disse Septimus. – O Castelo deve estar a *quilômetros* daqui.

– É.

Mais um estrondo.

– Mas temos de avisar Márcia – disse Septimus. – *Temos*. Ei, Besouro... *Besouro, você está bem?*

Besouro fez que sim, mas estava tremendo muito.

Veio mais um estrondo lá de cima, e um enorme pedaço de gelo despencou. Septimus arrastou Besouro do caminho e descobriu que parecia que seus dedos não estavam funcionando direito. Abraçado com Besouro, ele esperou pelo som da abertura do alçapão de gelo, o que sem dúvida logo aconteceria. Salpicos de gelo umedeceram seu rosto, e Septimus fechou os olhos.

Alguma coisa o cutucou. Era o trenó da Torre dos Magos.

A destruição do alçapão do Túnel de Gelo retumbou forte ao longo do túnel, acompanhada de um enorme estrondo quando o alçapão bateu no gelo ali embaixo.

– Mais rápido, *mais rápido* – insistia Septimus com o trenó da Torre dos Magos, que zunia pelo túnel, com suas estreitas lâminas de prata cortando o gelo em pó depositado sobre o piso. Foi a viagem de trenó mais apavorante da vida de Septimus, e, como ele tinha sido passageiro no trenó de Besouro, isso já dizia alguma coisa. Não era só a velocidade, eles também estavam se deslocando numa escuridão total. Septimus tinha **Instruído** o trenó a apagar sua luz.

À medida que seguiam, um fino borrifo de gelo era levantado, e Septimus, com as mãos em torno da cintura de Besouro, percebia que Besouro estava ficando perigosamente frio. Concluiu que deveria ter sentado Besouro atrás, protegendo-o do vento gelado enquanto avançavam, mas agora não se atrevia a parar. Septimus disse a si mesmo que, assim que chegassem ao alçapão mais próximo, no Castelo, ele tiraria Besouro dos subterrâneos para o calor do sol. Então, ele se **Transportaria** até Márcia – já estava bastante bom em **Transportes** dentro do Castelo –, e juntos eles **Vedariam** todos os túneis de entrada ao Castelo. Seria uma corrida contra o tempo. Ele calculava que precisava estar no mínimo duas horas à frente dos gênios guerreiros. Entretanto, à velocidade vertiginosa que o trenó estava indo, Septimus achou que seria fácil conseguir isso.

Enquanto o trenó seguia em disparada pelo túnel longo e reto, Septimus arriscou uma olhada para trás. Foi estranha a visão que teve: uma linha de minúsculos pontinhos de luz vinha descendo a partir do alçapão: as asas de prata dos gênios guerreiros estavam se acendendo na escuridão. Septimus tremeu com a ideia dos gênios derramando-se pelo Túnel de Gelo adentro, sem nada que os separasse do Castelo, a não ser uma marcha longa e enregelante. Não que o frio fosse incomodar os gênios ou seu líder fantasmagórico. A ideia da longa viagem pela frente através do gelo começou a preocupar Septimus, e ele decidiu que, assim que os gênios não estivessem à vista, ele pararia por um instante e trocaria de lugar com Besouro. Tentaria um **Encantamento de Aquecimento** para si mesmo e esperava que com isso Besouro se aquecesse um pouco.

Os planos de Septimus foram interrompidos pelo berro de Tertius Fume que veio ecoando ao longo do túnel:

– Ao Castelo! – A isso seguiu-se o barulho sincronizado de pés marchando sobre o gelo. Os gênios guerreiros estavam a caminho.

Para consternação de Septimus, o trenó da Torre dos Magos tinha escolhido exatamente aquele instante para desacelerar. Ele agora estava se arrastando a um passo de lesma, que Besouro, se não estivesse tremendo descontroladamente, teria ridicularizado.

– Rápido! – insistiu Septimus com o trenó. – Mais depressa! – O trenó não reagiu, mas foi trepidando devagar por um trecho de gelo áspero – do tipo que se costuma encontrar abaixo de um alçapão de gelo.

Septimus olhou ansiosamente para trás para ver com que velocidade os gênios guerreiros vinham ganhando terreno. De início, ficou tranquilo: parecia que eles nem tinham se mexido. Ele podia ver um fluxo constante de pequenas luzes prateadas descendo do alçapão do Túnel de Gelo, e então ficou difícil dizer o que estava acontecendo. Os gênios pareciam não estar chegando mais perto e no entanto as batidas dos pés em marcha reverberavam pelo túnel. Intrigado, Septimus olhou para a escuridão e em seguida percebeu uma coisa muito importante: os pontinhos de luz estavam se afastando. Os gênios estavam indo no sentido oposto. Septimus não podia acreditar no que tinha acontecido. *O trenó tinha ido para o lado errado.*

O trenó da Torre dos Magos estancou. A princípio, Septimus achou que ele tinha parado por ter percebido seu erro. Mas depois, com o canto dos olhos, Septimus viu a forma de um alçapão de gelo ali acima e se lembrou do que tinha ordenado ao trenó.

– Alçapão mais próximo. O mais rápido possível. – Septimus tinha suposto que o alçapão mais próximo seria no Castelo. Em sua ansiedade por causa de Besouro, ele não tinha pensado bem para onde mais o Túnel de Gelo poderia ir. Na realidade, ele achava que o túnel não fosse para mais nenhum lugar. Afinal de contas, aonde ele *iria*?

Septimus estava prestes a descobrir. A temperatura de Besouro estava perigosamente baixa, e ele precisava tirar o amigo do Túnel de Gelo depressa. Septimus escalou os degraus gelados da escada na lateral do túnel, **Retirou a Vedação** do alçapão e o abriu com um empurrão. Imediatamente à sua frente estava o brilho preto, agora familiar, de uma câmara móvel.

Septimus decidiu deixar o trenó livre. Ele empurrou Besouro até perto do alçapão, puxou-o para cima e **Vedou** o alçapão. Empurrou então Besouro para dentro da câmara móvel. Pousou a mão sobre a seta laranja e sentiu o movimento da câmara.

Perguntou-se aonde ela os estava levando.

✢➤48✦✢
O Tentáculo

Diferentemente de Septimus, Lucy estava se divertindo muito – e tendo bastante sucesso. Enquanto fazia a tartaruga circundar a Ilha da Estrela, ela tinha descoberto o *Saqueador* escondido no antigo ancoradouro, com Jakey Fry e ainda por cima a tripulação de Milo. Lucy sabia reconhecer uma oportunidade ao vê-la, motivo pelo qual ela agora estava em pé no poço do Farol da Rocha dos Gattos, dirigindo as operações. A tripulação de Milo estava reinstalando a **Luz**, Miarr estava de volta ao seu lugar, e Lucy Gringe tinha cumprido sua promessa.

De repente uma porta preta e estreita por baixo da escada abriu-se com violência.

– Olá, Septimus – disse Lucy. – Imagine encontrar você por aqui.

Daí a meia hora, nas rochas aos pés do farol, uma conferência estava em andamento.

Septimus andava de um lado para o outro.

– Vou descer de novo até o Túnel de Gelo. Não vejo outro modo. *Temos* de tentar parar os gênios.

Besouro estremeceu. Ele agora estava bem aquecido, ao sol, mas a simples palavra "gelo" já fazia doer seus ossos.

– Você não tem a menor chance, 412 – disse Menino Lobo. – Lembra de que diziam "Um contra Dez, a Vida Perderás"? Bem, é verdade. Um contra quatro mil é loucura.

– Se eu for *agora,* serão menos... talvez quatrocentos ou quinhentos.

– Quatrocentos ou quatro mil, não faz diferença. Você continua em desvantagem numérica. "A Cabeça Usar, para Vivo Continuar."

– Ai, *para* com isso, 409, esse troço irrita. Estou indo *agora*. Cada segundo conta. Quanto mais tempo eu deixar passar, mais gênios virão.

– Não, Sep – disse Besouro. – Não. *Por favor*, não. Eles vão fazer picadinho de você.

– Eu me torno **Invisível**... ninguém vai saber que estou lá.

— E o trenó também fica **Invisível**?

Septimus não respondeu.

— Vou embora — disse ele, então. — Vocês não podem me impedir. — Ele saiu correndo, subindo pelas rochas, apanhando a todos de surpresa.

Lucy e Menino Lobo levantaram-se de um salto e saíram em disparada atrás dele.

— *Eu estou* impedindo você — disse Lucy, alcançando-o e segurando seu braço. — Você não vai fazer uma *idiotice* dessas. O que Simon ia pensar se eu deixasse seu irmãozinho menor sair para ser morto?

— Eu imaginaria que ele fosse ficar satisfeito — disse ele, desvencilhando-se dela. — A última coisa que ele me disse foi...

— Bem, tenho certeza de que ele não estava falando sério — interrompeu Lucy. — Olha, Septimus, você é esperto. Até mesmo eu sei o que significam essas divisas roxas nas suas mangas. Portanto, como Menino Lobo disse, use a cabeça. Pense em alguma coisa que não acabe por matá-lo. E aquela tartaruga lá embaixo? — Lucy apontou para a pequena enseada muito abaixo deles. — Será que ele não pode ajudar?

Septimus baixou os olhos até o *Saqueador,* dando-se conta de que alguém tinha amarrado a ele uma tartaruga grande, extremamente infeliz.

— Ele não se transforma em coisas? — perguntou Lucy, entusiasmada. — Ele não pode se transformar num pássaro e voar de volta para o Castelo? Ele pode avisá-los, e depois eles podem **Vedar** as coisas, e tudo vai dar certo.

Septimus olhou para Lucy com uma admiração relutante. Ela o tinha surpreendido com sua habilidade na enfermaria de bordo e o estava surpreendendo mais uma vez.

– Ele poderia – admitiu Septimus. – O problema é que eu não confio nele quando está sozinho.

– Então faça com que se transforme em alguma coisa grande o suficiente para levar você. Faça dele um dragão! – Os olhos de Lucy brilhavam de tanto entusiasmo.

Septimus fez que não.

– Não – disse ele, devagar. – Eu tenho uma ideia melhor.

Lá nas rochas acima da enseada, debaixo dos olhos amarelos vidrados de uma tartaruga extremamente mal-humorada, Septimus delineou seu plano. Besouro, Lucy e Menino Lobo escutavam, impressionados.

– Então, deixe-me ver se entendi – disse Besouro. – O frasco de Eugênio era de ouro, certo?

Septimus fez que sim.

– E os tubos dos gênios na arca eram de chumbo?

– Isso mesmo.

– E isso é importante?

– Creio que é crucial. Veja bem, na **Arte da Cura** e na Alquimia, aprendi muito sobre o chumbo e o ouro. O chumbo é considerado uma forma menos perfeita do ouro. E sempre, *sempre* o que acontece é que o ouro supera o chumbo. Todas as vezes.

– E daí? – perguntou Menino Lobo.

— Daí que, na hierarquia dos gênios, Eugênio é o máximo. Ele é do ouro; eles são do chumbo. Ele é *muito* mais poderoso do que aqueles guerreiros.

— Você tem razão! – disse Besouro, animadíssimo. – Agora eu me lembro. Alguém deu a Jillie Djinn um panfleto intitulado *Hábitos e Hierarquia dos Gênios,* como uma piada, que naturalmente ela não entendeu. Num dia sem movimento no escritório, eu o li, e era *exatamente* isso o que dizia.

Septimus abriu um sorriso.

— Portanto, Eugênio pode **Imobilizar** os gênios guerreiros. Ele vai fazê-los parar onde estiverem.

— Brilhante – disse Besouro. – Absolutamente brilhante.

— Pronto – disse Lucy –, viu o que se pode fazer quando se tenta?

Menino Lobo não tinha tanta certeza assim.

— Ainda são quatro mil contra um – disse ele. – Assim que ele **Imobilizar** um, os outros três mil novecentos e noventa e nove virão atrás dele.

— Não – disse Besouro –, acho que não. Calculo que esses gênios sejam essencialmente um organismo. Olhem só para seu jeito de se movimentarem juntos. **Imobilize** um e você **Imobiliza** todos eles.

— É *isso mesmo* – disse Septimus. – Eles só precisaram de um **Despertar**, não foi? Depois, simplesmente não pararam de sair.

— O problema, Sep – disse Besouro –, é que só tem um jeito de descobrir.

– Verdade – concordou Septimus. – Agora, onde está aquela tartaruga?

Um Eugênio encharcado estava sentado na escadaria do cais, cuspindo saliva de tartaruga e mexendo com os dedos das mãos separadamente, só porque conseguia fazê-lo.

– Eugênio – disse Septimus –, eu lhe ordeno...
– Não há necessidade alguma de ordenar, ó Autoritário Senhor – disse Eugênio, experimentando remexer os dedos dos pés. – Teu *desejo* é uma *ordem*.
– Ótimo – disse Septimus. – *Desejo* que você **Imobilize** os gênios guerreiros.
– Quantos, ó Impreciso Senhor?
– Todos eles.
Eugênio ficou apatetado.
– **Todos?** Cada um deles?
– Sim, cada um deles – disse Septimus. – Esse é o meu desejo. E meu desejo é *o quê?*
– Uma ordem – respondeu Eugênio, carrancudo.
– Certo então. Vamos. Nós o levaremos até eles.
Eugênio olhou para seu Senhor.
– Bem que eu gostaria de uma soneca antes – disse ele.
– É mesmo? – disse Septimus.
– É mesmo – disse o gênio.
Eugênio nem viu o que o atingiu. Num minuto, ele estava sentado, com os olhos se fechando lentamente ao calor do sol, e

no instante seguinte ele tinha sido agarrado, levantado para ficar em pé e praticamente carregado, com as pernas balançando, até o pesqueiro malcheiroso que ele conhecia bem demais.

– Pegamos ele, Sep – disse o garoto de cabelo escuro, apertando com uma força extraordinária sua nadadeira dianteira esquerda... não, seu *braço* esquerdo.

– E não vamos soltá-lo – disse o garoto com o ninho de ratos na cabeça, que segurava de modo igualmente cruel seu braço direito.

– Ótimo – disse seu Senhor. – Levem-no para o barco.

Como todos os gênios, Eugênio mal conseguia tolerar o contato físico com um humano. Havia alguma coisa na velocidade do sangue por baixo da pele, na articulação dos ossos, nos puxões dos tendões, no constante *tum-tum* do coração, que o deixava nervoso. Tudo era tão *movimentado*. E a sensação da pele deles tocando a sua era repugnante. Um ser humano que o segurasse já teria sido bastante ruim, mas dois era insuportável.

– Ordena que me soltem, ó Majestoso Senhor – implorou Eugênio. – Prometo que farei o que o meu Senhor desejar.

– *Quando* você o fará? – perguntou Septimus, que estava rapidamente se tornando conhecedor do comportamento de gênios.

– Agora – uivou Eugênio. – Agora! Faço agora, agora, *agora,* ó Sábio e Maravilhoso Senhor, se ao menos *deixares que me soltem.*

– Primeiro ponham o gênio no barco, e *depois* podem soltá-lo – disse Septimus a Besouro e Menino Lobo.

Eugênio foi recuando para a popa. Como um cachorro molhado, ele se sacudiu todo para se livrar da sensação do toque humano.

– Licença – disse Jakey Fry, passando por ele com um empurrão. – Preciso chegar ao timão. – Com o toque do cotovelo de Jakey, Eugênio saiu da frente de um salto, como se tivesse sido picado.

Sem tropeços, o *Saqueador* foi se aproximando do *Cerys,* que agora estava ancorado em segurança na baía. Fez-se silêncio no pesqueiro. Todos a bordo podiam ver a corrente de guerreiros que ainda saía do navio e, bem mais longe, se derramava pelo monte acima, dando a exata impressão de formigas, como Nicko tinha comentado. Septimus mal conseguia conter sua impaciência. O *tã-tã* dos pés dos guerreiros em marcha ainda ecoava em sua cabeça, e ele sabia que, a cada momento, os gênios se aproximavam mais do Castelo. Pensou em Márcia e nos Magos na Torre dos Magos dedicando-se a suas rotinas diárias; Silas e Sarah no Palácio, todos sem saber da ameaça que se aproximava cada vez mais. Septimus perguntava-se a que velocidade os gênios estavam se deslocando: quanto tempo restava até que Tertius Fume entrasse em marcha no Castelo à frente de seu exército aterrorizante?

A resposta não era a que Septimus, nem ninguém no *Saqueador,* teria querido ouvir. Tertius Fume tinha escolhido um batalhão pessoal de quinhentos gênios guerreiros e o levado adiante dos outros. O fantasma se dirigia para a Torre dos Magos, que ele sabia ter acesso direto aos túneis – sendo a própria Torre considerada uma **Vedação**. A velocidade dos gênios era enorme, maior do que a de qualquer ser humano correndo, e naquele exato momento estavam passando ruidosos por baixo do Observatório nas Áridas Terras do Mal.

É um fato pouco conhecido que um cão de caça aos lobos, sofrendo de artrite, leva exatamente o mesmo tempo para andar do Portão do Palácio até a Torre dos Magos, quanto um batalhão de gênios para percorrer o Túnel de Gelo do Observatório até a mesma Torre dos Magos. Naquela tarde, Sarah e Silas Heap tinham uma hora marcada com Márcia. Quando os gênios passaram por baixo do Observatório, Silas, Sarah e Maxie saíram do Portão do Palácio.

Meia hora depois, o *Saqueador* emparelhou-se com o *Cerys*. Preocupado, Jakey viu um grupo de gênios com mãos de machado descer pelo costado do navio.

– Cês quer que eu vá ainda mais perto? – perguntou ele. – Num quero que um *deles* acabe caindo no meu barco.

– Chegue o mais perto que puder e o mais rápido possível – disse Septimus.

Eugênio bocejou.

– Não há pressa – disse ele. – Só posso **Imobilizá-los** quando o último deles **Despertar**.

– *O quê?* – disse Septimus, com um grito abafado.

Sarah, Silas e Maxie passaram pelo Manuscriptorium.

– Como tenho certeza de que sabes, ó Onisciente Senhor, não é possível **Imobilizar** uma Entidade enquanto ela não estiver totalmente **Desperta**. E, como tenho certeza de que também entendes, ó *Astuto* Senhor, esses gênios não são mais do que uma Entidade.

Ouviu-se um grito súbito de Besouro:
– O último! Esse é o último, Sep. Olhe!

Era verdade. Um guerreiro que portava um machado vinha descendo mecanicamente, com o ruído de metal contra metal marcando cada passo – e acima dele a escada estava vazia.

– **Imobilize-os** – disse Septimus. – Agora!

Eugênio livrou-se de Septimus e fez uma reverência.

– Teu desejo é uma ordem, ó Perturbável Senhor.

O último dos gênios saltou da escada e caiu na água. Aflito, Septimus viu o guerreiro afundar até o leito do mar.

– Vou esperar até ele sair – disse Eugênio.

– Não vai não – disse-lhe Septimus. – Em vez disso, você vai **Imobilizar** um daqueles que estão na praia.

– Lamento informar-te, ó Equivocado Senhor, que uma **Imobilização** corre apenas em uma direção. Portanto, se quiseres **Imobilizar** todos os gênios, algo que recomendo com veemência, já que uma Entidade semi-**Imobilizada** é algo muito perigoso, deves **Imobilizar** o último ou o primeiro. Sugiro o último por ser a opção mais segura.

– Ele está certo, Besouro? – perguntou Septimus.
Besouro estava confuso.
– Num sei, Sep. Acho que ele deve saber.
– Muito bem, Eugênio. Eu te ordeno que **Imobilizes** o último *agora*. **Transforma-te** em tartaruga.
Eugênio permaneceu numa atitude de frieza surpreendente diante da menção à temida tartaruga.
– Como o Sábio Senhor sem dúvida sabe, eu devo segurar com *as duas* mãos a Entidade que desejo **Imobilizar**, para que a **Imobilização** passe entre elas. Isso não é possível com *nadadeiras* – disse ele, pronunciando "nadadeiras" com um tom de nojo.
Septimus ficou arrasado. Em que Eugênio poderia ser **Transformado**? Sem dúvida, tudo o que havia dentro d'água tinha nadadeiras ou barbatanas. Ele ficou olhando os pontos prateados de luz que refulgiam do elmo alado do último gênio, que seguia devagar, *tão* devagar como alguém correndo num pesadelo, a seis metros de profundidade. A maré estava subindo, e o *Cerys* estava agora muito mais longe da praia. Quanto tempo ia demorar para o último gênio sair da água? E quem sabia a que distância do Castelo estavam agora os primeiros gênios?

No final do Caminho dos Magos, Sarah, Silas e Maxie chegaram ao Arco Maior.

– Um caranguejo! – berrou Lucy. – Ele pode ser um *caranguejo*!
Eugênio lançou para Lucy um olhar fulminante: um caranguejo era pouco melhor do que uma tartaruga.

Septimus olhou para Lucy com admiração.

— Eugênio — disse ele —, desejo que você se **Transforme** num caranguejo!

— Um caranguejo de algum tipo especial? — perguntou Eugênio, adiando o momento cruel.

— Não. Só quero que o faça *agora*.

— Muito bem, ó Exigente Senhor. Teu desejo é uma ordem.

Houve um lampejo de luz amarela, um estalo oco, e Eugênio desapareceu.

— Para onde ele foi? — perguntou Septimus, tentando não entrar em pânico. — *Onde está o caranguejo?*

— Aaaai! — berrou Lucy. — Ele está aqui. No chão. Fora, *fora*!

Um minúsculo caranguejo-fantasma amarelo estava se dirigindo para as botas de Lucy.

— Não chuta, Lucy. *Não chuta!* — berrou Septimus.

Menino Lobo jogou-se no convés, agarrou o caranguejo entre o indicador e o polegar e o segurou no ar, com as pernas se agitando.

— Peguei! — disse ele.

— Joga ele no mar — disse Septimus. — Depressa.

Sarah, Silas e Maxie entraram no pátio da Torre dos Magos.

Caiu um silêncio sobre o *Saqueador*. Mal se atrevendo a respirar, eles ficaram olhando os gênios guerreiros ainda saindo do mar para a praia, à espera do momento em que a marcha sem trégua cessasse. Eles olhavam, esperavam e *ainda assim* os gênios avançavam.

– O que ele está *fazendo*? – murmurou Septimus.

Uma pequena gaivota amarela rompeu a superfície e voou até o *Saqueador*. Ela se empoleirou no costado, sacudiu a água do mar de suas penas e fez um estalo. Eugênio, meio atormentado, apareceu sentado no lugar dela.

– Sinto muito – disse ele. – Não funcionou.

Sarah, Silas e Maxie subiram a escada de mármore até as portas de prata da Torre dos Magos.

– Não! – subiu do *Saqueador* um grito geral.

Septimus estava horrorizado. Tinha apostado tudo na sua teoria de que gênios de ouro eram mais poderosos que gênios de chumbo... e ela estava *errada*.

– Por quê? – perguntou ele, em desespero. – Por que *não funcionou*?

Silas disse a Senha, e as enormes portas da Torre dos Magos se escancararam.

– Eles foram **Despertados** com as **Trevas** – disse Eugênio. – Só podem ser **Imobilizados** com as **Trevas**. E, não importa qual seja tua opinião a meu respeito, ó Insatisfeito Senhor, eu não tenho em mim **Treva** alguma.

– Nenhuma?

Eugênio pareceu ficar ofendido.

– *Não* sou desse tipo de gênio.

Menino Lobo enfiou a mão na bolsinha de couro que trazia pendurada na cintura e tirou dali o tentáculo da Fera, em decomposição. Todos se afastaram cambaleando.

– Isso aqui tem **Treva** suficiente para você? – perguntou ele.

– Não vou nem *tocar* nisso. É repugnante – disse Eugênio.

– E, antes que me ordenes que pegue essa coisa, ó Desesperado Senhor, eu te aviso: tenha cuidado. Impor **Trevas** a um gênio é uma decisão perigosa.

– É verdade, Sep – disse Besouro. – Se você der essa ordem, você também se torna parte da **Treva**, e nunca vai conseguir se livrar dela. **Implicado** é como se chama. Esse aí não é um gênio tão ruim, afinal de contas. Alguns deles se agarrariam a uma oportunidade para **Implicar** seu Senhor.

Sarah, Silas e Maxie estavam no Grande Saguão da Torre dos Magos, esperando por Márcia.

– Tem alguma construção no porão? – perguntou Silas a Sarah. – Está uma enorme barulheira lá embaixo.

Septimus estava quebrando a cabeça.

– Tudo bem... mas e se ele apanhar a **Treva** por sua própria vontade?

– Aí não tem problema – disse Besouro. – Nesse caso, você não teve participação. Mas não vai acontecer... ele não quer.

– Eugênio – disse Septimus –, desejo que você se **Transforme** numa gaivota.

Eugênio suspirou. Houve um estalo e uma baforada de fumaça amarela. Mais uma vez, a pequena gaivota amarela estava pousada na amurada do *Saqueador*.

— Pronto, 409 — disse Septimus —, mostre à gaivota o tentáculo.

Márcia desceu da escada em espiral e forçou um sorriso de boas-vindas para Sarah, Silas e o malcheiroso Maxie.

Menino Lobo estendeu a mão para a gaivota. O tentáculo, repulsivo e fétido, estava na sua palma como uma gorda e suculenta enguia.

A pequena gaivota olhou para seu Senhor com uma mistura de ódio e admiração relutante. Ela sabia o que ia acontecer, mas não conseguia se conter. Com uma veloz bicada nas palmas cheias de cicatrizes de Menino Lobo, ela sugou o tentáculo ai-*tão*-repugnante e o engoliu.

— Boa, Sep — disse Besouro, com admiração.

Um estrondo colossal veio do interior do armário de vassouras. Maxie rosnou. Márcia foi investigar.

Pesada com o tentáculo não digerido, a gaivota decolou do *Saqueador*. Ela fez um voo rasante sobre o mar, em busca do sinal da série de pequeninas bolhas de ar que subiriam a partir da armadura do último gênio guerreiro.

*O fantasma de Tertius Fume **Atravessou** a porta do armário de vassouras e entrou no Grande Saguão da Torre dos Magos.*

– Ah, srta. Overstrand – disse ele. – Temos contas a acertar.

– Não sei o que você acha que está fazendo aqui, Fume – respondeu Márcia, furiosa. – Mas pode tratar de sair a-go-ra! Não vou repetir.

– Como suas palavras são verdadeiras – disse Tertius Fume, com um sorriso. – De fato, você não vai repeti-las. Uma das muitas coisas que você não voltará a fazer, srta. Overstrand.

Ele girou nos calcanhares e gritou para a porta do armário de vassouras:

– Matem-na!

A gaivota parou no meio do voo. Houve uma pequena baforada de fumaça amarela, a gaivota desapareceu, e um pequenino caranguejo-fantasma caiu na água.

Doze gênios guerreiros vieram atravessando a porta do armário de vassouras, como se ela fosse feita de papel. Num segundo, Márcia estava encurralada, cercada por uma roda de espadas.

– Fujam! – gritou ela para Silas e Sarah.

Os observadores no *Saqueador* esperavam. Os gênios continuavam a sair marchando do mar.

*Em desespero, Márcia começou um **Encantamento de Proteção**, mas as **Trevas** nos gênios tornavam sua **Magya** lenta. Com a ponta de doze lâminas afiadíssimas a centímetros do seu pescoço, Márcia soube que era tarde demais e fechou os olhos.*

Um pequeno caranguejo amarelo agarrou o calcanhar do último gênio guerreiro.

*Instantaneamente, os gênios foram **Imobilizados**. Márcia sentiu o frio repentino no ar e abriu os olhos para ver doze espadas tornadas rombudas por uma fina camada cristalina de gelo, cercando-a como um colar. Márcia **Estilhaçou-as** e saiu, trêmula, do círculo de gênios **Imobilizados**. Encontrou três Magos caídos desmaiados como mortos, e Sarah e Silas, pálidos de horror. Ela se aproximou a passos decididos de um Tertius Fume chocado.*

*– Como eu disse, não vou repetir. Mas vou lhe dizer o seguinte, Fume. Tomarei providências para **Erradicá-lo**. Tenha um bom dia.*

Jenna ouviu ao longe vivas dados a partir do *Saqueador*. Pelo telescópio de Milo, viu os gênios parados no meio do passo, cobertos com um brilho de cristal cintilante. Ela voltou o telescópio para o *Saqueador*: o mais perto que conseguiu chegar de participar da comemoração.

– Ai, eca! – disse ela.

Eugênio estava vomitando por cima da amurada do barco.

✢ 49 ✢
Retornos

Aquela *noite encontrou Jenna e* Septimus sentados juntos naquela que mais uma vez era sua praia, um pouco afastados de um grupo tagarela reunido em volta das chamas fortes de uma fogueira. Por insistência de Jenna, Septimus tinha acabado de lhe contar tudo o que tinha acontecido.

— Sabe, Sep? — disse Jenna. — Se ser Rainha significa sempre ter de ver todos os outros fazerem as coisas, não sei se quero ser Rainha. Você e Besouro fazem coisas empolgantes com gênios e Túneis de Gelo e trenós, enquanto *eu* tenho de ficar sentada e ouvir educadamente a *lenga-lenga* de Milo. Nicko e Snorri não foram muito mais interessantes que ele. Só sabem falar de embarcações.

– Os Túneis de Gelo não foram grande coisa – disse Septimus. – Acredite em mim. – Levantou os olhos e viu um vulto semelhante a uma banana surgir das dunas. – Ah, *finalmente*, lá está Eugênio. Com licença, Jen, preciso falar com ele.

– Ah, então vá, Sep. Sei que *você* tem coisas importantes a fazer – disse Jenna.

– Você pode vir também, Jen. Para dizer a verdade, *ele* pode vir até *aqui*. Eugênio!

Eugênio veio se aproximando, com o chapéu de argolas balançando enquanto andava.

– Chamaste, ó Sedentário Senhor?

– Fez o que ordenei? – perguntou Septimus, ansioso.

– Foi uma luta – disse o gênio –, mas eu venci. – O gênio sorriu. A vida com esse Senhor não era tão chata como ele tinha imaginado. – Nós temos uma longa história, a **Syrena** e eu. Estava na hora de eu ter uma pequena vitória.

Septimus teve um súbito arrepio. Ele percebeu que estava falando com um ser muito antigo.

– Obrigado, Eugênio – disse ele. – Obrigado. Você é... incrível.

Eugênio fez uma mesura, curvando-se.

– Eu sei – disse ele, e entregou a Septimus a pequena ampola de prata que Syrah tinha lhe dado para Cospe-Fogo. A ampola estava gelada.

Com extremo cuidado, Septimus pegou a ampola com dois dedos e a segurou com o braço estendido.

– Está **Lacrada**? – perguntou.

– Certamente que está, ó Cauteloso Senhor. Isso é tudo? Eu bem que tiraria um cochilo agora. Foi um dia e tanto.

– Não, isso não é tudo – disse Septimus, recordando-se que, por mais que estivesse agradecido, para seu gênio ele deveria parecer severo e não uma galinha morta, como Besouro lhe lembrara recentemente.

– O que mais desejas, ó Exigente Senhor?

– Na verdade, três coisas.

– *Três*? Ó Insaciável Senhor! Tens noção de que três é o número máximo de pedidos que podem ser feitos de uma só vez?

Septimus não sabia, mas não ia admitir isso.

– Três. Número um: ordeno que você pare de me chamar de nomes idiotas.

– Ah, bem – disse Eugênio com um suspiro –, foi divertido enquanto durou. Teu desejo é uma ordem, ó meu Amo e Senhor. Posso chamar-te assim, não? É prática comum entre os gênios. A menos que prefiras outra coisa, é claro.

– Eu acho – disse Septimus, considerando o assunto – que prefiro ser chamado de Aprendiz. É o que sou.

– Não é Aprendiz *Sênior*, Sep? – provocou Jenna.

– Você pode imaginar o que ia sair quando ele fosse pronunciar tudo isso, Jen? Não, Aprendiz está muito bom.

– Muito bem, ó Aprendiz – disse Eugênio, resignado.

— Eu disse Aprendiz, não *ó* Aprendiz.

— Muito bem, *Aprendiz*.

— Número dois: ordeno que você vá, o mais rápido possível, até a outra ponta dos gênios guerreiros **Imobilizados**. Quero saber se eles chegaram até o Castelo. Se tiverem chegado até o Castelo, você terá de informar à Maga ExtraOrdinária o que aconteceu.

Em outras ocasiões o gênio teria protestado, dizendo que eram, na verdade, dois desejos, mas sentiu que estava em terreno incerto. Ele ainda não tinha honrado completamente o acordo que o tinha liberado de dentro da cela **Vedada**.

— A Maga ExtraOrdinária, ó G... Aprendiz?

— Sim. Você a encontrará na Torre dos Magos. Diga que fui eu quem lhe mandou.

— Ih... — Ele ficou sem jeito. — Isso me faz lembrar. Ela me pediu que te encontrasse e pegasse alguma espécie de **Chave**... para... hum... **Vedar** alguns túneis? Com toda essa confusão, eu me esqueci totalmente. Farei isso agora, está certo?

Septimus mal podia acreditar no que tinha acabado de ouvir.

— Márcia lhe pediu para **Vedar** o túnel? Mas não estou entendendo, como é que ela sabia? E como, pelo amor de Deus, você encontrou *Márcia*?

— Foi por acaso — respondeu Eugênio, evasivo. — Irei agora, posso?

— Eu ainda não terminei. Meu terceiro pedido é que você coloque todos os gênios de volta em seus tubos.

Eugênio deu um suspiro. Era o que ele esperava, mas isso não tornava as coisas mais fáceis. Nunca, desde que tinha sido escravo nas cavalariças do Rei Áugias, o gênio tinha se deparado com uma tarefa hercúlea como essa – só que dessa vez ele duvidava que Hércules fosse aparecer para dar uma mãozinha.

– Teu desejo é uma ordem, Aprendiz – disse Eugênio, curvando muito o corpo. O chapéu de argolas caiu, ele o pegou rápido do chão, enfiou-o de novo na cabeça e, tentando reunir sua dignidade, saiu andando.

Eugênio encaminhou-se até o primeiro gênio guerreiro que ele tinha **Imobilizado**. A maré estava recuando, e a figura de dois metros de comprimento em sua armadura estava estendida de bruços na areia úmida com os braços estendidos, seu machado meio enterrado na areia, seu escudo e suas asas prateadas no elmo enredados com tiras de algas marinhas. Quando avistou as marcas das pinças do caranguejo fantasma ainda visíveis em seu calcanhar desprotegido, Eugênio permitiu-se um meio sorriso. Ainda bem que os gênios não o tinham visto chegar, porque eles o teriam visto como era na realidade – a mulher experiente, selvagem, de olhos opacos, com seus vinte e cinco mil verões que tinha escolhido, erroneamente, ela às vezes pensava, viver como um gênio, e não como a quarta mulher de um mercador de tartarugas. A mulher do mercador de tartarugas tinha tido, certa vez, a infelicidade de conhecer o guerreiro cruel de quem eles tinham sido tirados, e não foi um encontro que Eugênio quisesse ter novamente.

Houve um clarão de luz amarela, e Septimus viu seu gênio zunir ao longo da fila de guerreiros caídos e desaparecer nas dunas. Ele pegou o livro de Syrah do bolso e olhou a capa, apreensivo. Agora estava escrito:

Livro de Syrah:
Dedicado a: Julius Pike, Mago ExtraOrdinário

Septimus deu um sorriso – a caligrafia complicada da **Syrena** tinha sumido. Olhou por toda a praia, e em seguida esquadrinhou as dunas.

– Você está bem, Sep? – perguntou Jenna.
– Estou, Jenna, obrigado. *Muito* bem, para dizer a verdade. – Ele dirigiu o olhar para o topo do monte.
– Está esperando alguém?
– Bem, eu... ai, que *droga*! – resmungou Septimus.

Um vulto tinha se separado do grupo em torno do fogo e vinha na direção deles dois.

– Ah, *aí* estão vocês – disse Milo cheio de entusiasmo, acomodando-se entre Jenna e Septimus. – Missão cumprida, Princesa. – Sorriu para Jenna com carinho. – Peguei os ratos, se bem que por mim eu os teria deixado abandonados naquela rocha. Por que você acha que o *Cerys* precisa dos ratos de volta eu realmente não sei.

Jenna deu um enorme sorriso.

– Eles vão desembarcar no Porto – disse. – Vou providenciar alguém que os pegue.

Milo sorriu, compreensivo.

– Igualzinha à sua mãe. Sempre com algum projeto misterioso em andamento. – Virou-se para Septimus. – E você, rapaz, não tenho como lhe agradecer; você salvou minha preciosa carga.

– Não há de quê. – Septimus parecia preocupado.

– E salvou o Castelo – disse Jenna.

– É verdade, é verdade. Foi um truque muito esperto.

– Truque? – explodiu Jenna, indignada. – Sep não usa *truques*. Foi realmente um ato corajoso e inteligente... ei, Sep, você está bem?

– Sim... tudo bem – disse Septimus, dando mais uma olhada para as dunas.

Milo estava bastante acostumado a que as pessoas se distraíssem enquanto ele falava com elas.

– Pensem só – disse ele. – *Pensem* só como as coisas teriam sido diferentes se eu tivesse encontrado esse exército quando comecei a procurar por ele durante todos esses anos. Você, Jenna, você teria crescido com sua mãe verdadeira, não com alguns Magos esquisitos; e é claro que você, Septimus, teria passado os primeiros anos preciosos da sua vida, que jamais serão recuperados, com seus pais verdadeiros e queridos.

– Os Magos esquisitos, você quer dizer? – perguntou Septimus.

— Ah! Ah, não, *não*, é claro que não quis dizer isso, ai, céus! — Milo pôs-se de pé de um salto, contente com uma interrupção oportuna. — Ora, ora, *oi*! E quem é *essa* mocinha?

— Syrah! — disse Septimus com voz entrecortada, também se levantando num pulo.

Milo teve um raro ataque de sensibilidade.

— Tenho de ir para verificar algumas coisas — disse, e se apressou em direção à fogueira.

— Oi, Syrah — disse Jenna, um tanto tímida.

— Princesa Esmeralda. — Syrah fez uma reverência desajeitada.

— Não, por favor, eu não... — disse Jenna, lançando rápido um olhar de interrogação a Septimus.

— Syrah, você está bem? — perguntou Septimus, interrompendo Jenna.

Syrah parecia tudo, menos bem. Estava com uma cor cadavérica; suas olheiras pareciam ainda mais escuras e fundas e suas mãos tremiam.

— Eu estou... acho... Eu sou *eu*. — Ela sentou-se de repente e começou a tremer muito.

— Jen — disse Septimus, ajoelhando-se ao lado de Syrah –, você poderia pegar um pouco de água, por favor... e uma **CapaTérmica** também?

— Claro! — Jenna saiu correndo.

— Septimus — sussurrou Syrah. — A **Syrena**... eu não entendo... onde... onde ela está?

Septimus estendeu a mão. Ali estava a ampola de prata, coberta com uma delicada camada de gelo, que brilhava à luz do seu Anel de Dragão.

— Aqui. A **Syrena** está aqui dentro — disse Septimus.

— *Aí dentro?* — perguntou Syrah, olhando fixamente para a ampola, sem compreender.

— Sim. **Lacrada** aqui dentro — respondeu Septimus. — Syrah, eu juro, a **Syrena** se foi. Para sempre. Você está livre.

— *Livre?*

— Sim.

Syrah começou a chorar convulsivamente.

A lua subia, e na distância os dois feixes da **Luz** da Rocha dos Gattos brilhavam por sobre um mar calmo. Em sua plataforma de Vigia, Miarr andava com satisfação. Ele olhou para a ilha lá fora e, quando Milo jogou mais lenha na fogueira, viu que o fogo ficou ainda mais forte na escuridão, iluminando o grupo que estava em torno dela. Miarr sorriu e mascou uma cabeça de peixe seco. Pela primeira vez desde o desaparecimento de Mirano, ele se sentiu em paz.

Na praia reinava a paz — mas não o silêncio. A fogueira crepitava e lançava fagulhas por causa do sal da madeira vinda do mar, as pessoas tagarelavam e Cospe-Fogo fungava e resfolegava. Septimus tinha decidido que ele estava bem o suficiente para ser levado até a praia. Cospe-Fogo, pensou Septimus, estava ficando um pouco triste por estar sozinho. O dragão, com tudo, balde e cauda enfaixada, estava estendido na areia macia logo abaixo das dunas, olhando para a fogueira através dos olhos semicerrados, observando Besouro distribuir canecas de **RefriFrut** exatamente fora do alcance de sua língua. Ele bufou, esticou o pescoço e tentou chegar um pouco mais perto. Cospe-Fogo adorava **RefriFrut**.

Menino Lobo estava mostrando a Jenna, Besouro, Nicko, Snorri, Lucy e Jakey como se joga Chefe da Aldeia – um jogo de movimentos rápidos, envolvendo conchas, buracos cavados na areia e muita gritaria.

Septimus e Syrah estavam sentados em silêncio, observando o jogo. Syrah tinha parado de tremer e tinha até tomado um pouco do chocolate quente que Jenna ofereceu. Mas estava muito pálida, e contra o vermelho brilhante da **CapaTérmica** Septimus achou que ela parecia quase um fantasma.

– Como o *Cerys* fica lindo ao luar – disse Syrah, com o olhar perdido no navio, que estava com todas as luzes acesas, enquanto a tripulação consertava o cordame danificado e o deixava em condições de navegar. – Parece que ele ficará pronto para navegar logo.

– Em dois dias – respondeu Septimus, fazendo que sim.

– Septimus – disse Syrah –, não sei como te agradecer. Estou tão feliz... tudo o que eu desejava aconteceu. Sabes, eu costumava sonhar em ficar aqui sentada com um grupo de amigos do Castelo, perto de uma fogueira... e agora, aqui estou eu. – Syrah

meneou a cabeça maravilhada. – E breve, muito breve, verei Julius.
   Septimus deu um longo suspiro. Ele temia esse momento.
   – Hã... Syrah, quanto a Julius, eu...
   – Ei! – Menino Lobo estava chamando. – Vocês dois querem jogar Chefe da Aldeia?
   Syrah voltou o olhar para Septimus, e seus olhos verdes brilhavam à luz da fogueira.
   – Eu me lembro desse jogo. Eu adorava.
   – Queremos – respondeu Septimus a Menino Lobo. – Nós vamos jogar. – Na manhã seguinte, ele lidaria com o assunto de Julius.

Só que não foi Septimus quem lidou com o assunto de Julius – foi Jenna. Mais tarde naquela noite, enquanto o marulho das ondas ia recuando, as antigas estradas na areia reapareciam devagar, reluzindo com o luar, e Menino Lobo se tornava o Chefe da Aldeia pela segunda vez, Septimus ouviu Jenna falando com Syrah:
   – Mas eu *não* sou Esmeralda, não sou mesmo. Isso foi há **quinhentos** anos, Syrah.
   Num segundo, Septimus estava ao lado de Syrah.
   – O que a Princesa quer dizer? – perguntou Syrah a ele.
   – Ela... Jenna... quer dizer que... é... ai, Syrah. Eu sinto muito, mas o que ela quer dizer é que você está nesta ilha há quinhentos anos.
   Syrah pareceu totalmente desnorteada.

– Syrah – tentou explicar Septimus –, você estava **Possuída**. E você sabe que quando uma pessoa está **Possuída** ela não tem noção de que o tempo está passando. A vida fica suspensa até o momento em que se torna, se tiver sorte, **DesPossuída**.

– Então... estás me dizendo que quando eu voltar ao Castelo já terão se passado quinhentos anos desde a última vez em que estive lá?

Septimus fez que sim. Em volta do fogo, fez-se um silêncio temeroso... até Milo estava calado.

– Então Julius está... *morto*.

– Está.

Syrah deixou escapar um gemido longo, desesperado, e desmaiou na areia.

Eles levaram Syrah num bote até o *Cerys* e a colocaram deitada numa cabine. Septimus tomou conta dela a noite inteira, mas Syrah não se mexia. E, quando o navio começou a velejar rumo ao Castelo, ela ainda estava inconsciente em sua cabine, tão magra e frágil debaixo dos cobertores que às vezes Septimus pensava que não havia ninguém ali.

Três dias depois, o *Cerys* aproximava-se do Cais dos Mercadores no Porto. A Banda da Cidade tocava sua cacofonia habitual, e um burburinho de conversa animada vinha da multidão reunida no cais. Não era todo dia que uma embarcação tão grandiosa chegava ao Porto carregando um *dragão*. E com certeza não era todo dia que a Maga ExtraOrdinária vinha receber um navio.

Márcia causou um verdadeiro alvoroço quando chegou, e os comentários iam de boca em boca pela multidão:

— Ela tem um cabelo incrível, não é?

— Olha o revestimento de seda de sua capa... deve ter custado uma fortuna.

— Já os sapatos, não sei não.

— Aquela que está junto não é a velha Bruxa Branca do Brejal?

— Oh! Não olha, não *olha*. Dá azar ver uma Bruxa e uma Maga juntas!

Márcia escutava os comentários e se perguntava por que as pessoas achavam que usar os trajes de Maga ExtraOrdinária a deixava surda. Pelo canto dos olhos, ela viu um vulto familiar perambulando por trás da multidão.

— Aquele lá é quem eu acho que é? — perguntou a tia Zelda.

Tia Zelda era bem mais baixa que Márcia e não fazia a menor ideia de para quem Márcia estava olhando, mas não queria admitir.

— É possível — respondeu.

— O problema com vocês, Bruxas, Zelda — disse Márcia —, é que nunca dão uma resposta direta a uma pergunta direta.

— E o problema com vocês *Magos*, Márcia, é que fazem generalizações radicais como essa — disparou tia Zelda. — Agora, com licença. Quero ir lá para a frente. Quero ter certeza de que Menino Lobo *está* realmente a salvo.

Tia Zelda avançou abrindo caminho com esforço pela multidão, enquanto Márcia se dirigia rapidamente para trás, e a multidão respeitosa abria espaço para a passagem da Maga ExtraOrdinária.

Simon Heap viu que ela estava vindo, mas continuou parado onde estava. Nem pensar em ir embora dali sem ver sua Lucy e lhe perguntar se ela ainda queria ficar com ele. Nem mesmo Márcia Overstrand conseguiria fazê-lo sair dali.

– Simon Heap – disse Márcia, aproximando-se dele com passos firmes. – O que está fazendo aqui?

– Estou esperando Lucy – respondeu Simon. – Ouvi dizer que ela está a bordo.

– E está mesmo – disse Márcia.

– *Está?* – O rosto de Simon iluminou-se.

– Não faz sentido ficar à toa por aqui – disse Márcia.

– Lamento, Márcia – disse Simon, com educação mas muito decidido. – Eu não vou embora.

– Eu esperava que você não fosse mesmo – disse Márcia. E então, para surpresa de Simon, ela sorriu. – Trate de ir logo lá para a frente. Você não vai querer perdê-la.

– Ah, bem, obrigado. Eu... vou, claro.

Márcia ficou vendo Simon Heap desaparecer na multidão. Subitamente veio do navio um chamado em voz alta:

– Márcia! – Milo tinha visto os característicos trajes roxos.

A prancha foi baixada, e a multidão abriu caminho para Milo, que, imponente num novo traje vermelho-escuro com muitos bordados a ouro, fazia uma bela figura. Ele foi até Márcia, fez uma reverência exagerada para cumprimentá-la e beijou sua mão, ao som de alguns vivas e alguns aplausos tímidos da multidão.

Jenna observava do *Cerys*.

— Ai, ele é *tão* embaraçoso — disse ela. — Por que não consegue simplesmente agir como uma pessoa normal? Por que ele não consegue simplesmente ser legal?

— Jen — disse Septimus —, só porque Milo não é do jeito que você acha que ele deveria ser, isso não significa que ele *não é* legal. Acontece que ele é legal do jeito dele.

— Humm — fez Jenna, que não ficou totalmente convencida.

Milo estava conduzindo Márcia até o *Cerys*.

— Por favor, venha a bordo. Tenho uma carga das mais *preciosas* para lhe mostrar.

— Obrigada, Milo — respondeu Márcia. — Já providenciei para que a preciosa carga seja levada diretamente para a **Sala Vedada** da Torre dos Magos, onde ficará permanentemente. O sr. Eugênio, aqui, vai se responsabilizar por isso.

Milo ficou estarrecido.

— Mas... — gaguejou ele. Surgiu um clarão amarelo, um estalido, e a forma peculiar de Eugênio se materializou. Curvou-se numa reverência a Milo e começou a subir tranquilamente pela rampa do *Cerys*, onde quase foi atropelado por Lucy Gringe, que descia em disparada, com as tranças voando.

— Simon! — gritava Lucy. — Ei, *Si*!

Lá para trás na multidão, dois retardatários vinham avançando com dificuldade.

— Silas, *por que* você está sempre atrasado? — bufou Sarah. — Oh, veja... lá está ele. — Nicko! *Nicko!*

Nicko estava no alto da prancha, procurando seus pais, pronto para ir ao encontro deles, afinal.

— Mamãe! Papai! Ei!

— Ah, vamos lá, Silas, *vamos* — disse Sarah.

— Ai, minha nossa... ah, Sarah, ele está tão crescido.

— Está mais velho, Silas. Um bocado mais velho, se a gente acreditar no que dizem.

Quando o burburinho foi diminuindo, um rato à beira do cais segurava um cartaz que dizia:

RATOS!
VOCÊS ESTÃO
ENJOADOS DO BALANÇO DO NAVIO?
FARTOS DE BOLACHAS?
CANSADOS DE GORGULHOS?
VENHAM AO CASTELO E SEJAM UM RATO MENSAGEIRO!
Inscrições imediatas. Procurem Stanley.

E pelo menos dessa vez o movimento estava bom para Stanley.

Histórias e Acontecimentos

Navios Fantasma

De vez em quando, um pânico abate-se sobre o Porto com o rumor de que um navio fantasma está se aproximando. Geralmente o pânico é infundado, mas houve pelo menos uma ocasião em que não foi.

Um navio fantasma é um navio de verdade que é habitado pelos fantasmas de toda a tripulação, passageiros e animais (até mesmo aves marinhas) que estavam a bordo quando ele se tornou **Fantasma**. Ninguém sabe se esses fantasmas compreendem o que lhes aconteceu, pois eles parecem levar a vida como de costume, conduzindo o navio a esmo pelos oceanos. É muito raro que um navio fantasma chegue de fato a um porto, mas há uma história na qual se pode acreditar sobre um que, há cerca de cinquenta anos, chegou ao Porto na calada da noite durante uma nevasca e partiu ao amanhecer.

Um navio torna-se fantasma por dois métodos:

Um navio pode lançar âncora ao largo de uma das Ilhas dos Espíritos quando a lua está escura. Ao nascer do sol, ele terá se tornado um navio fantasma... e todos a bordo serão fantasmas.

Um navio também pode se deparar com um navio fantasma no mar. O navio fantasma pode dar a impressão de estar pedindo socorro ou de estar à deriva. O navio dos Vivos aproximará seu costado do navio fantasma para oferecer ajuda; e, assim que o navio dos Vivos tocar no navio fantasma, ele – e todos a bordo – se tornarão **Fantasmas**.

Já houve casos de parentes em luto terem fretado um navio para poder ver de longe um relance dos **Fantasmas** de seus entes queridos e tentar comunicar-se com eles. Naturalmente é muito difícil fretar um navio para essa finalidade, pois os mestres são uma raça supersticiosa. Nenhum mestre do Porto aceita um serviço desses desde o Incidente do *Idora,* um pesqueiro fretado exatamente para esse fim. O *Idora* encontrou de fato o navio fantasma que estava buscando, mas o vento o soprou ao longo do costado do outro navio, e ele próprio se tornou fantasma.

Conta-se que um tio de Besouro – na época menino de catorze anos – teria sido atraído a bordo do navio fantasma naquela noite de nevasca no Porto, embora por anos a fio sua mãe se recusasse a acreditar nisso. Na velhice, ela fretou um navio para ir procurar o filho e nunca voltou. A família sempre acreditou que ela tinha encontrado o navio fantasma do filho e saltado a bordo dele.

TERTIUS FUME

Quando Vivo, Tertius Fume tinha uma vez comandado o exército de um insignificante potentado, bastante cruel, de um pequeno Principado que tinha fronteiras com o Deserto Interminável. O potentado tinha ambições de governar um território consideravelmente maior e, por isso, começou a tentar anexar seus vizinhos. Teve pouco sucesso, até contratar um jovem mercenário, chamado Tertius Fume. Tertius Fume estava em fuga de seu próprio país depois de um episódio desagradável que se tornou conhecido como a Grande Traição e ficou feliz com a oportunidade de se reinventar. Ele era um rapaz carismático, em cujas histórias bem trabalhadas as pessoas queriam acreditar... e assim com muita frequência acabavam acreditando. O potentado entregou-lhe o comando de todo o seu exército (o que não é tão impressionante quanto parece), e as histórias de Tertius Fume a respeito de ser o mais jovem general em seu próprio país foram postas à prova. Em decorrência de uma associação de sorte, intrepidez e do fato de todos os seus críticos sofrerem "acidentes" misteriosos e desagradáveis, Tertius Fume foi considerado bem-sucedido. Foi ali que ele se deparou com seu primeiro pelotão de gênios guerreiros, e foi graças a eles que conseguiu invadir quatro castelos vizinhos, sempre abrindo túneis por baixo de suas muralhas ou usando túneis de suprimentos já existentes. Tornou-se conhecido como o "Gato da Noite". Um escândalo fez com que abandonasse seu posto de repente, e alguns anos mais tarde ele chegou ao Castelo.

O *LUCY GRINGE*

Lucy sente muito orgulho do fato de agora haver um pesqueiro com velas vermelhas com o seu nome. Durante toda a última noite que passaram na ilha, Jakey reuniu coragem para pedir uma coisa a Lucy, mas tinha medo de que ela simplesmente desse uma risada e o chamasse de "miolo mole". Se Besouro não lhe tivesse oferecido um pouco de **RefriFrut**, talvez nada tivesse acontecido.

RefriFrut era a coisa mais espantosa que Jakey tinha provado na vida, e a bebida lhe deu uma ideia. Com o copo na mão, ele foi procurar Lucy, que estava em pé à beira da água, pensando em Simon Heap. Ali perto, o *Saqueador* estava parado nos baixios, com a âncora fincada na areia da praia. Jakey respirou fundo e reuniu toda a sua coragem, mais do que ele tinha precisado havia muito tempo, e fez o discurso mais comprido da sua vida:

– Lucy, sei que cê não vem comigo no meu barco, mesmo eu querendo muito. Por isso, peço que cê lhe dê seu nome. Ele agora é o *meu* barco, certo? E *eu* posso lhe dar o nome que quiser. Então é só você derramar essa bebida borbulhante por cima dele e dizer "Eu dou a este barco o nome de *Lucy Gringe*"... Tá bem?

– Ah, *Jakey*. – Lucy não sabia o que dizer.

– Acho que vou chamar ele só de *Lucy*, que não é tão comprido – disse Jakey. – É um nome bonito, Lucy.

Mestre Fry e os Crowe

Quando Milo e a tripulação, armados até os dentes, voltaram para o *Cerys,* eles encontraram Mestre Fry e os Crowe num estado que não permitia oferecer resistência. Todos os três estavam desacordados no salão, tendo descoberto o estoque de rum e bebido tudo. O que Milo disse sobre o estado do salão não pode ser repetido aqui, e a única desculpa pode ser a de Milo ter passado um dia difícil. Fry e os Crowe foram trancados no porão de carga com um balde de água para cada um e tirados de lá quando chegaram ao Porto. Eles estão agora na Prisão do Porto, esperando julgamento.

Quando ouviu a notícia, Jakey Fry ficou aliviado: agora estava realmente livre.

Merrin Meredith (Vulgo Daniel Caçador)

Merrin passou duas longas noites preso por trás dos lambris.

Depois que percebeu que estava trancado ali dentro, ele comeu todo o seu estoque de balas. Depois passou mal e começou a gemer. Sarah Heap ouviu, mas supôs que eram os fantasmas das Princesinhas de que Jenna lhe falara. Passado algum tempo, Merrin adormeceu, só para acordar à meia-noite e recomeçar a gritaria. Sarah mandou Silas descer para investigar, mas, quando já tinha descido metade da escada, Silas teve uma ideia melhor e voltou para a cama, dizendo a Sarah que eram "gatos". Em desespero, Merrin pegou no sono. Dormiu aquela noite inteira e boa parte do dia seguinte. E então passou a outra noite aos berros, e Sarah Heap teve horríveis pesadelos com gatos.

Já era tarde na noite do dia seguinte quando, passando a mão ao longo dos lambris, para contar os nós na madeira, Merrin encontrou o ferrolho para abrir a porta. Sem se importar muito se alguém o visse ou ouvisse, ele subiu correndo para seu quarto no sótão, onde acabou com seu estoque de emergência de balas de alcaçuz e Ursos de Banana, adormecendo mais uma vez.

Na manhã seguinte, Merrin foi tentado a deixar para lá o Manuscriptorium de uma vez, mas depois pensou melhor. Ele gostava do uniforme de escriba, que o fazia sentir-se importante, e além disso precisava do salário para comprar mais balas de alcaçuz.

Merrin mal pôde acreditar no seu azar ao dar de cara com tia Zelda, mas achou que lidou bastante bem com a situação. Tinha entrado no Manuscriptorium, alegre e confiante, na expectativa de uma boa acolhida, só para descobrir que Jillie Djinn já não era a mesma "Maria vai com as outras" que tinha sido antes. Ela se abateu sobre ele exigindo algum tipo de chave, que era verdade que ele tinha escondido. Mas no fundo não era culpa dele, que não via motivo para tanta preocupação. Ele só tinha feito aquilo porque o Fantasma dos Subterrâneos lhe dissera que era Dia de Pregar Peças no Manuscriptorium (uma tradição antiga) e o escriba mais novo tinha de esconder alguma coisa e ver quanto tempo ela levava para ser encontrada. Solícito, o fantasma tinha lhe passado os códigos para abrir o **Cofre da Chave** e até mesmo sugerido um esconderijo: uma antiga Câmara Oculta pela tábua corrida solta por baixo da mesa da Recepção. Pareceu que Jillie Djinn não viu graça nenhuma na brincadeira – nem mesmo quando Merrin lhe devolveu a **Chave**.

Merrin não achou nem um pouco justo quando Jillie Djinn lhe disse que ele deveria ficar de plantão à porta dos Subterrâneos até que o Fantasma dos Subterrâneos fosse encontrado. O lugar era gelado e assustador, e ninguém vinha vê-lo. Ele também não gostava do jeito com que os escribas davam risinhos de zombaria quando ele subia ao Manuscriptorium. Merrin passou as semanas seguintes tremendo no frio do lado de fora dos Subterrâneos, girando no polegar seu anel de duas faces e planejando vingança. Ele ia dar uma lição em Jillie Djinn e também naqueles escribas metidos.

A Esfera de Luz

A **Esfera de Luz** de Miarr era uma das Antigas Maravilhas do Mundo.

A **Luz** é fria ao toque, e sua fonte de energia é desconhecida. Calcula-se que ela remonte aos Tempos que a Memória Não Alcança, quando, segundo a lenda, uma corrente de **Luzes** cercava a Terra, guiando os navegantes. Miarr é descendente dos Guardiões da **Luz**, que por sua vez descendiam dos misteriosos

Guardiões dos Mares. Não se sabe em que ponto os gatos entraram na árvore genealógica.

As Luzes das Ilhas da Syrena

Os quatro faróis em torno das Ilhas da **Syrena** foram construídos pelos Guardiões dos Mares, como parte de um programa para proteger navegantes do que na época se chamava de "Espíritos Perturbadores". Em cada um foi colocada uma **Esfera de Luz**, e dois Guardiões foram nomeados para cuidar dela.

Em tempos antigos, muitas ilhas eram **Habitadas** por espíritos. Em sua grande maioria, os espíritos eram apenas travessos e não faziam mais do que **Criar** uma tempestade inesperada, só para se divertirem. Mas alguns, como a **Syrena**, eram malévolos e passavam o tempo atraindo navios para sua ruína, ou navegantes para enlouquecerem em sua ilha. A **Syrena** era diferente por aliar um poder de entoar uma canção devastadoramente sedutora ao fato de ser um Espírito de **Possessão**. Por isso, quatro faróis foram dispostos em torno do grupo de ilhas para delimitar o alcance da canção da **Syrena**, limite além do qual não era seguro passar.

Os faróis eram muito eficazes, e a **Syrena** os odiava. Ao longo dos anos, ela tinha tramado para remover as **Luzes** de três deles, junto com seus Guardiões. A **Syrena** era um espírito sedutor e tinha tido muitos fantasmas ou espíritos como auxiliares voluntários, mas Tertius Fume foi o único que conseguiu usar a **Syrena** para obter vantagem própria.

O Exército na Arca

Alguns mercadores tinham passado a vida procurando a arca que continha o exército de gênios, pela qual eles sabiam que poderiam pedir um preço astronômico. Ao longo dos séculos, um número enorme de arcas velhas, em mau estado, contendo todos os tipos de lixo – até mesmo tubos de chumbo vazios –, tinha sido vendido a mercadores crédulos por preços exorbitantes. A maioria dos mercadores já não acreditava que a arca existisse, e os que continuavam a procurá-la eram vistos como tolos, na melhor das hipóteses, e tresloucados, na pior. Essa era considerada uma causa tão perdida que, se alguém estivesse empreendendo uma viagem desaconselhável, costumava-se dizer que ele ou ela estava indo "em busca do exército de gênios".

É claro que Milo era um dos que estavam convencidos de sua existência. Depois que se casou com a Rainha Cerys, ele se tornou obcecado por prover de um exército o Castelo desguarnecido. Mas um exército permanente exige uma manutenção dispendiosa, e Milo não queria pagar mais do que o necessário. É preciso que se diga que a Rainha Cerys também não queria ter essa despesa. O exército na arca era a solução perfeita – nenhuma manutenção, nenhum problema de alojamento, nenhuma gigantesca conta de provisões e, nas ruas, nenhuma confusão decorrente de uma guarnição entediada. E assim, pouco depois do casamento, Milo partiu em sua primeira grande viagem em busca da arca, envolvendo-se em muitas empreitadas lucrativas pelo caminho.

Milo não haveria de saber que Tertius Fume tinha rastreado a arca alguns anos antes e vinha tentando descobrir um jeito de trazê-la para o Castelo para seu próprio uso. O fantasma estava farto do jeito desleixado com que o Castelo era administrado e estava especialmente revoltado com o fato de que agora havia uma Maga ExtraOrdinária no comando. Tertius Fume sabia que podia fazer melhor, mas precisava da força para apoiá-lo. Para ele também, o exército de gênios era uma solução perfeita.

Através da rede de mexericos dos fantasmas, Tertius Fume tinha descoberto que Milo estava procurando pela arca, e decidiu usar isso em proveito próprio. Não levou muito tempo para Milo engolir a isca. Ele não só adquiriu a arca por um valor maior do que Tertius Fume conseguiu acreditar, mas também forneceu o transporte. Faltava apenas um pequeno acerto com a **Syrena** para que a trama de Tertius Fume rendesse frutos. Foi feito um acordo pelo qual, em troca do acesso aos Túneis de Gelo, Tertius Fume concordou em remover a última **Luz** que restava – o que ele pretendia fazer de qualquer modo. Como Tertius Fume se vangloriou para Mestre Fry, que nada compreendia, aquela era uma "situação em que ele só tinha a ganhar". Ou era o que imaginava.

Syrah Syara

Foi o fato de ser testemunha relutante do acordo entre Tertius Fume e a **Syrena** que levou Syrah ao caminho da liberdade, mas foi um caminho longo e perigoso. Em estado de profunda inconsciência, Syrah foi levada de volta para o Porto a bordo do *Cerys*. Alguns dias depois, ela foi recolhida ao Quarto Silencioso na enfermaria da Torre dos Magos, que antes tinha sido ocupado por Ephaniah Grebe e Hildegarde Pigeon (eles agora estavam bem o suficiente para serem transferidos para a área principal da enfermaria). Todos os dias, Septimus a visitava e lhe contava o que tinha feito naquele dia, mas Syrah continuava a dormir... sem parar... sem parar.

Miarr e Mirano Gatto

Miarr e Mirano eram os últimos membros da família Gatto, encarregada dos quatro faróis que sinalizavam as Ilhas da **Syrena**. Uma combinação de isolamento, falta de visitantes e várias tramas da **Syrena** tinha levado a família Gatto à beira da extinção. Mirano de fato tinha sido morto pelos Crowe: Crowe Magro o empurrara da janela do alojamento. Mirano tinha ricocheteado nas rochas lá embaixo e afundado sem deixar traços. Miarr tinha levado o *Tubo Vermelho* para procurar por ele, mas não encontrara nada. As fortes correntes que turbilhonavam em torno da base do farol tinham levado o corpo de Mirano para um fosso em águas profundas a alguns quilômetros de lá.

EUGÊNIO

Eugênio tinha tido muitos nomes em suas muitas existências, como homem e como mulher. "Eugênio" não era o pior nome, mas também não era de modo algum o melhor.

Muitas foram as ocasiões em que a quarta esposa do mercador de tartarugas se perguntara se tinha tomado a decisão certa ao tornar-se um gênio, mas, quando se lembrava do mercador de tartarugas, ela concluía que a decisão tinha sido acertada. Em geral, tinha tido algumas existências boas. Era provável que limpar as cavalariças do Rei Áugias tivesse sido a pior; a melhor tinha sido a vida como aia de uma bela Princesa num Palácio nas Planícies Nevadas do Leste, até que ela desapareceu misteriosamente. Eugênio ainda sentia sua falta e se perguntava onde ela teria ido parar.

O que o gênio detestava era seu Tempo de Sonho no apertado frasco de ouro – um tédio indescritível aliado a uma vontade insuportável de se expandir. Contudo, uma vez que o gênio estivesse no mundo cá fora, o Tempo de Sonho era esquecido e a vida recomeçava. Eugênio sabia que era cedo demais para avaliar sua nova vida, mas uma coisa ele podia dizer: até o momento, ela não tinha sido entediante.

Chefe da Aldeia: O Jogo

O jogo permite a participação de dois, três, quatro ou seis jogadores. Quando jogado na areia, é possível qualquer número maior de jogadores, mas é preciso que o número seja par. Basta acrescentar mais cabanas à sua aldeia.

O jogo consiste numa série de rodadas. Vocês podem decidir antecipadamente quantas rodadas vão jogar, e nesse caso o vencedor será a pessoa com o maior número de cabanas ao final do número estipulado de rodadas. Ou vocês podem jogar até que alguém tenha ganhado todas as cabanas.

Para um jogo de tamanho normal (no máximo seis jogadores), eis o que vocês vão precisar: quarenta e oito seixos pequenos, feijões ou conchas de tamanho semelhante e areia molhada. Vocês podem jogar na areia deixada pela vazante da maré ou podem molhar a areia com seu **Gnomo d'Água**, como Besouro molhou.

Use seu punho para fazer duas linhas paralelas de seis buracos na areia: esses são as cabanas. A coleção de cabanas é conhecida como a aldeia. Coloque uma família de quatro seixos/conchas/feijões em cada cabana. Distribua um número igual de cabanas para cada jogador.

O objetivo do jogo é capturar pedras. Cada família de quatro pedras lhe dará mais uma cabana na rodada seguinte.

Como jogar:

Os movimentos são feitos da direita para a esquerda, em sentido anti-horário.

O primeiro jogador apanha todas as pedras de uma de suas próprias cabanas e, indo em sentido anti-horário, deixa-as cair uma a uma em cada cabana consecutiva. Se a última pedra cair numa cabana que já tenha pedras, o jogador continua a jogar, recolhendo todas as pedras na última cabana e continuando a deixá-las cair uma a uma em torno da aldeia. No início do jogo, quando há muitas pedras na aldeia, a jogada pode continuar dessa forma por várias rodadas.

Se qualquer cabana se tornar de quatro pedras durante o jogo, as pedras são removidas e mantidas pela pessoa que possui a cabana. A exceção a essa regra ocorre quando a última jogada de um jogador forma uma cabana com quatro pedras. Nesse caso as quatro pedras passam a ser propriedade do jogador.

O jogo continua com cada participante consecutivo jogando por sua vez. Todos os jogadores devem começar sua vez em sua própria cabana. Se não tiverem pedras na cabana, perdem a vez e esperam até a próxima rodada.

Quando restarem apenas oito pedras no tabuleiro, o jogo passa a ser muito mais lento. O ganhador da próxima cabana de quatro ganha todas as oito pedras, de modo que a última cabana é uma vitória dupla. Cada jogador então conta suas pedras, distribuindo-as de novo em cabanas de quatro em torno da aldeia para ver quantas cabanas ele ganhou. Se você não tiver nenhuma pedra, está fora do jogo. A rodada seguinte continua com as novas cabanas. Quanto mais cabanas um jogador tiver, mais fácil será para ele ganhar ainda mais. A vida é dura.

STANLEY

Stanley ficou felicíssimo ao receber uma mensagem pessoal da Princesa, se bem que entregue por um mensageiro que usava um chapéu amarelo muito esquisito, que ele esperava não ser o novo uniforme do Palácio. A mensagem dizia o seguinte:

DO NAVIO À TERRA
DESTINATÁRIO: Stanley, Chefe do Serviço de Ratos Mensageiros, Torre de Atalaia do Portão Leste, O Castelo
REMETENTE: A Princesa Jenna Heap, a bordo do bergantim **Cerys**
TEXTO DA MENSAGEM: Queira estar avisado de remessa de ratos a ser entregue no Cais dos Mercadores, desembarcando do **Cerys***. São todos seus, Stanley!*

Stanley andou algumas horas para lá e para cá num deslumbramento de prazer, segurando a mensagem junto ao corpo – *ele ainda era amigo da Realeza*. Por um breve instante, desejou poder contar para sua ex-mulher, Dawnie, e depois conseguiu se controlar. Não era da conta de Dawnie. O negócio era dele e só dele. Na realidade, pensou Stanley, isso já não era totalmente verdadeiro. Ele agora tinha quatro ratinhos órfãos nos quais pensar.

Stanley foi até uma cestinha num canto, onde dormiam quatro criaturas de pelo castanho com rabinhos cor-de-rosa. Ele os encontrara na noite anterior, mas já tinha a impressão de que os conhecia por toda a vida. Sydney era o quieto. Lydia, pequena e fanhosa. Faith, gorda e segura. Edward, fanfarrão e um pouco bobo. Ele gostava deles cem vezes mais do que jamais tinha gostado de Dawnie.

Não querendo sair, mas sabendo que devia, Stanley pôs uma grande cumbuca de leite e umas sobras de mingau ao lado da cesta. "Comportem-se", disse ele. "Volto logo." Ele foi até a porta na ponta dos pés, saltou pela aba de acesso de ratos, trancou-a e partiu para o Porto, andando com ânimo renovado.

Impresso na Gráfica JPA Ltda., Rio de Janeiro – RJ.